博学文库
BOXUE WENKU
国家社会科学基金项目成果

走出“影响的焦虑”：艾德里安娜·里奇的诗歌与批评研究

Beyond "the Anxiety of Influence": Perspectives into Adrienne Rich's Poetry and Prose

许庆红 著

我来之所为：/是沉船而非沉船的故事/是事物本身而非神话

北京师范大学出版集团
BEIJING NORMAL UNIVERSITY PUBLISHING GROUP
安徽大学出版社

图书在版编目（CIP）数据

走出“影响的焦虑”：艾德里安娜・里奇的诗歌与批评研究 / 许庆红著 . 合肥：安徽大学出版社 , 2025.4. -- ISBN 978-7-5664-2919-3

I. I712.072

中国国家版本馆 CIP 数据核字第 20250PY502 号

走出“影响的焦虑”：艾德里安娜・里奇的诗歌与批评研究

Zouchu Yingxiang De Jiaolv: Aideli'anna Liqi De Shige Yu Piping Yanjiu　　许庆红　著

出版发行：北京师范大学出版集团
安 徽 大 学 出 版 社
（安徽省合肥市肥西路 3 号　邮编 230039）
www.bnupg.com
www.ahupress.com.cn

印　　刷：江苏凤凰数码印务有限公司
经　　销：全国新华书店
开　　本：710 mm × 1010 mm　1/16
印　　张：23.25
字　　数：403 千字
版　　次：2025 年 4 月第 1 版
印　　次：2025 年 4 月第 1 次印刷
定　　价：69.90 元
ISBN 978-7-5664-2919-3

策划编辑：李　雪　　　装帧设计：李　雪　李　军
责任编辑：李　雪　　　美术编辑：李　军
责任校对：高婷婷　　　责任印制：陈　如　孟献辉

前言

艾德里安娜·里奇（Adrienne Rich，1929—2012）是美国现当代著名的诗人、批评家[①]、女性主义者和公共知识分子[②]。她秉承强烈的政治和人文关怀，视野宽阔，思想敏锐。她的创作题材广泛，涉及性别、种族、阶级、语言、权力和社会正义等议题，主题囊括了历史与虚构的交织、文学与政治的角力、话语与权力的纠葛，表达了她对公共事件、身份政治和知识分子话语的思考与关切。里奇的诗歌和批评文风有力，超越了很多女性作家敏感、纤弱的局限。其诗歌与批评两种文体相互交集，无论在意识形态上还是在审美上都相互阐发、相互佐证——诗歌印证了批评，反过来，批评又解释了诗歌，“对其诗歌创作进行补充、完善、丰富并激发了诗歌的灵感”[③]。两种作品形式共同书写了里奇作为诗人、批评家以及公共知识分子的人生经历，表达了她希望用文学改变世界的梦想。

近三四十年来，深受西方思潮的影响，身份和政治话语以及诗学研究在中国学界炙手可热并趋向成熟。里奇是西方性别理论重要的开拓者之

① 艾德里安娜·里奇撰有七部批评集，在这些作品的标题中有的用了英文“prose”，有的用了“notebook”，有的用了“essay”，这些作品虽然读来都似散文，“形散而神不散”，但因其核心内容多半是关于文学、诗歌与政治的批评，形式上介于学术随笔与学术论文之间，因此，本人将这些随笔式文学评论统称为“批评”。

② Sandra M. Gilbert, ed. *Culture, Politics, and the Art of Poetry: Essential Essays by Adrienne Rich*, (New York: W. W. Norton, 2018), p.xiii.

③ Sandra M. Gilbert, ed. *Culture, Politics, and the Art of Poetry: Essential Essays by Adrienne Rich*, (New York: W. W. Norton, 2018), p.xi.

一，其作品自20世纪70年代起在美国乃至整个西方学界具有一定的影响力，阿特伍德（Margaret Atwood）曾赞誉里奇“不仅是美国最好的女性主义诗人之一或美国最好的女诗人之一，而且是美国最好的诗人之一”①。霍尔伯格（Robert von Hallberg）在《诗歌、政治和知识分子》（*Poetry, Politics, and Intellectuals*）中声称，艾德里安娜·里奇“是美国最畅销的政治诗人；她的作品按部就班地再版。带有明显政治题材的诗歌一般受到读者不同凡响的欢迎，尽管人们往往说美国的诗人忽视政治。”② 吉尔伯特（Sandra M. Gilbert）在《文化、政治、与诗歌艺术：艾德里安娜·里奇的重要论文》的引言中评论，里奇具有“非凡的批评专长和广泛的美学知识……并且真正热爱她的艺术”③。

主题方面，里奇的诗歌与批评具有政治视野与历史文化的见证性与建构力。通过书写性别、种族和阶级身份等议题，里奇为长久以来被权力结构遮蔽的边缘群体发声，探讨了边缘个人、群体乃至社会的历史重拾、文化寻根和生命体验等问题。里奇的政治批评持有一种更加开放和包容的态度，她借助诗歌与批评质疑既定社会文化所规定的身份概念，超越二元对立，认同多元身份，支持差异政治，其核心观点具有明显的当下性特征。美学方面，里奇通过诗歌语言、形式变革以及其他文本建构策略来呈现主题，解构权力话语体系，重新审视植根于主流话语中的历史、政治、文化和语言。她使用的几种主要诗歌文本建构策略包括诗人个人面具、女性面具、“普通语言”、现代与后现代的对话性、互文性与修正性等，这些诗歌形式在里奇的诗歌创作中一脉相承，建构了独具特色的诗学理念。

不可忽视的一个方面是，里奇诗歌中的政治与美学既互为内容和形式，又互为目的和手段，相得益彰。她的大量诗歌表现为内容上的政治性与形式上的审美性融合：从20世纪50年代诗歌中对女性身份的抑制以及对男性现

---

① Margaret Atwood. “Adrienne Rich: ‘Of Woman Born’”, in *Second Words: Selected Critical Prose,* (Toronto: House of Anansi Press, 1982), p.254.

② ［美］罗伯特·冯·霍尔伯格：《诗歌、政治和知识分子》，载［美］萨克文·伯科维奇编，杨仁敬等译《剑桥美国文学史（第八卷）：诗歌和文学批评1940年—1995年》，北京：中央编译出版社，2008年，第24页。

③ Sandra M. Gilbert, ed. *Culture, Politics, and the Art of Poetry: Essential Essays by Adrienne Rich,* (New York: W. W. Norton, 2018), p.xx.

代诗歌艺术的模仿和对新批评传统的沿袭，到60年代诗歌中女性主义思想的初露端倪和自由诗风的转向、70至80年代诗歌中激进女性主义观点的建构，再到90年代之后诗歌中更加宽阔的身份问题探讨和更加开放多元的形式，里奇一方面将性别、种族、阶级、语言等社会政治研究问题纳入诗歌的视野，揭示其中的政治意蕴；另一方面注重语言、形式和结构等诗歌美学因素的运用，将两者融为一体，达成内容意义与形式意义的平衡。这一政治与审美之间的同构性和意义的交叉互动构成了里奇诗学思想的特质。70余年来，关于里奇的国外研究，除各种版本的美国文学史如《剑桥美国文学史》（第八卷）中的《诗歌与批评》①、《诺顿美国文学史》（精简第六版）②、《诺顿理论和批评文集》③以及激进女性主义诗歌研究专著④中的零散研究外，大约有近30部里奇研究专著，其中10部出版于2000年之后。此外还有比较权威的期刊文章50余篇，学位论文100余篇，访谈10余次。这些研究主要集中在里奇作品中的女性主义思想、身份政治话语、诗歌美学策略等方面。当然，研究者们并非将这些方面完全割裂开来，只是在研究侧重点和观点阐释上有所不同。

其一，里奇女性主义思想的流变。这些研究大多勾勒出里奇女性主义思想的发展历程——由"父权制藩篱中的妇女"到女性意识的觉醒，再到激进女性主义和女性主义的跨越式发展。重要的研究主要包括以下：惠尔彻尔（Marianne Whelchel）的学位论文《"重铸水晶"：艾德里安娜·里奇女性主义思想的嬗变》（"'Re-forming the Crystal': The Evolution of Adrienne Rich as Feminist Poet", 1977）借助里奇的女性主义诗歌分析其20世纪60至70年代女性主义思想的变化。格瑞恩（Judy Grahn）的著作《最高的苹果：萨福和女同诗歌传统》（*The Highest Apple: Sappho and the Lesbian Poetic Tradition*,

---

① Sacvan Bercovitch and Cyrus Patell, eds. The *Cambridge History of American Literature*. Vol. 8: *Poetry and Criticism, 1940-1995*, (Cambridge: Cambridge UP, 1996, 2007).

② Nina Baym, ed., *The Norton Anthology of American Literature* (Shorter Sixth Edition), (New York: W. W. Norton, 2003).

③ Vincent B. Leitch et al., *The Norton Anthology of Theory and Criticism*, (New York: W. W. Norton, 2001).

④ Judy Grahn. *The Highest Apple: Sappho and the Lesbian Poetic Tradition*, (San Francisco, CA: Spinsters, Ink, 1985).

1984），探讨了里奇诗歌对萨福女同性恋诗歌传统的继承。库珀（Jane Roberta Cooper）编著的《阅读艾德里安娜·里奇：回顾与修正》（*Reading Adrienne Rich: Reviews and Re-Visions: 1951-81*, 1984），收录了30余篇研究论文，多数论文都是围绕里奇50至70年代诗歌和批评中的女性主义主题，来追溯其女性主义思想和早中期诗歌特点。马丁（Wendy Martin）的著作《美国三联画：安妮·布拉德斯特里特，艾米莉·狄金森，艾德里安娜·里奇》（*An American Triptych: Anne Bradstreet, Emily Dickinson, Adrienne Rich*, 1984）分析了三位女诗人的关注点从婚姻家庭转向女性的个人责任与社会使命。维尔纳（Craig Werner）《艾德里安娜·里奇：诗人和她的评论家》（*Adrienne Rich: The Poet and Her Critics*, 1988）则讨论了里奇60到70年代对父权制的抑制、反叛和改写。邓普顿（Alice Templeton）的《梦想与对话：艾德里安娜·里奇的女性主义诗学》（*The Dream and the Dialogue: Adrienne Rich's Feminist Poetics*, 1994）探讨了里奇20世纪70到80年代期间诗歌中所蕴含的女性主义诗学、诠释学和伦理学。贝瑞（Carol Bere）的论文《选择的路：20世纪90年代的艾德里安娜·里奇》（"The Road Taken: Adrienne Rich in the 1990s", 2000）探讨了里奇创作生涯的转变，尤其是她在90年代的妇女诗歌和出版运动中所扮演的重要角色。兰德尔（Cheri Colby Langdell）的著作《艾德里安娜·里奇：改变的时刻》（*Adrienne Rich: The Moment of Change*, 2004）分析了里奇诗歌从最初的女性朦胧意识到再现女性经验实质的诗歌主题以及后现代诗歌技巧等。谢里丹（Susan Sheridan）的论文《艾德里安娜·里奇和妇女解放运动：接受政治学》（"Adrienne Rich and the Women's Liberation Movement: A Politics of Reception", 2006）以里奇的《生为女人》《潜入沉船》《诗歌：1950—1974年诗选新编》和《普通语言之梦》这四部重要作品为研究对象，将其女性主义思想置于妇女解放运动发展史中考察，认为里奇在此运动影响下克服了身份冲突，投入诗歌创作，拓展女性诗歌的受众，进而确定了自己的文学地位。她还认为，里奇的女性主义无论是在确立其文学地位上，还是在扩展女性诗歌的受众方面，都产生了极大的影响。辛顿（Laura Hinton）编著的《杰恩·科特斯，艾德里安娜·里奇，与女性主义超级英雄——美国当代女性诗学的声音、视野、政治与表演》

（*Jayne Cortez, Adrienne Rich, and the Feminist Superhero: Voice, Vision, Politics, and Performance in U.S. Contemporary Women's Poetics*, 2016）收录了八篇论文，结合历史档案，探讨里奇作品中的激进女性主义声音和视野，重新思考两位女性诗人的诗歌行动主义，并融入诗学理论、文化研究及流行媒介分析。霍拉迪（Hilary Holladay）撰写的里奇传记《艾德里安娜·里奇的力量：传记》（*The Power of Adrienne Rich: A Biography*, 2020）讲述了里奇的创作成长故事，对其生活和艺术做了公正细致的批判，并通过细读其诗歌文本追溯里奇的个人和政治转变。

其二，里奇诗歌中的身份政治话语。这一层面的探讨主要集中在身体、性别、阶级和种族等身份政治话语方面。约克（Liz Yorke）的专著《艾德里安娜·里奇：激情、政治与身体》（*Adrienne Rich: Passion, Politics and the Body*, 1997）主要探讨了里奇早期诗歌和批评中女性主义的萌芽、政治热情以及身份困惑。保罗·瓦登（Paul Wadden）的《罗伯特·布莱和艾德里安娜·里奇的自我诘问：双重性与整体转向的驱动》（*The Rhetoric of Self in Robert Bly and Adrienne Rich: Doubling and the Holotropic Urge*, 2003）讨论了里奇在作品中的身份认同——如何将一个"他者化"的自我转变为一个主体的、"复调"、流动的自我，从而扩大了自我的声音和视野。西克尔斯（Amy Sickles）在其撰写的传记《艾德里安娜·里奇》（*Adrienne Rich*，2005）中，书写了里奇的身份转变、政治觉醒以及参与女性共同体建构的人生经历。重要的研究论文主要包括以下：科比（Kathleen M. Kirby）的《跨越边界的思考：位置、主体与空间的政治》（"Thinking through the Boundary: The Politics of Location, Subjects, and Space", 1993）认为，里奇的政治意识使她认识到自身及个体的生活边界，因此在政治上更加积极，尝试重构空间政治，打破启蒙运动所建构的种族与性别边界。蒙特佛罗里（Janet Montefiore）的《在那里发现了什么——关于诗歌和政治的笔记》（"What Is Found There—Notebooks on Politics and Poetry", 1993）探讨了里奇关于诗歌应该是多个阶级和性别的大合唱这一思想，诗歌具有解放想象力、释放创造欲望和变革政治的力量。埃里克森（Peter Erickson）的《歌唱美国：从沃尔特·惠特曼到艾德里安娜·里奇》（"Singing America: From Walt Whitman To Adrienne

Rich", 1995）以惠特曼的性别和种族观念为参照，分析里奇作品中所涉及的黑人、白人等性别身份问题，阐述里奇的性别观和种族观对惠特曼的继承与超越。邦德齐（Lynda K. Bundtzen）的《艾德里安娜·里奇的身份诗学：部分普通语言》（"Adrienne Rich's Identity Poetics: A Partly Common Language", 1998）探讨了里奇80年代后诗学和政治理念的转变。由于她的"普通语言之梦"受身份政治压力影响，她开始重新审视身体政治中的女性自我，并建构不同于70年代关注的白人、资产阶级女性主义身份诗学。霍格（Cynthia Hogue）的《艾德里安娜·里奇的政治和狂喜的主题》（"Adrienne Rich's Political, Ecstatic Subject", 1998）着重探讨了里奇的诗歌所具有的政治视野与建构力量。克努森（Lin Knutson）在其学位论文《"位置政治"：美国1970—1995年间的妇女、种族和空间》（"'A Politics of Location': Woman, Race and Space in the U.S. 1970-1995", 1999）则聚焦里奇批评论文中的性别、种族和空间政治来阐释里奇对社会与文化的诊断。伊格尔顿（Mary Eagleton）的《艾德里安娜·里奇，位置和身体》（"Adrienne Rich, Location and the Body", 2000）借助批评理论重新解读了里奇的代表性论文《关于位置政治的札记》（"Notes Toward a Politics of Location", 1984），聚焦其中后期思想中的差异政治走向。文章从里奇对女性身体的关注及"位置政治"的作用切入，分析她如何探索自身多重身份下的身体。杰夫斯（William Jeffs）的论文《艾德里安娜·里奇：女性主义、男女特殊性取向者理论的联合》（"Adrienne Rich: The Union of Feminism, Gay, and Lesbian Theories", 2003）聚焦里奇的后期作品，阐释了里奇的身体、身份政治观念以及性别理论的建构。欧瑞利（Andrea O' Reilly）的《从母亲身份到相夫教子：艾德里安娜·里奇之〈生为女人〉的遗产》（*From Motherhood to Mothering: The Legacy of Adrienne Rich's Of Woman Born*, 2004）认为里奇通过对母亲身份、异性恋、同性恋和犹太身份的探讨，揭秘了被知识和政治权力结构遮蔽的边缘群体的声音，提出了身体的政治、女性经验和性别身份的多重性等观点。海克（Marilyn Hacker）在《思想的拟态：论艾德里安娜·里奇的诗歌》（"The Mimesis of Thought: on Adrienne Rich's Poetry", 2006）中诠释了里奇诗歌中的公共知识分子立场和审美维度，认为里奇从这两方面为其诗歌提供了动力，推动了以诗歌为利器的政治质询之路。史密斯（Kendall Marie Smith）在其学位论文《后现代见证诗学》（"A Postmodern Poetics of Witness", 2009）中探讨里奇创作了由卡洛琳·佛雪（Carolyn Forché）所定义的"见证诗歌"（poetry of witness）所隐含的具有辩证性、关联性的诗学，在这种诗学中，主体不是统一的、有秩序的自我，而是一个中介地带，处于动态关系中的多意识中心，不断重塑记忆、欲望和诗歌语言。莱利（Jeannette E. Riley）的《理解艾德里安娜·里奇》（*Understanding Adrienne Rich*, 2016）对里奇几十年的诗歌和批评进行了编年式探索，审视里奇从形式主义诗人到女性主义者再到公民诗人的发展历程，涉及女性主义诗学的演变，建构女性共同体的愿望，以及运用"普通语言"重新命名女性经验的梦想。吉尔伯特的编著《文化、政治与诗歌艺术：艾德里安娜·里奇的重要论文》（*Culture, Politics & the Art of Poetry: Essential Essays by Adrienne Rich*, 2018）汇集了里奇 1960 年代至 2008 年的 25 篇代表性论文，展示了她关于社会公正的远见卓识和革命性观点。该书指出里奇论文的特点：将政治、个人和诗歌融为一体，有机结合研究、理论和自我反思。帕夫里克（Ed Pavlic）的著作《向外：艾德里安娜·里奇漫延的孤独》（*Outward: Adrienne Rich's Expanding Solitudes*, 2021）回顾了里奇的创作生涯，认为她诗歌的深刻洞见在于强调"我们内心"与"我们之间"发生的事情。帕夫里克采用创新框架考察了里奇诗歌中的五种孤独，并追溯了人际关系在其作品中的重要性，展示了里奇如何在公共空间中描绘生活，而非仅限于个人隐私。萨沃尼克（Danica Savonick）在《免费大学时代的托尼·凯德·班巴拉、琼·乔丹、奥德尔·洛德和艾德里安娜·里奇的诗学和教育学》（*The Poetics and Pedagogy of Toni Cade Bambara, June Jordan, Audre Lorde, and Adrienne Rich in the Era of Free College*, 2024）追溯了 20 世纪 60 年代末和 70 年代初，班巴拉、乔丹、洛德和里奇在纽约城市大学（The City College of New York）的基本不为人知的教学经历——教授有色人种和工人阶级学生写作、文学和女性主义批评。里奇还倡导开放招生，她与黑人女性教师、诗人合作，在后期作品中发展了一种"位置政治"（"a politics of location"）。萨沃尼克指出，里奇的位置政治借鉴了黑人女性主义关于身份政治和交叉性的观念，拒绝抽象、普遍、无实体的思考方法，而是从女性个体具象、活生生的经历开始，在不同的身体中展开，在特定的地理位置中展开，并将这些经历与更广泛的权力问题联系起来。

其三，里奇的诗歌美学策略。这类研究从里奇诗歌的语言、形式、结构与修辞等层面来研究其艺术的变革。研究者们不再囿于对里奇作品的外部研究而是潜入文本内部进行透视，试图挖掘出文本艺术和意识形态之间的互通。凯尔斯通（David Kalstone）的著作《五种气质：伊丽莎白·毕晓普、罗伯特·洛威尔、詹姆斯·梅瑞尔、艾德里安娜·里奇、约翰·阿什伯里》（*Five Temperaments: Elizabeth Bishop, Robert Lowell, James Merrill, Adrienne Rich, John Ashbery*, 1977）提及里奇在20世纪60年代“自白派诗歌”的影响下，开始背离现代主义的“非个性化”主张，走向将个人与政治融为一体的“自白派”诗歌创作道路。迪亚斯（Myriam Díaz-Diocaretz）的两部力作《语言的变革力量：艾德里安娜·里奇的诗歌》（*The Transforming Power of Language: The Poetry of Adrienne Rich*, 1984）和《转换诗歌话语：艾德里安娜·里奇的女性主义策略探究》（*Translating Poetic Discourse: Questions on Feminist Strategies in Adrienne Rich*, 1985）、凯斯（Claire Keyes）的《权力美学：艾德里安娜·里奇的诗歌》（*The Aesthetics of Power: The Poetry of Adrienne Rich*, 1986，2008）等著作论述里奇如何把语言作为政治工具来使用，建立了语言、诗歌的声音和权力的关系。拉特克利夫（Krista Ratcliffe）的著作《英美女性主义对修辞传统的挑战：弗吉尼亚·伍尔夫、玛丽·戴利、艾德里安娜·里奇》（*Anglo-American Feminist Challenges to the Rhetorical Traditions: Virginia Woolf, Mary Daly, Adrienne Rich*, 1996）指出，传统修辞理论和文本存在性别盲从，忽视了女性和男性占据不同文化空间的事实，这些空间因种族和阶级更加复杂。因此，她强调性别差异，认为学者应运用多种策略，从非传统修辞文本中找回失落或边缘化的女性声音，构建女性主义修辞学和女性语言概念。艾伦（Doree Allen）的论文《发出未言之声：对＜共和国的黑暗领域＞的解读》（“Voicing the Unspoken: A Reading of *Dark Fields of the Republic*”, 1998）和哈特（George Hart）的《里奇近期诗歌中的长句》（“The Long Line in Adrienne Rich’s Recent Poetry”, 1998），都分析了里奇后期诗歌的语言和形式如韵律、长句等特点。赫妮博格（Sylvia Henneberg）的

《有创造力的耄耋女诗人：梅·萨顿和艾德里安娜·里奇的衰老和诗歌》（*The Creative Crone: Aging and the Poetry of May Sarton and Adrienne Rich*, 2010）另辟蹊径，认为里奇在后期诗歌中以深思熟虑和建设性方式面对衰老，对个人或政治身份问题的复杂性看得越加清楚。辛顿编著的《杰恩·科特斯，艾德里安娜·里奇，与女性主义超级英雄——美国当代女性诗学的声音、视野、政治与表演》收录了关于科特兹和里奇政治诗歌中女性主义声音、视界和表演的文章，还纳入了女性主义雕塑家斯坦（Linda Stein）的视觉艺术作品和评论，以此审视了美国当代流行文化中的女性主义超级英雄，尤其是神奇女侠（Wonder Woman）的崛起，并通过这个主题来探索美国当代女性实验性诗学。斯佩德（Christopher Spaide）的文章《"微妙的、振动的差异范围"：艾德里安娜·里奇和战后抒情诗的大写"我们"》（"'A Delicate, Vibrating Range of Difference': Adrienne Rich and the Postwar Lyric 'We'", 2020）追溯了里奇使用代词的转变，从人类的普遍"我们"到强大、具有个性的"我"，再到女性主义群体的新"我们"，阐明群体声音的重要性，进而挖掘女性主义政治诗歌的广泛意义。

国内对里奇的译介方面，裘小龙率先将霍夫曼（Daniel Hoffman）的《哈佛当代美国写作指南》（*Harvard Guide to Contemporary American Writing*, 1979）中关于里奇的诗歌部分译成了中文，吴晓黎、马永波、颜红菲、许庆红等人后来也陆陆续续在《外国诗歌》《外国女诗人诗歌选译》和《外国文学》等诗歌和文学研究刊物上翻译发表了一些里奇20世纪六七十年代的代表性诗歌，如《潜入沉船》（*Diving into the Wreck*, 1973）中的不少诗歌和《二十一首情诗》（*Twenty One Love Poems*, 1976）的标题诗等。张京媛的《当代女性主义文学批评》（1992）收录并翻译了里奇的批评名篇《当我们彻底觉醒的时候：作为修正的写作》（"When We Dead Awaken: Writing as Re-vision", 1971）①。另外，近年我指导的安徽大学的几位翻译硕士也将里奇的一些批评译成了中文，收录在中国知网数据库里。

① 以下简称《当我们彻底觉醒的时候》。

国内关于里奇的学术探讨集中在近二十年[①]，重要的研究成果包括：王守仁主撰的《新编美国文学史》（第四卷）（2002）将里奇列为美国重要的诗人之一，分析了里奇六七十年代诗歌中女性主义思想及其创作风格的变化。林树明在其两本专著《多维视野中的女性主义文学批评》（2004）和《迈向性别诗学》（2011）中均简要评述了里奇的激进女性主义思想。对里奇的专门研究成果包括我的英文专著《迈向性别诗学：艾德里安娜·里奇的文学批评及实践》（2014）、10余篇期刊论文和6篇硕士论文。较新的研究有王卓的《多元文化视野中的美国族裔诗歌研究》（2015）与张子清的《20世纪美国诗歌史》（2019），前者用一章阐释了"里奇等式观照下的里奇诗歌"，从历史、身体和语言这一"里奇等式观"出发，探讨了里奇诗歌中的"女性躯体修正中的历史""语言修正中的女性躯体"以及"潜入海底的性别操演"。后者只是对里奇早期诗歌新形式主义策略和六七十年代诗歌的女性主义政治色彩做了简单的介绍。最新的研究有我的论文《个人、历史与政治意识——里奇对惠特曼诗学观的继承与拓展》（2022），文中指出里奇在诗学观方面继承了惠特曼的个人、历史与政治意识。两者都注重诗人的作用，通过诗歌建立个人与他人、个人与公众的联系，建构"自我"史诗与民族—国家认同。两者都强调诗歌的社会与政治功能，用诗歌书写社会生活，传达政治意义。但是，里奇和惠特曼在民族—国家范畴中的种族与性别身份问题上却有不同的政治视野。惠特曼激进、综合的国家视野更多地强调同一性，而里奇却将种族和性别身份中的差异性元素纳入复杂的思考，坚持差异政治，主张多元并存，拓展了惠特曼式大同，具备更宽阔的政治视野、更大的历史见证和建构力量，因而也更具批判性。

综上所述，国内外学界已经对里奇做了很多深入且细致的高水平研究，它们对本著作具有重要的借鉴和启迪意义。但是，总体而言，零星研究多，

① 相比大陆地区研究而言，台湾地区对里奇的研究开始得更早，成果也更加丰硕，这主要跟台湾地区的性别研究自从90年代后一直比较活跃有关。这方面的研究梳理参见何文敬的《台湾地区的"20世纪主流美国文学研究"》。台湾地区的研究机构这方面做了不少工作，重要的成果包括钟玲的研究如《女巫和先知：美国女诗人的自我定位》、《美国女诗人对生理现象与性经验之诠释》（1996）、《爱恨与哀悼：女诗人为父亲写的挽歌》（1999）等。

而较为具体、深入的研究少；关于诗歌的政治和美学的独立研究多，而对于这两者间的互动研究少[①]；对其思想，支持性的研究多，而批判性的少。这些研究在很大程度上局限于对里奇某个阶段、某部诗集或某篇诗歌/批评的研究，尤其是20世纪六七十年代代表性作品的研究多，而对其后期的诗歌和批评研究则少之又少。另外，既往研究并没有多维度地探讨其诗学的渊源，尤其没有突出里奇个人的多重身份焦虑及整个20世纪下半叶的宏观语境——理论语境与美国社会历史文化语境，在一定程度上忽略了里奇对当代性别理论的贡献。本著作结合文本内外，将里奇创作思想的多重渊源归结为“影响的焦虑”（哈罗德·布鲁姆语）及里奇如何走出“影响的焦虑”，充当“摆渡人”（保罗·策兰语）的角色，重构自我与女性写作身份；将里奇不同时期的代表性作品连接起来做整体的、综合的考察，理顺其前、中、后期的诗歌在政治主题与美学策略方面的延续和变革，并借助不同的当代批评理论如女性主义/性别批评、文化诗学、知识分子理论、女性主义伦理学等阐释里奇诗歌与批评的核心思想及其在文本中的建构策略，同时，对其某些激进主义思想做了一定层面的辩证评判。

本书辐射面涵盖里奇长达近70年的创作，以其早、中、后期代表性诗歌与批评作品为重点研究对象，首先重返里奇创作的个人、历史文化与理论语境，考察其创作的多维“影响的焦虑”，然后分三个主要阶段探讨里奇不同时期的诗歌主题和艺术策略，在此基础上讨论了里奇的诗学批评，聚焦其文学批评中的政治观、语言观以及两者之间相互融合的特质。本书的基本观点是：里奇整个的创作过程是一个从模仿到蜕变、从“影响的焦虑”到走出“影响的焦虑”的过程。她的诗歌与批评中的理念与形式的形成渊源是其个人身份、历史文化与理论语境多种因素合力的结果。里奇早期的诗歌无论是主题还是形式方面，既表现出一种对“前驱”诗人的“俄狄浦斯情结”，又暗含着女性主义思想的端倪和女性写作的自我压抑。中期的诗歌体现了对“经典”的修正，从传统男性诗歌艺术和新批评诗艺转向使用“普通语言”重新命名女性经验和自由诗风等艺术策略来阐发政治主题，建构女性诗学

① 2016年美国出版了第一部关于里奇作品的系统研究，即珍妮特·E·莱利（Jeannette E Riley）的《理解艾德里安娜·里奇》（*Understanding Adrienne Rich*, 2016）。

"地形图"，并在消解父权历史文化中重构女性的历史、文化与身份。后期的诗歌在多元政治文化背景下所表现的身份政治思想和建构视野愈加开阔，呈现出美国当代社会各种问题。里奇代言边缘政治，打捞被淹没、被遗忘的历史和文化，以文学形式实现其政治行动，在建构策略上则更加倚重后现代主义、后结构主义的艺术特征如解构、对话性和互文性等。总体而言，里奇的创作理念在漫长的过程中一脉相承，其中的一个核心便是社会政治与艺术审美之间的互融互通。她思想厚重，见解独特，对女性主义理论的建构既有激进主义的革命性一面，又有乌托邦的理想色彩。她对美国当代社会问题，坚守了一个公共知识分子的批判立场。总之，"作为修正的写作""普通语言的梦想""位置政治""知识分子立场"是里奇文学批评思想的关键词。

本书共分五章：

第一章在界定"焦虑"和"摆渡"的基础上，考察里奇诗歌思想与批评理念形成的三大渊源，即"多位一体"的个人身份认知与焦虑、20世纪下半期的广阔历史、文化与理论语境，以及来自"前驱"诗人的"影响的焦虑"，提出里奇面对"焦虑"扮演了一个"摆渡人"的角色，重新"命名"诗歌，连接西方经典诗歌的过去、现在与未来，完成了跨越时空、跨越身份的摆渡性。

第二章到第四章聚焦里奇早、中、后期的代表性诗歌，从俄狄浦斯情结之下的因袭之路、"修正性"诗学的建构，以及多元政治和文化视野中的诗学拓展三个方面解读里奇的诗歌与批评作品。第二章分析里奇20世纪50至60年代的主要诗歌。50年代的诗集《世界的改变》（*A Change of World*, 1951）和《钻石切割机，和其他诗歌》（*The Diamond Cutters, and Other Poems*, 1955）[①]的创作中表现出一种对现代男性诗歌艺术的俄狄浦斯情结：她的诗歌离不开前辈诗人的奠基，植根于历史的土壤之中，主题表现的是"父权制藩篱中的妇女"，而形式上谨小慎微，遵循传统诗艺，追求形式主义美学。60年代，里奇的女性主义思想逐渐浮出意识的地表进入诗歌，并在60年代后期臻于成熟，诗歌主题呈现为对女性处境的迷惘以及女性身份的寻

① 以下简称《钻石切割机》。

求。形式上，里奇开始解构男性诗歌传统，诗艺转向自由风格，露出女性主义诗学话语的端倪。《儿媳妇的快照：1954—1962年的诗歌》[①]（*Snapshots of a Daughter-in-Law: Poems 1954-1962*, 1963）虽然被认为是里奇女性主义诗歌的发轫之作，但其中的女性主义声音在意象选取、叙说方式和主旨上都在传统与颠覆之间徘徊游移，呈现试探性的特点，表现出诗人模棱两可的态度。

第三章聚焦里奇中期诗歌中对"经典"的修正。从20世纪60年代晚期开始，里奇重新审视植根于语言中的政治，公开僭越男性现代诗歌的传统形式，以"作为修正的写作"表达话语欲求，解构了语言中的权力体系，运用"普通语言"重新命名女性经验，在诗歌的艺术审美之中将政治理念符码化，建构性别诗学和写作自我。《潜入沉船：1971—1972年的诗》（*Diving into the Wreck: Poems 1971-1972*，1973）[②]中的"沉船"隐喻被淹没的女性历史、文学和文化存在，潜入沉船之旅则意味着历史与文化的打捞，体现了里奇的女性主义诗学追寻。在《普通语言之梦：1974—1977年的诗》（*The Dream of a Common Language: Poems 1974-1977*, 1978）[③]中，里奇用"普通语言"重构女性"地形图"，探讨了女性的自我认同、女性之间的认同以及女性文化传统的认同，完成了激进女性主义身份建构。《狂野的耐心带我远行：1978—1981年的诗》（*A Wild Patience Has Taken Me This Far: Poems 1978-1981*, 1982）[④]显示出里奇前所未有的解构倾向，她在该诗集中运用的三个主要策略——与男性语言的偏离、对传统女性意象的抵制以及对主流文化的逆转与布鲁姆的"误读诗论"（misprision theory）不谋而合，里奇通过"误读"解构了诗歌中的"历史前辈"，实现了她对女性诗学的重构。

第四章探讨了里奇后期诗歌中的多元政治和文化背景下的诗学拓展。进入20世纪90年代以后，面对着美国当代社会的种种磨难与迷乱，里奇的政治视界和建构视野越加开阔，她开始更坚定地坚守词语，在黑暗的世界中以"诗歌"为舟，充当"摆渡人"的角色，更多地代言边缘政治。后期诗歌呈现多声部特点——强烈的历史意识，深刻的社会政治与文化意识形态反

① 以下简称《儿媳妇的快照》。
② 以下简称《潜入沉船》。
③ 以下简称《普通语言之梦》。
④ 以下简称《狂野的耐心》。

思，后结构主义的解构、对话性与互文性等语言特征。这些特点体现在《艰难世界的地图集：1988—1991 年的诗》（*An Atlas of the Difficult World: Poems 1988-1991*, 1992）[①]中愤怒的历史见证、《街道幻景》（"Calle Visión"，1992-1993）[②]中的共和国的黑暗领域与《午夜打捞：1995—1998 年的诗》（*Midnight Salvage: Poems, 1995-1998*, 1999）[③]里的否定性话语。在这些诗集中，里奇在书写黑暗与痛苦中有了收获，重拾了个体身份与性别、种族、阶级的历史与身份，扩大了其反叛性的诗学话语。

第五章探讨了里奇的诗学批评理念，即里奇将社会政治与诗歌艺术融为一体，借助边缘群体所具有的政治潜能，运用其独特的文学策略来实现其多元政治与多元文化主义的构想。从女性主义经验论和当代性别理论的视角，阐释《血液、面包与诗歌》（*Blood, Bread, and Poetry*, 1986）中里奇女性主义思想中的激进主义锋芒与乌托邦色彩；从萨义德、布迪厄等人的知识分子理论分析《在那里发现了什么：关于诗歌和政治的札记》（*What Is Found There: Notebooks on Poetry and Politics*, 1993）[④]中的个人与社会、诗歌与政治的关系；借助"位置政治"概念与艺术观念的相互作用考察了《可能的艺术：随笔和谈话》（*Arts of the Possible: Essays and Conversations*, 2001）[⑤]中的地理、种族、性别、宗教身份与位置之间的关系，揭示里奇主张的差异化身份政治；从女性主义关怀伦理学的角度讨论《人眼：论社会中的艺术》（*A Human Eye: Essays on Art in Society, 1997-2008*, 2009）[⑥]中里奇的关怀伦理观与艺术表达。关怀是里奇运用的一种政治策略，意在让人们更多地关注政治问题并参与其中。

结语重申了里奇从事诗歌与批评创作 70 载所一贯秉持的政治主题与艺术审美之间的互融互通。里奇历经 20 世纪后半叶美国历史、文化与政治现实中的风风雨雨，同时在美国后现代主义、后结构主义思潮的影响下，凭借

---

① 以下简称《地图集》。
② 收录在《共和国的黑暗领域：1991—1995 年的诗》（*Dark Fields of the Republic: Poems, 1991-1995*, 1995）中。
③ 以下简称《午夜打捞》。
④ 以下简称《在那里发现了什么》。
⑤ 以下简称《可能的艺术》。
⑥ 以下简称《人眼》。

其自身厚重的思想、文学素养与大胆创新走出“影响的焦虑”，建构自己的诗歌与批评世界。我们不难发现，性别、种族、阶级、语言、权力、修正都是里奇文学视界的关键词，她不断地解构美国主流社会中既定的历史、文化与身份政治话语，在此基础上通过重拾被遗忘、被边缘化的历史文化，重构新的身份政治话语。作为一名诗人与知识分子，里奇坚守社会与政治批评立场，维护文学的语言与形式审美维度，不断修正诗学理念，其最终目的在于凭借文学解决现实政治问题，实现其自身的政治构想。

笔者接触里奇的作品已经十余年，当初决定从事关于她的研究，一是因为她在当代西方性别理论领域的影响力，二是因为她作品中厚重的人文思想与非凡的诗歌素养，三是感怀于她虽然出身美国中上层社会，受过最好的教育，却不惧主流、不畏艰难，代言边缘政治，以诗言志，以文言政。她60余年来，笔耕不辍，行动不止，始终保持着诗歌创作、批评思考与现实参与的良性互动。她一直活跃在美国诗坛、著名大学的讲坛和重要的社会活动场所，以创作、授课、演讲和访谈的方式传达她的政治观与文学观。毋庸置疑，对里奇的学习与研究，并不是要把她的思想当作普遍意义的推论，而是要把她置于特定的个人、历史、文化、政治和理论语境中去理解并批评性地汲取她的文学思想，以期更好地了解其文学作品所体现的个体、群体和社会的现实。

许庆红
安徽大学磬苑校区人文楼 C417 室

目 录

第一章 "焦虑"与"摆渡"：里奇创作的多维溯源

艾德里安娜·塞西尔·里奇（Adrienne Cecile Rich, 1929-2012）“被公认为20世纪下半叶最有影响力的诗人之一”[①]，其诗歌才华广受赞誉。里奇天资聪颖，1951年大学毕业于哈佛大学拉德克利夫学院（Radcliffe）。处女作《世界的改变》（*A Change of World*）被20世纪英国著名诗人奥登（W. H. Auden）列入耶鲁青年诗人丛书（Yale Series of Younger Poets）出版，奥登为该诗集写了序言。60年间（1951—2011），里奇笔耕不辍，出版了从《世界的改变》到《今夜无诗——2007年至2010年的诗歌》（*Tonight No Poetry Will Serve: Poems 2007-2010*, 2010）的24部诗集以及从《生为女人：作为经验与体制的母亲身份》（*Of Woman Born: Motherhood as Experience and Institution*, 1976）[②]到《人眼》的7部评论集。这些作品的绝大多数由美国诺顿出版公司出版。同时，里奇还享有国际声誉，其作品被翻译成德语、西班牙语、瑞典语、荷兰语、希伯来语、希腊语、意大利语、日语和中文等十几种语言。

里奇的创作过程大致可分为三个阶段。早期阶段是20世纪50至60年代，诗人自认为这一时期是其诗歌的练习和探索阶段。主题上呈现为女性意识比较朦胧的“父权制藩篱中的妇女”[③]，形式上则因袭男性传统诗歌艺术；中期阶段是20世纪70至80年代，其间其女性主义思想走向成熟，修正了“经典”，确定以寻求女性生存和发展为己任的目标。诗歌题材上注重再现女性经历，主题上摆脱传统的性别观，言说女性身份与性别政治，重拾女性群体的历史、文化和生命体验，重构女性话语；审美上也偏离了男性诗歌模式和书写策略，在诗歌意象、语言和结构方面做了突破，着力改写自我，进行“艺术与政治的对话”，做到“诗人的女性身份与其艺术的融合”[④]。后期阶段为20世纪90年代至21世纪的前10年，里奇的视野更加开阔。除了性别问题，她还关注更多更宽的公共议题，如种族、语言、暴力、社会公正等。她明确主张诗歌应当“有意识地与政治关联”，坚守知识分子批评立场，以针

---

① 张子清：《20世纪美国诗歌史》，天津：南开大学出版社，2018年，第1174页。

② 以下简称《生为女人》。

③ Barbara Charlesworth Gelpi and Albert Gelpi, eds. *Adrienne Rich's Poetry: A Norton Critical Edition,* (New York: W. W. Norton, 1975), p.175.

④ Nina Baym, ed. *The Norton Anthology of American Literature*, (New York: W. W. Norton, 2003), p.2759.

砭时弊、弘扬正义为己任，坚定地批判美国社会政治的不公问题，为边缘、弱势群体代言，追求多元政治与文化身份；审美方面，以文学实践为媒介参与公共生活，通过变革诗歌的语言、形式和内涵以承纳个人的和公共的议题，努力面向多样化的诗歌读者，从而构建了一种后现代的对话性与修正性诗学观。

里奇几乎囊括了美国重要的文学荣誉和诗歌奖项，其中主要包括颁发给《潜入沉船》的国家图书奖（National Book Award, 1974）、露丝·莉莉诗歌奖（The Ruth Lilly Poetry Prize, 1986）、全国诗歌协会颁发的诗歌艺术杰出服务奖（National Poetry Association Award for Distinguished Service to the Art of Poetry, 1989）、威廉·怀特赫德终身成就奖（William Whitehead Award for Lifetime Achievement, 1992）、弗罗斯特奖章（Frost Medal, 1992）、华莱士·史蒂文斯杰出诗歌艺术奖（the Wallace Stevens Award for Poetry, 1996）。此外，她还获得过多项奖金资助，如“古根海姆学术奖”（Guggenheim Fellowship, 1952, 1961）、“美国诗人学会研究金”（Academy of American Poets Fellowship, 1992）和“麦克阿瑟研究金”（MacArthur Fellowship, 1994）等[①]。她因抗议众议院长投票终止对美国艺术基金会的资助而拒绝接受“国家艺术奖章”（The National Medal for the Arts, 1997），结果成了 1997 国家头条新闻人物。当时政府的政策正导致越加严重的社会边缘化与贫富悬殊状况。里奇对这一重要奖项的拒绝既说明她坚定的知识分子立场，也说明她作为著名诗人，抗衡压制性政治的勇气与底气，表达了她自己的政治担当。正如她在诗歌《来源》（“Source”, 1981）中所吐露的心声，“她是一位‘有着使命感的女性，而不是生而为奖/只是为了改变历史法则。”[②]她也正是由于“坚强的性格、刚强正直，以及卓越的诗人和作家才华”而受到普遍的赞赏。[③]

① Sacvan Bercovitch, and Cyrus Patell, eds. *The Cambridge History of American Literature*, (Vol.8), (Cambridge: Cambridge UP, 1996), pp.250-251.

② Adrienne Rich, *Your Native Land, Your Life*, (New York: W. W. Norton, 1986), p.23.

③ Vincent B. Leitch, et al., *The Norton Anthology of Theory and Criticism*, (New York: W. W. Norton, 2001), p.1760.

第一节 “焦虑”与“摆渡”

关于影响的概念，米歇尔·福柯（Michel Foucault）在《知识考古学》（*Archéologie du Savoir*, 1969）中给出了这样的解释，“……影响这个概念，它为转让和传递的事实提供一个支点——这个支点奥妙无穷，以致无法对它进行清楚的分析；它把相似或者重复的现象归结于因果变化的程序（这个程序既没有严格的界定，也没有理论的定义）。”[①] 哈罗德·布鲁姆（Harold Bloom）在《影响的焦虑——一种诗歌理论》（*The Anxiety of Influence: A Theory of Poetry*, 1973）中提出了“影响的焦虑”概念，分析和解释文学作品中后来者如何面对前辈的影响问题。布鲁姆认为，“诗的历史形成乃是一代代诗人误读各自前驱的结果”，每一位后来的诗人（或作家）都必须与前辈作家的影响作斗争，以确立自己的创作空间和声音。这种斗争产生了一种焦虑，即“影响的焦虑”。[②] 布鲁姆还在书中“阐发了传统影响的焦虑感，提出了独树一帜的‘诗的误读’理论——‘逆反批评’”[③]。布鲁姆针对前驱诗人“影响”的“焦虑”的理论反映了诗人对传统影响扼杀后辈诗人独创性的焦虑情结，其诗歌理论中的“修正”和“逆反”策略本质上是后辈新人对前驱诗人（即传统）诗歌艺术的有意解构。而里奇是一个极具修正意识的作家，因而也是“深具布鲁姆的误读气质”的作家[④]。

关于诗人和“摆渡人”的关系，当代德语诗歌代表人物策兰（Paul Celan）曾经在其名篇《从黑暗到黑暗》中把诗人比喻成“摆渡人”：

---

① 米歇尔·福柯：《知识考古学》，谢强，马月译，北京：三联书店，1998 年，第 22 页。
② 哈罗德·布鲁姆：《影响的焦虑——一种诗歌理论》，徐文博译，北京：三联书店，1989 年，第 3 页。
③ 哈罗德·布鲁姆：《影响的焦虑——一种诗歌理论》，徐文博译，北京：三联书店，1989 年，封二。
④ 王卓：《多元文化视野中的美国族裔诗歌研究》，北京：中国社会科学出版社，2015 年，第 529 页。

你睁开眼睛——我看见我的黑暗活着。
我看清了它的根底：
那也是我的，还在生活。

这东西也能摆渡？也能苏醒过来？
谁的光芒在步步紧跟我，
莫非是给自己找个摆渡人？①

如学者所言，一方面，“在极端的痛苦中坚守词语，就是一种摆渡，一种命名。”②诗人把无法言说的原始语言，摆渡到诗性语言，这实际上是一个命名过程，而诗歌的经典意义在于命名，在于用特殊的言语，破天荒地把新事物、新体验敞露于世人面前。③

里奇在其著名论文《当我们彻底觉醒的时候》（“When We Dead Awaken: Writing as Re-Vision”, 1971）就提出“写作就是重新命名”的理念：

一种基于女性主义冲动的激进文学批判，首先会将作品视作揭示我们如何生活、我们过去如何生活、我们如何被引导去构想自我、我们的语言如何既束缚又解放我们、为何命名行为至今仍是男性特权，以及我们如何能够重新看见、重新命名，从而焕然新生。④

里奇的诗歌挑战了传统男性诗歌，致力于用自己的诗性语言去重新“命名”女性经验与现实，命名世界。帕里尼在评论里奇时，就把她视为“命名

① 殷企平：《经典即“摆渡”：当代西方诗歌的精神渊源》，载《外国文学研究》，2012 年第 4 期，第 10 页。
② 殷企平：《经典即“摆渡”：当代西方诗歌的精神渊源》，载《外国文学研究》，2012 年第 4 期，第 11 页。
③ 殷企平：《经典即“摆渡”：当代西方诗歌的精神渊源》，载《外国文学研究》，2012 年第 4 期，第 9 页。
④ Barbara Charlesworth Gelpi, and Albert Gelpi, eds, *Adrienne Rich's Poetry and Prose: A Norton Critical Edition*, (New York: W. W. Norton, 1993), pp.167-168.

者”（the namer），并赞扬这样的人“奋力去命名世界”，“满怀激情地求索救赎语言”①。此处的“救赎语言”，就是诗性语言和文学语言，是需要摆渡人/命名者来锻造的。因此，帕里尼借用爱默生（Ralph Waldo Emerson）的一段话，点出了“诗人”“命名者”和“语言锻造者”之间的内在联系：“诗人就是命名者，就是语言锻造者。诗人在命名事物时，或根据表象，或根据本质，赋予各事物独特的名字，以区别于其他事物。此时，诗人的智力从中获得愉悦，因为智力本就超然物外，并喜好划定事物的边界。”② 跟爱默生时代不同的是，当代诗人若想通过命名带来愉悦，就要经历艰辛与疼痛。这种疼痛的愉悦代表了一种坚忍不拔的精神，而这种精神正是经典诗歌的意义所在，如里奇所言：

诗歌不会飞越海洋，穿越风暴，抵达任何“新世界”或“应许之地”，继而敛翅而歌。诗歌从不安于现状，它会一直探索无尽的未知领域。诗歌永远与现成的避难所争辩，与停滞的革命对峙，哪怕诗人满心惶惑，试图在新天地里安身立命，用陌生语言书写篇章。这桀骜的精灵仍会不断叩击诗人的灵魂，直到被彻底放逐。③

“摆渡”的另一层意义在于连接过去、现在与未来。诗人对新现实、新体验的命名，往往需要诗歌传统的力量。美国当代诗人，即便是像里奇这样最激进的当代诗人也往往要从传统中汲取养料，寻求灵感，而且她的借鉴或互文对象往往是一些著名的传统诗人，如惠特曼④、布莱克、济慈、罗塞蒂和丁尼森等，寻求传统也是为了沟通未来。里奇的诗风靠拢济慈，其最主要的目的是既表达历史的沉重感，如对女性被压迫历史的再现，又表达“济

---

① Jay Parini . Introduction . *The Columbia History of American Poetry.* (New York: Columbia UP,1993), p.xxix .

② Jay Parini . Introduction . *The Columbia History of American Poetry.* (New York: Columbia UP,1993), p.xxix .

③ Sandra M.Gilbert, ed. *Culture, Politics, and the Art of Poetry: Essential Essays by Adrienne Rich*, (New York: W. W. Norton, 2018), p.290.

④ 关于这一点，本章第三节有专门论述。

慈式的信念，即相信人生的可能性是无边无际的”[①]，如里奇在《来自美国的一所老房子》（“From an Old House in America”, 1974）这首长诗中对“老房子”——美国女性历史进程的历史——的回顾，对走出“老房子”——呼唤美国不同种族女性联合起来的未来展望，形成了上文所说的摆渡关系。

本章试图从里奇创作的个人、历史与理论语境来分析里奇创作的精神溯源——“焦虑”与“摆渡”，包括“多位一体”的身份认知与焦虑、历史与理论语境的交互作用以及前辈诗人的影响，这些共同构成了里奇文学 / 诗歌思想的多维、复杂渊源。里奇扮演了一个诗人 /“摆渡人”的角色，她重新“命名”诗歌，连接西方经典诗歌的过去、现在与未来，完成了跨越时空、跨越身份的摆渡性。

第二节 个人语境：“多位一体”的身份认知与焦虑

里奇出生于优裕的知识分子家庭，因阶级和肤色而享有特权，受过一流的教育。其“多位一体”的身份所带来的焦虑是她创作的原动力，为其创作提供了丰富的素材和源泉。对多元身份的内在认知伴随其整个写作生涯，多元身份既是她身份焦虑之源，也点燃了她的文学创作激情，升华为她的多产作品。通过文学，里奇思考自我、审视自我、塑造自我身份，如同她在《血液、面包与诗歌：诗人的位置》（“Blood, Bread, and Poetry: The Location of the Poet”, 1983）一文里所言：

但我个人 16 岁时的世界观和 26 岁时一样，本身就是由政治环境塑造

① 殷企平：《经典即“摆渡”：当代西方诗歌的精神渊源》，载《外国文学研究》，2012 年第 4 期，第 14 页。

的。我一直就像个异类；我是白人，生活在一个白人至上的社会；一直以来我所接受的都是特定阶级的教育；我的父亲是一位在反犹太背景下被“同化”的犹太人，我的母亲是一个南方白人新教徒。在这种特定的历史潮流中，我的意识一点一点地逐渐形成。我读过的诗歌在一定程度上塑造了我的个人世界观，这些诗歌几乎完全是由盎格鲁-撒克逊白人男性写的，尽管也有少数作者是女性、凯尔特人或法国人。因此，我没有读过西班牙语诗歌、非洲诗歌、中国诗歌以及中东诗歌。和许多年轻人一样，我的世界观体现了我对自己独特性的坚守，这不是与生俱来的，而是我对血液和面包的事实、对我所处时空的社会和政治力量的一种一知半解。①

里奇的性别、家庭背景与教育背景共同造成了她的一段极其珍贵而又痛苦的经历。不过，这种背景的分裂又令其烦扰，促成其复杂多元的身份认知，也构成其文学作品中探寻身份的不变主题。知识分子家庭出身、以父亲为权威的家庭教育、家庭的宗教信仰、自身的文学天赋及接受的一流高等教育、中年时期的家庭生活变故、个人性别和宗教身份焦虑等复杂的个人际遇极大促成了里奇诗歌与批评中的思想主体与审美意识。里奇这里使用了重要隐喻“血液、面包和诗歌”，将诗歌“陌生化”为提供生命力与食粮的血液和面包。后来 1992 年诺贝尔奖获得者、西印度群岛诗人沃尔科特（Derek Walcott）在其名诗《欧洲的森林》中也把诗歌比作食盐和面包：

诗歌啊，假如不像食盐般可贵，
不是人赖以为生的词语，那它何来青春？
多少个世纪过后，多少个体系已经腐朽，
诗歌仍是面包，人类仍靠它生存。②

因此，维系着诗人那些伟大而美妙诗作的，是一种对历史、现在和未来

① Adrienne Rich, *Arts of the Possible*, (New York: W. W. Norton, 2001), p.45.

② 殷企平：《经典即“摆渡”：当代西方诗歌的精神渊源》，载《外国文学研究》，2012 年第 4 期，第 15—16 页。

的书写，对远近时空的延续和跨越。

一、家庭与教育背景

1929年5月16日，里奇出生在美国马里兰州巴尔的摩市的一个“满屋子都是书籍”①的中产阶级知识分子家庭，父亲阿诺德·里奇（Arnold Rich）是一位才华横溢、颇有声望的奥地利—匈牙利犹太裔病理学家，在约翰·霍普金斯医学院做医生和药学教授。父亲因其知识分子和犹太身份而感到焦虑，在培养子女方面充满了抱负和专横。他悉心培养两个女儿并寄予厚望，力图把大女儿培养成一个诗人，而把小女儿打造成一个小说家②。父亲鼓励里奇从小广泛阅读写作，教授她“去学习……而不是祈祷；告诉她要神圣地看待阅读和创作”③。在里奇的眼里，她的父亲是“勃朗特式的爸爸”，或者像超验主义者奥尔柯特（Bronson Alcott）一样，相信他（或者他的妻子）可以按照他独特的道德和智力培养计划养育孩子，从而向世人证明他那开明的育儿观。

母亲海伦·琼斯·里奇（Helen Jones Rich）出生于美国南方小镇，曾是一位技艺精湛、兢兢业业的钢琴家和作曲家。她师从巴尔的摩皮博迪音乐学院的院长，多次获得奖学金，后在女子学校任教，并得到去纽约、巴黎和维也纳深造的机会。但是自从步入婚姻后，她的音乐生涯与相夫教子相互冲突。于是就像奥尔科特（Abigail Alcott）一样，她满腔热情地执行丈夫雄心勃勃、“完美”主义的育儿计划，为了丈夫的发展和家庭而放弃了音乐生涯。她负责两个女儿的家庭教育，一边教她们音乐课，一边向她们灌输美国南方淑女的礼仪。只要在计划的实践中出现任何问题，母亲都会受到父亲的指责。在父亲指责和母亲自责的双重作用下，母亲总是违背自己作为母亲的深层本能而迁就父亲，包括执行父亲的授意，在里奇孩童时期犯下幼稚错误时

---

① Sacvan Bercovitch and Cyrus Patell, eds. The *Cambridge History of American Literature*. Vol. 8: *Poetry and Criticism, 1940-1995*, (Cambridge: Cambridge UP, 1996, 2007), p.249.

② 他的教育试验只能算是部分成功，因为里奇的妹妹辛西娅·里奇（Cynthia Rich）在发表了几篇小说后就回归传统家庭生活了。

③ Cheri Colby Langdell, *Adrienne Rich: The Moment of Change*, (Westport, CT: Praeger Publishers, 2004), p.12.

对她施行严惩。如里奇所写，“多年来，我一直觉得母亲选择了父亲而不是我，为了他的需要和理论而牺牲了我。”[①]母亲为了迎合父亲的家长地位，将孩子降到次要地位。

在这样的家庭中，里奇同父母的关系一度十分紧张。其中一个原因是她是家里的长女，而非信奉犹太教的父亲所想要的男孩[②]。她一直在与父亲抗争，争取情感生活的权利，以及逾越符合他的需求和理论的自我身份。她愤怒于父亲的专制自大，愤怒于母亲的低眉顺眼。“尽管权威和控制像电线一样贯穿其中……他的声音、气质和风格似乎充斥着整个家庭。我不记得从什么时候开始，母亲作为女性的感性、她真实的身体，开始让位于父亲的魅力，让位于他自信的思想和气质。”[③]父亲通过母亲向幼小的她灌输期望，而母亲在父亲的授意下对她施加压力，这造就了她的焦虑、沮丧和愤怒。母亲的软弱无能或缺乏斗争精神不仅束缚了自己，也束缚了女儿，并将自己的痛苦传递给了女儿。从母亲身上，里奇看到了成为女人意味着什么。

在诗歌创作方面，最开始的里奇只能在“父亲的王国”中保持沉默。父亲掌管了每一个细节，训练她以“普遍的”男性风格进行思考和诗歌创作，对其女性特质持否定态度。在父亲的监管下，她度过了一段难熬的写作时光。她曾写道，“二十来年中，我一直在为这位特殊的男性写作。他批评和赞扬我，让我觉得自己确实是‘特别的’。这件事的主要一面是，长期以来，我一直试图取悦他，或者更确切地说，试图活在他的期待中。”[④]就这样，里奇早期的许多作品都具有奥登所称赞她的“脱离自我及其情感的能力”[⑤]。后来，她的思想逐渐有了改变，大一结束后，她“带着崭新视野与崭新信息”，

① Adrienne Rich, *Of Woman Born: Motherhood as Experience and Institution*, (New York: W. W. Norton, 1976), p.222.

② 犹太教的传统信仰认为，女性的灵魂与男性的精子结合，自然会生出一个“男孩”。转引自：Sandra M. Gilbert, ed. *Culture, Politics, and the Art of Poetry: Essential Essays by Adrienne Rich*, (New York and London: W. W. Norton, 2018), p.115.

③ Sandra M. Gilbert, ed. *Culture, Politics, and the Art of Poetry: Essential Essays by Adrienne Rich*, (New York: W. W. Norton, 2018), p.108.

④ Sandra M. Gilbert, ed. *Culture, Politics, and the Art of Poetry: Essential Essays by Adrienne Rich,* (New York and London: W. W. Norton, 2018), p.7.

⑤ Barbara Charlesworth Gelpi and Albert Gelpi, eds. *Adrienne Rich's Poetry: A Norton Critical Edition*, (New York: W. W. Norton, 1975), p.211.

俨然成为走出家门，“走向世界的女儿”，“登上学术圣殿的典范……既圆满了父亲的夙愿，却也在这过程中受到了危险因素的影响。”①尽管在其父亲看来，里奇“心智成熟、深得其心”，但她“很早就情绪失控，脾气暴怒”。“即使在那些年里，里奇传统的诗歌创作技能吸引了奥登和贾雷尔，但她也在探索……未来更为辽阔的东西。”②她认识到，她对世界的看法与那些掌管着她诗歌创作初期的男性诗人——叶芝（William Butler Yeats）、托马斯（Dylan Thomas）、麦克尼斯（Louis MacNeice）、史蒂文斯（Wallace Stevens）和奥登本人——有很大的不同，于是她逐渐否定了“学院派现代主义脱离感情的讽刺和抛光打磨的表演”③。

可见，父亲一方面培养了里奇杰出的知识与能力，塑造了她坚强的性格和对世界的理解，尤其在她诗歌创作事业的道路上留下了一个不可磨灭的印记；但另一方面，父亲的独断专行及对女儿创作生活的操控却又阻碍了她早期独立的思考和诗歌风格的发展，导致了里奇早期诗歌对传统男性诗艺的刻意效仿以及后来的“改弦更张”，如同她在名为《作为女性需要了解什么？》（What Does a Woman Want to Know?, 1979）的演讲中所言：

我人生的前四十年都在这样的持续矛盾中度过，在父辈教导下观察世界，也因此受到嘉奖；却又不时会闪现局外人对世界的看法。渐渐地，这些闪现的、看似近乎疯狂的看法，开始要求我努力将它们相互联系起来，执意让我认真对待它们。只有当我最终能够肯定，一个合法化且合理的远见来源于局外人的看法时，我才能够开始做我真正想做的工作，过我真正想过的生活，而不是执行我作为一个享有特权的女人、作为一个象征所被赋予的任务。④

① Sandra M. Gilbert, ed. *Culture, Politics, and the Art of Poetry: Essential Essays by Adrienne Rich*, (New York: W. W. Norton, 2018), p.xvi.

② Sandra M. Gilbert, ed. *Culture, Politics, and the Art of Poetry: Essential Essays by Adrienne Rich*, (New York: W. W. Norton, 2018), p.xvi.

③ Craig Werner, *Adrienne Rich: the Poet and Her Critics*, (Chicago: American Library Association, 1988), p.2.

④ Sandra M. Gilbert, ed. *Culture, Politics, and the Art of Poetry: Essential Essays by Adrienne Rich*, (New York: W. W. Norton, 2018), p.151.

这种加缪式“局外人”的观点具有对自我以及周遭世界的清醒认知，因而是特立独行的。

二、传统女性身份与写作女性身份的冲突

里奇个人身份焦虑同样来自传统女性家庭身份与诗人身份的冲突。里奇从哈佛大学拉德克里夫学院毕业后，随即决定与父亲的维多利亚式家长作风和傲慢态度进行抗争——通过结婚抵制父亲极端的控制欲，离开那个名为保护实为束缚的原生家庭。就这样，她1953年与哈佛大学经济学教授康拉德（Alfred Hilton Conrad）结了婚，并陷入了弗里丹（Betty Friedan）所言的“女性奥秘论”中，不到三十岁就生下了三个儿子。然而，她未曾预料到的是，在根深蒂固的、不容置疑的传统观念里，“终生视为神圣的母爱被说成是完美的生活方式”①，这无疑是加在她身上的又一道枷锁。她的脑海始终浮现一个问题：母亲身份对女性来说，究竟意味着什么？母亲身份除了带给她极大的爱与满足外，还有极大的“焦虑、身体疲惫、愤怒、自责、无聊和自我分裂”②，繁重的家务琐事和孩子们的需求将她困在了孤独、恐惧、疑虑和自我分裂之中——一个（写诗的）女人和一个（女性）诗人之间的分裂：

> 苦涩的怨恨和焦躁的神经、幸福的满足和心底的柔软相互纠缠……我对自己的无能为力感到绝望，也对自己的命运感到绝望，因为我被赋予了一个自己并不适合的角色。有时，我会因积压的愤怒而变得不堪一击……我时常会羡慕那些不育的妇女，尽管她们有很大的遗憾，但她们可以享受不受打扰且自由自在的生活。然而，有的时候，我又会被孩子们那无可奈何、充满魅力而又不可抗拒的美丽所融化……*我爱他们*。但正是这份深沉且无法逃避的爱意中却掺杂了无数痛苦。③

① 贝蒂·弗里丹：《女性的奥秘》，程锡麟、朱徽、王晓路译，哈尔滨：北方文艺出版社，1999年，第54页。

② Sandra M. Gilbert, ed. *Culture, Politics, and the Art of Poetry: Essential Essays by Adrienne Rich*, (New York: W. W. Norton, 2018), p.83.

③ Sandra M. Gilbert, ed. *Culture, Politics, and the Art of Poetry: Essential Essays by Adrienne Rich*, (New York: W. W. Norton, 2018), p.85.

她开始在传统社会文化规定的相夫教子这一传统女性角色和写作自我身份的冲突之间挣扎，在刻板印象中“无条件的”母爱与困扰之间挣扎。里奇在怀大儿子期间，她的第二本诗集即将出版，但她已经不再写诗，也很少阅读，“实际上受到了制度化而非真实的母亲身份的影响，我疏远了我真正的身体、真实的灵魂……我既脱离了我直接的、当下的、身体的体验，也脱离了我的阅读、思考和写作生活。”①在她的“西斯廷式平静”之下潜藏着深深的焦虑。怀二儿子时，里奇一度对读诗和写诗感到厌烦和淡漠，甚至有一种强烈的欲望要否认写诗的兴趣和对诗人的责任。但是，里奇从未真正放弃过诗歌，也从未放弃掌控并重塑自己的生活，努力“将身体和思想，女性和诗人以及家庭生活和创作这些分裂的能量有序地结合起来”②。里奇的第三个孩子是她下定决心生的最后一个孩子，他的出生对她的身体和精神来说是一种转折：

我陷入了深深的困惑：要么承认自己是个失败的女人和失败的诗人，要么努力寻找一种方式，把这两种身份融合起来理解当下的处境。最让我恐惧的是那种随波逐流的感觉，仿佛被某种自称为“命运”的浪潮裹挟着前进，在这个过程中，我渐渐丢失了曾经的自己，那个在都市街头游荡、在深夜火车上遐想、在学生公寓里奋笔疾书的姑娘，她曾无数次真切感受过意志与活力迸发的狂喜。在写给祖母的诗《中途》里，我这样描述自己：“一个年轻的女孩，看似沉睡，却被宣告死亡。”③

里奇的内心充满了矛盾，在孩子们的需求和自己的需求之间穿梭，每当她因过分关注自身需求而对孩子们显得冷淡甚至粗暴时，她就会自责地认为

---

① Sandra M. Gilbert, ed. *Culture, Politics, and the Art of Poetry: Essential Essays by Adrienne Rich*, (New York: W. W. Norton, 2018), pp.104-105.

② Cheri Colby Langdell, *Adrienne Rich: The Moment of Change*, (Westport, CT: Praeger Publishers, 2004), p.42.

③ Sandra M. Gilbert, ed. *Culture, Politics, and the Art of Poetry: Essential Essays by Adrienne Rich*, (New York and London: W. W. Norton, 2018), p.12.

自己"是一个逃避女性身份且不像女人的女人，是一个尼采式的怪物"，同时"为那些年荒废了自己的生活而感到悲伤"[①]。为发泄这种令她窒息的生活带来的真实感受与自我认知，里奇对抗随波逐流、停滞不前以及精神上的死亡："因为我一直惧怕的是真正的死亡，我一生都在奋斗，以创造一个清晰可辨的、自足自立的自我，一个通过诗歌和生活创造出来的自我，而这尚未成型的自我面貌会随着真正的死亡而崩溃消亡。"[②]她选择更严格地约束自己的生活，更好地将孩子在学校的时间用于工作和独处，集中于自己的生活方式。她更加认真地对待自己的需求，对待诗歌，用诗歌传达自己作为女性—诗人这一双重身份个体的内心思想感受——忧郁、悲伤和愤怒。这一时期她的创作，如《儿媳妇的快照》，植根于其个人生活经验和记忆、尤其是抚养三个幼小孩子的经历快照。幸运的是，她经历的个人身份冲突逐渐与同期的20世纪60年代的西方社会历史语境中的妇女解放运动的呼声呼应。当其内心的声音在其他人群中找到了相似的表达时，她开始变得更有勇气与力量，逐渐开始在诗歌中呈现政治主题。

面对美国20世纪50至60年代的颓废时期，里奇曾表示："50年代受到早期女性主义影响，中产阶级女性正以追求家庭完美为事业，努力支持丈夫完成专业学业，然后放弃工作，回归家庭，抚养孩子。"[③]对于丈夫们而言，尽管不反对妻子们进行艺术创作，但他们也从不认为那与他们的事业是同等重要的，里奇曾这样描述她的丈夫：

我的丈夫是一个敏感、深情的人，他想要孩子，而且他愿意"帮忙"。这在50年代的职场和学术界是不寻常的。但很明显，我将这种"帮助"看作是一种宽宏大量；他的工作、他的职业生涯，才是家里真正的工作；事实上，多年来，这在我们之间根本不是一个问题。我明白，作为作家，我所做

① Sandra M. Gilbert, ed. *Culture, Politics, and the Art of Poetry: Essential Essays by Adrienne Rich*, (New York: W. W. Norton, 2018), p.97.

② Sandra M. Gilbert, ed. *Culture, Politics, and the Art of Poetry: Essential Essays by Adrienne Rich*, (New York: W. W. Norton, 2018), p.93.

③ Barbara Charlesworth Gelpi and Albert Gelpi, eds. *Adrienne Rich's Poetry: A Norton Critical Edition*, (New York: W.W.Norton,1975), p.95.

的努力是一种奢侈，是我的一个特性……无论我提出什么要求，他都会尽量满足我，但我总是主动的那一方。[①]

尽管里奇在受困于传统社会制度中的婚姻时经历了很多爱与痛苦，但她并没有选择过结束自己的婚姻。他们的婚姻一直持续到她的丈夫在1971年自杀身亡。她生活在“当时无可争议的异性恋主导机制中”[②]，坦然地面对自己所遭遇的各种挑战和挫折。里奇后来写书讲述女性的烦恼，尤其是女性在学术界、职业和生活中要获取成功而不得不奋争的艰辛。

里奇生命的转折点发生在20世纪60年代末和70年代初。1968年，她的父亲去世，丈夫也无法理解她日益增长的政治热情。加上性格差异，夫妻感情在1970年走向破裂。她最终与丈夫分居，搬到附近的一套公寓。1971年，她的丈夫因婚姻危机和个人心理疾病自杀身亡，这一事件对里奇造成了巨大的打击。尽管如此，里奇对自己失败的婚姻总是讳莫如深。婚姻的结束促使里奇迅速切断了与大多数男性朋友的联系，全身心投入女性主义创作事业中，重新拾起自己的生活。20世纪80年代和90年代，里奇先后任教于斯克里普斯学院、加州大学圣何塞分校和斯坦福大学。[③]她从此将个人生活、诗歌创作与政治抱负进行三位一体的呈现，更多地以诗人与作家的双重身份，关注社会弱势群体，代言边缘政治，深刻阐述个人的身份现实与美国社会现实之间如何相互交织、相互影响。

三、宗教身份焦虑

里奇长期深受宗教身份焦虑的困扰，她不懈地探索着自己那既被社会承认又常被忽视的美国犹太（女性）身份。她的宗教身份混杂而分裂，父亲

① Adrienne Rich, *Of Woman Born: Motherhood as Experience and Institution*, (New York: W. W. Norton, 1976), p.27.

② Cheri Colby Langdell, *Adrienne Rich: The Moment of Change*, (Westport, CT: Praeger Publishers, 2004), p.21.

③ John O'Mahoney. *The Guardian*, Saturday June 15, 2002. 根据这篇文章，里奇夫妇的好友、同时代的诗人海登·卡鲁斯（Hayden Carruth）认为，导致他们婚姻危机的原因很复杂，其中包括他们的个性差异。

是一名犹太教徒，而母亲是一名新教教徒。她的父亲尽管出生于东欧一个虔诚的犹太家庭，但作为无宗教信仰的无神论者，却对自己的犹太根源持有贬低、憎恶和排斥态度。他选择隐藏犹太遗产，并渴望融入美国白人的主流价值观中，希望自己的女儿也能被美国主流价值观同化。里奇苦于父亲的犹太身份。这既受到外部反犹太主义的影响，也受到里奇父亲身为犹太人既自我仇恨又自豪的矛盾心理的影响[①]。可是，里奇在拉德克里夫学院却反其道行之，从一名被同化的新教徒的女儿蜕变成一位犹太青年。在该女子学院，里奇第一次被允许谈论自己的犹太背景。里奇认为，比起让自己看起来像个非犹太人，20世纪40年代末的犹太女学生更愿坚守犹太身份，传承犹太文化。于是，里奇在1953年大学毕业后，在父母的反对下与犹太人康拉德结婚，“在里奇夫妇的眼里，阿尔弗雷德·H·康拉德似乎并不是合适的女婿，因为他是一个‘真正的犹太人’。”[②]“她嫁给了一个她父亲可能最想逃避的人，一个真正的犹太人，一个既要继承自己的传统又要‘得到北方佬的认可和同化’的人，她嫁给了一个和她一样具有潜在性矛盾的人。”[③]婚后的里奇有好几年没有见过自己的父母，也几乎没有和他们交流过。与此同时，里奇在《根裂：关于犹太身份的论文》（Split at the Root: an Essay on Jewish Identity, 1982）和长诗《来源》（*Sources*，1982）中开始重拾自己的犹太传统。她回忆起父亲的威力：“我父亲的个性对我的影响在我的生活中挥之不去。他的意志在我们家有如此之大的影响力，以至于很长一段时间以来，我都觉得我必须为违背他的意志付出惨痛的代价。”[④]宗教身份的焦虑同样影响里奇的女性个人身份。虽然父女二人最终和解，但是一种无用的愤怒和痛苦代替了父亲那摆脱不了的声音。里奇希望父亲能够珍惜和认可她，把她“当成一个女

① Sandra M. Gilbert, ed. *Culture, Politics, and the Art of Poetry: Essential Essays by Adrienne Rich*, (New York: W. W. Norton, 2018), p.208.

② Cheri Colby Langdell, *Adrienne Rich: The Moment of Change*, (Westport, CT: Praeger Publishers, 2004), p.21.

③ Jane Roberta Cooper, *Reading Adrienne Rich: Reviews and Re-Visions: 1951-81,* (Ann Arbor, MI: U of Michigan P, 1984), p.233.

④ Sandra M. Gilbert, ed. *Culture, Politics, and the Art of Poetry: Essential Essays by Adrienne Rich*, (New York: W. W. Norton, 2018), p.211.

性，一个有自己想法和选择的女性”[①]，但里奇意识到这是不可能的，因为父亲要求里奇绝对忠于并顺从他的意志。

直到20世纪60年代末，随着她对民权运动、妇女解放运动以及其他反文化运动的涉足，面对当时整个世界范围的反犹情绪，里奇却一直挣扎着重新审视自己混杂的宗教身份，并认定自己是一名带有白人异教徒根源的犹太教徒，主张犹太文化作为世界文化中的一个重要族群文化，要发挥其影响力。60年代末，里奇从事的大部分工作都是关于种族问题的，尤其是在纽约市立大学担任教职期间。然而，里奇看到很多纽约犹太人，他们通过公立学校和免费城市学院体系摆脱了贫困和剥削，而现在却试图阻止黑人和波多黎各学生获得教育。“那时候我还不明白，我正生活在双重犹太社会身份之中：一种是作为激进的梦想家和活动家的犹太人，他们能切身体会到压迫；另一种是在美国吞噬计划中被同化了的犹太人，他们在被同化的过程中，由被迫害者变成了施暴者。”[②]在诗人的宗教身份方面，里奇不认同一些男性现代著名诗人如艾略特（T. S. Eliot）作为英国国教徒的反犹主义立场，她在哈佛跟随马提森（F. O. Matthiessen）阅读艾略特的《四个四重奏》（*Four Quartets*, 1943）时，就背离了艾略特对宗教信仰与诗人关系的看法，她批评道，“我曾把讲座笔记记在了《四个四重奏》复本的扉页上，这本书我还留着。在笔记里，我找到了这段话：‘这世俗年代中基督徒诗歌的问题就是：如果你不接受基督教，就没法接受诗歌。’”[③]里奇感受到了艾略特虚伪的宗教信仰，“就像那个我确定不得不逃离的世界，不过是一个神学的版本……他本应该是位大师”[④]。也正是由于宗教信仰的问题，当时作为年轻的诗人，里奇不敢直陈一些男性现代大诗人都是英国国教徒的事实。

同样，里奇的犹太身份使她无法忍受美国的主流文化，这种态度在她

① Sandra M. Gilbert, ed. *Culture, Politics, and the Art of Poetry: Essential Essays by Adrienne Rich*, (New York: W. W. Norton, 2018), p.211.

② Sandra M. Gilbert, ed. *Culture, Politics, and the Art of Poetry: Essential Essays by Adrienne Rich*, (New York: W. W. Norton, 2018), p.215.

③ Adrienne Rich, *Motherhood as Experience and Institution,* (New York: W. W. Norton, 1976), p.192.

④ Adrienne Rich, *Motherhood as Experience and Institution,* (New York: W. W. Norton, 1976), p.193.

20世纪八九十年代的众多诗歌和批评创作中都是显而易见的。比如，在《血液、面包与诗歌：诗人的位置》一文中，里奇写道，"我的父亲是犹太人，母亲是新教徒，我第一次知道犹太大屠杀是从集中营解放的纪录片中看到的"。[①] 她将自己置身于一个边缘化的、受压迫的社会身份之中，与弱势群体为伍，重新打捞被沉寂的历史，在这篇文章中写道：

> 作为一个在美国白人主流文化中成长起来的女性，我注定要在我的余生中，在我所接受的许多教育都与我背道而驰的情况下，费力地拼凑出与我真正相关的历史，这是我作为一个诗人所依赖的历史，也是我作为一个女性和诗人唯一可以找到立足点的历史：被剥夺者的历史。[②]

里奇无法否认自己的犹太身份，也无法忽视犹太人的真实状况。她在20世纪80至90年代对犹太身份问题进行了持续的书写，她的诗集《来源》（*Sources*, 1983）《你的故土，你的人生：诗歌》（*Your Native Land*, *Your Life: Poems*, 1986）《时间的力量：1985—1988年的诗》（*Time's Power: Poems, 1985-1988*, 1989）《地图集》以及《在那里发现了什么》讲述自己早年生活中被迫隐藏犹太身份来探讨纳粹大屠杀之后犹太身份的丧失与重构，以此重塑犹太文化在世界文化中的影响。里奇尤其关注大屠杀给犹太女性带来的创伤，用文学呈现犹太女性反抗压迫、追求独立与自由的艰难历程，也提出了美国多元文化身份共存的愿景。20世纪90年代，里奇在做《为犹太女性主义者和我们的朋友而作的杂志》（*A Journal for Jewish Feminists and Our Friends*）的编辑后，逐渐克服了犹太身份焦虑。如埃里克森所言，里奇追求一种双重路径：犹太性并不会削弱白人性，而是与白人性一同构成个人身份的有效方面。[③]

总之，里奇个人"多位一体"的身份认同与焦虑极大影响了她的创作思想。认同与焦虑是里奇思想的一个重要症结和关键源头，如她自己曾经坦

---

① Adrienne Rich, *Arts of the Possible*, (New York: W. W. Norton, 2001), p.42

② Adrienne Rich, *Arts of the Possible*, (New York: W. W. Norton, 2001), pp.49-50.

③ Peter Erickson, "Singing America: From Walt Whitman to Adrienne Rich," in *The Kenyon Review*, Vol. 17, Issue 1, Winter 1995, p.104.

言，“很奇怪，当人们讨论我的作品的时候，总觉得我已经把为‘无权者’或者‘被压迫者’辩护作为己任。我是出于内心的绝对需要而写，回应我所处的时代和我在其中的位置，尝试找到与之相匹配的语言。”① 因此，里奇对多元身份的认知与焦虑不仅是其个体的生活经历、偏好和对世界的理解，也体现了一定的时代精神，是特定时期的历史观、文学观与价值观的再现。

第三节 历史、文化与理论语境：西方女性主义和性别理论

里奇的创作一方面受其个人身份的自觉性或内在思想认同的驱动，另一方面也受社会大语境影响，受外力所驱来呈现社会问题。里奇的整个写作生涯与 20 世纪下半叶的宏观历史文化背景息息相关。在美国和世界其他地区发生的各种政治事件和文化运动，尤其是 20 世纪后 30 年的西方女性主义和性别理论语境为里奇提供了克服自身多重身份冲突和分裂的条件与土壤，并对其核心思想的形成和发展起着至关重要的作用，“一场又一场令人惊叹的运动将她带到了公共话语的中心。带着愤怒和软弱，她写血液、面包和诗歌来批评种族主义、厌女症、反犹主义、异性主义、消费主义和阶级特权……这些艺术的源泉，以及将它们塑造成有力语言的技艺，可以说是她俯拾皆是的宝藏。”②

一、20 世纪下半叶的宏观历史文化语境

第二次世界大战后，奥登曾经以“焦虑的时代”（The Age of Anxiety）为题目，写下了著名长诗，表达了因“经济萧条、纳粹的崛起、极权主义、第

① Adrienne Rich, *Arts of the Possible*, (New York: W. W. Norton, 2001), pp.140-141.
② Sandra M. Gilbert, ed. *Culture, Politics, and the Art of Poetry: Essential Essays by Adrienne Rich*, (New York: W. W. Norton, 2018), p.xviii.

二次世界大战、大屠杀、原子弹和冷战”而引发的痛苦与焦虑，因此有人干脆称“焦虑就是奥登的缪斯”[①]。事实上，不只是奥登的诗歌，在当代的西方优秀诗歌中，几乎全都弥漫着焦虑。面对着这样一个令人焦虑的世界、一个“艰难的世界”（里奇语），诗人何为？诗人能否放弃诗歌创作或摆渡呢？阿多诺就曾经断言：“奥斯威辛之后写诗是野蛮的”，而代表着更多诗人意愿的保罗·策兰则针锋相对地反对诗人石头般的沉默，指出“苦难并不是拒绝诗歌的理由……诗人要通过一种类似摆渡人的运送行为……由沉默转向言说”[②]。里奇跟策兰的意愿相同，要让石头发出声音，要肩负诗人的使命，要继续写诗，做一个迎难而上的摆渡人。

就里奇的宏观创作背景而言，二战后的美苏冷战不可避免地影响美国国内的意识形态分歧，麦卡锡推行的反共运动就是其直接产物之一。反共提案获批后，联邦政府对整个美国公民采取了政治高压政策。政治意识形态上的分歧、经济利益上的冲突对文学艺术领域产生了较大的影响。实际上，早在20世纪50和60年代，疲于政治意识形态辩论的艺术家们给诗人们施加压力，迫使诗歌远离大众生活、政治斗争和集体意识从而追求唯美主义。如以奥登为代表的英美新批评派极力推崇经典文学作品，追求高雅文化。然而，里奇没有完全追随时代的潮流，而是坚守战后知识分子自由主义的思想，坚守西方经典诗歌的精神，秉承“写作就是重新命名”的理念，以诗歌的形式介入政治。正如霍尔伯格在《诗歌、政治和知识分子》中所言：

40—50年代的自由主义者认为美国人能够想出一条摆脱政治和社会问题的出路。50年代，知识分子以前所未有的数量进入到政府部门，院校体系也大大膨胀，人们非常强调思想和知识分子在阻止社会冲突和政治灾难中的作用。50年代这种坦率的坚持才智的主张也部分地出于专业群体自我提高的需要。[③]

① 殷企平：《经典即“摆渡”：当代西方诗歌的精神渊源》，载《外国文学研究》，2012年第4期，第10-11页。
② 殷企平：《经典即“摆渡”：当代西方诗歌的精神渊源》，载《外国文学研究》，2012年第4期，第11页。
③ 罗伯特·冯·霍尔伯格：《诗歌、政治和知识分子》，载萨克文·伯科维奇编，杨仁敬等译，《剑桥美国文学史》（第八卷），北京：中央编译出版社，2008年，第24页。

20 世纪 40 年代末至 50 年代初，里奇读大学期间，深受她的文学 / 诗歌课程老师马提森的影响，因为马提森提倡把诗歌与现实世界联系起来。里奇曾经写道："他 [马提森] 实际上提到了外面世界发生的事件，希望东欧能够在美国和苏联之间作为一股独立的社会主义力量幸存下来；他向我们讲述当前的欧洲青年运动，就好像它们对我们很重要。在他的课堂上，诗歌从未停留在纯粹的文本批评领域。"[①] 在大学里，里奇渐渐学会观察诗歌文本之外的世界，意识到诗歌创作需要打破艺术和政治的界限。

50 年代后期，当里奇感到自我与现实世界的分离时，她感到困惑和痛苦。因此，她开始阅读沃斯通克拉夫特（Mary Wollstonecraft）、鲍德温（James Baldwin）和波伏娃（Simone de Beauvoir）的作品。他们让里奇意识到性别、种族等身份的社会文化建构性仅仅对某些人而非所有人有利，也就是后来福柯所说的话语与权力的关系。她开始意识到这些问题的症结所在，这种意识为其后来的政治写作埋下伏笔。

60 年代中期至 70 年代，美国风起云涌的政治运动撼动了很多原有的权威理念，为以性别 / 性差异为中心话题的西方第二波女性主义运动清理出了一片生存场地。一时间，在妇女杂志和艺术运动的鼓舞下，性别的话题首次出现在文学（诗歌与批评）中，并产生了巨大的反响。里奇将当时的社会环境描述为"极具解放性和营养性"[②]。也正在这个时候，里奇的生活发生了重大改变。1966 年，她全家搬到了纽约，丈夫在位于哈莱姆的纽约城市学院任教，里奇本人则在哥伦比亚大学为研究生开设诗歌课程。她开始关注大量涌入大学校园的新潮思想，尤其是关于民权运动、越南战争与妇女解放运动方面的思想，并积极投身各种社会和政治运动，愈发地转向知识分子激进主义，其艺术和思想都有了很大的改变。

民权运动对里奇创作的影响，主要来自美国南方黑人民权运动、詹姆斯 · 鲍德温的黑人文学写作、民权主义者马尔科姆 · X 和马丁 · 路德 · 金为了正义和尊严领导的黑人斗争。通过这些运动，里奇从"二等公民"的视角

① Adrienne Rich, *Arts of the Possible*, (New York: W. W. Norton, 2001), p.46.
② Adrienne Rich, *Arts of the Possible*, (New York: W. W. Norton, 2001), p.140.

看待美国[①]，听见了黑人的声音：

在 50 年代末 60 年代初民权运动兴起时，我开始听到黑人声音，这些声音描述和分析了涉及黑人的具体问题，比如种族隔离，种族主义，这对我来说是莫大的安慰。这就像是找到了我一直需要的语言。第一次听到用语言命名压迫的地方，即使它向站在此地的我提出了许多问题。[②]

里奇找到了"语言"和"命名压迫"的手段，以写作的方式参与政治。种族运动和越南战争使里奇开始怀疑美国，她在《一个充满激情的怀疑论者的信条》（"Credo of a Passionate Skeptic", 2001）中写道：

我一开始是一个美国的乐观主义者，……或者是一个批判者，由我们的种族遗产和越南战争形成……我成了一名美国怀疑论者，不是因为长期以来对正义和尊严的追求，这是人类历史的一部分，而是因为我的国家在挫败和破坏这种追求的过程中发挥了主导作用，无论是在国内还是在世界各地。也许正是这种充满激情的怀疑主义，既不愤世嫉俗也不虚无主义，才是继续下去的理由。[③]

除了参与黑人民权和反战运动，里奇投入最多的是 20 世纪 60 年代至 80 年代的妇女解放运动[④]。1963 年，弗里丹《女性的奥秘》（*The Feminine Mystique*, 1963）的出版标志西方第二波女性主义运动的开始。"性别主义""性

---

① Ruth E. C Prince. "The Possibilities of an Engaged Art: An Interview with Adrienne Rich." <http://www.english.illinois.edu/maps/poets/m_r/rich/onlineints.htm>

② Barbara Charlesworth Gelpi and Albert Gelpi, eds. *Adrienne Rich's Poetry: A Norton Critical Edition*, (New York: W. W. Norton, 1975), p. 263.

③ Adrienne Rich. "Credo of a Passionate Skeptic", *Monthly Review*, Jun.01, 2001. <https://monthlyreview.org/2001/06/01/credo-of-a-passionate-skeptic/>

④ 在此之前的 19 世纪末 20 世纪初的西方第一波女性主义运动使得美国宪法第十九修正案于 1920 年正式通过，女性获得了投票权。然而，参政权的获得并没有从根本上改变妇女自身的地位，美国女性当时赢得的更多是一种政治姿态。直到二战期间（1939—1945），美国妇女受到政府的召唤加入劳动者队伍里去，就业人数不断增多，受教育人数增加，对自己的认知也越来越完整。二战结束后，美国政府又开始呼吁妇女回归家庭，重新戴上传统女性的面具。妇女所受的教育，加上社会对她们的压制导致了 20 世纪 60 年代至 70 年代的女性主义运动第二次浪潮。也是这个时候，美国妇女的地位才获得了一定程度上的提高，女性文学蓬勃发展。

别政治”和“个人的即政治的”等术语进入公共视野。里奇曾言:“我相信妇女运动表明:当男人们(他们是宗法观念的化身)对儿童和其他生物(包括他们自己)具有危险时,我们已经到了历史的边缘。”① 1968年,里奇接受纽约城市学院的一份教职,参与旨在救助第三世界贫困学生的“求索项目”②。她不断投身到各种社会运动中,通过写作担负起改变社会的责任,变得愈发激进和尖锐。她的新锐思想首先出现在1969年的诗集《传单:1965—1968年的诗》(*Leaflets: Poems 1965-68*, 1969)③中,但更多出现在刊登于妇女运动杂志上的批评作品中。后来,《变革的意志:1968—1970年的诗》(*The Will to Change: Poems 1968-1970*, 1971)④和《潜入沉船》的问世,标志着里奇从男性传统文学的效仿者蜕变成自觉的、自我认可的政治诗人,正如她在《血液、面包与诗歌:诗人的位置》中写的:

我就感觉有种力量在驱使我将“外面的”政治世界写入我的诗歌之中——那个遭受炸药或汽油弹轰炸的孩子们的世界,那个城市贫民区和军国主义暴力的世界,还有那个所谓的私人的、愉悦的性别世界和男女关系的世界……直接、公开地以女性身份进行写作,从女性的身体和体验出发进行写作,认真把女性的存在作为艺术的主题和源泉,这是我写作生涯中一直渴望做的事情,也是我需要去做的事情。⑤

在这个时期,她在激进女性主义的道路上也越走越远,“通过对性政治的调查,里奇更加坚定了她在语言、性、压迫和权力等问题上的立场,这些问题贯穿了所有从男性主导的世界中解放出来的运动。”⑥

进入20世纪80年代之后,世界全球化导致第三世界和其他边缘国家的

---

① 张子清:《20世纪美国诗歌史》,天津:南开大学出版社,2018年,第1176页。

② 求索项目(The SEEK Program: Search for Education, Elevation, and Knowledge)指的是1965年民权运动进入高等院校的背景下,里奇在纽约城市学院(The City College of New York)为非裔美国和波多黎各的穷困学生设立的“寻求教育、提升与知识”项目。(http://www.cuny.edu/academics/programs/notable/seeked/history-mission.html)

③ 以下简称《传单》。

④ 以下简称《变革的意志》。

⑤ Adrienne Rich, *Arts of the Possible*, (New York: W. W. Norton, 2001), pp.55-56.

⑥ Susan Sheridan, “Adrienne Rich and The Women’s Liberation Movement: A Politics of Reception”. *Women's Studies*, Vol. 35, Issue 1, 2006, p.23.

权利受到严重威胁，边缘群体的利益普遍被忽视。而作为压迫者的美国社会自身又一直处于里根政府政策下的重重矛盾之中：军事行为过度、社会民主性缩减（即在健康、教育、环境安全和信息自由方面的削减）、种族歧视泛滥、社会不公日益严峻等。作为女性主义者，里奇绝不可能对所置身的政治高压环境保持沉默，势必要通过诗歌发出批判之声：

80年代我创作诗歌，其目的不是为了“解决”这些社会问题，相反，我感到我的内在和外在生活受到了一种傲慢和残酷的政治的威胁，这种危险和困扰的感觉开始进入了我的诗歌。我经常想起德国的魏玛时期，它导致了希特勒的当选；《共和国的黑暗领域》中的“那时还是现在”（“Then or Now”）就是这样，它试图想象法西斯主义对意识的影响——不是试图把这个时代等同于20世纪30年代的德国，而是用历史来看待我们自己的时代和所处的环境。[①]

进入90年代，美国在世界范围内越来越多地使用暴力迫使其他国家屈服，参与的对抗和冲突事件的数量持续攀升，已超过冷战时期。比如，在国家安全尚未受到直接威胁、世界上绝大多数人民和政府坚决反对的情况下，执意实施军事行动，例如海湾战争、索马里行动和阿富汗战争等，企图建立一个在全世界占统治地位的帝国。在《我拒绝国家艺术奖之缘由》（“Why I Refused the National Medal for the Arts”, 1997）一文中，里奇用其高度的政治敏锐性和坦率的性格对美国社会语境做出了如下评论：

在我看来，艺术的真正含义与当下政府奉行的犬儒主义格格不入……在我的人生长河中，我不仅见证了那些为争取社会公平而发起的运动，它们为艺术开辟出了广阔的天地；也见识到了艺术力量的伟大，它足以驱逐绝望。然而，在过去的二十年里，我在这个国家亲眼目睹了因种族歧视和贫富差距而引发的与日俱增的惨状。艺术和公平之间的关系不是一个简单的公式。但是我知道就我而言，诗歌的艺术若只是被有权势的人用来装饰餐桌，这就是

---

① Adrienne Rich, *Arts of the Possible*, (New York: W. W. Norton, 2001), p.140.

禁锢，毫无意义可言。在我们国家，由财富和权力的严重失衡所造成的悬殊差距不容小觑，而这种差距正在以惊人的速度扩大……我认为艺术与全人类的尊严与希望是息息相关的，人为地将二者割裂是行不通的；就像我的忧国之情与我作为艺术家的忧虑也是密不可分的。因此，我实在是无法参加此次的颁奖典礼。因为我无法忍受自己如此虚伪的行为。①

二、西方现当代女性主义／性别理论语境

西方女性主义自 18 世纪末期发端以来，历经多次浪潮。20 世纪 60 和 70 年代，在民权、反战等运动的背景下迎来第二波浪潮，一些知识女性开始公开追寻身份认同，并在 70 年代中后期走向激进女性主义。80 年代，在后殖民主义等理论的影响之下，女性主义掀起第三次浪潮，并呈现多元化的发展态势——黑人女性主义和第三世界女性主义相继出现。肖尔瓦特（Elaine Showalter）和斯皮瓦克（Gayatri Chakravorty Spivak）等美国女性主义理论家通过文学作品的解读来探讨女性个体与群体的种族、性别和文化身份问题，形成了比较系统的女性批评观。90 年代，巴特勒（Judith Butler）等人将美国的性别理论和批评实践引向巅峰。

里奇的女性主义思想成长于 50 年代，成熟于 60 至 80 年代，成为 90 年代兴起的性别理论的先驱之一，并与其他性别理论产生了交互影响。50 年代，里奇受到政治诗人米莱（Edna Millay）②的影响。米莱的诗歌在抒情声音和体裁创新方面均独树一帜，尤其是对传统女性性欲观的质疑以及对女性纽带的强调。她们的作品都抵制了文学史中的男性主义观念，强调了诗歌创作的自我指称性。在米莱身上，里奇看到了用一切可能的方式捍卫信念的女性作家——敢于在公众面前表达自己的观点，敢于强调艺术与社会行动主义之间的联系，敢于为女性诗人进行社会批判的权利而辩护。③

---

① Adrienne Rich, *Arts of the Possible*, (New York: W. W. Norton, 2001), p.99.

② 埃德娜·米莱（Edna St. Vincent Millay, 1892-1950）：美国诗人、剧作家、女性主义者。1923 年获得普利策诗歌奖，是世界上第三位获得该奖的女性。

③ Artemis Michailidou, "Edna Millay, Muriel Rukeyser, and Adrienne Rich: political poetry, social protest, and the place of the woman writer, " *European Journal of American Culture*, Vol. 1, Issue 22, 2003, p.11.

60年代末，里奇在纽约城市学院任教期间结识了众多作家和批评家，包括共事的两名女诗人洛德（Audre Lorde）和乔丹（June Jordan）。其他的包括班巴拉（Toni Cade Bambara）、克里斯汀（Barbara Christian）等。她们虽然对妇女解放运动各持己见，但都满怀热情地畅谈、共享个人和政治经历，推动了美国女性运动的中后期发展。拿洛德来说，她的思想在20世纪70年代与里奇的观念相互影响。洛德在《情欲的使用：情欲就是力量》（*Uses of the Erotic: The Erotic as Power*, 1978）中谈到传统社会思想对女性身体特征和欲望的贬低和漠视，导致了女性被迫放弃自己的身体力量，甚至依靠压抑来警惕自己的性意识。她将女性情欲重新定义为“一种对女性生命力和创造力的肯定”，将它看作“一种深藏在女性精神层面”[①]的资源，这种资源根植于女性未曾表达也未被认识到的情感力量当中。情欲提供了一种力量，这力量源于与另外一个人深度分享身体、情感、精神或智力的喜悦。因此，她指出女性应该听从自己内在的知识和需要，给自己授权，发掘自身情欲的力量与最深的情感，允许这一力量照亮她们反抗压迫的行动，而不是在自我否定、妥协、绝望、逃避和麻木之中得到满足。

里奇关于女性的性/身体/欲望的思想与洛德的情欲思想如出一辙。里奇强调性在女性生活中的重要性，并指出女性的情欲在传统社会制度中受到了压抑。她在《女人和荣誉：关于说谎的札记》（“Women and Honor: Some Notes on Lying”, 1975）中提出，女性应该忠于自己的身体、内心和思想的真相，用新的伦理和道德准则打破沉默，将自己从以往的隐秘欲望中解救出来。在传统社会中，女性的生活完全没有“集体力量来决定性在她们生活中的位置或意义”[②]。女性被剥夺了选择的机会，也无法建立彼此间的联系。各种女性经验的存在被传统社会制度抹杀、歪曲和分离。在这种制度之下，女性无法超越长期存在的性行为方式，总是试着让她们自己的身体、思想和精神来适应所谓传统社会“规范”。

里奇在70年代到80年代建构的激进女性主义理论对兴起于90年代的

---

① Audre Lorde, *Uses of the Erotic: The Erotic as Power*, (Brooklyn, NY: Out & Out Books, 1978), pp.53-58.

② Adrienne Rich, *Blood, Bread, and Poetry,* (New York: W. W. Norton, 1986), p.67.

“怪异论”（Queer Theory）做了开拓性的贡献。“怪异论”这一性别理论的核心是质疑和颠覆传统社会文化建构的性别观与性欲观，信奉差异政治。“怪异者”这个社会群体包括了所有在性向方面与主流文化及其界定下的社会性 / 性别规范不符的人。事实上，性别身份并不是社会赋予的一种性的类别，而是具有复杂性和多样性的。这对性别身份的二分法提出了质疑。

总之，20 世纪后 30 年，在后现代主义与后结构主义理论框架下，里奇与同时代的众多女性主义和性别理论家的思想发生了交互影响，共同参与建构当代性别理论，提出了性别身份多样性与复杂性的理念，提倡身份认同与差异政治——当代社会中的女性具有多元文化背景下纷繁复杂的个体或群体身份，这一身份具有流动性、不确定性等特点。

第四节 “影响的焦虑”：前辈诗人和诗歌研究者

对文学经典的继承与拓展、因袭与重构是文学创作的重要特点。美国文学的常新发展便是建立在对传统和经典的不断改造、更新与拓展基础之上，这一点是美国传统和经典的维护者也难以否认或规避的。里奇的创作高峰出现在 20 世纪 70 年代之后，她被视为布鲁姆所称的“后辈诗人”。一方面，她继承了英美男性诗歌艺术的传统，以奥登等男性诗人为早期导师；另一方面，她拥有深厚的文学素养和诗歌创作才能，不断走出布鲁姆所言的“影响的焦虑”，摆脱文学传统的桎梏，解构“先辈诗人”，并构建自己的诗歌理念与形式，成为美国现当代女性主义和性别研究的重要人物之一。

一、里奇对惠特曼诗学的继承与拓展[①]

细读里奇的诗歌与批评作品，不难发现她对惠特曼诗学观的继承与拓展。在诗学观方面，里奇继承了惠特曼的个人、历史与政治意识，通过诗歌建立个人与他人、个人与公众的联系，建构“自我”史诗与民族—国家认同；他们强调诗歌的社会与政治功能，用诗歌书写社会生活，传达政治意义。但是，二者在作为民族—国家范畴中的种族与性别身份问题上却具有不同的政治视野。惠特曼激进、综合的国家视野更多地强调同一性，而里奇却将种族和性别身份中的差异性元素纳入复杂的思考，坚持差异政治，主张多元并存，拓展了惠特曼式大同，具备更宽阔的政治视野、更大的历史见证和建构力量，因而也更具批判性。

除狄金森外，惠特曼是19世纪最具影响力的美国诗人，他在诗歌内容与形式上不媚俗、突破传统，实行思想与艺术的创新。其现代性的诗歌思想与美学具有前瞻性，这一“超前意识”对20世纪的美国乃至整个世界的诗坛都影响深远。里奇在《开创者》（“Beginners”）一文中向惠特曼和狄金森致敬。在这篇文章中，里奇写道，美国的19世纪是一个充满了发展与动荡的世纪，奴隶制、反对印第安人的战争、内战以及西进运动，都充分呈现了美国的帝国梦想。作为白人作家，惠特曼和狄金森都站在一个不确定的立场，就他们的社会渊源和在社会中的位置而言，除同为白人外就很少有相同

---

① 在布鲁姆的《影响的剖析——文学作为生活方式》（*The Anatomy of Influence: Literature as a Way of Life*, 2011）中，布鲁姆追溯了惠特曼对从史蒂文斯到阿什贝利等后世诗人的影响。但由于布鲁姆与里奇之间的龃龉，该书并未涉及惠特曼对里奇的影响。此外，在为数不多的相关成果中，彼得·埃里克森的论文《歌唱美国：从瓦尔特·惠特曼到艾德里安娜·里奇》（*Singing America: From Walt Whitman to Adrienne Rich*, 1995）侧重探讨了两位诗人的政治理想。韩振熙（Han, Jihee）的《瓦尔特·惠特曼之后的民主的吟游诗人：兰斯顿·休斯，艾德里安娜·里奇和申庚林》（*Democratic Bards after Walt Whitman: Langston Hughes, Adrienne Rich and Kyong-Nim Shin*）则涉及惠特曼的诗风对里奇的影响。本节将在这些研究基础上做一推进，力图从里奇的诗歌与批评里寻找蛛丝马迹，比较里奇和惠特曼的诗学观。通过阐述他们对于诗人的作用、诗歌的社会政治功能以及诗歌参与个人身份建构与民族——国家认同方面的异同点，一方面揭示两位诗人强烈的个人、历史与政治意识，另一方面也指出他们政治视野上的差异，以表明里奇对惠特曼诗学观的继承与拓展。

之处[①]。然而，里奇认为他们是美国诗歌的开创者：

> 这位女性选择了她的内心生活并超越了繁缛的、家常的和社会的语言以及文学术语；这位男性超越了清教徒反对欲望的规诫，坚持“身体所有、身体所治，身体所享”的民主，以及一个多产、多变和多样的身体。在美国这片辽阔的土地上，诗歌一直是一个奇怪的交叉路口。诗人总是在年轻或晚年时错过彼此，并且不知道他们错过了什么。但是这个疯狂的女人和这个疯狂的男人现在是美国人：被写进教科书，在学术刊物上被加以详细介绍。[②]

深受爱默生超验主义、尤其是其强烈个人主义思想的影响，惠特曼提倡美国要走出欧洲文学文化的影响，要立足美国，创新美国诗歌，表达美国的民主与自由理念，成为美国民族文化身份或精神的建构者，美国诗歌的开创者：

> 这些“开创者”都经历了困难，为自己和他人付出了痛苦的代价，他们在别人身上唤起强烈的情感，却又不为别人所知……开创者的出现是人类历史上一个必要的、甚至是一个“残酷的”事件，然而这些人的出现却与时代格格不入，并不是什么“时代”所推崇和奖赏的。人与时代都为此付出了代价，但开创者是“被供养的”—— 这是更长远计划的一部分。[③]

里奇继承了惠特曼和狄金森的文学遗产，从他们身上汲取了诗歌创作的灵感。下面主要论述里奇对惠特曼诗学观的继承与拓展。

---

① Adrienne Rich. *What Is Found There: Notebooks on Poetry and Politics*, (New York: W. W. Norton, 1993), p.91.

② Adrienne Rich. *What Is Found There: Notebooks on Poetry and Politics*, (New York: W. W. Norton, 1993), p.91.

③ Adrienne Rich. *What Is Found There: Notebooks on Poetry and Politics*, (New York: W. W. Norton, 1993), p.91.

（一）个人与历史意识：诗人作为“自我”史诗与民族—国家身份的建构者

关于诗人的作用，里奇有着与惠特曼相似的理解，强调诗人的使命感，将他们不断上升的个人意识与对美国作为一个民族—国家[①]的热情融为一体，希望诗歌能够对个体、群体乃至社会发挥一定的作用，充当建立个人与他人、个人与公众联系的媒介，参与建构“自我”史诗与民族—国家身份。

面对19世纪中叶生机蓬勃、迅速崛起的美国，惠特曼充满了浪漫主义的理想与激情，决定要担当诗人的使命，接近广大普通劳动人民，接受他们的思想影响，由颂扬个人主义到颂扬一个伟大的国家，使《草叶集》（*Leaves of Grass*, 1885-1888）成为他的文学代言，讴歌美国的自由、民主等民族与时代精神。对惠特曼来说，对民主的最高褒奖是它为充分发展“自我”提供了机会，并由自我认同发展到“自我”与所有其他“自我”的认同，从而达至个人、集体与国家身份的同一性。在《草叶集》（*Leaves of Grass*）代表长诗《自我之歌》（“Song of Myself”）的开篇，惠特曼就第一次创造了美国民族—国家的“自我”形象：

我赞美我自己，歌唱我自己，
我所承担的一切，你们也将承担，
因为属于我的每一个原子，也同样属于你。
我邀请了我的灵魂与我一道漫游，
我俯视并悠闲地观察一叶夏草。……
我的口舌，我的血液中的每个原子，都是由这泥土这空气构成，
我在这里生长，我的父母在这里生长，他们的父母也同样在这里生长[②]

惠特曼如此乐观与自信的浪漫主义精神使他在《自我之歌》之中重新定义了“自我”，塑造了一个成为整个民族—国家和时代投射的“自我”形象。

---

① 关于“民族—国家”的概念，它既包含民族，也包含国家，但更重要的是表示民族构成和国家构成之间的关系。具体参见王逢振文，《西方文论关键词 民族—国家》，载《外国文学》，2010年第1期，第112—118+159页。

② Walt Whitman, *Leaves of Grass*, (New York: Vintage Books, 1992), p.188.

诗人弗雷德曼（Stephen Fredman）的评价恰如其分：惠特曼诗歌“既表达了个人的经验，同时又见证了这个正在扩展中的国家在地理、社会、性、种族和职业方面的多样化”。[①] 同时，惠特曼强调美国身份的大同，在“自我”与民族—国家之间的对等使他能够超越边界，在两者之间穿梭自如，从而轻松地歌唱自我、歌唱美国，建构了“合众为一”的民族身份，詹姆斯·米勒将他创造的这一新型的“美国史诗”命名为“个人史诗”[②]。

里奇继承了惠特曼所开创的美国“个人史诗”传统，也具有“个人英雄主义”[③] 的历史使命与情怀。早在诗歌《来源》（“Sources”, 1981-1982）中，里奇就把自己定位为“肩负使命”的诗人，她写道，“写诗不是去获得什么奖项，而是去‘改变历史的法则’”[④]。这一“历史的法则”便是传统社会文化定式的规约。如同惠特曼是所谓美国民主精神的歌者，里奇始终坚定地与被美国主流文化所边缘化的弱势群体为伍，成为他们的传声筒与代言人。在诗歌文本的建构策略上，里奇借鉴惠特曼惯用的第一人称“我”的诗歌面具，建立“自我”、集体与国家的认同关系，由“个人的”抵达历史的、“政治的”。比如《天文馆》（“Planetarium”, 1968）一诗中，诗人面具（写诗的女人/“自我”）与诗歌面具（诗中的女人/其他“自我”）在这首诗的推进过程中融为一体：

我终生伫立信号阵列的弹道上
宇宙最精确的密语
穿越十五年光尘的星云
缠绕成不可译的深渊
我是一件工具赋身于
一个女人 试图把星的律动转换成

① 张子清：《20世纪美国诗歌史》，天津：南开大学出版社，2018年，第75页。
② 王卓：《多元文化视野中的美国族裔诗歌研究》，北京：中国社会科学出版社，2015年，第534页。
③ 王卓：《多元文化视野中的美国族裔诗歌研究》，北京：中国社会科学出版社，2015年，第531页。
④ Barbara Charlesworth Gelpi, and Albert Gelpi, *Adrienne Rich's Poetry and Prose: A Norton Critical Edition*, (New York: W. W. Norton, 1993), p.113.

图像 为了身体的解脱

也为了精神的重构。①

里奇的女性主义诗歌主题便是女性（身体与精神）主体性的重构。同样，与惠特曼的时间坐标一致，里奇的诗歌也立足“现在”，追溯“历史”，重构“自我”与女性身份。其代表性诗歌之一《潜入沉船》（“Diving into the Wreck”, 1971）就明显具有这一“个人英雄主义史诗”的特点。“我”仿佛《荷马史诗》中的奥德修斯，肩负使命，踏上海洋之旅，“探索沉船”这一象征着性别的“宝藏”之地，要从没有女性历史记录的“神话书”里打捞“残骸”——被传统社会历史湮没的女性“历史”——为女性群体重新命名。里奇把这种命名诉求交由诗歌写作，赋予诗歌新的意义，以“修正”的策略完成了“自我”和女性身份的重构②——双性同体的性别身份观，并将这一身份理想贯穿于其整个70、80年代的诗歌创作，直至后来追求更加彻底的“女性权力美学”③。

里奇在其更加成熟的中期诗歌中，愈加彰显其个人的声音，将个人的声音置于历史与现实之间，并将其扩展成所有被边缘化的女性的共同之声。她走惠特曼式道路，在修正传统史诗、书写新型美国史诗的道路上渐行渐远。如评论家兰德尔所言，里奇是在“以所有女人的名义”来形塑“自我”并实现女性身份的建构。④比如，在《普通语言之梦》中的人称代词从第一部分的诗歌如《力量》（“Power”）、《意识的起源和历史》（“Origins and Histories of Consciousness”）与《沉默的图绘》（“Cartographies of Silence”）等诗歌中的“我”转变到第二部分的长诗《二十一首情诗》（“Twenty One Love Poems”）以及第三部分《姐妹的秘密》（“Sibling Mysteries”）与《自然资源》

① Barbara Charlesworth Gelpi, and Albert Gelpi, *Adrienne Rich's Poetry and Prose: A Norton Critical Edition*, (New York: W. W. Norton, 1993), p.39.

② 许庆红：《“作为修正的写作”——里奇女性主义诗歌的政治与美学》，载《外国文学》，2014年第1期，第14—22页。

③ Claire Keyes, *The Aesthetics of Power: The Poetry of Adrienne Rich*, (Athens: U of Georgia P, 1986, 2008), p.152.

④ Cheri Colby Langdell, *Adrienne Rich: The Moment of Change,* (Westport, CT: Praeger Publishers, 2004), p.125.

（“Natural Resources”）等诗歌中的“我们”，里奇将个人身份和生活经历文本化成了女性共同经历，将诗歌既作为个体诗人身份构建及实现其政治目标的载体，又作为一个公共表演领域，让边缘人群发声，与他人重新建立联系，从而获得主体权力。这为后继边缘女性作家开辟了一条可供借鉴的写作范式，履行了她作为诗人的使命。

从个人史诗到民族身份与国家认同，里奇在其后期诗歌中完成了诗人的使命。《地图集》是个典型的例子。在这本诗集中，里奇做了自我隐喻，扮演着“阿特拉斯”（Atlas）这个神话巨人的角色，担负起诗人的责任。她在时空上来回穿梭，从19世纪60年代到20世纪90年代，从美国东部（纽约和佛蒙特）到美国西部（加利福尼亚）。在13首诗中来回穿插她的个人经历、体验或观察到的历史景观，这些看似无序的穿梭与拼贴却实现了内在的连贯性，既展示了诗人个人的生活历史与精神世界，又呈现了美国民族—国家的全景图——由东向西的发展脉络、美国所追寻的帝国梦想与对美国社会各方面“艰难”现实的思考。里奇认为，诗人就该以美国公民的身份及其自身的职业素养致力于历史和政治的变革，她在长诗《东部战争时间》（“Eastern War Time”, 1989-1990）里写道：

一个60岁的女人驾着车
越过海洋 穿过沙漠
世纪百年从她的肩头悄然流逝
仿佛地质时间的一瞬间
虽然对那些步履艰辛的人来说很沉重
知识已经融入了她的结缔组织
融进了沙洲，溶解了她的软骨①

面对现实，回望历史，里奇将建构民族身份与国家认同的使命融入了自己的生命。这让人自然而然想到惠特曼的《自我之歌》中写的：“我现在是

① Adrienne Rich, *An Atlas of the Difficult World,* (New York: W. W. Norton, 1991), p.41.

三十七岁了，身体完全健康，希望继续不停地唱下去直到死亡。”①

里奇还在《地图集》标题诗的最后一部分《奉献》（“Dedications”）采用了典型的惠特曼式“目录”来书写诗人与读者之间的交流，通过重复十遍“我知道你在读这首诗”，设想与十类读者直接接触，这些读者在孤单、退缩和绝望等十种困境中阅读她的诗歌，而这十类读者大多是身体、物质、精神与心理等不同层面的“受难者”。因此，她的语调比惠特曼的要更加抑制，但也更加优雅。里奇曾如此谈及最后一行“你在那里降落，你被剥夺了”②：

在最后一行，我首先想到的是一个死于艾滋病的人。我想到了任何一个处于孤立境地的人，或者可能是某个身陷囹圄的人，对他们来说，也许除了一本诗集，没有什么可以让她或他与人类的世界产生一种联系。但最后我想到了我们的社会，被剥夺了那么多的希望和承诺，除了物质商品或者说是获得物质商品的希望，什么也没有得到。对我来说，这是真正的剥夺。③

这便是诗人的“奉献”。里奇就诗人在国家处于艰难时期的使命发问：“我们在哪停泊？联系的纽带是什么？又是什么让我们觉得理所当然？”④她在诗歌中做了自我隐喻，把自己比喻为“阿特拉斯”这个神话中的巨人角色，呼吁美国人必须重新找到一个国家的方向，一个民族的地位，以及引导这个国家前进的人。显然，这是对克林顿政府（1992—2001）的极大不满。

可见，里奇诗歌中的“我”既是个人的，也是公共的，但本质上是功能性的。沃克（Cheryl Walker）的评论一针见血：“真正成熟的诗人是自我既小到消失，又大到可以包容很多自我。”⑤里奇成为惠特曼式的群体代言人，担负着作为诗人的见证历史、面对现实、开拓未来的使命，实现了爱默生为美

① Walt Whitman, *Leaves of Grass*, (New York: Vintage Books, 1992), p.188.
② Adrienne Rich, *An Atlas of the Difficult World,* (New York: W. W. Norton, 1991), p.26.
③ Bill Moyers, *The Language of Life. A Festival of Poets*, (New York: Doubleday, 1995), p.344.
④ Adrienne Rich, *An Atlas of the Difficult World,* (New York: W. W. Norton, 1991), p.12.
⑤ Cheryl Walker, “Trying to Save the Skein,” in Jane Roberta Cooper ed., *Reading Adrienne Rich: Review and Re-Visions, 1951-81*. (Ann Arbor, MI: U of Michigan P, 1984), p.229.

国诗人定义的兼具“知者”“行者”与“言者”的身份①。

（二）政治意识：诗歌作为社会政治表达的语言媒介

在诗歌的社会功能方面，里奇承袭惠特曼的诗学传统，以诗歌书写社会生活，借语言传达政治意义。她认为，诗歌要全方位地包涵社会生活，并用一种物质的方式连接起来，这种方式便是语言的政治。美国著名的诗歌评论家文德勒（Helen Vendler）对此表示肯定，“美国诗人的政治职责（宣称从文化、宗教和阶级的压迫中解放出来）对惠特曼以及他的从肯明斯到金斯堡的许多继承者来说，似乎是一个真正的迫切的使命。”②20世纪60年代开始，里奇将政治作为其诗歌内容的主轴，获得很多重要评论家与广大读者的关注，霍尔伯格就曾声称，里奇“是美国最畅销的政治诗人；她的作品按部就班地再版。带有明显政治题材的诗歌一般受到读者不同凡响的欢迎，尽管人们往往说美国的诗人忽视政治。”③

里奇注重诗歌语言的政治性，致力于通过诗歌实现语言与政治行动的对接，如同她在《血液、面包与诗歌：诗人的位置》一文中所言，“我越来越迫切地感觉到作为语言的诗歌和作为一种行动的诗歌之间的互动，这种互动使得诗歌探索、燃烧、剥离、超越了自身而置身于与其他事物的对话中。”④这一诗学观缝合了西方两大女性主义理论流派的本质分歧——注重“语言”的法国派女性主义与注重“行动”的英美女性主义，实现了女性主义诗学的联姻。比如，里奇在《潜入沉船》中的“探索沉船”之旅也是要找寻语言及其背后的政治之旅：

我来探索沉船
词语是目标
词语是地图

① Brooks Atkinson, ed. *The Selected Writings of Ralph Waldo Emerson,* (New York: Modern Library, 1992), p.289.

② 张子清：《20世纪美国诗歌史》，天津：南开大学出版社，2018年，第76页。

③ 罗伯特·冯·霍尔伯格：《诗歌、政治和知识分子》，载萨克文·伯科维奇编，杨仁敬等译，《剑桥美国文学史》（第八卷），北京：中央编译出版社，2008年，第24页。

④ Adrienne Rich, *Blood, Bread, and Poetry,* (New York: W. W. Norton, 1986), p.181.

我来看它所遭受的毁坏
和俯拾皆是的宝藏
……
我来之所为：
是沉船而非沉船的故事
是事物本身而非神话[①]

里奇奉“词语”为“目标”和“地图”，赋予“探索沉船”这一行动深刻的政治意义——来看沉船“所遭受的毁坏”，为“事物本身”而来[②]，“沉船”这个“事物本身”便暗指被传统社会湮没的女性存在这一历史事实真相，或是客观真理，而非经受男性话语歪曲后编写的“神话”。里奇在解构传统男性语言中的政治之后，提倡使用女性的“普通语言”来重构女性“历史”，比如，她在《普通语言之梦》的名篇《二十一首情诗》里写道：

我们的身体，如此相似，却又如此不同
过去在我们的血液中流淌
承载着不同的语言，不同的含义——
但是通过我们共享的所有世界编年史
过去可以被赋予新的意义[③]

这里，里奇强调诗歌语言的政治性，作为形式的语言与作为内容的政治相互交融。里奇在不同的诗歌中论及诗歌语言与诗歌的关系，比如，在该诗集中的《意识的起源和历史》一诗中里奇书写了两者之间的互动：“诗歌的真正本质。动力或建立联系。一种普通语言之梦。”[④] 在《接近冬至》(“Toward the Solstice”, 1977）中，里奇希望以一种新的语言传达女性未

---

① Adrienne Rich, *Diving into the Wreck*, (New York: W. W. Norton, 1973), pp.23-24.
② Adrienne Rich, *Diving into the Wreck*, (New York: W. W. Norton, 1973), p.23.
③ Adrienne Rich, *The Dream of a Common Language*, (New York: W. W. Norton, 1978), pp.30-31.
④ Adrienne Rich, *The Dream of a Common Language*, (New York: W. W. Norton, 1978), p.7.

能言说的过去："如果我可以知道/用什么语言去言说"[①]，而在《先验练习曲》（"Transcendental Etude", 1977）中，里奇用"一直掌控她的、扎根于旧土壤的旧势力"[②]暗指男性诗歌语言中的权力，继而提出赖以重新命名女性经验的"普通语言"传达着"一个所有妇女的梦想，一个所有妇女可以团结起来、增强自身权力并对社会具有启示意义的梦想"[③]，语言的政治性不言而喻，以语言为媒介的诗歌中蕴含的政治意识也得以彰显。

（三）同一性与差异性：作为民族—国家范畴的种族与性别书写

在作为民族—国家范畴中的种族和性别书写方面，惠特曼是美国文学史上的开拓者。作为白人男性精英，惠特曼超越种族、性别与性的边界，主张种族和性别身份的同一性，传达民主与平等的理想。作为白人女性精英，里奇在一定层面上是惠特曼的女性版本，超越了其自身的文化精英身份，身体力行地代言边缘政治。但不同的是，里奇拓展了惠特曼式大同理想，在当代多元政治文化语境中由求同到存异，她的诗学观呈动态发展模式，彰显了更为开阔的政治视野与更大的政治建构力量。惠特曼所处的年代为19世纪美国资本主义民主革命上升时期，而里奇处于充满暴力冲突的20世纪美国社会。因此，不同于惠特曼，里奇的种族和性别思想呈动态发展，她以批判的眼光观察美国现当代社会，洞见种族、性别身份的不平等问题仍然是当代美国社会文化肌理当中最根本的问题，由此探索解决种族、性别身份问题的出路。

收录在诗集《狂野的耐心》中的诗歌《框架》（"Frame", 1980）明显地暗指惠特曼的《自我之歌》。《框架》叙述了1979年一个风雪交加的冬日黄昏发生在波士顿的故事，一名瘦弱不堪、双肩负重的黑人女大学生因放学等公交车时贴近一栋玻璃幕墙大楼而受到一名白人的指控（"非法入侵"）与之后白人警察的追捕。警察的蹂躏、女孩的恳求、入狱与反抗均在"沉默"中进行。诗歌的叙事者"我"目睹了事件发生的全过程。诗歌中多达四次提及"我"站在"框架边缘的某个地方"或者"框架之外"观看，诗歌的最后

① Adrienne Rich, *The Dream of a Common Language*, (New York: W. W. Norton, 1978), p.69.
② Adrienne Rich, *The Dream of a Common Language*, (New York: W. W. Norton, 1978), p.75.
③ Judy Grahn, *The Highest Apple: Sappho and the Lesbian Poetic Tradition*, (San Francisco, CA: Spinsters, Ink, 1985), p.73.

写道：

这一切发生的时候都是
沉默的
……我告诉你的
是由一个白人妇女讲述的
他们说她从来没有出现过。我说我在那里。[①]

这里的最后一句"我说我在那里"与惠特曼《自我之歌》的"我就是那种人。我曾在那里，经受过痛苦"[②]相互呼应。这一暗指说明，里奇对种族身份的认同与惠特曼的截然不同。在《框架》里，里奇显然是那位白人观察者——"我不认识她。我是 / 站在框架之外的某个地方 / 试着去看。"[③]她在观察，而"无动于衷"，"因为我不应该在那里"。《框架》中的诗人既在那里，又不在那里。说话者既在"框架之外"，又在"框架的边缘"，框架（也可以说是镜头）的功能是经过里奇精心构造与过滤的，并且只在象征层面上运作。这也如同里奇在论文《如果会怎样》（"What if"）中所说的那样："但是，想象不同的现实，需要讲述和复述这个可怕的真实故事……那些不可忍受的——支离破碎的——事实变成了自我转换的象征……"[④]首先，"框架"有意扮演了诗歌欲望和政治行动之间的这种间隙——前者通向后者。《框架》区分了里奇和惠特曼。惠特曼的主张有两个部分："我曾在那里"和"我就是那种人"，"我经受过痛苦"，而里奇只声明了第一部分："我说我在那里"。对于惠特曼来说，障碍并不存在，没有什么是他不能吸纳的，他赞同简单认同和轻松融合，倾向于让白人接管黑人；但是，"框架"明显强加了一个里奇

① Adrienne Rich, *A Wild Patience Has Taken Me This Far,* (New York: W. W. Norton, 1981), p.48.

② Ezra Greenspan, *Walt Whitman's "Song of Myself": A Sourcebook and Critical Edition,* (New York: Routledge, 2004), p.137.

③ Adrienne Rich, *A Wild Patience Has Taken Me This Far,* (New York: W. W. Norton, 1981), p.46.

④ Adrienne Rich, *What Is Found There: Notebooks on Poetry and Politic*, (New York: W. W. Norton, 1993), pp.247-248.

所不能超出的边界，使得作为白人女性的里奇能够声援黑人女性，为她们言说，但又承认她们与自己的分离和不同。这样一来，里奇就拒绝了黑人与白人的简单融合；而在惠特曼的同化一切的理念里，白人种族总是倾向于控制并且消融黑人种族。

这种注重种族、性别身份差异的理念，一直延续到里奇随后的一首收录在《时间的力量》（*Time's Power*, 1989）中的《哈泊斯渡口》（"Harpers Ferry", 1988）。这首诗可以被看作是对《框架》的延伸和扩展，描绘的也是一个象征性的事件。里奇在开篇建构与想象了一个文学"场景"——一个离家出走的白人女孩与黑人女孩相遇的地方，虚构这个场景的目的在于呈现诗人自身的角色。与《框架》类似，诗人是一个在诗歌开始便粉墨登场的关键角色，"一个离家出走的白人女孩/她必然会看到这一切。"[①] 这个白人女孩在一定程度上就是作为白人女性诗人的里奇。在诗歌的最后一部分，里奇将这首诗的情节展开，形容为"我的场景"，也明确地指明了这一联系：

这当然是我的场景：白人女孩能理解
我所了解的并且更多，那条在逃跑中撕裂的腿
并没有背叛她，而是把她带到了另一个奋斗的起点
当她代替她的位置时，她的头脑是清楚的，她的愤怒
显露于她训练过的手和眼睛，她的腿
在历史长廊中得以治愈
准备好迎接不止孤独的挑战。[②]

里奇对这个白人女孩浓墨重彩的描写源于她自己的需要，她甚至把"地下铁路"和白人女孩的离家出走相类比：

到底是什么给了这个女孩
逃离家庭争吵的想法？转移你自己

① Adrienne Rich, *Time's Power,* (New York: W. W. Norton, 1981), p.38.
② Adrienne Rich, *Time's Power,* (New York: W. W. Norton, 1981), p.41.

当无计可施时？
这不是书本上所写：

而是偶然的窃听，一缕谈话：
逃脱　逃避　自由的土地①

“地下铁路”是19世纪上半叶美国废奴主义者把数以万计的黑奴送到自由州、加拿大、墨西哥以至海外的秘密网络，是非裔美国人脱离奴役、获得自由的重要历史象征。里奇此处类比的核心内涵是，在黑人奴隶的反抗、逃离和最终通往自由的道路上，她需要为白人女性找到一个恰当的位置，建构白人与黑人相遇的场景。这一场景类似于莫里森（Toni Morrison）的《宠儿》（*Beloved*，1987）中那个白人女孩艾米·丹佛与黑人女孩塞斯相遇的地方。里奇的这种建构在精神上有潜在的积极意义。在这个场景中，同一性被各种交叉所取代——黑人和白人的路径暂时相交，但并不永久性地交汇。他们的旅程相互关联，但又都必须走出他们各自的道路，这便是对差异的尊重。

可见，从《框架》到《哈泊斯渡口》的发展中我们可以发现，里奇逐渐退出并放弃了惠特曼关于身份同一性的理想。她对分离的认识是完整的，这是因为她在有意识地追求作为一种资源的身份政治。埃里克森评论得恰如其分：“里奇的分离认同中有一种同一性……分离不是隔离主义，这是身份政治为何被错误地批判为一种罪恶的原因。”②也如同里奇自己在《历史不为任何人停留》（“History stops for no one”）一文中主张“在冲突对立中生存，这正是自我创新的经常性行为”③。而在论文《一种共同体的诗歌》（“A communal poetry”）中里奇更加明确表明，她坚信这种分离、区别产生的背后的力量是“向心的”④。里奇清楚地说明了这种分别的背后是一种凝聚的力量。她所主张

① Adrienne Rich, *Time's Power,* (New York: W. W. Norton, 1981), p.39.
② Peter Erickson, “Singing America: From Walt Whitman to Adrienne Rich”, pp.108-109.
③ Adrienne Rich, *What Is Found There: Notebooks on Poetry and Politics*, (New York: W. W. Norton, 1993), p.130.
④ Adrienne Rich, *What Is Found There: Notebooks on Poetry and Politics*, (New York: W. W. Norton, 1993), p.179.

的分离、差异而不是简单同化的道路是当代社会不同种族生存的一条出路，这也是当代社会主张多元政治、多元文化主义的体现。

另外，单单从性别身份而言，惠特曼有着白人男性精英身份，强调的是性别身份的阶段性和同一性。而里奇有着对自己多重边缘身份的警戒，渐进性地拒绝惠特曼式的世界大同与宇宙大同思想，认同性别身份的多元性，将差异作为追求性别身份政治的一种方式。惠特曼摈弃了英国维多利亚时代对"性"的压抑，在《草叶集》中公开直接地描绘了"性"，他将身体和灵魂对等，赞美"性"这一在19世纪还难以公开言说的问题，显然具有足够的开拓精神。惠特曼直率而又勇敢的态度受到里奇的赞赏，她在《开创者》一文中写道："这位男性超越了清教徒反对欲望的规诫，坚持'身体所有，身体所治，身体所享'的民主，以及一个多产、多变和多样的身体……一种新世界里的男性气质模范，一个来自北欧/盎格鲁族裔的男性在一个广阔的地域里的自由言说。"①

不同于惠特曼性别诗学观的阶段性和同一性，里奇的性别诗学观大体经历了一个历史的、延续的以及动态的转变——从早期"父权制藩篱中的妇女"和女性独立自我身份的抑制②，到若即若离的女性主义思想，再到中期更深层次的"女性原则"，趋向激进女性主义诗学③，最后到后期诗歌中的多元政治与文化视野。与惠特曼相比，里奇对性别身份的把握是多元的、宽阔的、复杂的，比如，她在《"1984年赎罪日"的由来》（"The Genesis of 'Yom Kippur 1984' ", 1987）中强调了她与惠特曼之间的历史距离：

惠特曼刻画了奴隶制，描绘了苦役，描写了卖淫，尽管他指出了这些事实，但是他的美国与我诗歌中的美国却相去甚远。我诗歌中谈论的各种美国

① Adrienne Rich. *What Is Found There: Notebooks on Poetry and Politics*, (New York: W. W. Norton, 1993), pp.91-92.

② 《世界的改变》中的第二首诗歌《詹妮弗姨妈的老虎》（"Aunt Jennifer's Tigers", 1951）是里奇早期名篇，也是一个很好的例子，可以说明里奇早期被压抑的女性身份主题和形式上对男性传统诗歌艺术的模仿。众多评论家对此有所关注。限于篇幅，加上与本书核心内容关系不大，此处不展开阐述。

③ David Kalstone, *Five Temperaments: Elizabeth Bishop, Robert Lowell, James Merrill, Adrienne Rich, John Ashbery*, (New York: Oxford UP, 1977), p.2.

事件让很多人的孤独变得危险，使得走出个人地盘、个人保护区域的人们感到真正的危险……这不是惠特曼了解的美国，不是他诗歌中构建的美国……我的诗歌中虽然也用了惠特曼式的“目录”来命名和召唤构成美国风景、构成美国城市的各种各样的人。但是，我们的社会必须正视这些情况，惠特曼本人却没有。①

可见，在里奇看来，惠特曼在歌颂美国式自由的同时，忽略了一些种族/性别边缘群体的独特境遇，而里奇有着与惠特曼不同的策略，将种族、性别等涉及的多元元素纳入复杂的思考，代言边缘政治，坚定批判当代美国社会形形色色的暴力。其诗学观弥补了惠特曼所欠缺的差异意识与解构意味，因而获得了比惠特曼式民主、自由精神更重要的收获。

综上所述，文学在民族—国家的构成中发生过重要作用，民族—国家一直影响着文学研究所采取的立场。② 作为诗人，惠特曼和里奇在不同的世纪建构了“自我”史诗与民族—国家身份，强调诗歌的社会政治功能和语言暗藏的政治意义。惠特曼的诗学观深刻反映了他本人的浪漫理想、现实关注与19世纪美国的时代精神。里奇的个人多元身份和20世纪下半叶的美国社会语境激发了她对社会、政治改革的决心与始终如一的批判性立场。在诗学观上，里奇在对惠特曼诗歌传统继承的基础上又有所拓展，在种族和性别身份书写方面，里奇更多地强调差异政治，主张多元政治与多元文化主义并存的理念，因而具备更宽阔的政治视野、更大的历史文化见证和建构力量，也更具批判性。

二、里奇对艾略特诗学的继承与背离③

里奇一直以来对美国现代诗坛上那些已逝的大师们，尤其是对于作为“新批评”重要源头和文化精英的诗人如艾略特怀有矛盾态度，对他们基于

① Barbara Charlesworth Gelpi and Albert Gelpi, eds, *Adrienne Rich's Poetry and Prose: A Norton Critical Edition*, (New York: W. W. Norton, 1993), p.256.
② 王逢振：《西方文论关键词 民族 — 国家》，载《外国文学》，第118页。
③ 里奇与艾略特的诗学比较在本书的第四章第三节有结合具体作品的探讨。

西方传统与主流文化立场的现代诗歌主题与形式既继承又背离。与艾略特相似，主题上，里奇致力于重塑传统，书写现代人生存之荒诞、虚无与痛苦；形式上，改革传统诗艺和“新批评”派的诗歌美学。但是，里奇不认同艾略特诗歌叙事中枯燥的、缺乏感情的反浪漫叙事，也不认同艾略特诗歌中关于美学慰藉的思想。

（一）书写存在主义意义下的现代生存

主题和人物上，里奇继承了艾略特书写现代人之生存，表现生存的困境、徒劳、疏离、不足和无力等西方现代存在主义文学的共同主题。艾略特的《阿尔弗雷德·普鲁弗洛克的情歌》[①]（“The Love Song of J. Alfred Prufrock”, 1917）与里奇的《二十一首情诗》，题目都具有浪漫主义特色，“情歌”“情诗”似乎都很贴切，因为其定义之一都是关注爱情的叙事诗。这两首诗歌还具有大多数情歌的特点，如重复（或叠句），押韵，节奏，这些都给读者以情诗的阅读期待。但是，这两首诗歌都是现代主义对浪漫主义的反讽，写的都是幻灭的感情和无法熄灭的痛苦。

艾略特的《普鲁弗洛克的情歌》借吉多的炼狱之痛，反映了现代人生存的痛苦不堪、危机重重和荒诞不经，表达了诗人对现代社会的质疑。在艾略特看来，现代社会建构在一套坍塌的价值观和放纵的欲望之上，是一个毫无意义和目的的精神荒原，唯有智慧和理性可能会带来新的秩序和活力。诗歌中的普鲁弗洛克是一个遭遇中年危机的男人，他孤僻、胆小、怯懦、精神麻木，打算去拜访一个女人，却害怕被拒绝，无法行动，只能在空虚寂寞中虚掷年华，“用咖啡勺丈量生活”，有着类似但丁《神曲·地狱篇》中吉多般的煎熬、焦灼又无计可施的心境。他遇事踌躇不前，意志薄弱，精神涣散。他可笑、可悲、可怜、可叹，一个在激情和怯懦之间、欲望和无能之间分裂的、痛苦的自我，既自命不凡又自我嘲讽，既自我陶醉又自我作践，身心俱疲地游荡在神经质的欲望与绝望、生与死的双重世界，做着不打自招的自白。《普鲁弗洛克的情歌》没有听众，仿佛是天鹅的绝唱，一首不祥之歌，是现代世界中一首孤单个体的歌，一首描绘个体挫折与精神衰弱的歌。

① 以下简称《普鲁弗洛克的情歌》。

里奇的《二十一首情诗》也一样，呈现的是女性间的特殊性向者所要面对的传统异性主义制度的严酷现实，以及在这一现实中她们的艰难生存——沮丧、挫折与失败的感情。在开篇，里奇就呈现了这一权力王国的“那些腐臭的梦想”和“那些耻辱”，女性中的特殊性向者就像“在危险中绽放的红色秋海棠。”① 在第十七首诗歌里，里奇指出了情感关系被遮蔽的原因在于强大的传统势力：“反对我们的势力/根植于我们自己的内心的反对势力”②。也正是这些传统观念已在众多女性的心里内化，成为她们获得解放的巨大阻碍。她们之间的疏离带来了极大的痛苦：

> 我们之间的黏合是不是被拉开了？
> 当裸露的脸缓慢地调转回顾的目光
> 凝视现在，
> 冬天的，城市的，愤怒的，贫穷的，死亡的眼睛
> 而双唇开启，说道：我是说继续生存下去吗？③

身份与自我身份的认同是一个痛苦的挣扎过程，她们在现实世界中挣扎，释放着自己的情感与认同：

> 没有人想象过我们。我们想如树一般生活，
> 梧桐树在充满硫磺味的空气里闪耀，
> 伤痕累累，依然繁茂地绽放蓓蕾，
> 我们的动物激情根植于这个城市。④

因为社会压力的阻碍，她们重构身份的行为举措困难重重，如同“携带着长了羽毛的草穿过上浮的空气降落到地面”⑤。

---

① Adrienne Rich, *The Dream of a Common Language,* (New York: W. W. Norton, 1978), p.25.
② Adrienne Rich, *The Dream of a Common Language,* (New York: W. W. Norton, 1978), pp.33-34.
③ Adrienne Rich, *The Dream of a Common Language,* (New York: W. W. Norton, 1978), p.35.
④ Adrienne Rich, *The Dream of a Common Language,* (New York: W. W. Norton,1978), p.25.
⑤ Adrienne Rich, *The Dream of a Common Language,* (New York: W. W. Norton,1978), p.25.

另外，艾略特与里奇的诗歌都延续了惠特曼诗歌中的城市风景，但是他们是对惠特曼的讽刺性延续。惠特曼大肆歌颂蒸蒸日上、欣欣向荣的美国城市，艾略特和里奇则张开双臂拥抱破坏性的城市风景。这些现代化的大都市没有罗曼蒂克的、温柔亲和的氛围，而往往都呈现“地狱般”的灰暗基调——肮脏、破烂、堕落、倦怠，充满了社会的敌意和暴力，仿佛是波德莱尔笔下“病态的花”——《恶之花》中忧郁、腐朽、虚无的城市。《普鲁弗洛克的情歌》的开篇画面是，普鲁弗洛克傍晚独自行走在伦敦，一个充满腐朽、暴力和异化的现代都市，一个濒临生死边缘的城市——“趁黄昏正铺展在天际”“像一个上了麻醉的病人躺在手术台上”。① 而里奇《二十一首情诗》的叙述者行走在纽约的曼哈顿，“枯萎的榆树，污秽的河流，无辜的大屠杀”，充满了“色情”“吸血鬼”“皮鞭”“铜臭”“羞辱”② 等欲望、暴力与邪恶的意象，在《不是别处，正是这里》（“Not Somewhere Else, But Here”）同样呈现了具有破坏性的城市，“隧道里的污气、尘土和血”“街道上到处可见的塌陷的屋顶”和“寒冷的风”。③

作为艾略特和里奇诗歌据点的城市并不是充满爱与阳光的地带，而是满目疮痍、危机四伏的地方，一个艰难的世界。艾略特看似在抱怨、在举步不前，实则通过诗歌“把你引向一个令人困惑的问题”④，这是一个根本性的重大问题，一个如何在现代虚无社会自我生存的问题；里奇看似在诉苦，实际上是坚持直面各种社会疾病的最糟糕的表现；没有逃脱到那淡化西方文化暴力的宁静乡村；是在这破坏性的城市地带坚定地创造和体验类似的生活。她希望通过诗歌来帮助边缘群体发声，远离世界的亵渎并获得自我救赎。她将自己诗歌中发出的愤怒呐喊比作“狼獾的吼叫”和“野性的清唱剧”。⑤

（二）脱离“新批评”派创作风格

作为一个崭露头角的现代诗人，艾略特在 20 世纪初对自己在文学史上

---

① 托·斯·艾略特：《荒原：艾略特文集·诗歌》，陆建德编，汤永宽译，上海：上海译文出版社，2012 年，第 3 页。

② Adrienne Rich, *The Dream of a Common Language,* (New York: W. W. Norton,1978), p.25.

③ Adrienne Rich, *The Dream of a Common Language,* (New York: W. W. Norton,1978), p.39.

④ 托·斯·艾略特：《荒原：艾略特文集·诗歌》，陆建德编，汤永宽译，上海：上海译文出版社，2012 年，第 3 页。

⑤ Adrienne Rich, *The Dream of a Common Language,* (New York: W. W. Norton,1978), p.28.

的地位有清楚的认识，为文学、文化的传统与现代间的张力问题所困扰：归顺传统还是改变或“扰乱”传统，新事物如何融入传统，新旧两者如何化解矛盾以达到融合。他认为，“传统”自身是静态的、稳定的、完整的、自成体系的，而新的事物带来变革，产生顿悟，就要重塑过去作品，与过往的文学抗衡。比如，对《普鲁弗洛克的情歌》的一个层面的解读可以是关于诗歌的创作和诗人的使命，尤其是关于现代诗歌的创新和现代诗人的使命。普鲁弗洛克一开始就推迟了“开始”，没有开门见山，而是一拖再拖，他暗示道，“开始”是一种威胁，一种必须勇敢面对的东西。诗歌中，他被自我怀疑所困扰，对自身的努力和诗歌艺术进行拷问：“我敢吗？我敢吗？……我敢惊扰 / 这个世界吗……我还该怎样猜测 / 我又该怎样开始……总之一句话，我害怕。那么到底值不值得？”[①]这一反复出现的诘问可以说是一个胸怀大志的诗人的恐惧以及对“影响的焦虑”[②]，对脱离诗歌传统的拷问，对诗歌创新的拷问。只有在普鲁弗洛克真的想要“扰乱宇宙”或者至少扰乱他所发现的文化体系时，“开始”才有意义，因为“开始”就意味着“扰乱”传统事物。艾略特赋予“现代”和新事物一种非凡的力量，他重新调整与过往文学作品之间的关系。艾略特认为新诗人必须“抓住机会”“把这世界捏成一个球，然后把它滚向一个使人窘困的问题”[③]，他强调新诗人应勇于挑战，通过一种想象和修辞的破坏力，一种在文化圣殿里的反抗，从所有的前辈诗人那里争夺权威，尽管这是一项艰巨而又令人胆怯的任务。

里奇欣赏艾略特的学识，尤其是他关于现代主义诗歌的创新理念。如前所言，里奇的诗艺以 20 世纪 60 年代为界，前期遵循传统诗艺，继承了现代男性诗歌传统[④]，尤其是艾略特倡导的新批评，形式上“显示了她精通传统诗艺和‘新批评’派的诗美学”[⑤]。但在中后期，她一方面大量继承了艾略特

① 托·斯·艾略特：《荒原：艾略特文集·诗歌》，陆建德编，汤永宽译，上海：上海译文出版社，2012 年，第 5—7 页。

② 艾略特这一思想影响着布鲁姆及其《影响的焦虑》，对布鲁姆与里奇创作的关系将在本章下一节做探讨。

③ 托·斯·艾略特：《荒原：艾略特文集·诗歌》，陆建德编，汤永宽译，上海：上海译文出版社，2012 年，第 8 页。

④ 关于这一点的详细阐述，参见本书第二章第一节。

⑤ 王守仁：《新编美国文学史》（第四卷），上海：上海外语教育出版社，2002 年，第 499 页。

诗歌中的开放句式、碎片化、会话式的语言以及似是而非的情感铺设，另一方面，她强调对诗歌形式意义的发现，认为“如果在诗歌创作过程中，没有对形式进行创新和改变，那我就无法创作出主题明确、意义深远的诗歌。”[①] 霍格的评论切中肯綮：里奇的诗歌形式能够唤起被边缘化的女性的政治意识并激发她们参与行动，因而具有政治性的视野和建构的力量。[②] 她以自己的诗学话语方式变革诗歌形式，在现代诗歌形式的背离或自由诗体的路上渐行渐远——零散的句法结构、碎片化的意象和韵律的变动都呈现更大的不确定性，呈现女性真实的生存状态和生活体验。比如，在《不在别处，就在这里》这首诗中，里奇革新诗学语言，既展现女性生活的外部世界，又突出女性的痛苦隐忍内心：

勇气　叶片中她的脸　多边形
路面　她　够不着
呼吸的勇气　十月的死亡
洒出来的酒　未建成的房子　混乱的生活涂鸦　没有记忆　变得很传统
墙上潦草的笔迹　上帝爱你　贫民区的声音
死气沉沉的城市　她的脸
睡觉　她的阔步　她的
奔跑　寻找一个私人空间　城市
……破坏的世界
这一种爱流淌着　抚摸着对方生命　崩裂的爱　倒塌的墙

有足够的勇气　必须过的生活
……

赋格曲　我充血的双眼　小心翼翼的缝合

① Sandra M. Gilbert, ed. *Culture, Politics, and the Art of Poetry: Essential Essays by Adrienne Rich*, ((New York: W. W. Norton, 2018), p.293.
② Cynthia Hogue, “Adrienne Rich's Political, Ecstatic Subject, ”p.419.

撕裂 触摸我的手 岂可说

我并不孤单

溢出的爱……

必须过的生活 不在别处

就在这里 血迹斑斑的城市……[①]

里奇摈弃了现代男性诗歌传统中僵硬的语言、紧凑的句法结构，有意识地在碎片化的词语间添加空白，使用不符合语法的句式，不加标点，诗行之间没有关联，没有押韵。词与词之间的空格打破了节奏的完整和流畅。整首诗使人感到一种梦魇式的氛围：说话人感觉呼吸困难，希望逃脱困境，但她需要勇气才能这么做。同时，里奇在诗歌中堆砌了一些不甚关联的、不完整的、奇异的意象——一位妇女在“叶片”中的脸，“洒出来的酒”“未建成的房子”“混乱的生活”“涂鸦”“死气沉沉的城市”和“血迹斑斑的道路”等，它们看似没有意义，却再现了女性痛苦挣扎的生活状态。里奇所设置的场景仿佛重返艾略特笔下的荒原，只不过她使用的是女性的诗学话语方式，“把现代文明废墟般的状况与自我受损的性别状况相联合”[②]，别具匠心地折射出女性精神、情感和理性的荒原。

（三）质疑反浪漫叙事与美学慰藉

20 世纪 40 和 50 年代，当时的美国文坛在冷战政治思维影响下，推进文本中心，不强调社会功用，新批评盛行。在这一背景下，艾略特钟情的是反浪漫叙事，他综合运用玄学派诗歌理论和俄国形式主义的“陌生化”原则，推行“非个性化”和“客观对应物”（objective correlative）等理论，强调客观事物对诗人情感传递的媒介作用。前者出现在著名论文《传统与个人才能》（“Tradition and the Individual Talent”, 1919）中，“诗歌不是感情的放纵，

① Adrienne Rich, *The Dream of a Common Language,* (New York: W.W. Norton,1978), pp.39-40.

② Alice Templeton, *The Dream and the Dialogue: Adrienne Rich's Feminist Poetics*, (Knoxville: The U of Tennessee P, 1994), p.44.

而是感情的脱离；诗歌不是个性的表现，而是个性的脱离。”[①] 后者则是他在《哈姆雷特》(“Hamlet and His Problems”, 1920）中提出的：“用艺术形式表现情感的唯一方法是寻找一个‘客观对应物’；换句话说，是用一系列实物、场景，一连串事件来表现某种特定的情感，要做到最终形式必然是感觉经验的外部事实一旦出现，便能立刻唤起那种情感。”[②] 艾略特的理论是对华兹华斯浪漫主义诗歌理论的背离，它既不强调情感，也不注重宁静中的回忆，而是产生于非个人的经历。比如，在《普鲁弗洛克的情歌》中，普鲁弗洛克有着独特的自我保护机制，面对来自精神生活的空虚和痛苦，没有大肆渲染，更没有泪流满面，而是故作轻松与幽默。在现实与理想的冲突中，普鲁弗洛克瞻前顾后，自我欣赏，自我陶醉，也自我嘲弄，这是对浪漫主义诗歌的直抒胸臆和情意绵绵、华兹华斯式情感表达的批判。

里奇不认同艾略特诗歌中枯燥的、缺乏感情的反浪漫叙事。起初，她受新批评与形式主义的影响，模仿男性传统诗歌的结构和韵律，尝试学习艾略特博大精深和抑扬顿挫的诗歌，抑制了个人感情和声音，将诗歌写作与个人的观点和情感分割开来，但是，她后来与形式主义分道扬镳，无法接受艾略特诗歌中枯燥的声音。她的内心是一个意识分裂的存在，经受了奥登和艾略特等诗人强调的“非个性化”教条与她自己希望坦白内心感情之间的冲突，里奇的诗歌语调开始展现其特有的细腻、抒情与优雅。《二十一首情诗》中就充斥着大量的个人情感，温婉与哀伤相互交织，痛苦与绝望喷薄而出。诗歌成为她抒发复杂情感与个性的媒介，这让她与“自白派”诗人产生共鸣，也凸显了她与艾略特的不同，以至她觉得艾略特的声音“干涩无味又痛苦忧伤……，我不知道他的诗歌中有多少是与自我憎恨和崩溃作斗争的。”[③] 诗歌声音方面，从《儿媳妇的快照》开始，里奇的声音变得更加亲密和个人化，在表达她的女性意识时更加尖锐。

---

① 托·斯·艾略特：《传统与个人才能》，载《艾略特文学论文集》，李赋宁译，南昌：百花洲文艺出版社，1994 年，第 11 页。

② 托·斯·艾略特：《哈姆雷特》，载《艾略特诗学文集》，王恩衷编译，北京：国际文化出版社，1989 年，第 13 页。

③ Adrienne Rich. *What Is Found There: Notebooks on Poetry and Politics*, (New York: W. W. Norton, 1993), p.194.

艾略特的语言是华丽的，也是晦涩的，这出于他的文学修养与引经据典。他重新发现玄学派诗歌的价值：17 世纪的英国诗人和评论家德莱顿认为玄学派诗歌太过学究气，用词怪癖晦涩，韵律不流畅，将抒情诗演化为哲学思辨，同样，约翰逊（Samuel Johnson）也认为玄学派诗人"把最不伦不类的思想概念勉强束缚在一起"[①]。所不同的是，艾略特对玄学派评价甚高，称他们"把思想和感情统一起来"[②]。关于意象，艾略特跟庞德的观点一致，认为玄学派诗歌"将意境转化为感觉，以及将看法转变为心态"[③]。意象使抽象的表达具象化，将思想与感受融为一体。因此，艾略特在诗歌中擅长运用玄学派惯常使用的奇喻，以达到一种诗歌叙事与情感方面的"陌生化"艺术效果，比如，在《普鲁弗洛克的情歌》中，艾略特引经据典、意象的叠加与拼凑，尤其是对一些文学典故的反讽，比如，古希腊作家赫西奥德的诗作《工作与时日》（"Works and Days"）、《旧约全书·传道书》和《新约圣经·约翰福音》、莎士比亚的《哈姆雷特》《奥德赛》和《第十二夜》、马维尔的《致他羞涩的女友》等。这些既暗含了艾略特对古典文化的尊崇，反讽中透出的黑暗气息又给予浪漫主义以沉重的一击，体现了现代主义的叙事风格。

里奇在 50 年代早期的诗歌语言是晦涩的，但自从 60 年代后期起，她的语言是反精英的、普通的、日常的。她把自己的诗歌读者定位为伍尔夫所言的"普通读者"，这些读者并不一定受过良好教育，而是"有共同的关切、愿望和抱负"[④]。更大的意义上，里奇的"普通读者"指的是普通女性，她与伍尔夫怀着相同的写作愿望，致力于抵达那些被失语的、被剥夺的女性，她的写作内容和读者目标决定了她使用的诗歌语言。里奇将它界定或建构成女性群体的语言，"为妇女而写、为妇女所说"的语言，"跨越社会、历史和

---

① 刘燕：《现代批评之始：T. S. 艾略特诗学研究》，桂林：广西师范大学出版社，2005 年，第 31 页。

② 刘燕：《现代批评之始：T. S. 艾略特诗学研究》，桂林：广西师范大学出版社，2005 年，第 31 页。

③ 刘燕：《现代批评之始：T. S. 艾略特诗学研究》，桂林：广西师范大学出版社，2005 年，第 33 页。

④ Jane Roberta Cooper, ed, *Reading Adrienne Rich: Review and Re-Visions, 1951-81*, (Ann Arbor: U of Michigan P, 1984), p.92.

种族背景的女性自主语言，富有女性特征的交流”[1]。里奇在诗歌中书写的是普通的女性经验，她要脱离的是“僵死的语言，压迫者的语言”，更多运用来自女性自身经历和历史文化传统息息相关的语言，包括与女性身体和日常生活相关的意象，在她看来，“词语的秘密与言说者深藏内心的理想息息相关”[2]。她写诗是为了揭开以往男性书写中关于女性的谎言，脱离一直以来的沉默，大胆表达各种女性关系中的真实情感，以及那些平凡而真挚的梦想。《普通语言之梦》代表着她“寻找语言力量，让语言本身从语言的历史中解脱出来，从西方男性诗歌的语言桎梏中脱离出来的力量。”[3]正如学者所评，里奇对普通语言的运用，使她的诗歌在描绘细节时更加生动具体，力求达到“身体与心灵、女性与诗人、关系与创作”的统一。[4]

艾略特所使用的现代主义意识流叙事也是典型的反浪漫叙事。传统的诗歌中并不允许意识流的存在，比如十四行诗几乎不触及意识，布朗宁的戏剧独白也称不上意识流，意识流的原型可以说是《哈姆雷特》的“生存还是死亡”的诘问，但《哈姆雷特》的意识流处理是比较直接的，而艾略特让意识流进入现代诗歌，而且这个意识流是迂回曲折的，具有形式上的不稳定性。比如，《普鲁弗洛克的情歌》虽然使用了较为传统的戏剧独白形式，模仿了勃朗宁的《致已故的公爵夫人》中所使用的反讽、口语与修辞，体现出艾略特对传统的背离。艾略特诗歌中的意识流叙事展现的是一个“瞬间的”危机时刻，这些瞬间貌似毫无关联、毫无逻辑，从一个场景跳到另一个场景，从一个想法跳到另一个想法；讨论的话题有时也会突然转变，从这一刻的小事比如普鲁弗洛克的秃头，或者他的裤子长度，到下一刻的宏大的时间和宇宙观念；语言的切换则经常在抽象（如“喃喃撤退的街道”和“具有阴险意图的冗长争论”）和具体（如“牡蛎壳”“烟灰”）之间，普遍（如“女人来来去去”）和特殊（如“米开朗基罗”）之间。然而，一个个“瞬间”或“意

---

① Alex Preminger et al, eds, *The New Princeton Encyclopedia of Poetry and Poetic*, (Princeton: Princeton UP, 1993), p.184.

② Adrienne Rich, *On Lies, Secrets, and Silence,* (New York: W. W. Norton, 1979), pp.255-256.

③ Jane Roberta Cooper, ed, *Reading Adrienne Rich: Review and Re-Visions, 1951-84,* (Ann Arbor: U of Michigan P, 1984), p.91.

④ Cheri Colby Langdell, *Adrienne Rich: The Moment of Change*, (Westport, CT: Praeger Publishers, 2004), p.42.

象"的联系构成了诗歌整体的构想，使得整首诗歌的情感基调就不再有任何不和谐、不相干或突兀之处了。换言之，这些瞬间——比如"一夜廉价旅馆""地面铺着木屑的餐厅"、猫的形象、女人的谈话等——被极大地扩展成一个个关于存在的重要时刻，生动地呈现了普鲁弗洛克过去的经历、现在的危机和对未来的预期，记录了普鲁弗洛克从精神危机到精神死亡的心理旅程。同时，这些瞬间也广角镜般地建构了一个广阔的社会，一个里里外外充满危机、混乱与无序的世界。诗歌中没有行动，没有事件的顺序，也没有时间的流逝，只有普鲁弗洛克的自言自语，他思想的随意性使得诗歌显得支离破碎。叙述者毫不间断地将他的想法和经历展现为一套例行公事、重复片段或行为——他的幻象、犹豫与退却。他絮絮叨叨地走在街头，而读者自始至终都没法离开这首情歌，没法走出普鲁弗洛克的精神世界。读者看到的也不是普鲁弗洛克的物理存在，而是他流动的意识，这个意识杂乱无章，支离破碎，起伏不定，时有时无，变换着形状，然后销声匿迹。梅斯评论得切中要害，"艾略特确实探索了普鲁弗洛克的欲望与行动之间的断裂，进而把情节转化成了反讽和怪异。"① 总之，艾略特诗歌中的长长的诗行、迂回的重复与缓慢的节奏无法达到读者对一首情歌之强烈情感的阅读期待，这一诗歌书写方式彰显了艾略特的反浪漫叙事。

同时，里奇也不认同艾略特诗歌中关于美学慰藉的思想。首先，里奇在诗歌的功用方面背离了艾略特的现代诗学传统②。里奇认为，诗歌是社会与政治的传声筒，寄希望于以诗歌艺术形式表达政治诉求，以追求大众化的诗歌素材和文化形式来对抗精英，在新历史时期呼唤惠特曼式美国民主、自由的声音，用美国认同的声音来表达自己的主张。因此，里奇在大学时就感觉艾略特的诗歌对她"毫无用处，也早已准备好用这种理由攻击"毫无用处"的作者。在她的著名诗歌《儿媳妇的快照》中，里奇改写了艾略特在《荒原》（"The Waste Land", 1922）里引用过的波德莱尔的话："所有在我的背上

---

① J. C. C. Mays. "Early Poems: from 'Prufrock'to'Gerontion'", in A.David Moody. ed. *The Cambridge Companion to T.S.Eliot,*(Cambridge: Cambridge UP,1994). p.116.

② 关于这一点，在本章中的第一节做了探讨。

/ 生锈的旧刀，我都将插入你的背后 / 我的同伴，我的姐妹！”① 在里奇这里，当“我”无法忍受那些成为男性暴力同谋的女性时，就会义无反顾地化身为“复仇女神”，把刀刃插入同类和姐妹。而另一句“一位有思想的女性同怪物共眠。/ 她变成了，咬住他的喙”②。在这里，“怪物”意为无用，可以理解为艾略特毫无用处，但紧咬住他不放的那张嘴就变成了她。“无用”一词继续频繁地出现在里奇的女性主义诗歌中，比如，在《在边缘》（“On Edges”，1968）中，里奇“竭尽全力地解释，就像一台能思考的机器 / 将无用解释为怪物，历史解释为灯罩”；而在《焚烧纸张而不是孩子》（“The Burning of Paper Instead of Children”, 1968）中，里奇道出了其中的怒火：“有不少书描述了这一切 / 而它们毫无用处……这对你毫无用处 / 对他人可能亦是如此。”③ 里奇希望通过诗歌表达一种社会责任意识，她在《不是如何写诗，而是为何写诗》（“Not how to write poetry，but wherefore”）里记述了自己学习诗歌的经历以及心态的变化，认为写诗技巧并不重要，重要的是为何写诗，“我在诗歌中追寻存在的可能和责任；所以我觉得他对我毫无用处。”④ 这一类似“艾略特”的合体灵魂不断地纠缠遭遇写作身份危机的里奇。

艾略特的诗歌和批评都很关注现代性的意义，以文学的方式和比较激进的诗歌技巧触摸到现代社会的种种问题。其作品所表现的对中产阶级生活的拒斥，尽管也激发了社会反思，但他具有保守的政治和宗教立场，没能跳出消极论的牢笼，限制了其批判的深度。而里奇则一直致力于通过诗歌寻求艺术可能性和政治担当，在这方面，艾略特并无法给她帮助。如里奇所言，“诗歌和写作就是我耕耘的土地。我自己就是一首诗歌，为生存而斗争。我的目的就是找到‘我是什么’这一真理。”⑤

① Adrienne Rich, “Snapshots of a Daughter-in-Law” in *Poems: Selected and New, 1950-1974*, (New York: W. W. Norton, 1975), p.48.

② Adrienne Rich, “Snapshots of a Daughter-in-Law” in *Poems: Selected and New, 1950-1974*, (New York: W. W. Norton, 1975), p.48.

③ Adrienne Rich, *Poems: Selected and New: 1950-1974*, (New York: W. W. Norton, 1975), p.151.

④ Adrienne Rich. *What Is Found There: Notebooks on Poetry and Politics*, (New York: W. W. Norton), 1993, p.193.

⑤ Adrienne Rich. *What Is Found There: Notebooks on Poetry and Politics*, (New York: W. W. Norton), 1993, p.212.

三、里奇与布鲁姆之争[①]

诗人里奇与诗论家布鲁姆之争的焦点在于文学的政治意义与美学意义、诗歌文本的内容意义与形式意义孰轻孰重的问题[②]。布鲁姆是“西方正典”的坚定捍卫者，从传统或者现代经典的高度来打量当代诗歌，他反对文学政治化，坚持用纯美学的观点阐释文学。而里奇是个政治诗人，注重诗歌的政治功用，反对诗歌的过分学院气，认为欺骗性的修辞剥夺了语言的意义。

里奇与布鲁姆之争的起因是选择诗歌方面的分歧。斯克里布纳（Scribner）出版社从1988年起，每年都要出版一本《最佳美国诗选》（*The Best American Poetry*），类似于中国的《诗歌年鉴》，由丛书编辑莱曼（David Lehman）负责邀请一位美国名诗人来做客座编辑，负责挑选当代诗歌、作序并说明选择的原则和标准[③]。布鲁姆坚守他心目中的诗歌的本质，强调诗歌的独立性或自治，注重诗歌独特的美学标准和语言艺术，比如对形式（格律、语气等）的要求。里奇主编了《最佳美国诗选》（1996），她收录了总共72位诗人的75首诗歌。除了选择一些名诗人如玛格丽特·阿特伍德，她还收纳了一大批少数种族、性别、性取向的诗人作品。1997年，出版社再请布鲁姆从这十本诗选里加以提纯，编纂《十年最佳诗选》，算是对过去十

① 本书的第三章第四节将结合里奇的具体诗集探讨里奇与布鲁姆的“误读诗论”，这里只是简单概述里奇与布鲁姆的主要论争。

② 本节的一些信息来源于周伟驰的文章《美国当代诗坛》（载《世界文学》，2001年第5期，第305—312页。）类似的论战后来在2011年11月也有发生。美国诗坛因为丽塔·达夫主编的企鹅版《20世纪美国诗歌选集》（2013）的出版而引起一场规模空前的论战，论战双方是美国首位非裔桂冠女诗人丽塔·达夫和美国著名文学评论家海伦·文德勒。论战的焦点也在于诗集的诗人遴选方面，文德勒认为达夫的选诗缺乏审美立场，带有明显的“多元文化包容性”，收录了太多的黑人和其他族裔诗人且给了他们大量的篇幅；达夫则发文回击，指责文德勒的批评带有种族偏见、超出了美学之争的范畴。两人交锋的背后其实就是政治与艺术的标准。国内学者王卓认为，这场论战是一场美国特有的多维度的文化之战，是种族主义、多元文化主义和世界主义共存于美国社会文化和意识形态深层之中，并不断交织和交锋的外化。（参见王卓，“种族之战？文化之战？经典之战？——从丽塔·达夫与海伦·文德勒的论战说起”，《浙江工商大学学报》，2017年第2期，第5—16页。）

③ 1988年至2000年的十三位客座编辑是：阿什伯利（1988），唐纳德·霍尔（1989），乔丽·格拉汉（1990），马克·斯特兰德（1991），查尔斯·西米克（1992），路易斯·格鲁克（1993），阿蒙斯（1994），理查德·霍华德（1995），里奇（1996），詹姆斯·退特（1997），荷兰德尔（1998），罗伯特·布莱（1999），丽塔·都芙（2000）。（参见周伟驰，《美国当代诗坛》，载《世界文学》，2001年第5期，第306、310页。）

年美国诗坛的一个大盘点。布鲁姆在前言里毫不客气地论及1996年出版的诗选：

一九九六年诗选乃是他写这篇导言的主要原因之一，因为那一年的诗选正好是"美学之敌"的主要代表。"美学之敌"指不是从诗歌本身的美学性质来看诗歌，而是认为在评价诗歌时，种族、性别、性向、族群和诗作者的政治目的才是最重要的因素。他认为这在一九九六年的诗选里集中地体现出来了，他说那本诗选是"社会能量中最社会能量的"（对应于"最佳诗中的最佳诗"）。①

带着这样的批评，布鲁姆没有从里奇编的集子里选任何一首诗。布鲁姆认为，里奇选本没有一首是选得好的，绝大多数都称不上是具有美学高度的诗歌，因此，布鲁姆后来没有从里奇的这本诗集里选诗，包括一些名诗人的诗也从其他的年度选本里挑选。里奇在选本的导言中回应，自己编纂的诗选并非旨在挑选出所谓的"最好的诗"，而是基于一个多年致力于诗歌创作的诗人的个人视角与审美标准，从美国众多诗刊中精心筛选出来的作品集合：

以任何中立或普遍的标准来看，这些都不是1995年（北美）最好的诗歌。从一开始，我就把"最佳"和"美国人"这两个称号置于一边（当然，在美国的不同地方有许多诗歌）。这是一场诗歌的聚会，一位客座编辑在阅读成批成批的诗歌期刊邮箱时，发现这些期刊发表了一些让编辑特别迫切地读下去，觉得活泼生动，难以忘怀，感同身受，而且要一读再读方能消化领悟。②

里奇关注诗歌的某些需求，"在字里行间倾听音乐、脉动、呼吸和特别的声音。"③ 她认为，首先，诗歌经久不息的活力在于诗人通过韵律、语言、

① 周伟驰：《美国当代诗坛》，载《世界文学》，2001年第5期，第306、309页。
② Adrienne Rich, "Introduction" in *The Best American Poetry*, (New York: Scribner, 1996), p.15.
③ Adrienne Rich, "Defying the Space that Separates", in *Arts of the Possible: Essays and Conversations*, (New York: W. W. Norton, 2001), p.108.

遣词造句和其转化为音韵的方法；其次，诗歌要能祛劳解乏、除悲消忧、要有救赎的功效，能够解放或拯救想象力，能够唤醒温情、碰撞火花、创造认可和新颖的乐趣。①

首先，布鲁姆的学院派强调诗歌的价值在于其美学价值，而里奇的选诗标准中的政治痕迹过于明显，看重与当代美国现状紧密相关的诗。她认为诗歌必须传达意义，尤其是政治意义，诗歌创作应该积极承担政治责任和社会意识。里奇将自己定位为政治诗人，认为诗歌应该具有斗志，能够参与到历史的危机时刻，展现某种张力和美感。里奇引用伯格（John Berger）的话，诗歌"弥补不了任何缺失，但可以对抗那使人疏离的空间……方法就是不遗余力地重新聚集本已分散的东西"②，还引用鲁凯瑟（Muriel Rukeyser）的话，不同种类诗歌的聚集可以提供"愤怒的真相和可能性的真相。③里奇的政治视域宽广，涉及种族、性别、阶级、权力和暴力等方面。而诗歌与多元或者差异政治的合二为一恰恰表现了里奇诗歌的深刻意义，正如奥肯坦伯格（Adrian Oktenberg）所言，"里奇诗歌是深深地扎根在政治土壤中的，如果忽略了这一方面或是轻视了这一方面，就是曲解了她的诗歌。"④也如里奇在《国家杂志》对《最佳美国诗选》（1996）序言所做的修改结尾所言：

诗歌的成熟……意味着参与历史的发展，担负起责任，投身于各种责任的网罗中，无论履行与否，同时也意味着接受和改变形式，与群体或传统论战，与艺术和公平进行持久的对话。这意味着在更为宽泛的对话中去发现我们正当的必要的声音，以及它的音调、姿势、反复出现的部分和缺失的部分。我所选择的诗歌，每一首在许多方面都各不相同，这些诗歌都依靠着一种坚定的信念，即相信连续性和美，相信诗歌具有不可估量的力量，帮助我

① Adrienne Rich, "Defying the Space that Separates", in *Arts of the Possible: Essays and Conversations*, (New York: W. W. Norton, 2001), p.108.

② Adrienne Rich, "Defying the Space that Separates", in *Arts of the Possible: Essays and Conversations*, (New York: W. W. Norton, 2001), p.107.

③ Adrienne Rich, "Defying the Space that Separates", in *Arts of the Possible: Essays and Conversations*, (New York: W. W. Norton, 2001), p.108.

④ Adrian Oktenberg, "'Disloyal to Civilization': The Twenty-One Love Poems of Adrienne Rich, " in Barbara Charlesworth Gelpi and Albert Gelpi, eds. *Adrienne Rich's Poetry and Prose: A Norton Critical Edition*, (New York: W. W. Norton, 1993), p.338.

们努力向前。[①]

里奇强调的是诗歌所需担当的伦理和艺术责任。因此，她编辑的诗选就呈现了以下内容：20 世纪 80 年代末至 90 年代末北美的社会状况——海湾战争导致的社会分裂加剧、经济体系失效、甚嚣其上的物质利益所导致的人的疏离和民主的分崩离析。

其次，里奇批评了美国当代诗歌的过分形式化和布鲁姆式学院气，重视语言这一媒介本身的意义。在美国当代诗坛，诗歌在内容深度上有所减弱，但在形式技巧上有所增强。部分诗人的作品被诟病为高度的技巧与内容上的空洞合为一体，如同伯恩斯坦（Charles Bernstein）所言，艺术创作的公共空间被“极其不平等的权力分配弄脏了”，在这个“被弄脏”的公共领域里，诗歌无法通过传统的、受污染、受侵蚀的交流方式来改变社会。语言这一“自主的、自给自足”的媒介，必须通过自己的方式完成其任务。[②]在这一背景或困境下，她引用洛德的话说，“诗歌不是奢侈品”（“Poetry is no luxury”），反感那些过于倚重修辞技巧的诗歌，她认为美国当代诗歌的危机就在于“意义的真空化，就在于欺骗性的修辞剥夺了语言的意义”。[③]诗人因为蔑视意义而创造出了空洞无物而又单调乏味的诗歌。里奇始终鼓励诗人去创造一种根植于语言、社会和普通生活的艺术，这种艺术绝不是为了少数人的自娱自乐，而要让它成为一种大众的需求，成为“餐桌上的面包”。“诗歌要足够美味可供食用，在齿间咀嚼，在舌尖感受这无与伦比的诗歌所迸射出的美汁美味。”[④]这也是里奇所说的诗歌的诗意所在，她所希望阅读和创作的诗歌，其意义如同若隐若现的“冰山一角的深意”，诗人“需要去探索这一意义的边缘，因为事实上只有到达这个边缘，我们才会明白失去意义和意义

---

① Adrienne Rich, “Defying the Space that Separates”, in *Arts of the Possible: Essays and Conversations*, (New York: W. W. Norton, 2001), p.114.

② Adrienne Rich, “Defying the Space that Separates”, in *Arts of the Possible: Essays and Conversations*, (New York: W. W. Norton, 2001), p.117.

③ Adrienne Rich, “Introduction”, in *The Best American Poetry*, (New York: Scribner, 1996), p.19.

④ Adrienne Rich, “Introduction”, in *The Best American Poetry*, (New York: Scribner, 1996), p.17.

分离的生活究竟是怎样的”[①]。因此，在诗歌语言和形式方面，里奇认同诗歌评论家、“语言诗”（L*A*N*G*U*A*G*E poetry）的标杆人物伯恩斯坦在《诗学》（*A Poetics*）中的观点：“形式和内容二者相互依存，相辅相成，形成整体。诗歌通过语言本身，以读者陌生或熟悉的相互渗透的方式，呈现文化差异。”[②] 亦即形式就是内容，形式的丰富意义蕴含着内容的复杂性。当然，里奇搜寻的是能应对当代诗歌意义缺失危机的创作方式，而非单纯的形式或语言创新。她认为，“刻意创新和非线性语言的诗歌，无论其奉行什么样的理论，都会因单调乏味和内容支离破碎而成为商业性大众传媒的产物。”[③] 诗歌应当书写多种可能性，即不同人与不同空间和语言的关系，正如莫里森（Toni Morrison）所言的“在普通语言中努力去诠释”[④]，里奇因此提出了“普通语言之梦”[⑤]，在这一语言中去诠释，去行动。她认为，语言是诗歌的媒介，它要产生意义。但是，诗歌并非抽象的、一成不变的、辞藻华丽的语言，而是生动具体、不落俗套的、具有变革性力量的语言——可以被言说出来的语言，可以“被大声言说，被私下里嘀咕，颠覆性的，遍布每个角落，被揣在口袋里，为某一群体服务，被大声朗读给将死之人，被铭记于心，被涂画于墙。”[⑥] 里奇认为，形式创新总是能够让诗人面临挑战，即“保持语言的灵活性”[⑦]，而不是违背自身的、欺骗性的修辞，因为这样的修辞会剥夺语言的意义。

再次，里奇反感一些美国当代文学 / 诗坛内部的现象，比如，无论是文学杂志或者诗刊编辑，还是诗歌奖的评奖者及获奖人，还是诗歌协会组织的

① Adrienne Rich, “Defying the Space that Separates”, in *Arts of the Possible: Essays and Conversations*, (New York: W. W. Norton, 2001), pp.118-119.
② Adrienne Rich, “Defying the Space that Separates”, in *Arts of the Possible: Essays and Conversations*, (New York: W. W. Norton, 2001), p.112.
③ Adrienne Rich, “Defying the Space that Separates”, in *Arts of the Possible: Essays and Conversations*, (New York: W. W. Norton, 2001), p.113.
④ Adrienne Rich, “Defying the Space that Separates”, in *Arts of the Possible: Essays and Conversations*, (New York: W. W. Norton, 2001), p.113.
⑤ 关于这一点，详见本书的第三章第三节。
⑥ Adrienne Rich, “Defying the Space that Separates”, in *Arts of the Possible: Essays and Conversations*, (New York: W. W. Norton, 2001), p.113.
⑦ Adrienne Rich, “Defying the Space that Separates”, in *Arts of the Possible: Essays and Conversations*, (New York: W. W. Norton, 2001), p.113.

成员，大多都是由白人男性（一些是白人女性）构成，而很少有编辑明确表示要尝试搜罗、出版非白人圈的体现北美创作和北美经验深远影响的文学作品。到 1996 年为止，《最佳美国诗选》一直都是由特邀嘉宾编撰的，六位白人男性和包括里奇在内的三位白人女性。授予诗人的大部分奖项和研究基金（比如莉莉诗歌奖，金斯利·塔夫兹诗歌奖，美国诗人学院奖学金，普利策奖和美国国家书评奖）都是由白人占大多数的评委进行评选，得奖的也大多数是白人男性。这些奖项既可以带来身份认同，为诗人创造其他机会，还能直接为诗人开辟写作道路。美国艺术暨文学研究院，美国人文与科学研究院和美国诗人学会的理事、成员也几乎都是白人男性。里奇认为这样的做法无法真实、客观、公正地反映美国当代文学 / 诗歌创作的现状。另外，在一个被强烈种族化的社会里，在文学杂志上发表诗歌的诗人大多数也都是白人，但是他们诗歌中所写到的种族和权力的关系大多数时候也只是当作遮遮掩掩的潜台词，白人男性的诗歌绝大多数都对生存矛盾及复杂性视而不见，或者予以掩盖，[①] 种族歧视、限制和隔离，乃至排斥、驱逐和灭绝这些诗歌意象的遗产渗透在诗歌的语言中，让“有色”诗人甚为困扰。里奇坚信，艺术植根于民众生活，而已被制度化的文学文化中的种族隔离事实上则映射了社会的扭曲。在这种思想的主导下，她挖掘数目不菲的少数族裔诗人、女性诗人、其他弱势群体身份的边缘诗人，收纳那些跟当代美国社会的主要矛盾有着紧密联系的诗。这些诗作不仅见证了社会现实，它们的面世更打破了隔阂，让很多被遮蔽的诗人和读者能够面对真实的自己。

追根溯源，里奇诗学思想的形成有着多元复杂的渊源。她诗歌和批评中所呈现、所论及的诸如性别、阶级、种族、宗教、语言等纷繁多样的问题都与其“多位一体”的个人身份以及 20 世纪后半叶的历史、文化与理论背景有着千丝万缕的联系，她的作品折射出了这些微观与宏观语境。同时，前辈诗人如惠特曼和艾略特对里奇的诗歌创作造成了影响，但这些“影响”又带来了“焦虑”，她对这些男性诗歌传统产生了质疑，并在背离的道路上渐行渐远。在对待什么是好诗的观点上，她与布鲁姆有龃龉，但是，纵观其一生

① Adrienne Rich, “Introduction”, in *The Best American Poetry*, (New York: Scribner, 1996), p.18.

的诗歌和批评创作，她却践行了布鲁姆的“误读”或“误释”策略，最终走出了“影响的焦虑”，既坚守着西方的经典诗意精神，又依赖于自己独特的诗性语言，去阐释和命名难以阐释、难以命名的世界，呈现女性历史与当下生活与经验，重新“命名”诗歌，“命名”女性写作，充当了一个“摆渡人”的角色，拯救被世界“挤压”“围堵”乃至“诅咒”的词语[①]，构建了独特的诗学观。

① 殷企平：《经典即“摆渡”：当代西方诗歌的精神渊源》，载《外国文学研究》，2012年第4期，第11页。

第二章
早期诗歌：俄狄浦斯情结之下的因袭之路

在20世纪50年代及其之前的美国诗坛，男性诗人、评论家掌握话语权，女诗人要想获得认可，遵从传统可以说是一条快速而安全的途径。里奇在20世纪50年代初的诗歌创作中表现出一种对“前辈”诗人强烈的俄狄浦斯情结，主题表现的是女性屈从的身份，诗歌中的女性人物生活在传统社会制度的困顿中；形式上遵循传统诗艺，模仿布莱克、济慈、罗塞蒂和丁尼森等诗人的韵律和节奏[①]，也受到弗罗斯特、托马斯、奥登、麦克尼斯、史蒂文斯、叶芝等英美男性现代派诗人的影响。60年代，里奇的女性主义思想逐渐萌芽并臻于成熟，诗歌主题聚焦于女性处境的迷惘与身份寻求。形式上则试图解构男性诗歌传统，转向自由风格，用女性诗学话语呈现女性真实的生存状态和生活体验，逐步建构女性诗学。

第一节 20世纪50年代诗歌：“父权制藩篱中的妇女”与新形式主义

20世纪50年代是里奇创作的早期，她一方面希望能够释放自己的创造力，另一方面尚未完全摆脱父权社会的钳制，于是在无法抵抗的传统女性身份与诗人身份之间徘徊挣扎。她的首部诗集《世界的改变》确立了她在美国诗坛的地位，第二部诗集《钻石切割机》大体沿袭了第一部的主题与风格。这两部精心创作的诗集在很大程度上都继承了男性诗歌传统。

一、“父权制下女性”的身份困顿

伯科维奇《剑桥美国文学史》中论及里奇早期作品时指出：“也许她正是

① Adrienne Rich, *Of Woman Born: Motherhood as Experience and Institution*, (New York: W. W. Norton, 1976), p.223.

凭借首部诗集的‘谦逊的’‘非威胁性特征’而被推荐给奥登的。”[①]这个特征是收敛的、压抑的，广受评论界赞誉。诗人兼评论家穆斯克（Carol Muske）在《纽约时报书评》（*New York Times Book Review*）中提及里奇早期创作时，形容其为“叶芝与奥登的优雅追随者，亦是妻子与母亲的化身”。[②]凯斯在其文章《最难学的事情：世界的改变》（“The Hardest Things to Learn: A Change of World”）一文中感慨：“阅读艾德里安娜·里奇早期的诗歌，并且寻找她中后期诗歌中的女性主义思想可能是极其令人失望的，因为她女性主义思想的种子仍然被占据主导地位的父权价值所掩埋。”[③]克罗迪尼在《在雷区跳舞》中也评论得恰如其分，像里奇这类女诗人的早期诗歌都是“双声话语，包含一个‘显性的’和一个‘隐性的’”[④]。诗歌中的显性话语都是女性故事，而隐性话语仍是以男性为中心的行为和活动。

在诗集《世界的改变》和《钻石切割机》中，里奇笔下的女性人物呈现为“父权制藩篱中的妇女”或“屋子里的天使”等女性屈从的身份。从历史上看，男性和女性在彼此的生活中扮演着完全不同的角色。女性成为男性的奢侈品、画家的模特和诗人的缪斯，同时也是男性的安慰者、护士、厨师、生育者、秘书助理和手稿抄写员，而对女性艺术家而言，男性却扮演了一个完全不同的角色[⑤]。家庭和社会文化身份上，她们均依附于男性，是男人的附属品或奢侈品，是温柔顺从的贤妻良母，对婚姻尽职尽忠，为男性生儿育女，富有忍耐力和自我牺牲品格；精神上也依赖男性，男人写诗，女人则成为诗人的缪斯，给男人以创作灵感。究其原因，20世纪50和60年代，虽然深受波伏娃和鲍德温等作家的影响，但美国当时正值麦卡锡迫害进步人士、堵塞言论的时期，很多艺术家并不敢过问政治，而是明智地接受现实，如同

---

① Sacvan Bercovitch, and Cyrus Patell, eds, The *Cambridge History of American Literature*. Vol. 8: *Poetry and Criticism, 1940-1995*, (Cambridge: Cambridge UP, 1996, 2007), p.249.

② https://www.poetryfoundation.org/poets/adrienne-rich

③ Claire Keyes, *The Aesthetics of Power: The Poetry of Adrienne Rich,* (Athens: U of Georgia P, 1986, 2008), pp.15-16.

④ Annette Kolodny. “Dancing Through the Minefield: Some Observations on the Theory, Practice and Politics of a Feminist Literary Criticism”, in *Feminist Studies*, (College Park, MD: Feminist Studies, Inc., Vol. 6, No. 1, spring, 1980), p. 20.

⑤ Sandra M. Gilbert, ed. *Culture, Politics, and the Art of Poetry: Essential Essays by Adrienne Rich*, (New York: W. W. Norton, 2018), p.5.

里奇在《血液、面包与诗歌：诗人的位置》中所回忆的："在50和60年代，如果有人发现艺术家在'干涉政治'，那么许多人都会对其嗤之以鼻……而且，人们怀疑政治诗歌拥有巨大的颠覆力量，还指责其是浅薄的、无用的、缺乏思想广度的作品。"① 另外，当时的美国文坛被男性话语语境所笼罩，里奇不得不有意识地避免"作为女人"的直接、公开写作。在《当我们彻底觉醒的时候》中回顾自己21岁之前写的诗歌，里奇很是惊讶，"我震惊的是通过有意识的写作，我看到了当时自己正在经历身份的分裂，一方面我是那个写诗的女孩，那个在写诗中找到自我的女孩；另一方面则是通过与男人的关系寻找身份认同的女孩。"②

二、"新形式主义"的策略

50年代早期，里奇的诗歌在形式上是讲究严谨而端正得体的，显示了她受到了奥登和贾雷尔（Randall Jarrell）③看重的形式主义风格的影响，遵循传统诗艺和新批评派美学规范，"逐渐恢复到采用被第一代现代派诗人大部分抛弃了的传统艺术形式，即更讲究格律、押韵和诗节等封闭型艺术形式，他们为此被称为新形式主义诗人。"④新形式主义诗歌继承了19世纪及其以前的传统艺术形式，但又结合了弗罗斯特这一代的现代主义诗风，走精雕细琢的路线。

《世界的改变》获得耶鲁青年诗人丛书奖，奥登为其诗撰写序言《艾德里安娜·里奇和诗歌形式》，对她不吝赞美之词，称赞该诗集的不俗——"里奇的诗歌结构工整、韵律平和，语气柔和却表意清晰、尊重前辈却又不卑不亢，真诚坦荡。"⑤ 贾雷尔在评论《钻石切割者》时大肆渲染并声称"在我们

① Adrienne Rich, *Arts of the Possible*, (New York: W. W. Norton, 2001), pp.52-53.

② Barbara Charlesworth Gelpi and Albert Gelpi, eds. *Adrienne Rich's Poetry: A Norton Critical Edition*, (New York: W. W. Norton, 1975), p.94.

③ 兰德尔·贾雷尔（1914—1965）：美国诗人、文学评论家、儿童作家、散文家、小说家。他是美国国会图书馆的第11位诗歌顾问，这个职位现在相当于"美国桂冠诗人"的称号。

④ 张子清：《20世纪美国诗歌史》，天津：南开大学出版社，2018年，第11页。

⑤ Barbara Charlesworth Gelpi and Albert Gelpi, eds. *Adrienne Rich's Poetry and Prose: A Norton Critical Edition*, (New York: W. W. Norton, 1993), pp.278-279.

看来该作品的作者就像是童话中的公主”。[①] 自然，这样的赞誉在女性主义者看来充分暴露了男性高人一等的文化沙文主义姿态。但是，这确实是里奇早年诗歌所显现出的学院派风格。在拉德克利夫学院读本科时，里奇就被弗罗斯特、迪伦·托马斯、多恩、奥登、麦克尼斯、史蒂文斯、叶芝等男性诗人的诗歌吸引，并从中汲取了形式主义的技艺。正如她在《血液、面包与诗歌》一文中提及叶芝时所言，“他［叶芝］作品中关于艺术和政治的对话、还有语言中的声音力量……让我感到兴奋。”[②] 这样一来，里奇最初便是作为形式主义诗人在美国文坛确立其地位的。唐纳德·霍尔、路易斯·辛普森和罗伯特·帕克（Robert Pack）合编的《英美新诗人》（*New Poets of England and America*, 1957）全面地介绍了当时在 T.S. 艾略特和新批评派主导下的美国诗学，把艾德里安娜·里奇作为早期形式主义的后起之秀之一。[③]

究其原因，一是里奇在 20 世纪 40 年代大学期间接受过正统的诗歌训练，耳濡目染了新批评派诗学的熏陶，加上 50 年代的美国诗坛处于风平浪静之时，不同年代的诗人之间没有争论，崭露头角的诗人们“把恢复古典诗歌艺术形式的活力和接受现代派过去几十年获得的成就这两者结合的做法本身就等于充分的试验”[④]。二是家庭教育的原因。里奇父亲的独断专行及其对里奇创作生活的操控极大阻碍了她早期独立的思考和诗歌风格的发展。里奇的父亲经常鼓励她模仿弗罗斯特、叶芝、史蒂文斯和奥登等现代男性诗人的作品。里奇在其自传性诗歌《来源》和批评《血液、面包与诗歌》中都谈及自己成长过程中的“父亲化”岁月，里奇渴望得到父亲的认可，所以不得不采用讲究的形式主义手法来进行诗歌创作，这造成了她在创作早期阶段的痛苦和折磨。这些矛盾的观点、感情与声音处理都在其早期诗歌中得以体现。

① Sandra M. Gilbert, ed. *Culture, Politics, and the Art of Poetry: Essential Essays by Adrienne Rich*, (New York: W. W. Norton, 2018), p.xv.

② Sandra M. Gilbert, ed. *Culture, Politics, and the Art of Poetry: Essential Essays by Adrienne Rich*, (New York: W. W. Norton, 2018), p.xii.

③ 张子清：《20 世纪美国诗歌史》，天津：南开大学出版社，2018 年，第 90 页。

④ 张子清：《20 世纪美国诗歌史》，天津：南开大学出版社，2018 年，第 11 页。

三、早期诗歌精选案例：从《世界的改变》到《钻石切割机》

里奇在《世界的改变》中的第二首诗歌《詹妮弗姨妈的老虎》(“Aunt Jennifer’s Tigers”, 1951）堪称名篇，它完美地诠释了里奇早期作品中被压抑的女性身份主题，并在形式上巧妙地模仿了男性传统诗艺。全诗短小精悍：

詹妮弗姨妈的老虎在屏风上跳跃，
居住在绿色世界，如黄玉般明亮。
它们毫不畏惧树下的人类；
以圆滑的骑士风度自信地踱步。

詹妮弗姨妈的手指在她的毛线里颤动
甚至连象牙针都很难拔。
姨父硕大的结婚戒指
沉甸甸地套牢在詹妮弗姨妈的手指上。

姨妈死后，她惊颤的双手终于松开
但掌控她的仍然是指环的折磨。
她编织的装饰品中的老虎
将继续昂首阔步，骄傲无畏。①

主题上，它描写了女主人公詹妮弗姨妈受到传统社会压迫的命运。詹妮弗姨妈在她绣的挂毯上塑造了“昂首阔步的老虎”和“不畏惧人的老虎”这一女性意象。诗歌的叙述者讲述了她在压迫性的婚姻中所遭受的痛苦，如同“姨父结婚戒指的巨大重量”更是传统社会制度符咒的象征，沉重地压在女性身上。在这段令人窒息的婚姻中，她是如此的害怕，以至于当她死后，“她惊颤的双手终于松开 / 但掌控她的仍然是指环的折磨。”叙述者以一种同情的口吻讲述了这个故事，巧妙地展现了詹妮弗姨妈性格中的胆怯与她所创造的

① Adrienne Rich, *Poems: Selected and New: 1950-1974,* (New York: W. W. Norton, 1975), p.4.

骄傲地昂首阔步的百兽之王之间的鲜明对比。虽然姨妈的艺术宣告了她对尊严的渴望和她反抗压迫的胜利，但是，这只老虎只是詹妮弗姨妈的想象，而她却终生遭受着与她的想象相反的折磨，被父权所掌控的生活方式所折磨。

形象刻画上，里奇通过詹妮弗姨妈的刺绣建构了一个强大威猛、无比自信、无所畏惧的“老虎”形象，但这只作为女性主义精神的意象却只能活跃在编织装饰品中。詹妮弗姨妈作为里奇所创造、想象的女性肖像画，身上表现出来的隐忍与矜持便是一个典型的“父权制下的女性”，诗人自身的无奈在诗歌中一览无余。主题和形象的刻画都比较沉稳细腻，表现出了诗人在写作时内敛、克制的态度，而这样的审慎其实就是奥登所言的里奇在早期诗歌里一贯的“谦逊的”礼仪。

形式上，这首诗歌中规中矩，熟练地使用仿佛是编码的语言、韵律和诗节形式：全诗由三节四行诗构成，诗行长短统一，押韵形式是清一色的尾韵 a-a-b-b，节奏则大多是五步抑扬格，还包括一些传统修辞的运用，如头韵（chivalric-certainty，prancing-proud，prance-pace）、行内韵和跨行内韵（Jennifer-tiger；Jennifer-fingers-flutter；dead-terrified），这些都构成了诗歌的节拍器音乐性特征。动词“昂首阔步”（prance）的重复以及踱步（pace）的意象叠加，生动地呈现了詹妮弗姨妈绣品中的老虎骄傲与无所畏惧的姿态。诗歌还使用不同的颜色词——黄玉色、绿色和象牙白，呈现了一幅色彩斑斓的绣品图案。

另外，这首诗歌的叙事视角是现代主义的第三人称，突出了“她”的意识，使诗人从诗歌面具“詹妮弗姨妈”中有意识地抽离，具有形式主义和新批评派主张的简洁、机智、反讽、非人格化、含蓄、形式工整等基本特色，如里奇在《当我们彻底觉醒的时候》中所言，“对我来说，重要的是，我把她塑造成一个与我自己尽可能不同的人——我通过诗歌的形式主义、客观敏锐的语气，甚至把她置于不同的时代来与她保持距离。”[1] 这首诗歌的叙述者可能是詹妮弗姨妈的侄女，她以一种客观的、观察者的语调进行着诗歌叙事，用象征性、隐喻性的描写，来拉开与现实社会之间的距离。

---

① Barbara Charlesworth Gelpi, and Albert Gelpi, eds. *Adrienne Rich's Poetry and Prose: A Norton Critical Edition*, (New York: W. W. Norton, 1993), p.171.

收录在里奇第二部诗集《钻石切割机》中的《常年的回答》("The Perennial Answers", 1954）主要叙述了女主人公“我”在临终之前对自己不堪回首的婚姻生活的回忆：“我”从来不能和丈夫进行有效沟通，夫妻之间毫无情感，常年受到丈夫的暴力伤害，因此充满了对丈夫的埋怨与憎恨。里奇借诗歌叙述者“我”的令人窒息的婚姻生活，批判了传统社会制度婚姻关系中男性暴力以及女性的受奴役地位。诗歌第一节，面对医生的叮嘱，“我”清楚自己时日不多，却为多年的怨恨即将终结而感到解脱。诗歌第二节，面具人物“我”首先承认了丈夫约珥的勇敢，说他是人群中敢于爬上楼梯，敢于独自一人面对谋杀者的堂堂男子汉，但这样的一位勇猛之人也注定：

不是为爱而生
而是为暴力而制造的；他会站在
雷鸣电闪的地方睁大眼睛注视着①

丈夫以为这样冒死当英雄应该赢得“我”的投怀送抱，可是“我”没有，因为他想要的“我”从来不知道，而且也“从不会答应”。“我”坦诚从来没有爱过丈夫约珥，对于婚姻“我”只感到陌生与孤独，两人之间仿佛隔着一堵厚实的墙，日渐积累的矛盾“尖锐堪比长柄草耙的尖端”。“我们”之间根本无法交流，缺乏夫妻间的信任，因为一桩“我”未犯下的罪行，“我”受到了丈夫约珥的严惩。“他发起火来整个人就像雷电的起源”，“我”本以为他会杀了“我”，可是“他却把我拽上了楼梯，扔到了床上”②，暴力地强奸了“我”。自此，“我”开始了战战兢兢的一生，终日惶恐不安，害怕被再次施暴，整个人如同行尸走肉一般：“我是一幅页面上的木刻画。”③“我”对约珥常年的痛恨让“我”对他的死都无动于衷，反而觉得因为他的死，自己终于可以安然入睡了：“他生前的晚上，每天在房间走来走去，听幽灵谈话，我的睡眠更可能被他打断。”④

① Adrienne Rich, *Poems: Selected and New: 1950-1974*, (New York: W. W. Norton, 1975), p.34.
② Adrienne Rich, *Poems: Selected and New: 1950-1974*, (New York: W. W. Norton, 1975), p.37.
③ Adrienne Rich, *Poems: Selected and New: 1950-1974*, (New York: W. W. Norton, 1975), p.37.
④ Adrienne Rich, *Poems: Selected and New: 1950-1974*, (New York: W. W. Norton, 1975), p.37.

不难发现，里奇在探讨传统社会暴力时，尤为聚焦于性别暴力这一核心层面——男性对女性的性暴力行为及其引发的女性隐忍。作为一位女性，里奇对来自男性的性暴力及其潜在威胁持有最为强烈的愤慨与厌恶。纵览该诗，里奇向读者说明：性暴力给女性造成的身体伤害以及人格的分裂，即便是施暴者的死亡也抵消不了，只能随着受害人本身的死亡，才能获得解脱和新生，这便是“常年的回答”：“希望有来生。”①

同时，面对性别暴力，里奇采用隐喻性的手法进行批判。其早期诗歌当中出现的“魔鬼”意象便是男性隐喻，“魔鬼们”正是给女性造成内外恐惧的男性化身。《钻石切割机》中的《白雪女王》（“The Snow Queen”, 1954）借面具人物“我”之口吻暗示了性暴力给女性带来的伤痛。这首诗改写自安徒生的经典同名童话《白雪女王》。在安徒生的童话里，男主人公凯因为魔镜的碎片落入眼里而看不到世间一切事物美好的一面，他满眼尽是世界丑陋冷酷的一面。所以女主人公格尔达要不顾一切，历尽艰辛帮凯找回童年时代的纯真、善良和爱心。而在里奇的《白雪女王》里，“我”的眼里也有着和凯一样锋利的碎片，原因却是性暴力的伤害。诗歌第一节隐晦地提及“我”愤怒的直接原因——“我”冷漠麻木，“希望你躺在那里死了”，因为“你把针扎得更深。”②第二节里，“我”放眼周围的世界，满目尽是荒诞欺骗，却无奈它们都奇迹般地“存在于这个无法衡量的世界”，以魔镜之眼，反观世间的荒诞。第三节再回到“我”愤怒的话题——爱情。“我”知道肉体之爱很快会失去魅力，因为“你”日久天长终会发现一幅完美的油画也会有裂纹，妩媚的眉宇也是靠粉黛的修饰。“你”会“很快不再信任一切肉体的冲动/闺房处徒留满地锯屑”。而这也是诗歌第二次暗指肉体关系给女性带来的伤害——将昔日的美少女变成干瘪丑陋的老太婆。第四节中，“我”在魔镜之眼的控制下，努力找回自己作为传统女性的一丝理智：在混沌难辨的世界上，“我”庆幸自己有一丝理智，“在你身上留有的光芒”——也即对你的迷恋，足以让我重拾对你的信赖，对抗疏离，找到回归的方向。然而，这种留

① Adrienne Rich, *Poems: Selected and New: 1950-1974*, (New York: W. W. Norton, 1975), p.38.
② Adrienne Rich, *Poems: Selected and New: 1950-1974*, (New York: W. W. Norton, 1975), pp.31-32.

恋之情在冰雪女王的魔力控制下只不过昙花一现。最终，“你的脸和其他一切事物一样 / 都失去了力量”，不再吸引“我”，而“我”看到的不过是“一根冰冻的矛刺穿了我”。纵观全诗，从最初的“我”厌恶“你”对我的伤害“刺得更深”，到中间“我”思虑重重，看清了两性关系的欺骗性，不再信任“你”，但不管“我”愿意接受“你”与否，“我”的结局依然逃不过被侵犯。诗歌运用了一些暗示男性暴力的意象，诸如“锋利的碎片”“针”“满地锯屑”以及“冰冻的矛”，这些无一能和温暖与生命力联系起来，体现了里奇对性暴力的否定。此外，从人称来看，里奇采用了泛指“你”来指涉施暴者，不排除她在暗示性暴力普遍存在的可能性。

《钻石切割机》在风格上继续沿袭第一部诗集，注重诗歌的形式与格律，呈现传统诗歌艺术。在标题诗中，里奇谈到自己早年的诗艺：

无论具有怎样的传奇性，
那石头依然还是石头，
虽然它曾经反抗过
非洲的重量，
时间的锤炼
将山峰与卵石
磨损成碎片——[①]

里奇承认自己早年诗歌所受到的男性诗歌艺术的影响，让她对这些“先辈”诗人创作技巧亦步亦趋，就像切割钻石——“为了达到完美的秩序”，她抑制了自己的自由创作，象征艺术的“石头”的棱角被磨平了。而现在，她的才智才得以渐渐浮出地表：

黑暗中挖掘出来
墙上烟雾缭绕

① Adrienne Rich, *Poems: Selected and New: 1950-1974*, (New York: W. W. Norton, 1975), p.31.

野牛以笨拙的姿势出现
或者燧石在燧石上被镶刃——[1]

诗人开始憧憬随意切割钻石的切口。尽管有此雄才大略，开始蔑视“那些精湛的技艺”，但内心还是畏惧得失，要求自己“尊重对手/用精致的工具迎接它/从而确定你的价格。”说话者认为自己的“石头”（意指诗歌）总有一天要离开你的手，去“迷恋示巴女王”，因此，她要割舍自己的欲望，一如既往地遵循有强大力量的传统诗艺：“要知道非洲的重量/会让你做出更多的事情。”[2]

虽然里奇因为中后期诗歌创作被界定为政治诗人，但其早期诗歌主题在很大程度上表现了女性在传统社会制度钳制下所表现的内敛、压抑与分裂的自我意识，形式上也体现了俄狄浦斯情结，因袭男性诗歌传统艺术，注重诗歌的整体形式和韵律，使用了“前辈”诗人各种广义的修辞技巧。在这一阶段的创作中，“影响”和“焦虑”的痕迹是显而易见的。

第二节 20世纪60年代诗歌：女性主义萌芽与自由诗端倪

20世纪60年代后期，里奇在传统女性与诗人身份的冲突中经历了蜕变，决意开始“去父亲化”的诗歌创作，将这些经历和感受统统写入她的诗歌和批评之中，在政治内容和表达形式上表达她的女性主义思想。正如穆斯克（Carol Muske）在《纽约时报书评》中所指出的，“她的生命及其诗歌的发展追寻着这样一种脚步：从年轻守寡和对形式主义的幻灭期，到精神和修辞上

① Adrienne Rich, *Poems: Selected and New: 1950-1974*, (New York: W. W. Norton, 1975), p.32.
② Adrienne Rich, *Poems: Selected and New: 1950-1974*, (New York: W. W. Norton, 1975), pp.31-32.

的康复期，再到女性主义领袖……以及新定义的女性文学中的老前辈。”[①]这标志着里奇实现自我价值和建构自我身份的开始。

一、“女性身份”主题的显在

在经历了整个50年代和60年代早期传统社会制度的压抑，60年代涌现的各种政治文化运动如民权运动、妇女解放运动、嬉皮士运动等，以及这些运动带来的种种社会思潮之后，里奇的思想发生了巨大的改变，逐渐迈向了女性主义的文学创作之路，成了“20世纪美国激进女性主义的艺术代言人”[②]，从女性作家的角度出发，鞭挞传统社会的不公正，为女性这一弱势群体发声。

从60年代往后的诗歌创作中，里奇不再抑制女性身份，而是开始突显性别意识，诗歌中的面具不再全是传统社会文化所赋予的屈尊俯就的女性形象，而逐步呈现出反抗的女性声音。《儿媳妇的快照》《生活之必需：1962—1965年的诗》(*Necessities of Life: Poems*, 1962-1965, 1966)[③]和《传单》使政治关注成为里奇作品的主轴。在这些作品中，她植根于个人的经验和记忆，并延伸到女性群体的生活感受与生命体验，以此重构女性的身份，并逐步实现其雄心勃勃的诗学思想。

二、走向自由诗风格

60年代，随着里奇的女性主义思想逐渐占上风，她抛弃了形式主义风格，转向松散、自由度更大的自由诗风，表达她女性主义思想的迫切心情。[④]自由诗基于诗人在格律、押韵和诗节长短等方面的技巧创新，走先锋路线。

里奇在其诗歌审美范式上对传统的背离主要表现为以下几个方面：首先，形式上不再“诗节紧凑，押韵工整”，而是更加开放，诗行长短不一，不拘

---

① https://www.poetryfoundation.org/poets/adrienne-rich
② 陶洁：《20世纪美国文学选读》，北京：北京大学出版社，2006年，第319页。
③ 以下简称《生活之必需》。
④ 张子清：《20世纪美国诗歌史》，天津：南开大学出版社，2018年，第1177页。

音步，也不押韵，展现出了“一种即兴的张力”[①]。其次，语言的使用上不再过于拘泥或是精雕细琢，不再倚重修辞的讲究，将表面上“不具诗意的”日常语言纳入诗歌。再次，诗歌的语调更加自由随意，具有一定程度上的“自白派诗歌”风格，尽管里奇“经常表示她不喜欢这种带有‘个人情感’和‘自白’的‘疗愈式’写作方式，并认为这种方式回避了更为复杂尖锐的社会问题。”[②]20世纪60年代，很多自白派诗人如洛威尔（Robert Lowell）、普拉斯（Sylvia Plath）和塞克斯顿（Anne Sexton）背离了现代主义诗学的“非个性化”效果，将小说的某些技巧如日常对话、朴实无华的语言、抒情的语调运用到诗歌中，形成“自白”特色，拉近诗人和言说者之间的距离，以更深入地探索自己的“黑暗自我”——内心的冲突、沉郁、疏离之感。

三、60年代女性主义诗歌鸟瞰：从《儿媳妇的快照》到《传单》

《儿媳妇的快照》[③]基于诗人婚后八年亲历的女性传统角色与诗人身份冲突，“倾诉了具有创造力的女性受到压抑的愤懑”[④]。标题诗《儿媳妇的快照》（“Snapshots of a Daughter-in-Law”, 1959-1960）被认为是里奇自称的“第一首公开的女性主义诗歌”[⑤]。在整个诗集中，里奇借助“儿媳妇”这一女性面具来思考、观察她周围的世界，对女性主义政治及女性身份做若即若离的探寻，从神话、历史和文学方面表现妇女受挫折的处境。男性角色没有清晰地进入诗歌，而是隐藏在背后，所代表的传统社会制度像一张无形的大网，掌控着女性的生存。诗人力图突出的是女性面具——婆婆、儿媳妇、有思想的女人和那些受到传统社会文化压制的女人，让她们言说，表达她们传统身份之下的内心冲突——对自己深陷婚姻和家庭牢笼之生活状态的憎恨，对被掩

---

① Sandra M.Gilbert and Susan Gubar, eds. *The Madwoman in the Attic: The Woman Writer and the Nineteenth-Century Literary Imagination,* (New Haven: Yale UP 1979), p.2024.

② Sandra M.Gilbert and Susan Gubar, eds. *The Madwoman in the Attic: The Woman Writer and the Nineteenth-Century Literary Imagination*, (New Haven: Yale UP 1979), p.xiii.

③ 关于这本诗集，由于是里奇最具代表性的诗作，因而在本章的第三节将做具体的阐释，这里只是做比较笼统的介绍。

④ 陶洁：《20世纪美国文学选读》，北京：北京大学出版社，2006年，第319页。

⑤ Barbara Charlesworth Gelpi and Albert Gelpi, eds. *Adrienne Rich's Poetry and Prose: A Norton Critical Edition*, (New York: W. W. Norton, 1993), p.175.

埋的女性才智的惋惜。儿媳妇对婆婆严格遵循传统社会制度规定的女性传统角色而丧失独立自我身份感到焦虑、紧张和愤怒。十张快照都是英美女性文学史上卓越的女性人物，如玛丽·雪莱、范尼·伯尼和艾米丽·狄金森等。里奇声称，在这些诗中，尤其是在标题诗中，她"第一次直接描写自己作为一个女人的经历"①。尽管里奇对使用代词"我"犹豫不决，但是这种将"我"的声音明确地赋予女性的行为激发了里奇随后的写作，蔑视和抵制了传统社会制度对"女性"的定义。②

60年代女性身份意识的觉醒，一个重要的方面体现在女性对男性性别暴力的反抗。尽管这个时候里奇对自己是否该与传统社会制度彻底决裂还举棋不定，但是她在诗歌里难掩最为担忧的一个方面，即父权制下男性对女性的性别暴力。在批判性暴力时，里奇已经无法只做一个冷静的观察者，而是揭开隐喻的面纱。那些50年代的"魔鬼恋人"到了60年代便直接转换成赤裸裸的施暴人物。《儿媳妇的快照》和叶芝的诗歌《丽达与天鹅》（"Leda and the Swan", 1923）构成暗指关系。在《丽达与天鹅》里，叶芝形象地描述了宇宙之神宙斯所化身的天鹅与人间美貌女子丽达的关系。对于这次性行为的发生，丽达是始料不及的。在天鹅的不断引诱和指引下，丽达被迫接受。而这一暴力行为又直接导致了人类神话历史进程的改变：丽达随后生下宙斯之女海伦和克吕泰涅斯特拉，前者导致了特洛伊的毁灭，而后者又杀害了希腊统治者阿伽门农。叶芝的意图是探索人类历史文明的变化和更替，但诗歌中的象征却颇具父权思维：神（宙斯）与人（丽达），才智（宙斯是指引者）与肉体（丽达为接受者）的二元对立，而改变人类历史都是由二元对立中的神与男性主导的。无论如何，叶芝并没有否认暴力创造或改变了历史文明。让里奇感到极为不满的正是传统社会制度下的性别政治思想。虽身处在20世纪不同的时期和不同的政治光谱之下，里奇与叶芝的联系纽带是"一种对重塑个人和重塑诗歌的强烈渴求，以及日益增长的社会责任感……如果说叶芝

---

① Barbara Charlesworth Gelpi and Albert Gelpi, eds. *Adrienne Rich's Poetry and Prose: A Norton Critical Edition*, (New York: W. W. Norton, 1993), p.44.

② Kinnahan, Linda A. "Adrienne Rich's *Snapshots of a Daughter-In-Law*: The Postwar Photo and the Power of Feminist Reframing," in Laura Hinton, ed., *Jayne Cortez, Adrienne Rich, and the Feminist Superhero*, (Lanham: Lexington Books, 2016), p.51.

是在为爱尔兰人发声，那么里奇则满腔热忱地为女性发声，或者从更广泛的层面上来说，她是为那些被剥夺权利的人发声，即为诗人安妮·温特斯所称的‘资本的弃儿’所发声”。[①]

在《儿媳妇的快照》中，里奇否定了这种男权主义意识，鞭笞了所谓的性暴力带来的创造力，颠覆了叶芝诗歌中的男性主导地位。诗歌第三节中，诗句“一个思考中的女人和魔鬼们同眠”[②]，将性和暴力的意象连接在了一起，经常被一些女性主义作家看作里奇自身在认识暴力过程中产生的恐惧感。一方面剥去了叶芝诗歌里宙斯（男性）作为智者和权力主导者的光环，将其贬低为魔鬼，另一方面“思考中”的妇女又突出了女性的觉醒，从而试图将女性去物化。然而，在男权制度下，女性不得不克制自我意识，默许丈夫的强奸，接受这一暴力关系带来的种种梦魇。在里奇看来，如果不是父权的暴力压迫，女性的创造力生来并不逊色：

然而天性，
那只带有弹簧盖，宽敞的
时代与习俗的行李箱
塞得满满当当：　　发霉的桔子花，
妇女药丸，可怕的包迪西亚的思想
掩藏于美貌和称赞之下。[③]

包迪西亚（Boadicea）是古英格兰爱西尼部落的女王，曾经领导部落人们起义，反抗罗马帝国的统治。女性具有巨大的潜力，所以，当“我”无法忍受这些已经“变成”强奸者同盟的两个争执不休的“貌美”“自负”又“尖锐”的妇女时，“我”愤然化为“复仇女神”，把锈迹斑斑的刀刃插进“你们

---

① Sandra M. Gilbert, ed. *Culture, Politics, and the Art of Poetry: Essential Essays by Adrienne Rich*, (New York: W. W. Norton, 2018), p.xii.

② Adrienne Rich. “Snapshots of a Daughter-in-Law”, in *Poems: Selected and New: 1950-1974*. (New York: W. W. Norton, 1975), p.48.

③ Adrienne Rich. “Snapshots of a Daughter-in-Law”, in *Poems: Selected and New*: 1950-1974. (New York: W. W. Norton, 1975), p.48.

的背后——我的同类，我的姐妹”。

到了诗歌的第六节，里奇已经颠覆了叶芝诗歌里的拜占庭之鸟的意象，此时化身父权同盟的鸟，作为力量和智慧的代表不过是一只“摆好姿势的”“不满足的”“可怜的机器”。里奇诗歌中传统社会制度桎梏中的妇女犹如那笼中之鸟，处于进退维谷的境地：如果她离开了男性力量的保护，她将面临强奸的威胁，但只要她待在由传统社会文化编制的防护笼中，她就会不断遭受着强奸之痛：“被爱 / 牵制了，于你这是唯一的自然行为。”尽管妇女们不愿意提及这一话题，可一旦她们意识到这一潜在的威胁，强奸的恐惧就会在她们的心里和现实生活中留下阴影。此外，另一首题为《十九世纪六十年代的查尔斯顿》（“Charleston in the Eighteen-Sixties”, 1966），里奇在诗歌开头就直白地刻画了性别暴力：“他拦腰抓住我，吻着我的咽喉。”

《儿媳妇的快照》之后，里奇愈加将个人在家庭生活中的关系放置到社会大背景上，这在诗集《生活之必需》中已见端倪。在这部诗集中，里奇描述的是她作为女人的生存斗争，如标题诗的开篇：

我似乎一点一点地
重新进入这个世界：我开始是

固定的小圆点，仍然看见
过去的自己，一颗深蓝色的图钉

推入场景，
硬硬的小脑袋凸显于

点彩画家的暗光和色彩。①

后来就开始渗漏、融化成色彩斑斓，她自己的整个人生涌现，像约拿一

① Barbara Charlesworth Gelpi and Albert Gelpi, eds. *Adrienne Rich's Poetry and Prose: A Norton Critical Edition*, (New York: W. W. Norton, 1993), p.18.

般吞噬了她：

我是维特根斯坦，
玛丽·沃斯通克拉夫特，
路易斯·乔维特[①]的灵魂
死在一张放大的照片里。

然后她将过去撕成碎片，学会了再利用自己，触摸自己的灵魂，追寻生活之必需：

我将

大胆地栖居在这个世界上
像鳗鱼一样锐利运动

像卷心菜头一样结实，我有邀请：
一缕薄雾袅袅上升于

田野，一如我的呼吸般清晰可见，
沿路的房子在等候

像老妇人织着毛衣，气喘吁吁
讲述她们的故事。[②]

里奇决心要做的是重拾女性的历史文化记忆。同时，她开始解构通常被认为应该是温情脉脉的两性关系，如她写给她丈夫的组诗《就像这样在一

① 路易斯·乔维特（Jules Eugène Louis Jouvet, 1887-1951）法国演员、导演，主要作品《幻境卢西塔尼亚》《天堂电影院》等。

② Adrienne Rich, *Poems: Selected and New: 1950-1974,* (New York: W. W. Norton, 1975), pp.69-70.

起》（"Like This Together", 1963）中的第一首：

风摇晃着汽车。
我们停车，坐在河边，
缄口不言。
鸟儿散布在冰雪消融的
岛屿上。换一个时间
我可能会说："加拿大鹅，"
知道你爱它们。
从此往后的一年，十年
我将记住这个——
这个如同麻醉的鸟儿端坐
在玻璃盒子里——
没有原因，只是我们
曾经这样一起在这里。[①]

可见，这个时候的里奇与丈夫的感情出现了裂痕。到了20世纪60年代末70年代初，里奇已经开始走出男性话语圈，不再对权威恭敬顺从，强烈坚定地寻找自己的诗学话语表达方法，自我独白的书写方式愈加直接、明显。她在和芭芭拉·盖尔皮（Barbara Charlesworth Gelpi）和阿尔伯特·盖尔皮（Albert Gelpi）谈论女性诗歌写作时，建议女性诗人应该摆脱过去的俗套和模式，摆脱一切女性被当作审美客体的方式，并指出一些男性诗人滥用或缪解了真实的女性原则和智力之美，她说"艺术家应该让自己的作品和自己的生活融合在一起"[②]。因此，她更加直接地借用女性面具，将诗歌的言说主体由"她"变成了"我"，并通过诗歌让诗人与面具进行对话。比如，收集于《改变的意志》中的《天文馆》（"Planetarium", 1968）是诗人与天文学

① Adrienne Rich, *Poems: Selected and New: 1950-1974*, (New York: W. W. Norton, 1975), pp.75-76.

② Barbara Charlesworth Gelpi, and Albert Gelpi, eds. *Adrienne Rich's Poetry and Prose: A Norton Critical Edition*, (New York: W. W. Norton, 1993), p.116.

家赫舍尔（Caroline Herschel, 1750—1848）的对话，由“她”到“我们”再到“我”，由“她”对天文事业的狂热，到“我们”目睹发生的变化，再到“我”的职责，诗人面具与诗歌面具在这首诗的推进过程中融为一体。同时，不难看出，这些诗歌面具大多呈现为勇敢的、具有冒险精神的女性个体或群体英雄形象，这就颠覆了男性视角和传统意义上的女性形象和行为模式，重构了女性身份。比如《天文馆》中对传统女性形象的逆转：“一个女人赋身于妖怪 / 一个妖怪赋身于女人 / 她们充盈天空。”男性传统文化建构下的女性形象非天使即妖妇，后者往往因为具有令男人恐惧的智慧而被妖魔化。然而，在里奇等女性主义者的作品中，那些在男性文化传统中因为自己的智慧而被男性所恐惧并被妖魔化的女人，现在正成为女人发现自我、确认自我、解放自我的工具及策略：

我是一件工具赋身于
一个女人 试图把星的律动转换成
图像 为了身体的解脱
也为了精神的重构。[①]

里奇反对女性做“屋子里的天使”，提倡女性自立以及女性之间的沟通。诗集《传单》更多地关注政治问题，号召妇女们团结起来，实现女性的共同政治目标，并拒绝之前的经典之作：“过去的大师，过去的来源，/ 根本不知道我们 / 在半黑暗的 60 年代为什么而颤抖。”[②]

为了构建女性形象和政治主题，里奇在诗歌语言方面大胆创新。60 年代以来，里奇就开始揭示传统社会体系对女性在语言文化方面创造力的钳制。比如《儿媳妇的快照》中的诗行“科林娜对着她的琴弹唱时 / 歌词和音乐都不是她自己的”，女性的才智受到了扼杀，女人只能唱着男人谱写的歌。可是，里奇并未止于此，诗歌的末尾，里奇借助智勇双全的古英格兰女王“包

① Adrienne Rich, *Poems: Selected and New: 1950-1974*, (New York: W. W. Norton, 1975), pp.146-147.
② Adrienne Rich, *Leaflets*, (New York: W. W. Norton, 1969), p.15.

迪西亚”的思想、沃斯通克拉夫特的女性教育思想以及波伏娃在《第二性》中使用的直升机和飞鸟的意象，隐喻女性的潜在力量，蕴含女性的飞翔与自我拯救意义，通过飞翔，女性挣脱男性权力话语的引力场，因为“飞翔是妇女的姿势——用语言飞翔也让语言飞翔。”① 此外，里奇在这个时期的诗歌中频繁地强调两性的不同“语言”，认为代表传统社会与文化的男性语言是排除女性的。如在《60年代的婚姻》（“A Marriage in the Sixties”, 1961）、《两首歌》（“Two Songs”, 1964）和《天黑后》（“After Dark”, 1964）等诗歌中，她将男女描写为两个“陌生人”，即便存在“语言所渴望”的短暂交流，也是在用“不同语言”传达的“两种思想，两种信息”②。而在60年代末，里奇进一步超越传统语言，从《天文馆》中坚守“宇宙最精确的密语”③，到《焚烧纸张而不是孩子》（1968）中直面传统社会以及由书籍所衍射的生活的虚假，图绘“压迫者的语言”——“我知道烧起来会痛。打字机已过热，我的嘴在燃烧。我不能触摸你，而且这是压迫者的语言”④，再到《催泪瓦斯》（“Tear Gas”, 1969）中寻求“可以听见自己、看到自己的语言”⑤。里奇诗歌生涯的第一个时代（经验觉醒）和第二个时代（有意识的女性主义）之间的过渡，可能在1969年的《催泪瓦斯》这首诗中表现得最为明显。这首诗写于《传单》和《世界的改变》之间，再次审视了个人与社会现实之间的联系⑥。里奇逃离往昔极度的痛苦，走出独自面对男性“语言”的恐惧，并忍耐和坚守着，不仅用手、用身体，而且用言语去触摸女性，这种“语言仿佛像画板上的颜料 / 黑的、绿的、红的 / 纠缠的纹理 / 在真空管的压力下破裂 / 将林中

① 埃莱娜·西苏，《美杜莎的笑声》，载张京媛主编，《当代女性主义文学批评》，北京：北京大学出版社，1992 年，第 203 页。

② Adrienne Rich, *Poems: Selected and New: 1950-1974*, (New York: W. W. Norton, 1975), pp.59, 80, 82.

③ Adrienne Rich, *Poems: Selected and New: 1950-1974*, (New York: W. W. Norton, 1975), p.148.

④ Adrienne Rich, *Poems: Selected and New: 1950-1974*, (New York: W. W. Norton, 1975), p.149.

⑤ Adrienne Rich, *Poems: Selected and New: 1950-1974*, (New York: W. W. Norton, 1975), p.139.

⑥ Pavlic, Ed. *Outward: Adrienne Rich's Expanding Solitudes*, (Minneapolis: U of Minnesota P, 2021), p.47.

的陈谷着上了色。”[①]各种颜色的混合着色意味深长，它连接了过去、现在与未来，实现了命名，里奇用诗性的语言完成了诗歌的摆渡性。

20世纪60年代早中期开始，里奇逐步走出“影响的焦虑”，三部诗集已经脱离了无政治的唯美主义，开始呼吁个人和政治的融合，创造了新的诗歌主题与形式。政治上进入女性主义的视野，女性主义的思想初露端倪；形式上走上了自由诗风的道路。穆斯克（Carol Muske）的评论恰如其分：里奇“具有一种很少有美国诗人被要求表现出来的品质——勇气。她具有背离似乎已经确立的文学‘未来’的勇气，并对诗歌的未来进行全新的定义。”[②]

第三节 《儿媳妇的快照》中若即若离的女性主义诗学[②]

《儿媳妇的快照》[④]是里奇的第三部诗集，由40多首诗歌组成，呈现了一幅幅生动又令人震惊的女性生活画面。这部诗集是诗人沉寂八年之后的首次发声，同时也被视为诗人诗歌发展和诗风转向的分水岭和女性主义诗歌的发轫之作。主题上，里奇开始将自己作为女性的经验渗透到诗歌中，同时也以诗歌的形式介入现实。她通过自己为人妻母的经历，探索女性的身份问题。技巧上，诗人抛弃了前两部诗集中浓厚的形式主义色彩，转向自由诗的创作，语言也更加强劲有力。

这部作品获得了不少评论家的好评。马丁认为，这是诗人以诗言政的标志性作品，是她第一次明显从一个女性的视角来写诗，“开启了个人与政治

① Adrienne Rich, *Poems: Selected and New: 1950-1974*, (New York: W. W. Norton, 1975), p.140.

② https://www.poetryfoundation.org/poets/adrienne-rich

③ 这一章的部分内容作为国家社科的阶段性成果已经发表在《学术界》2014年的第10期，这里内容上做了不少补充与修改。

④ 以下在本节中简称《快照》。

的朝圣之旅。”①维尔纳也认为《快照》“标志着一个重要的转变，使里奇的注意力直接转向了伴随其事业发展的女性主义主题。”②兰德尔认为《快照》“标志着她与其之前所写作品的彻底决裂，是诗歌情感和风格上的一次转变——展示了她的诗歌和女性主义意识的显著变化”③。她称赞里奇在《快照》中所表现出来的非凡独创性和冒险精神，“摆脱了女性的‘隐在’，开始自我身份的探索和界定”，第一次“将身体和思想，女性和诗人以及家庭生活和创作这些分裂的能量有序地结合起来。”④兰德尔甚至还将里奇的地位提升到了“预言者”的高度⑤。但是，也有些评论家提出了更加中肯的看法，如凯尔斯通表示，尽管里奇找到了她的主题，但是她还没有找到“属于她自己的叙说方式”⑥，即如何挣脱他人的书本和语言；凯斯则认为里奇“避开了她所认为的其他当代女性诗人作品中蕴含的‘斗争、需求、意愿以及女性能量’的节奏”⑦。的确如此，在这部诗集的很多诗歌中，里奇保守、消极的倾向仍占主导地位，而真正想表达的女性主义思想显得有些模棱两可。尽管里奇的女性主义声音在这一时期彰显出“由个人的而达政治的”深刻，但总体而言，她的思想仍旧是矛盾的，诗人仍需要足够的勇气来真正实现其诗歌中的女性身份追寻。

---

① Wendy Martin, *An American Triptych: Anne Bradstreet, Emily Dickinson, Adrienne Rich*, (Chapel Hill: The U of North Carolina P, 1984), p.181.

② Craig Werner, *Adrienne Rich: The Poet and the Critics*, (Chicago: American Library Association, 1988), p.7.

③ Cheri Colby Langdell, *Adrienne Rich: The Moment of Change*, (Westport, CT: Praeger Publishers, 2004), p.39.

④ Cheri Colby Langdell, *Adrienne Rich: The Moment of Change*, (Westport, CT: Praeger Publishers, 2004), p.42.

⑤ Cheri Colby Langdell, *Adrienne Rich: The Moment of Change*, (Westport, CT: Praeger Publishers, 2004), p.51.

⑥ David Kalstone, *Five Temperaments: Elizabeth Bishop, Robert Lowell, James Merrill, Adrienne Rich, John Ashbery*, (New York: Oxford UP, 1977), p.146.

⑦ Claire Keyes, “The Angels Chiding: Snapshots of a Daughter-in-Law”, in Jane Roberta Cooper, ed., *Reading Adrienne Rich: Review and Re-Visions, 1951-81*, (Ann Arbor: U of Michigan P, 1984), p.35.

一、意象的矛盾性：女性意识及其觉醒中的男性恐惧

所谓意象，是指客观物象经过创作主体独特的情感活动而创造出来的一种艺术形象。意象主义诗派领袖庞德认为，意象不是一种图像式的重现，不是诉诸感官上的感觉，而是"理智与感情的复杂经验的瞬间呈现"，是"各种不同性质观念的联合"，"它也'代表了'、暗示了某种不可见的东西、某种'内在的'东西。"[①]意象是一个审美范畴，是客观形象与主观心灵融合成的带有某种意蕴与情调的具象，是连接情感与思维的桥梁，通过具体的形象来表现人们在理智和感情方面的各种体验，使读者明确感受到作者所要表达的最高意境。

在《当我们彻底觉醒的时候》中，里奇坦言，由于惧怕父权权威，她一直避免在诗歌中彰显诗人的身份。但是，《快照》中丰富意象的运用深刻表达了诗人内心的情感激流，"其视觉效果，就像印上去的一样，无需添加任何评论或结论就可传神达意。"[②]金纳汉（Linda A. Kinnahan）认为，《快照》在这个标题中就引人注目地呈现了性别结构的镜头视觉和技术再现。"儿媳妇"象征着个人和公共的交叉点，"个人"的家庭结构与"公共"的法律结构的交织。"快照"这个摄影术语最初指的是（大概是男性）猎人不能瞄准、匆忙的射击。针对"儿媳妇"，大男子主义对女性造成严重伤害，这种伤害是由传统社会文化对女性制定的规范所形成的，在个人和公共领域都有表现。《快照》转向视觉文化，不仅再现了性别政治思想，而且重塑了"女性"的诗意视野，认为女性是有权力的、有活力的，并且抵制了传统社会制度的威胁[③]。在《快照》中，里奇运用自然、魔鬼以及人物三类意象，曲折表达了自己在传统社会婚姻制度下的各种经历与感受，表现了她对传统社会既愤怒又畏惧的双重心态。

---

① 勒内·韦勒克、奥斯汀·沃伦：《文学理论》，刘象愚等译，北京：三联书店，1984 年，第 202 页。

② Barbara Charlesworth Gelpi, and Albert Gelpi, eds. *Adrienne Rich's Poetry: A Norton Critical Edition*, (New York: W. W. Norton, 1975), p.134.

③ Kinnahan, Linda A. "Adrienne Rich's *Snapshots of a Daughter-In-Law*: The Postwar Photo and the Power of Feminist Reframing," in Laura Hinton, ed., *Jayne Cortez, Adrienne Rich, and the Feminist Superhero*, (Lanham: Lexington Books, 2016), p.50.

里奇使用了大量的自然意象，深刻表现了她对女性受压迫这一现实的愤怒以及由此产生的反抗与自我压抑的矛盾情感。《快照》的开篇，在《乡村沉思》（“Rural Reflections”, 1956）中，里奇就寄情青草与白云这两个极其普通的意象，尽情发泄内心的愤怒。低贱的小草任人践踏，无根的白云任人指摘。然而，就是这看起来再软弱不过的平凡事物却有着强大的摧毁潜力：“是小草砍到割草机 / 是白云吞没天空”①。诗人的高声赞美，不仅表明她对压制自己的传统社会力量痛恨至深，更表达了她对受压迫的女性潜藏的力量抱有信心：终有一天，她们会将压迫者推翻在地。令人遗憾的是，这种高昂的斗志在随后的诗歌中不但没能保持，反而一点点减弱，直至消失殆尽。在《骑士》（“The Knight”, 1957）一诗中，这种澎湃的气势很快就被平静而焦虑的语气所取代，诗人的声音变得犹疑不决：

谁能将这个骑士摔下马来
把他从铁铸城墙间
从那沉沉地要压碎他胸口的徽章中释放出来？
他们是会温和地打败他，
还是将他猛扔在绿地上，
他那破衣烂衫和伤口
仍隐藏在庞大的盔甲下？②

在后面的诗歌中，里奇用一系列意象来形容已婚妇女，谴责传统婚姻制度对女性的压迫，致使她们完全丧失了活力，如《输家》（“The Loser”, 1958）中的“掉落在地的烂苹果”、《安提诺乌斯：日记》（“Antinous: The Diaries”, 1959）中的“杏仁壳”、《双重对话》（“Double Monologue”, 1960）中的“抽搐的稻草”、《被女儿悼念的女人》（“A Woman Mourned by Daughters”, 1960）中的“暴晒多日的死昆虫”以及标题诗《儿媳妇的快照》中的“笼中之鸟”

① Adrienne Rich, “Snapshots of a Daughter-in-Law”, in *Poems: Selected and New: 1950-1974*. (New York: W. W. Norton, 1975), p.43.

② Adrienne Rich, “Snapshots of a Daughter-in-Law”, in *Poems: Selected and New: 1950-1974*. (New York: W. W. Norton, 1975), p.44.

等。这些带有悲剧意味的自然意象，呈现了已婚妇女的悲惨故事——她们深陷低价值、无休止的家庭琐事，变得拘谨僵硬。然而，除了繁重的家务，她们还得修饰自己，使自己充满吸引力。她们必须戴着橙色的花，“服用妇女药丸”，并且“剃着腿上的毛发，直到双腿/像石化的猛犸长牙闪闪发光”[①]。此外，在该诗中，正值盛年的她，却：

> 思想腐化，犹如婚礼蛋糕，
> 负荷着无用的经验，满是
> 怀疑，传闻，幻想，
> 在纯粹事实的刀刃下碎裂成块
> 在你人生最美的年华。[②]

诗人对传统建构的女性形象深感愤怒，但那个时候她还无法对之进行公然反抗。

在《生为女人》中，里奇愤怒地表示，在20世纪50和60年代的美国，人们既期望学术界的女性成为“悠闲的维多利亚式女子、家中的天使”，又希望她们既要扮演悠闲的维多利亚时期的太太、“屋子里的天使”，又要扮演维多利亚时期的厨娘、洗碗女工、洗衣女工、家庭教师和护士[③]的角色，这双重压力必然会使已婚女性失去其“与生俱来的光泽”[④]。她饱经风霜，在无情的岁月中消磨掉所有的美丽。在标题诗中，诗人通过将一个传统的女子科琳娜[⑤]称为“你这只小鸟，你这个悲惨的机器”[⑥]来哀悼妇女们苦不堪言的

① Adrienne Rich, “Snapshots of a Daughter-in-Law”, in *Poems: Selected and New: 1950-1974*. (New York: W. W. Norton, 1975), p.48.
② Adrienne Rich, “Snapshots of a Daughter-in-Law”, in *Poems: Selected and New: 1950-1974*. (New York: W. W. Norton, 1975), p.47.
③ Adrienne Rich, *Of Woman Born: Motherhood as Experience and Institution*, (New York: W. W. Norton, 1976), p.27.
④ Adrienne Rich, “Snapshots of a Daughter-in-Law”, in *Poems: Selected and New: 1950-1974*. (New York: W. W. Norton, 1975), p.45.
⑤ 公元前6世纪的古希腊诗人。
⑥ Adrienne Rich, “Snapshots of a Daughter-in-Law”, in *Poems: Selected and New: 1950-1974*. (New York: W. W. Norton, 1975), p.49.

历史。然而，这种被压抑的愤怒在诗人看到野连翘的那一刻不可抑制地爆发了。在《过渡》(“Passing on”, 1959）中，诗人由疯长的连翘想到了硫磺：“今年的连翘长势疯狂/每一丛都是一堆硫磺”[①]。然而，就是这些形如硫磺的连翘，却在晚风的侵袭下“卑躬屈膝/蓬头垢面/正如晒衣绳下我的头发”。诗人不禁怒火中烧：“不久我们将离开/我将我们扎成包裹/塞进铁桶/盖上报纸”[②]。一系列动词的使用表明诗人愤怒之深，她要与丈夫同归于尽。但在这种激烈的感情之后，诗人的情绪又逐渐发生变化，她开始追求夫妻平等，即使是以牺牲自身的自由为代价。在《60 年代的婚姻》(“A Marriage in the Sixties”, 1961）一诗中，诗人先是宣称与丈夫“两个头脑，两种思想”，后来却称丈夫为“亲爱的同伴粒子”，向他倾诉“个性如何在所有混乱的暗示中溶解”，因此，她愿意“停止飞扬/悬挂在你身旁/犹如你的孪生”。她之所以改变态度可能是因为她深知“个性会在所有混乱的暗示中溶解”[③]。然而，这种两性平等的婚姻在父权社会中只能是海市蜃楼。诗人深知在传统婚姻制度中男女两性的地位是不可能平等的。

自然意象的矛盾性还体现在另一个贯穿整部诗集的重要自然意象“火”上。火的含义非常丰富，继普罗米修斯盗火赠与人类开启西方文明进程以来，火就被看作知识的象征，代表着进步、光明与希望。但同时火也让巨人泰坦和爱神之妻普绪克为他们的逾越行为付出了生命的代价，因此火也代表破坏与毁灭。火的这一两极性质正好与里奇对女性创造力的双重看法不谋而合。在《当我们彻底觉醒的时候》一文中，里奇谈到了女性被排除在学术界之外的情形，“20 世纪 50 年代和 60 年代早期让人们频受启发，南方的静坐抗议和游行，古巴猪湾事件，早期的反战运动，提出了一系列重大问题——而对这些问题，男性的学术界似乎都有着专业且流利的答案。”[④]但里奇极度

① Adrienne Rich, “Snapshots of a Daughter-in-Law”, in *Poems: Selected and New: 1950-1974*. (New York: W. W. Norton, 1975), p.52.

② Adrienne Rich, “Snapshots of a Daughter-in-Law”, in *Poems: Selected and New: 1950-1974*. (New York: W. W. Norton, 1975), p.53.

③ Adrienne Rich, “Snapshots of a Daughter-in-Law”, in *Poems: Selected and New: 1950-1974*. (New York: W. W. Norton, 1975), p.60.

④ Barbara Charlesworth Gelpi, and Albert Gelpi, eds. *Adrienne Rich's Poetry: A Norton Critical Edition*, (New York: W. W. Norton, 1975), p.96.

需要独立的思考。她把火看作知识，看作人类最珍贵的品质，它使人成了真正意义上的人，“我们曾经走过的轨迹——火，眼泪，/智慧，品味，殉道的野心——”。火也是勇气和行动的源泉。里奇相信，是火——“这炽热的铁，这沸腾且滤去杂质的凝胶”①——鼓舞着艾米丽·狄金森写下她那著名的诗篇。在标题诗中，里奇通过狄金森的诗表达了火的这一双重性质。火给予狄金森勇气和力量，使她敢于直接而不是以其惯常的隐喻方式写下了“我的生命承受了——一支上了膛的枪炮”这样豪放大胆的诗句。如同里奇在《谎言、秘密及沉默》(*On Lies*, *Secrets and Silence*, 1979)②中所言，“女性主动的意愿和创造是她们进攻的方式，而这种进攻既是‘杀戮的力量’又会面临死亡的惩罚。”③里奇认为，为了避免这两个极端，狄金森选择了“铁铸的眼睛，钩形的嘴巴和明确的目的/如一只小鸟，/为古董架上的每样东西除尘/在生命的每一天。”④正如火使狄金森成为一支“上了膛的枪炮”，里奇感受到了玩火所带来的毁灭。由于对可怕的毁灭心存恐惧，里奇又拒绝了自己内心的诉求。通过安提诺乌斯之口称“快走，与那火作战/那必须熄灭的火。”⑤

同样，正如狄金森最终选择成为一名完美的家庭主妇，里奇也决定不去释放她自己的火焰。在《当我们彻底觉醒的时候》中，里奇这样写道：

如果想象要超越和改变经验，那么你就必须对你此刻的生活进行质疑、挑战以及为你此刻的生活构想可替代的方案。你必须能够自由地玩转“白天可能是黑夜，爱可能是恨”的概念；没有什么是神圣的，想象力可以颠倒黑白，或者创造性地使用另一个名字代替。写作就是进行重新修正。现在，如果要求女性像过去母亲那样成天照顾小孩，并只对自己的丈夫保持忠诚，那么这其实是要求女性去克制自我、放弃想象以及保持保守……然而，身为女性，试图以传统方式践行传统的女性职责，而这一做法与想象力的颠覆作用

---

① Adrienne Rich, “Snapshots of a Daughter-in-Law”, in *Poems: Selected and New: 1950-1974*. (New York: W. W. Norton, 1975), p.49.

② 以下简称《谎言、秘密及沉默》。

③ Adrienne Rich, *On Lies, Secrets, and Silence: Selected Prose*, (New York: W. W. Norton, 1979), p.174.

④ Adrienne Rich, *Poems: Selected and New: 1950-1974,* (New York: W. W. Norton, 1975), p.49.

⑤ Adrienne Rich, *Poems: Selected and New: 1950-1974,* (New York: W. W. Norton, 1975), p.51.

相悖。在此，“传统”一词至关重要。必然存在某些途径，我们将不断探索这些途径，使得创造之力与关联之力得以融合。但在那些年，我总是觉得这种冲突是由我失败的爱情造成的。我曾以为自己正选择的是一个完整的生活，即一种大多数男性可以拥有的生活。在这样的一种生活中，性、工作和为人父母是能够互不冲突的。但在我 29 岁那年，我开始对自己以及我最亲近的人感到愧疚和自责。①

在标题诗的第二节，这种“直接的冲突”得到生动的描绘。为反抗天使的 / 恶魔的声音，年轻的女儿求助于自我折磨。她用火（蒸汽、烟雾、火柴等）去燃烧她内心的火焰（写诗的自由）。这种蓄意的燃烧实现了它的目的，“除了 / 每天清晨吹进她眼中的 / 沙砾。”因此，她创造性的火焰被无情地扑灭。火是理性和知识的象征，诗人的内心郁积着一团火，令她备受煎熬。为了扑灭这团火，诗人以火攻火。摩诺格（Denis Monoghue）认为“将火等同于象征性想象是非常合适的，因为我们早已习惯于认为想象的创造力如同知识或理性一样，是人类普遍具有的特质。”② 诗人知道这种创造力是女性身上最珍贵的部分，是女性重生的希望；但同时诗人又惧怕它，因为它会打破两性身份禁忌，威胁到传统社会的一些根本思想，如“男性至上论、妇女他者论以及我们对‘人类’这个词的理解”③。

二、人物意象的不确定性

（一）天使与魔鬼意象之间的游移不定

关于人物意象，里奇在天使与魔鬼意象之间游移不定。吉尔伯特和格巴合作的女性主义名著《阁楼上的疯女人——女作家与 19 世纪的文学想象》通过具体的描述揭示了男权社会对女性形象的刻意压制和歪曲，男性按其审

① Barbara Charlesworth Gelpi and Albert Gelpi, eds. *Adrienne Rich's Poetry: A Norton Critical Edition*, (New York: W. W. Norton, 1975), p.96.

② Jane Roberta Cooper, ed. *Reading Adrienne Rich: Reviews and Re-Visions: 1951-81*, (Ann Arbor, MI: U of Michigan P, 1984), p.43.

③ Jane Roberta Cooper, ed. *Reading Adrienne Rich: Reviews and Re-Visions: 1951-81*, (Ann Arbor, MI: U of Michigan P, 1984), p.30.

美标准及价值观念断然地将女性形象分为两极：天使与妖妇。前者一生都在为父权家庭献祭，她们是女儿、妻子、母亲，唯独不是她们自己。“这种献祭注定要她们走向死亡，”这是真正的“死亡的生活，是生活在死亡之中”①。后者如萨克雷笔下的利蓓卡·夏泼，她摒弃父权社会中贤妻良母式的天使形象，以一种妖妇，亦即水性杨花的坏女人形象来颠覆传统社会对女性道德的传统定位。其实，天使与妖妇的定义都由男性的审美标准及价值观念决定，其本质是为了巩固父权社会的统治。

里奇深受传统思想的影响，第二本诗集出版之后，里奇坦诚了她内心的疑虑，“但是这本书由于它的‘文雅’而大受赞赏；我有了婚姻和孩子。如果存在疑虑、毫无意义的抑郁或是积极的绝望，也仅仅意味着我是个忘恩负义、贪得无厌的人，或许就是个魔鬼。”②但是，事实上，当她的儿子们还小的时候，她真的觉得自己是个魔鬼，如同她在《生为女人》中这样描述她跟孩子们的关系：“我的孩子使我痛苦至极，我对这般痛苦感受至深。这是一种矛盾的痛苦：苦涩的怨恨和焦躁的神经、幸福的满足和心底的柔软相互纠缠。有时候，在我对这些无辜的小家伙的感情中，我觉得自己是一个自私自利、缺乏宽容的怪物。”③

在诗歌中，里奇模糊了天使与魔鬼的界限。在标题诗的第二节中，她很讽刺地将将魔鬼天使化或天使魔鬼化。儿媳发出反抗的声音，“把咖啡壶砰地摔进洗涤槽”④，感觉她的“生命承受了——上了膛的枪炮——”⑤，她还听见了“天使”们接二连三的责备：“永不知足 / 挽救你自己；你不能挽救别人。”然而，对这种要她自私自利的天使“魔音”，里奇似乎不敢认同。相反，绝望中的儿媳有些惧怕自己违背了为人妻母的“天性”“时代与习俗”，想方设法抑制内心的愿望和觉醒的自我意识，甚至不惜故意伤害自己的身体：“时而

① Sandra M. Gilbert and Susan Gubar, eds. *The Madwoman in the Attic: The Woman Writer and the Nineteenth-Century Literary Imagination,* (New Haven: Yale UP, 1979), p.25.

② Barbara Charlesworth and Albert Gelpi, eds. Adrienne *Rich's Poetry*: *A Norton Critical Edition*, (New York: W. W. Norton, 1975), p.95.

③ Adrienne Rich, *Of Woman Born: Motherhood as Experience and Institution,* (New York: W. W. Norton, 1976), p.21.

④ Adrienne Rich, “Snapshots of a Daughter-in-Law”, in *Poems: Selected and New: 1950-1974*. (New York: W. W. Norton, 1975), p.47.

⑤ 出自艾米丽·狄金森（Emily Dickinson）的同名诗歌。

让龙头流水灼伤她的手臂 / 用火柴烧伤她的拇指甲 / 或伸出手臂悬在茶壶嘴上方 / 模糊的蒸汽里。”①虽然诗人称这是来自天使的声音，但她内心对此却有所怀疑，当“没有什么可以再伤害她，除了 / 每日清晨吹进她眼里的沙砾”，诗人称“她们很可能就是天使。”②这些揭示了一个事实：里奇仍然无法直面她内心冲突的本质。可是，紧接着在第三诗节中，诗人却又非常肯定儿媳听到的声音并非来自天使，而是来自地狱的魔音：“一个爱思考的女人与魔鬼同眠 / 她变成了紧咬着自己的喙”③，表明这位妇女无法真正拒绝父权神话，在男权制度下，处于弱势的女性无可奈何地屈服于暴力实施者和暴力文化。麦克丹尼尔（Judith McDaniel）在《重构世界：艾德里安娜·里奇的诗歌和视界》（“Reconstituting the World: The Poetry and Vision of Adrienne Rich”）中提到，里奇相信，儿媳之所以能够听到魔音，是因为自我意识的不断提高：“那些声音并非天使之音，而是魔音，是女人自我意识和自我参与不断提升的必然产物。同时这些魔鬼并非来自其他地方，而是来自心灵深处。”④诗人不敢承认这个来自心灵深处的“魔音”抑或“天使之音”，她表示“如果存在怀疑，如果定期感到无意义的抑郁或积极的绝望，这只能说明我不知感恩、不知满足，甚至是一个怪物”⑤。对要求释放被压抑的女性能量的号召，里奇的心绪充满矛盾，不敢直接呼应。她时而将其看成天使的责备，时而又因此备受煎熬，最终诗人成了“魔鬼情人”。

在《当我们彻底觉醒的时候》中，里奇坦言创造性行为“要求个体不去考虑他人，或是变成一个吞噬一切的自我，这正是男性艺术家和思想家成功的神话”⑥。但是由于在创作《快照》时里奇还未能接受这种思想，她认为女

---

① Adrienne Rich, “Snapshots of a Daughter-in-Law”, in *Poems: Selected and New: 1950-1974*. (New York: W. W. Norton, 1975), p.48.

② Adrienne Rich, “Snapshots of a Daughter-in-Law”, in *Poems: Selected and New: 1950-1974*. (New York: W. W. Norton, 1975), p.48.

③ Adrienne Rich, “Snapshots of a Daughter-in-Law”, in *Poems: Selected and New: 1950-1974*. (New York: W. W. Norton, 1975), p.48.

④ Barbara Charlesworth Gelpi and Albert Gelpi, eds. *Adrienne Rich's Poetry: A Norton Critical Edition*, (New York: W. W. Norton, 1975), p.319.

⑤ Barbara Charlesworth Gelpi and Albert Gelpi, eds. *Adrienne Rich's Poetry: A Norton Critical Edition*, (New York: W. W. Norton, 1975), p.95.

⑥ Barbara Charlesworth Gelpi and Albert Gelpi, eds. *Adrienne Rich's Poetry: A Norton Critical Edition*, (New York: W. W. Norton, 1975), p.96.

性的创造力兼具天使和魔鬼两种性质。她既渴望又害怕发挥自己的能量，因为她还不能勇敢地与父权传统相抗衡。[①] 她笔下的人物大都惧怕报复，并把那些折磨她们的力量视作魔鬼。因此，她在标题诗中透露自己“身陷困境，恶魔缠身”，而在其他的诗中，她又会恢复常态，回归到传统女人的角色中。比如，在《父亲的王国》中，里奇就以被清教法庭判为“女巫”的安妮·哈钦森为例，表示女性若敢于挑战男权权威，其下场将十分悲惨。因此，这种否定传统女性气质的声音被看作魔音，是绝对不能被接受的。

兰德尔解释了女性假装疯癫的原因，“当时，对于女人（或任何人）来说，表现出或稍微显露出一点不满情绪都是非常危险的。因此，在标题诗中，她用疯癫来做幌子，以掩饰存在于家庭主妇命运中的叛逆呼声。”[②] 在20世纪50年代的父权社会里，适合女人的职业屈指可数。那些在婚前拥有自己事业的知识女人，也会因为整天待在家里而慢慢疯掉或失去自我。一些女艺术家，如安妮·塞克斯顿和西尔维娅·普拉斯，甚至选择了自杀。从这个意义上来说，里奇是个幸存者。里奇在《生为女人》中评论道“几个世纪以来，女人将她们活跃的、创造性的冲动视为魔鬼附身。而很多男性也有同样的看法，并对这种魔鬼的冲动进行惩罚……”[③] 为了驱散心灵深处的魔鬼，她否定自己的忧伤，沉湎于深深的自责之中，这些都是自我折磨的标志。由于无法正确面对她心灵深处的魔鬼，里奇备受煎熬。

（二）对传统社会制度权威的恐惧和“隐在”的女性关切

其一，传统婚姻中的女性意象与男性意象之对峙。在整个西方文化背景之下，夏娃、潘多拉以及特洛伊的海伦等原型 / 故事被深深地镂刻在人们的心理结构之中，一直以来女性被认为是生来就有罪的，被教导以臣服男性、为男性牺牲为人生准则。里奇对这种传统女性所持的生来即为赎罪的观点深感痛心和愤怒，但身处传统社会，是她们的母亲将她们推进婚姻的大门，她

---

① Jane Roberta Cooper, ed. *Reading Adrienne Rich: Reviews and Re-Visions: 1951-81*, (Ann Arbor, MI: U of Michigan P, 1984), p.30.

② Cheri Colby Langdell, *Adrienne Rich: The Moment of Change*, (Westport, CT: Praeger Publishers, 2004), p.56.

③ Adrienne Rich, *Of Woman Born: Motherhood as Experience and Institution,* (New York: W. W. Norton, 1976), p.54.

的女性关切又是“隐在”的。

里奇曾经这样评价易卜生的最后一部戏剧《当我们彻底觉醒的时候》（*When We Dead Awaken*, 1899）：它是一部关于男艺术家和思想家在忙于创作时在生活和工作方面对女性的利用以及女性如何逐渐觉醒并与这种利用进行抗争的戏剧①。在同名批评《当我们彻底觉醒的时候》中，里奇表示在第三个孩子出生后，她“写得非常少，部分是因为疲劳，那种由于愤怒被压抑、与自我失去联系而造成的女性疲劳；部分是因为女性生活的非连续性，她们要做琐碎的家务、四处跑腿（经常受到他人干扰）、满足孩子持续不断的需求”②。

传统婚姻受逻格斯中心和二元对立思想影响，使女性屈服于男性，男女处于不平等地位。里奇在多首诗歌中展现了传统婚姻制度对女性身心的摧残。她们在繁重家务活的重压下逐渐失去昔日美丽的容颜，思想也日渐腐朽。在《输家》中，里奇借一位男性叙述者之口，指出婚姻带给女人的疲惫，一旦踏入则光辉尽失，犹如跌落尘土的金苹果，在风雨侵蚀后慢慢朽烂，不留一丝痕迹：“你沦为被风吹落的果实，而我们 / 已忘记你在枝头的闪闪发光 / 美总是被糟蹋掉。”③在《奥律德刻的神话》（“Euryclea’s Tale”, 1958）中，叙述者化身一位尤利西斯的老仆，道出了传统婚姻制度下女性的悲哀：年轻时与丈夫天各一方，因为丈夫们要追求他们的事业；中年时辛苦抚养孩子，终日以泪洗面，苦等丈夫归来；而等到夫妻团圆之日，自己早已白发苍苍，容颜不再。④女性的美就这样在枯燥而劳累的家务活中一点点消失殆尽。然而，如此的辛劳不但得不到理解，还遭到女儿们的轻视和憎恨。在《剥洋葱》（“Peeling Onions”, 1961）中，多年的家务劳动使“她”沦落为一个枯燥乏味的家庭主妇，“老泪”表明她已经很久没有哭过了。颇具讽刺意味的是，

① Barbara Charlesworth Gelpi and Albert Gelpi, eds. *Adrienne Rich’s Poetry: A Norton Critical Edition*, (New York: W. W. Norton, 1975), p.90.

② Barbara Charlesworth Gelpi and Albert Gelpi, eds. *Adrienne Rich’s Poetry: A Norton Critical Edition*, (New York: W. W. Norton, 1993), p.95.

③ Adrienne Rich, “Snapshots of a Daughter-in-Law”, in *Poems: Selected and New: 1950-1974*. (New York: W. W. Norton, 1975), p.45.

④ Adrienne Rich, “Snapshots of a Daughter-in-Law”, in *Poems: Selected and New: 1950-1974*. (New York: W. W. Norton, 1975), p.45.

今天她哭了并不是因为悲伤，而是因为洋葱刺鼻的气味呛得她流下了眼泪。

然而，在《快照》后面的诗歌中，妻子这一意象慢慢发生了转变。在《苏醒之后》（"The Afterwake", 1961）中，一位妻子深夜起来照顾生病的孩子。在孩子重新睡下之后，她自己的神经却被挑起，反而睡不着了。坐在客厅里，她没有归属感，觉得自己就像个助产士，早早就要将一切收拾得井井有条：

独自一人，我疲惫至极地倒在他的前厅里。
你在里面很安全。很好！但是我
犹如一名助产士，黎明时
就要将一切安排就绪。①

这位女性开始思考自己在家庭中的位置，她的女性意识开始苏醒。在《60年代的婚姻》中，诗人更进一步，塑造了一位敢于要求与丈夫平等对话的妻子形象。这位妻子渴望与丈夫平等交流，告诉丈夫不要怜悯自己，因为他们应该彼此怜悯。她称丈夫为"伙伴粒子"，追求与他同等的地位。

关于传统婚姻中的男性意象，在传统社会中，作为一家之主的丈夫和父亲意象也是里奇着力塑造的对象。传统上，男性作为家庭的供养者，认为自己的事业才是真正的事业，妻子的工作处于远远次要的位置。因此，《快照》中的男性意象多是自私自利的。他们通常在新婚后即离家远行，留下妻子们独守家园。在《奥律德刻的神话》和《60年代的婚姻》中，丈夫们很早就离家远行，心碎的妻子们只能苦苦等待丈夫的归来。而在他们最终返回家中时，却又成了需要妻子服侍的老男人。在《中篇故事》（"Novella", 1962）一诗中，诗人通过一对夫妻的吵架现象说明女性在传统社会所受的压迫。一段激烈的争吵后，丈夫站起身来，出去散步，而妻子却走进厨房干家务（尽管满腔愤怒以致打碎了一只碟子）。黑暗中，她偷偷躲在楼梯口哭泣。接着诗人写到她因为忘记带钥匙而只好敲门。这里，钥匙一词寓意丰富，它不仅指

① Adrienne Rich, "Snapshots of a Daughter-in-Law", in *Poems: Selected and New: 1950-1974*. (New York: W. W. Norton, 1975), p.58.

房屋钥匙，更指打开整个政治经济大厦的钥匙，是家庭大权的隐喻。男性掌握这把钥匙，因而行动自由不受拘束；女性则因为没有钥匙而失去自由，行动受束。妻子的第二性地位显而易见。

在该诗集中，里奇还从孩子角度探索了父亲这一意象。在《奥律德刻的神话》中，叙事人感叹父亲与儿子之间没有可交流的话题，父子感情因父亲常年漂泊在外而疏远。在《被女儿悼念的女人》（"A Woman Mourned by Daughters", 1960）中，女儿们称父亲为"隔壁房间的老男人"①。在孩子心中，父亲代表着另一个世界，代表他们不敢触碰又极想取悦的权威。在《少年读物》（"Juvenilia", 1961）中，里奇生动展现了小女孩对父亲的恐惧与批评。她坐在父亲的书桌前准备按照父亲的要求写诗，"我再次坐下 / 被胁迫着"②尽管她内心很抵触这样做。她伸长脖颈浏览着父亲的藏书，看到了易卜生的《玩偶之家》，心驰神往。讽刺的是，这位父亲并不是女性解放运动的斗争者。相反，他代表了高高在上的父亲权威，而里奇对此再熟悉不过。女儿感觉父亲就像一座冰窖，使她浑身瑟瑟发抖。然而，她不敢触怒父亲，理智将其拉回现实，促使她拿起笔来，埋头创作：

> 无法言语的童话故事褪去犹如血液流淌过我的脑袋
> 我蘸湿了笔，为了我的姨妈，为了我的朋友，
> 更是为了你们来阅读，
> 模仿我勤奋写出的、被赞赏的诗行。③

其二，母亲意象与女儿意象的对峙。《快照》中的母亲意象与女儿意象大相径庭。老一代的女性处于男性的压迫之下，新一代的女性逐渐走向觉醒，这造成了软弱无力的母女认同。与此同时，里奇对母亲意象既持有批

---

① Adrienne Rich, "Snapshots of a Daughter-in-Law", in *Poems: Selected and New: 1950-1974*. (New York: W. W. Norton, 1975), p.57.

② Adrienne Rich, "Snapshots of a Daughter-in-Law", in *Poems: Selected and New: 1950-1974*. (New York: W. W. Norton, 1975), p.54.

③ Adrienne Rich, "Snapshots of a Daughter-in-Law", in *Poems: Selected and New: 1950-1974*. (New York: W. W. Norton, 1975), p.55.

评，又抱有同情，批评的是母亲意象背后所隐含的一定程度的男性认同。

母亲意象呈现为被动、屈服与自我压抑，而女儿意象则是主动、正面与叛逆。老一代女性，如厨娘、护士、助产士和保姆，对自己受害者的身份要么浑然不知，要么拒绝正视，要么妥协顺从。里奇对她们缺乏自我意识以及对传统社会制度的被动接受进行了无情的批判。在标题诗中，正当盛年的母亲却被无情地指责为"思想腐化"、充满"无用的经验"。[①] 而在《被女儿悼念的女人》一诗里，母亲被视作一种消极力量，甚至是传统社会的同谋，女儿愤慨地指责母亲对自己的所作所为：

如果不是你，那是什么，
笼罩着我们
如同你扯下的绸缎
盖在新娘的头上？
我们喉咙里翻涌的
如同你塞进来的食物？[②]

对女儿们来说，是她们的母亲将她们推进婚姻的大门并将理想家庭主妇的标准灌输给她们：

现在你对我们发号施令
你那些顽冥不化的断言：
茶匙，高脚酒杯，
大块大块的地毯要清洗
大片大片的老植物要浇灌，
一个老男人就在隔壁房间

① Adrienne Rich, "Snapshots of a Daughter-in-Law", in *Poems: Selected and New: 1950-1974.* (New York: W. W. Norton, 1975), p.47.
② Adrienne Rich, "Snapshots of a Daughter-in-Law", in *Poems: Selected and New: 1950-1974.* (New York: W. W. Norton, 1975), p.57.

要去照料和伺候。[①]

在她们眼里，母亲专横乖戾，她们是男人的同谋、压迫女儿的邪恶力量。虽然经历了不平等的婚姻，母亲的女性意识仍未苏醒，相反她要女儿们以她为榜样，将生命奉献于琐碎的家务活中。因此，诗人选择将老一代女性视为消极形象，母亲死后女儿们感到如释重负，并宣称她们再也不会步母亲后尘。女儿们坐在母亲的厨房里，母亲的离世不仅未让她们流泪，而且还让她们备感轻松。

然而，诗人一方面借女儿之口指责母亲的无知，并宣称绝不走母亲指定的道路，一方面也寄予母亲深深的同情。《被女儿悼念的女人》中的女儿在成为妻子和母亲之前，瞬间意识到了母亲曾经短暂的光芒，“你是一片叶子，一根稻草 / 被吹落在床上 / 你早已变得 / 死昆虫一般易碎。”[②]在《只想知道》一诗中，诗人写道“我的前辈使我迷惑”[③]，这似在责备以往的女性们未能当好后代女性的引路人。里奇对老一代女性的矛盾态度与其人生经历是息息相关的。里奇一直对母亲放弃自己的钢琴和作曲事业而迁就于父亲的需要心存不满，她感觉自己被母亲降格或者抛弃了。因此，在《快照》中，里奇对那些以她母亲为原型的老一代被制度化的女性并无好感。她曾经在 1979 年的一次演讲《作为女性需要了解什么？》中讲过，“每个女性的自我都是宝贵的，自我否定和自我牺牲的女性伦理必须让位于真正的女性认同，这将肯定我们与所有女性的联系……”[④]

（三）意象中的男性认同

在《快照》中，男性意象随处可见，从“骑士”到“走在屋顶的人”，这些意象有的清晰明朗，有的则含蓄模糊。在标题诗中，里奇即便以艾米

① Adrienne Rich, “Snapshots of a Daughter-in-Law”, in *Poems: Selected and New: 1950-1974*. (New York: W. W. Norton, 1975), p.55.

② Adrienne Rich, “Snapshots of a Daughter-in-Law”, in *Poems: Selected and New: 1950-1974*. (New York: W. W. Norton, 1975), p.55.

③ Adrienne Rich, “Snapshots of a Daughter-in-Law”, in *Poems: Selected and New: 1950-1974*. (New York: W. W. Norton, 1975), p.53.

④ Sandra M. Gilbert, ed. *Culture, Politics, and the Art of Poetry: Essential Essays by Adrienne Rich*, (New York: W. W. Norton, 2018), p.155.

丽·狄金森和玛丽·沃斯通克拉斯特等女性作家为例，也没有提及她们的名字。相反，肖邦、科尔托和狄德罗等男性艺术家的名字却贯穿整首诗。里奇甚至将新女性比作男孩，“至少美如男孩”[①]。表面上看“男孩”这个词是用来跟“齐胸”和“美丽”构成头韵，但有比韵律更深层次的原因使得里奇选择“男孩”这个词，那就是对女性自我认同的缺失。在《机会渺茫》中，里奇描绘了一幅画，画中的男人正在努力思考。这首诗颇具讽刺意味，因为它反映了总是男性支配着这个世界。同样在这首诗中“男性”这个词也可以用“女性”来代替。在《走在屋顶的人》（“The Roofwalker”, 1961）中，里奇创作了一首诗献给女诗人丹尼斯·莱维托芙（Denise Levertov）[②]，她是首位将政治与个人融为一体的人。很明显里奇也想成为莱维托芙那样的女诗人。她认为这将使她成为一个走在屋顶的人，能够勇敢地采取行动。但是里奇还是使用了男性意象，将自己想象成“裸露的男人”而非“裸露的女人”：“我赤裸着，懵懂无知/一个裸体男人逃离了/从屋顶上走过。”[③]即使她再大胆，也不敢写成“一个裸体女人”。她为什么不能这么做？或许是因为 1961 年女建筑工人非常罕见，所以她看到的走在屋顶的人应当是个男性。无论是出于什么原因，在仅仅只是为了纪念某位女诗人的诗歌中，她都不能够认同女性形象。

正如里奇在《当我们彻底觉醒的时候》中提及的那样，女性自我认同的缺失也反映了美国社会的现状：我能感觉到 50 年代的女性之间交流甚少——她们从不谈论内心的空虚，也不谈论她们遭遇的挫折。[④]凯斯将此问题归咎于美国这个国家：里奇仿效近代伟大艺术家——济慈、弗罗斯特和史蒂文斯——认同他们及前人的诗歌传统，而不会把自己定位在其他女人创造的传统中。在英国，女诗人最起码能够回顾 19 世纪的伟大小说家：勃朗特姐妹、乔治·艾略特。但在美国，即使是在 60 年代早期——《快照》时代——文

① Adrienne Rich, “Snapshots of a Daughter-in-Law”, in *Poems: Selected and New: 1950-1974*. (New York: W. W. Norton, 1975), p.51.

② 丹尼斯·莱维托芙（Denise Levertov）的诗歌一个重要主题便是个人与政治。

③ Adrienne Rich, “Snapshots of a Daughter-in-Law”, in *Poems: Selected and New: 1950-1974*. (New York: W. W. Norton, 1975), p.63.

④ Barbara Charlesworth Gelpi and Albert Gelpi, eds. *Adrienne Rich's Poetry: A Norton Critical Edition*, (New York: W. W. Norton, 1993), p.95.

学界除狄金森以外再也没有其他强大的女诗人。在塑造文学遗产时，女作家就需要具有发挥自身积极作用的意识。

二、叙说的矛盾性：女性面具及其遮掩下的男性话语

在创作《快照》期间，里奇努力增强自我意识，寻找她作为女性的个人中心和诗歌焦点——身处 20 世纪下半叶美国社会的女性和诗人双重身份。兰德尔称其"拥有高度的独创性和冒险精神""一个拥有自己独特声音的女性，这种声音被她称作其诗歌的'底气'。"①的确，在《快照》中，里奇力图扫除她自由表达'底气'的障碍，摆脱隐性的女性角色，开始了对其身份的自我探索和自我界定。这些女性声音是清晰可辨的。但是，纵观整部诗集，里奇的女性主义声音又明显受到了男性话语的裹挟，呈现试探性的特点。这种试探性背后的原因在于诗人当时还没有脱离父权权威，没有以女诗人身份直接表露自己的愤怒。

（一）女性声音与男性话语的裹挟

首先，里奇选择的叙述者像其本人一样，受着家庭和事业身份冲突的煎熬，内心有种强烈的挫败感与自我脱节，于是便在婚姻的铜墙铁壁之下挣扎着发出为自由而战的声音。《骑士》（"The Knight", 1957）的叙述者是一个美国五六十年代的中产阶级家庭主妇，她化身一位身披闪闪发光的盔甲的骑士，外表虽然光鲜，他的眼睛是"一块苦涩的果冻 / 安置在金属面具下"，而他的内衣是"破衣烂衫"，"将他的神经磨得纤弱"。②外表和内心的冲突表明叙述者并不想成为一名受困于盔甲之中的骑士，而是渴望有女性的价值观："善于体察他人的需要，积极承担照顾他人的责任。"③叙述者并不像男性那样要求骑士克服胆怯心理、实现骑士理想。相反，她期待有谁能将骑

① Cheri Colby Langdell, *Adrienne Rich: The Moment of Change*, (Westport, CT: Praeger Publishers, 2004), p.39.

② Adrienne Rich, "Snapshots of a Daughter-in-Law", in *Poems: Selected and New: 1950-1974*. (New York: W. W. Norton, 1975), p.44.

③ Carol Gilligan, *In a Different Voice: Psychological Theory and Women's Development*, (Cambridge: Harvard UP, 1982, 1993), p.16.

士“从铁墙、压碎他胸口的徽章中解救出来”[①]。同样，作为哈佛经济学教授妻子的里奇也期望得到解救。受困于卑微的工作之中，里奇日益觉得自己正与她之前的自我脱节，在婚姻的铜墙铁壁之下接近崩溃的边缘。她体验到了“漂浮的感觉”，感到自己正在和其真正的自我失去联系。在找回自我的努力中，里奇不顾一切地想要获得解救，就像她呼唤骑士脱离他的盔甲获得自由一样。

在《快照》关于婚姻的诗歌中，女性和男性是相互隔绝、彼此疏远的。《输家》是个典型的例子，女性叙述者也像里奇本人一样，是隐藏的“输家”。表面而言，诗歌是以男性口吻写的，是关于一个男人痛失一个美丽的女人的故事。第一个男人看似输家，然而真正输掉的其实是这个妻子，这个具有创造力的女子。这个美丽的女人曾经是树上闪闪发亮的金苹果，现在却沦为一颗“被风吹落的果子”，她的美丽被废弃、被遗忘。她一踏入婚姻的大门就被湮没在卑微的工作之中。叙述者暗自哀叹女人所做的牺牲，同时“姿态”一词也清楚地表明这个年轻妻子的姿态只是一种表演，因为她的思想处于“摩擦之中”。她是被她的丈夫“惹恼”[②]而做出这样的表演。“惹恼”一词揭示了已婚女性的悲剧。更糟糕的是，沉重的家务和抚养孩子的重担已经造成了对女性个人的伤害。最终，女人逆风而行，蹒跚而归。尽管到目前为止她还“不知疲倦”，但最终严风寒霜会将她消磨殆尽。从这个意义上说，真正的输家是这个年轻的妻子而非叙述者，叙述者哀其不幸，怒其不争，因为她没有机会去实现她天赐的潜能。或者，输家其实指的就是里奇自己，“对一个以诗歌为天职的女人来说，完全放弃诗歌创作是反常的，是一个输家，然而这在当时的文化和社会背景下又似乎是必须的。”[③]

（二）男性声音和男性叙述者

尽管诗集中的女性声音清晰可辨，但是纵观整部诗集，里奇的女性主义

① Adrienne Rich, “Snapshots of a Daughter-in-Law”, in *Poems: Selected and New: 1950-1974.* (New York: W. W. Norton, 1975), p.44.

② Adrienne Rich, “Snapshots of a Daughter-in-Law”, in *Poems: Selected and New: 1950-1974.* (New York: W. W. Norton, 1975), p.46.

③ Cheri Colby Langdell, *Adrienne Rich: The Moment of Change*, (Westport, CT: Praeger Publishers, 2004), p.48.

声音还是“试探性的”，是以男性声音为主导的，或采用男性观点，或模仿叶芝等男性现代诗人，在表达女性能量与维持现状之间犹豫不决。正如里奇本人所言，为了得到以男性为主导的社会的认可，在写作《快照》时她还不敢公布自己的女诗人身份，不敢公然触怒权威话语，她的叙说策略是“倾斜的/隐晦的”[①]。

在《输家》中，里奇采用男性叙述人，以男性的眼光评判女人。这是一首叶芝式的诗歌，基于叶芝对拒绝嫁给他的茅德·冈（Maud Gonne）的爱慕与渴望。诗歌采用了叶芝的故事而舍弃其虚构部分，记录一个男人对一个已婚女人无望的爱。诗歌第一节描述了这位男子昔日恋人的婚礼，而他则“以不服输的姿态——输家总学得会的招数”[②]慷慨给予祝福。输家可以如此炫耀，有权利表现得趾高气扬，原因在于他的男性身份。男人谴责昔日恋人没有任何反抗就屈从于他的对手，“没有一丝抗议之声。”[③]这一思维方式揭露了男人对女人居高临下的态度。男人认为，爱是女人“唯一自然的行动”，女人的天命只有被爱。具有讽刺意味的是，男性似乎害怕像特洛伊的海伦那样美丽的女人，因为她的美丽引发了一场可怕的战争。男性在女性身上赋予耻辱，认为美丽的脸庞总是和危险的诱惑联系在一起。男人害怕却又渴望拥有女人的美丽，所以，他们在不能够完全掌控它的时候选择“远离它”。在第二节，这个男人在将近十年之后再次观察他失去的恋人。那是一个特殊的日子——圣·瓦伦丁日（即情人节）。选择在这一天回来再一次证明女人的命运就是一台“悲剧的机器”。看到这个女人在寒冷的情人节独自剥除衣服上的冰带，男人不禁叹息。但他马上又收回叹息，因为“你仍然美丽”。可见，男人在乎的只是女人美丽的容颜。当他看到她所有的才智“都被投入不知疲倦的角色”[④]中时，他又嫉妒她丈夫能够拥有一个如此奉献的、理想的妻

---

① Jane Roberta Cooper, ed. *Reading Adrienne Rich: Reviews and Re-Visions: 1951-81*, (Ann Arbor, MI: U of Michigan P, 1984), p.33.

② Adrienne Rich, “Snapshots of a Daughter-in-Law”, in *Poems: Selected and New: 1950-1974*. (New York: W. W. Norton, 1975), p.45.

③ Adrienne Rich, “Snapshots of a Daughter-in-Law”, in *Poems: Selected and New: 1950-1974*. (New York: W. W. Norton, 1975), p.45.

④ Adrienne Rich, “Snapshots of a Daughter-in-Law”, in *Poems: Selected and New: 1950-1974*. (New York: W. W. Norton, 1975), p.46.

子，也因此对失去她而懊恼不已。不管怎样，这个输家只是从自身的利益角度来看待这个女人。

在《没有第二个特洛伊》(“No Second Troy”, 1921）中，叶芝将茅德·冈看作另一个海伦，将她的头脑与火联系起来，渴望有什么能使这把火变得安静，“什么能使她平静，而心灵依然高贵，纯净有如火焰，她的美又如强弓拉得绷紧，这绝非当今时代认为自然，由于它深远、孤独而又清高。”[①]《输家》中的女主人公的心里也郁积着一团火。但是，与茅德·冈不同的是，这位女性已丧失了创造力之火。在这首诗中里奇虽意在哀悼女性创造力的丧失，但她借助叶芝的风格间接地表达自己的悲伤。这再一次证明她矛盾的女性主义思想。

《机会渺茫》则更加显示了里奇不断滋长的悲观情绪，叙述者“她”表现得好像一个传统婚姻制度的追随者，听命于男人的思考和计算。在“你”恐惧得无法说出“让开！给他一点空间！”后，叙述者立即吟唱道“古老的安慰 / 最终将俘获他。”[②] 这里，“古老的安慰”指的是婚姻所带来的慰藉和尊敬。叙述者表现得好像是一个传统婚姻制度的追随者，不仅内化了“古老的安慰”，而且就像布道一样反复鼓吹它。这种传统社会制度观念的内化使得叙述者成为男性的信徒。甚至在代表个人宣言的标题诗中，叙述者也只是用“她”而不敢称“我”。虽然标题诗强劲有力，是《快照》中里奇唯一展示自我意识——“心烦意乱且疯狂缠身”[③] 的诗歌，探讨了女性可悲的历史，并呼唤新女性的到来。但是，它仍然采用男性声音（如约翰逊博士[④]），如同里奇后来所言：“我现在觉得这首诗过于文学，过于依赖于典故；我当时还没有足够的勇气去冲破权威，甚至是使用代词“我”——诗歌中的女性总是‘她’。”[⑤] 出于对男性权力的恐惧，里奇广泛采用男性声音来隐藏她作为女性

① 卞之琳编译：《英国诗选》，北京：商务印刷馆，1996 年，第 558—559 页。

② Adrienne Rich, “Snapshots of a Daughter-in-Law”, in *Poems: Selected and New: 1950-1974*. (New York: W. W. Norton, 1975), p.54.

③ Jane Roberta Cooper, ed. *Reading Adrienne Rich: Reviews and Re-Visions: 1951-81*, (Ann Arbor, MI: U of Michigan P, 1984), p.35.

④ 塞缪尔·约翰逊（1709—1784），英国作家、词典编纂家。

⑤ Barbara Charlesworth Gelpi and Albert Gelpi, eds, *Adrienne Rich's Poetry: A Norton Critical Edition*, (New York: W. W. Norton, 1993), p.97.

诗人的身份。

由此可见，在上面论及的这些诗歌当中，里奇仿佛担心自己成为闯了红灯的初学者，有意识地退回到社会规定的框架内。

三、主旨的矛盾性：女性身份的追寻及其背后的男性认同

在女人、母亲和诗人三重身份的纠缠之中，里奇认为自己既是个“失败的女人”，又是个“失败的诗人”[①]，因此，她决意重拾自我和诗人身份，让作为女性的自我存在由“隐在”走向显在。对于前者，她积极探索两性之间、夫妻之间的新型关系；对于后者，她试图寻求属于自己的诗歌创作方式，在内容和形式上建构一个写作自我。然而，身处60年代的她，由于内心对这种追寻转变的畏惧和长期囿于男性诗人的影响，里奇最终在女性认同和男性认同之间摇摆不定。她对传统社会下的婚姻制度和具有创造力的新女性的到来都持有模棱两可的态度。一方面，她批评不平等关系下的婚姻制度剥夺女性的创造力，抱怨老一代女性，呼唤具备创造力的新女性的到来；另一方面，她又希望女性能够维持传统婚姻制度，惧怕女性创造力所带来的不良后果。

（一）女性自我与诗人身份的追寻

里奇作为女诗人对女性身份的追寻表现在重拾自我和追寻诗人身份两个方面。《快照》基于诗人作为一名已婚女性身陷婚姻、家庭与事业冲突之中的真实生活面貌，展现了诗人维护自我、追求艺术人生的努力与决心。兰德尔对《快照》给予了很高的评价，认为“这些大胆的、现代化的个人诗歌展现了诗人的多重声音和多重自我，捕捉到了身份意识的端倪”[②]。

首先是女性自我的追寻。里奇曾经写道，孩童时期，她就生活在当时无可争议的、男性至上社会的规训之下，而她选择结婚就是要逃离原生家庭。但让她意想不到的是，婚姻对她来说却是另一个可叹的境地，带给她的是孤独和琐碎的家庭生活，繁重的家务劳动让她濒临崩溃的边缘。回想起做母亲

---

① Barbara Charlesworth Gelpi and Albert Gelpi, eds, *Adrienne Rich's Poetry*: *A Norton Critical Edition*, (New York: W. W. Norton, 1993), p.95.

② Cheri Colby Langdell, *Adrienne Rich: The Moment of Change*, (Westport, CT: Praeger Publishers, 2004), p.65.

的经历，里奇说："……我能想到的只有焦虑、疲惫、愤怒、自责、无聊和自我分裂。"[①]她将自己的经历描述为"痛苦的、成问题的"[②]，并将这些痛苦、困惑以及寻求自我的挣扎统统写进了《快照》。

里奇深知传统婚姻制度对女性的摧残——那些曾经的"金苹果"和"轻盈的树叶"，一旦踏入婚姻的大门就会成为"落地的金苹果"和"臃肿的尸体"。随着里奇自我意识的不断增长，她无比感叹女性命运的戏剧性变化："美丽总会被荒废：如果 / 米尼翁没有唱歌给聋人听，/ 那么一切都是冷漠无情的。"[③]

在《谎言、秘密及沉默》中，里奇指出女性之所以受压迫，最根本的问题是一个臆断："将我们女性这个群体划归于住所、炉边、家庭、性、情感这些'私人'领域内，而男性则掌控着'公共'权力领域、'现实'的世界。他们依赖于女人相夫教子，并从她们那里获得在奋斗和竞争的领域难以获得的亲密、情感与安慰。"[④]鉴于此，里奇让其诗歌中的女性面具采取行动，反抗父权婚姻，追寻自我身份。

里奇在《双重对话》中写到自己的困惑和决心："我一直想知道一件事情：/ 正如我知道自己姓名那么简单 / 在某个时刻，我的立场是什么。"[⑤]而这种自我意识在《60 年代的婚姻》中得到完美的揭示。里奇在诗中设想现代婚姻制度，起初，她是他虔诚的门徒[⑥]，"他说的每一句话都可能触动我的神经"。但是现在她更希望能够同他进行讨论，说不定两人之间可以擦出智慧的火花。[⑦]在这首诗的最后一节中，她亲切地称呼她的丈夫为"伙伴粒子"，

---

① Adrienne Rich, *Of Woman Born: Motherhood as Experience and Institution,* (New York: W. W. Norton, 1976), p.15.

② Adrienne Rich, *Of Woman Born: Motherhood as Experience and Institution*, (New York: W. W. Norton, 1976), p.16.

③ Adrienne Rich, "Snapshots of a Daughter-in-Law", in *Poems: Selected and New: 1950-1974*. (New York: W. W. Norton, 1975), pp.45-46.

④ Adrienne Rich, *On Lies, Secrets, and Silence: Selected Prose*, (New York: W. W. Norton, 1979), p.215.

⑤ Adrienne Rich, "Snapshots of a Daughter-in-Law", in *Poems: Selected and New: 1950-1974*. (New York: W. W. Norton, 1975), p.55.

⑥ 马德兰·斯特里特（Magdalen Street），从良的妓女，有可能是耶稣唯一的女门徒。

⑦ Adrienne Rich, "Snapshots of a Daughter-in-Law", in *Poems: Selected and New: 1950-1974*. (New York: W. W. Norton, 1975), p.59.

停止旋转的舞步，依偎在他的身边，两人如同双胞胎一般。

就里奇自己的经历而言，为了坚守自己的立场，她做出了一些改变其未来生活的决定。当得知自己又一次怀孕的消息时，她决定生下这个孩子，平静地等待未知生活的降临。由于这是自我选择，因此，她的梦游症也没有再犯过。她认为，自然或人类的宿命论让人们知道有些事情不可避免，事实无法改变，只能选择接受，但她仍会坚持奋斗到底，哪怕付出更多的努力，经历更多的绝望，她也报以期待，走出低谷，不断在诗歌和生活创作中实现自主性。于是，她决定在第三个儿子出生后去做绝育手术，不顾丈夫担心手术会导致她“女性气质有所减少”以及手术存在的风险。

其次是诗人身份的追寻。随着自我意识的不断成长，里奇认为自己 50 年代到 60 年代最初期的诗歌“只是一些应景之作”[①]。在历时八年写就的第三本诗集《快照》中，很多诗歌都是以片段的形式书写，她作为女性艺术家的身份逐渐突显。语言更加强劲有力，节奏也更加自由。例如，在《输家》中，她暗自感伤女人在繁重的家务劳动压迫以及内心欲望的抑制下渐渐失去的创造力。她坦率表达了自己的挫败感，如同男人失去了自己的挚爱，里奇也表现了她作为一个“失败的诗人”的失落，然而她却不能哭泣，只能微笑。在标题诗中，里奇在愤怒中爆发了，作为一名成功女性，面向其他不同职业领域的成功女性言说，勇敢地向扼杀女性自由创造力的男性中心主义发出控诉：

时代是男性的
他的杯子盛满了对美丽的赞扬。
迷茫于他的殷勤，我们听到
我们的平庸被过度赞扬，
我们的懒散被解读为自我克制，
慵倦的想法被理解为本能，

① Adrienne Rich, *Of Woman Born: Motherhood as Experience and Institution,* (New York: W. W. Norton, 1976), p.95.

每个过失都会得到宽恕。[①]

男人将女人视为供他们消遣的玩偶，而这并不会威胁到他们作为文化发言者的地位。如果女人们能够适应这一角色，表现得当，她们就会受到奖赏，便可以与他畅饮，她们所犯下的每个错误都会得到原谅；如果她们“投下过于勇敢的身影，/ 或将整个模具摔个粉碎”，那么她们就会受到严厉的惩罚，“单独监禁，/ 催泪瓦斯，炮轰。”[②] 换言之，在男性中心主义社会中，女性如果胆敢展示自己的力量，就会被无情地贴上“妖妇、泼妇、淫妇”的标签，视作丧失心智的疯女人。里奇对这种压迫女性创造力的社会制度深感愤怒，她渴望她的女性同胞们从男权神话中清醒过来，不要再接受男性的恩赐。她在这一部分诗歌的开头引用了 18 世纪英国作家，批评家塞缪尔·约翰逊的话，他曾将“女人布道”比作“一只用两条后腿直立行走的狗”：“并不是说它做得好，/ 而是说它做到了”。里奇反驳了这种侮辱女性人格的说法，呼吁女性艺术家们应当“思考/这种不平等！或是把它们永远摆脱掉”。[③] 由于女性创作是在男性权威下进行的，因此，许多女性作家，包括著名的现代英国女作家伍尔夫（Virginia Woolf）也会尽可能地将她的语调变得冷漠一点。关于伍尔夫的《一间自己的屋子》（*A Room of One's Own*），里奇曾这样写道：“那篇文章中只有很少的几个时刻，读者能感受到她话语里的激情；她像简·奥斯汀一样冷漠，像莎士比亚一样威严有力，因为在当时的文化中，男性认为作家就应该如此。”[④]

里奇在自己的著作中也使用了这种语调，她发现在那些老一代的女诗人中——例如罗塞蒂（Christina Georgina Rossetti）、狄金森（Emily Dickinson）和 H.D.，最受男性称赞的是摩尔（Marianne Moore），她温柔、优雅、知性、

---

① Adrienne Rich, “Snapshots of a Daughter-in-Law”, in *Poems: Selected and New: 1950-1974*. (New York: W. W. Norton, 1975), p.50.

② Adrienne Rich, “Snapshots of a Daughter-in-Law”, in *Poems: Selected and New: 1950-1974*. (New York: W. W. Norton, 1975), p.50.

③ Adrienne Rich, “Snapshots of a Daughter-in-Law”, in *Poems: Selected and New: 1950-1974*. (New York: W. W. Norton, 1975), p.50.

④ Barbara Charlesworth Gelpi and Albert Gelpi, eds, *Adrienne Rich's Poetry: A Norton Critical Edition*, (New York: W. W. Norton, 1975), p.92.

谨慎，但里奇拒绝温柔。她甚至认为奥登对她作品的称赞是一种屈尊俯就、谦逊和性别歧视。因此，她决定在标题诗中成为新女性，能够勇敢地成为“少数愿意获得荣耀”的其中一员，能够勇敢地“对自己比对历史更残忍”。[①]

因此，她把自己的第四部诗集命名为《生活之必需》也就不足为奇了。要想成为一名政治女诗人，需要鼓起很大的勇气。回忆起本杰明·富兰克林的“决心列表”，里奇也写下了自己的决心列表：

我的生活需要更严格的纪律。
认识到盲目愤怒的徒劳。
限制社交。
更好使用孩子们的上学时间来工作和独处。
拒绝让自己的生活方式受到打扰。
减少浪费。
在诗歌上要越来越努力。[②]

里奇所追求的双重身份互为补充。一方面，她对于传统社会制度遏制女性创作力的愤怒促使她在诗歌写作中寻求突破口；另一方面，她在诗歌创作方面的变革让她得以重塑自己，以写作的方式重新为女性身份命名。在标题诗的尾声，里奇呼唤新女性的到来。几个世纪以来，女人将传统文化界定的女性气质内化了——女人应该是温顺的女儿、勤劳的妻子和有责任心的母亲。为了颠覆这种美丽的童话故事，里奇认为，女性需要残忍地对待历史，更重要的是，她们要更加残忍地对待自己。在诗歌中，里奇不仅将普通女人的切身生活经验和反抗作为诗歌的意象，而且从文学、艺术、历史和神话等方面表现知识女性受压抑的处境：

科琳娜对着她的鲁特琴吟唱时

① Adrienne Rich, “Snapshots of a Daughter-in-Law”, in *Poems: Selected and New: 1950-1974*. (New York: W. W. Norton, 1975), p.51.

② Adrienne Rich, *Of Woman Born: Motherhood as Experience and Institution,* (New York: W. W. Norton, 1976), p.31.

歌词和乐曲都并非她自己所作；
只有长发垂在
她的脸颊旁，只有轻柔的歌
萦绕着她的膝
而这些不得不在目光的非议中做出调整。①

她拒绝接受一个吟唱别人歌曲的科琳娜。科琳娜无法演绎自己的音乐，只能在男性“目光的非议中做出调整”②，诗人以此揭示了传统社会与文化对女性艺术创造力的钳制，这也是里奇早年诗歌创作模仿男性传统诗歌艺术、遮蔽自己文学声音的写照。在揭露和忧思的同时，该诗也在一定程度上以隐喻的方式表达诗人对新的社会秩序和女性未来的憧憬：

她渴望她的到来，
她必须对自己比对历史更残忍。
她的思想迎风起舞，我看见她纵身跃进
齐胸的水中，在急流中观望，
神采飞扬
至少如同任何男孩子
或如同直升机③一样美，
泰然自若，保持前行，
她锋利的刀刃使空气畏缩④

直升机的意象蕴含女性的飞翔与自我拯救意义。通过飞翔，女性挣脱男

① Adrienne Rich, “Snapshots of a Daughter-in-Law”, in *Poems: Selected and New: 1950-1974*. (New York: W. W. Norton, 1975), p.49.

② Adrienne Rich, “Snapshots of a Daughter-in-Law”, in *Poems: Selected and New: 1950-1974*. (New York: W. W. Norton, 1975), p.49.

③ 该意象来自波伏娃的《第二性》：“她从远古走来，从底比斯、克里特岛、西兴依特匝走来，她深深植化为一种思想，话语从她胸中倾泻而出。”

④ Adrienne Rich, “Snapshots of a Daughter-in-Law”, in *Poems: Selected and New: 1950-1974*. (New York: W. W. Norton, 1975), p.51.

性权力话语的引力场，因为“飞翔是妇女的姿势”。[①] 这种强烈的期待显示了诗人对未来女性掌控自身命运的信心。在她的想象世界中，里奇收获了自己的“货物”，因此，她自己成为一名新女性，一名可以“使空气畏缩”的新女性。

（二）女性身份追寻背后的男性认同

里奇认为自己无论是作为一个女性还是一个诗人都是失败的。她在《快照》中对女性身份和女性诗人身份做了探索，通过诗歌发出了自己独特的声音，从女性的“隐在”走向显在。然而，这种对身份的自我探索与自我定义终究是若即若离的，暴露的是其无法摆脱的男性认同。这主要表现在她对传统婚姻制度、具有创造力的新女性的到来等事物模棱两可的态度。

首先是对传统婚姻制度的矛盾观——似是而非的愤怒。如前文所述，里奇通过自己的婚姻经历对传统婚姻制度进行了批评。然而，这种批评似是而非，并且在一定程度上指向女性本身。这种矛盾心理贯穿《快照》始终。《过渡》（“Passing on”, 1959）一诗中，里奇描绘了一个把自己想象为魔鬼恋人的妻子。她对其丈夫无所不在的力量感到愤怒，但是，她马上又恢复了冷静，并开始“惊奇于古老的交易 / 买卖”，对“所有我们未曾抓住的机会”[②] 感到懊悔。在此里奇似乎是在批判传统女性缺乏抱负。在标题诗的第七节，里奇提到了 18 世纪的英国作家、哲学家和著名的妇女权利倡导者玛丽·沃斯通克拉夫特的论述：

在这个飘忽不定的世界里拥有
一些无法被销蚀的
空间
是最为重要的。[③]

---

① 埃莱娜·西苏：《美杜莎的笑声》，载张京媛主编《当代女性主义文学批评》，北京：北京大学出版社，1992 年，第 203 页。

② Adrienne Rich, “Snapshots of a Daughter-in-Law”, in *Poems: Selected and New: 1950-1974.* (New York: W. W. Norton, 1975), p.53.

③ Adrienne Rich, “Snapshots of a Daughter-in-Law”, in *Poems: Selected and New: 1950-1974.* (New York: W. W. Norton, 1975), p.59.

沃斯通克拉夫特的思想引发了之后伍尔夫的名言："一个女人如果要写小说的话，她就必须有钱和自己的一间屋……这就使得妇女的真正的性质和小说的真正的性质这个重大的问题悬而未决。"[①] 尽管里奇对这位早期女性主义者的勇敢和智慧予以赞美，"在她身边几乎没有人愿意或能够 / 做得更多"，但她并不完全赞同她，"因此写下 / 一个女人，带着些许勇敢和些许 / 善良，为她些许理解的事业而战斗。"[②]"些许"这个词很重要。除了在作品中，这个伟大的女战士未曾有过真正的"空间"或这种保障，而可能正是她强烈的独立性间接导致了她的早逝。里奇似乎并不赞成这种公然的反抗。相反，她可能宁愿像狄金森那样深居简出，进行诗歌创作。

里奇不仅对婚姻本身感到同情，同时也怜悯那些丈夫们，因为在她眼中，他们跟女性一样被紧紧地束缚着。女性和男性的生活和精神本质上都被一种男性思潮所控制，这种思潮否认除极少数有权势男性之外的所有人的内在价值。在《中篇故事》中，除了对女主人公显而易见的怜悯之外，里奇也表达了她对这个男人的同情——他听着妻子秘密的哭诉却对此无能为力。不同的思想使他们无法进行任何有意义的交流。这扇"婚姻之门"同时锁住了妻子和丈夫，使他们成了"两个陌生人，在一块岩石上挣扎一生。"[③] 他们渴望进行一次完美的交谈，然而这终究实现不了。在《未来的移民者请注意》（"Prospective Immigrants Please Note", 1962）中，里奇以一位毫无偏见的证婚人作为叙述者，坚称婚姻制度本身并无利弊，其本身并未给出任何承诺。透过"门"的象征意义，里奇提出了背弃和依附婚姻故土这两种做法所带来的不同后果。诗人有意使叙述者的沉思变得模棱两可，在意思上也是多维的。里奇似乎没有完全站在特定的某一方。而且，她认为"门"本身没有任

① 弗吉尼亚·伍尔夫：《伍尔夫散文》，刘炳善译，北京：中国广播影视出版社，2000年，第458页。

② Adrienne Rich, "Snapshots of a Daughter-in-Law", in *Poems: Selected and New: 1950-1974*. (New York: W. W. Norton, 1975), p.59.

③ Adrienne Rich, "Snapshots of a Daughter-in-Law", in *Poems: Selected and New: 1950-1974*. (New York: W. W. Norton, 1975), p.59.

何错："门本身并未做出任何承诺 / 它只是一扇门。"[①] 在这首诗中丝毫看不出里奇先前对传统婚姻制度所持的愤怒态度，她似乎认为一旦踏入婚姻之门，女性就应该停止舞蹈陪伴在丈夫身边。

其次是对新女性的矛盾态度——颂扬背后的恐惧。里奇颂扬了女性创造力并表达了对它受到遏制的愤怒。然而，激情退却之际，父权社会关于女性的根深蒂固的观点又让诗人产生了巨大的担忧与恐惧，让她不敢想象释放女性创造力会带来怎样可怕的后果。因此，诗人随后又立即通过男性认同方式回归父权社会框架。

在《神圣的呼唤》(The "Sacred Calling", 1976) 一文中，里奇简要记录了母亲这一角色的历史性转变。19 世纪之前，女性和男性共同承担生产性劳动和抚育子女的责任。但这种"职业母亲"的身份逐渐被"居家母亲"的身份所取代，并最终建立起了全职、专属的母亲身份，而且这一母亲身份是对女性的神圣呼唤。如果女性敢于踏入男性的领域，就像安妮·哈钦森[②] 和其他"女巫"所做的那样，反对男性统治，她们将会受到无情的惩罚。出于这种恐惧，里奇陷入了进退两难的境地：是承认她内心的力量，还是继续维持她中产阶级妻子的身份，任由男性主导的文化逐步销蚀她内心的需求？令人遗憾的是，无论里奇的内在自我多么强大，在社会现实面前这种自我都是无力的。无论是在历史还是在文学中，妇女总是以两个极端的方式呈现：被颂扬的天使和受到诋毁的恶魔。她们被贴上了"女妖""悍妇"或"淫妇"的标签，如同标题诗中提及的包迪西亚，其美貌和称赞之下掩藏着"可怕的思想"，这表明了她对新女性的描述也是以男性眼光为参照标准的。与此同时，里奇意识到，希望成为艺术家的女性面临着"与其自己相联系的问题、语言和风格的问题以及精神和生存的问题"[③]。

由于受到像哈钦森这种原型的困扰，在《快照》后面的诗歌中，里奇变

① Adrienne Rich, "Snapshots of a Daughter-in-Law", in *Poems: Selected and New: 1950-1974*. (New York: W. W. Norton, 1975), p.66.

② 在其论文《肉之手，铁之手》("Hands of Flesh, Hands of Iron") 中，里奇讲述了安妮·哈钦森 (Anne Hutchinson) 的故事。她是个颇有思想的助产士，每个礼拜为妇女讲课，阐释并讨论《圣经》教义。因其行为被清教徒视为"异端"，被贴上女巫的标签，后被处死。

③ Barbara Charlesworth Gelpi and Albert Gelpi, eds, *Adrienne Rich's Poetry: A Norton Critical Edition*, (New York: W. W. Norton, 1975), p.92.

得越来越消极无力。里奇不仅仅警告自己熄灭心中的怒火，还塑造了一系列处于困惑之中的女性形象——既渴望显示自身力量，又缺乏放弃现有身份的勇气。《骑士》中的是非问句表明了里奇对以女性诗人身份创作的结果的不安和担忧。这种不安的情绪在标题诗的第二节中蔓延。儿媳妇不赞同其婆母作为南方美女的成长方式，决定以另一种方式成长，即告别家庭生活而去拥抱艺术创作。然而，这一决定所带来的后果——“天使的斥责”是她所无法承受的。

在《苏醒之后》中，把自己视为“助产士”的女子想象着与其他女性一起踏上一条新的道路。然而，她们的双腿精疲力竭，叙述者甜蜜的幻想逐渐褪去，当“黎明的剪刀剪断空气”[①]时，她也最终被拖回到了现实之中。凯斯也因此把这首诗贬为“一首夭折的诗歌，除了对女性的极端疲劳进行描绘之外没有任何深入之处。”[②] 在《走在屋顶的人》中，里奇将脱离传统文化界定的角色而获得自由的行为与一个无遮无掩的人夜里穿屋顶逃离的行为等同起来，贫穷的主人公不惧怕离开家庭保障的革命精神和一个女性敢于成为诗人的精神也是等同的。但在诗的结尾，这个无遮无掩的人还不如坐在舒服的椅子上，“背靠着奶油色的壁纸 / 情景各异地——并非怀着冷漠的心境——去阅读”。[③] 这里，里奇暗指自身认同的改变：她曾经是一个贫困的、屋顶上的建造者，但后来又成为一个舒适的中产阶级家庭主妇。这种可逆性表明了里奇内心对女性未来何去何从的迷茫，也表明了她关于性别角色的定位仍然深嵌在传统规范中。

作为里奇诗歌历史的里程碑，在《快照》中，诗人首次将女性的命运放置到整个社会制度中进行探讨，指出传统社会制度是女性悲剧历史的根源，公开表明诗人自身的忧虑，探索女性的身份追寻。里奇早期女性主义思想的矛盾性体现在意象、叙述和主旨三个方面：里奇对意象呈现的传统女性形象

---

① Adrienne Rich, “Snapshots of a Daughter-in-Law”, in *Poems: Selected and New: 1950-1974.* (New York: W. W. Norton, 1975), p.58.

② Jane Roberta Cooper, ed, *Reading Adrienne Rich: Reviews and Re-Visions: 1951-81*, (Ann Arbor, MI: U of Michigan P, 1984), p.47.

③ Adrienne Rich, “Snapshots of a Daughter-in-Law”, in *Poems: Selected and New: 1950-1974.* (New York: W. W. Norton, 1975), p.64.

既悲愤又同情，悲愤于女性对摧残她们身体与思想的传统社会制度的默默忍耐，同情于她们甘愿深陷婚姻传统、在两性不平等的社会和家庭关系中逐渐逝去的生命年华；里奇试图让女性发出自己的声音，可诗集中的男性叙述主导倾向却使之受到遏制；里奇在身份追寻过程中对新女性的出现既渴望又不无担忧，渴望的是她们的勇敢斗争，担忧的是她们创造力释放所带来的后果。这些都在一定程度上削弱了女性的话语权，她模棱两可的态度致使其诗歌中所蕴含的女性主义力量大打折扣。毋庸置疑，里奇将诗集命名为《儿媳妇的快照》，似乎意在表明女性身份是通过其与男性的关系获得的。只有通过婚姻她们才能获得合法的地位并得到尊重。“快照”一词暗指儿媳妇是无足轻重的。她们沦落到卑微的工作之中，把她们所有的智性都倾注于丈夫和孩子身上，而在她们不断燃烧自己青春的时候得到的只有无情的责备。这一过渡性的书籍才真正是女性悲惨生活的“快照”。

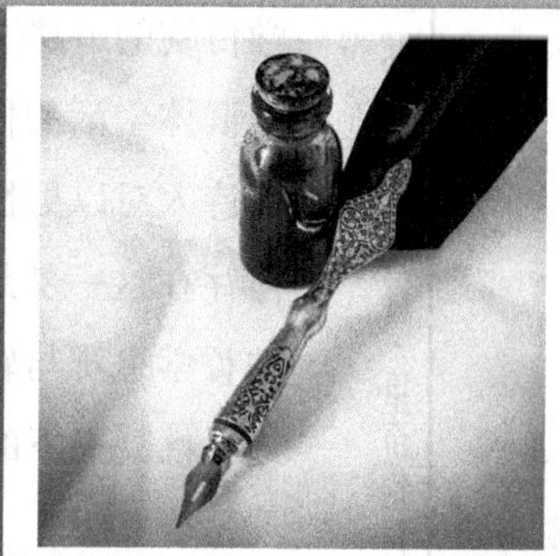

第三章
中期诗歌：女性主义诗学的建构

里奇20世纪70年代的诗歌在女性主义诗学追寻方面臻于成熟，尤其是在建构语言和重塑形象两大方面。《潜入沉船》践行着“作为修正的写作”这一理念，踏上探寻女性的个人、历史与文化身份之旅。《普通语言之梦》解构语言权力体系，追寻以“普通语言”重新命名女性经验的梦想，迈向激进女性主义。《狂野的耐心》则通过消解男性历史这一“前文本”，在解构诗学传统的道路上渐行渐远。这些中期的作品既融入了里奇自己对女性个人乃至群体生活的体验和反思，也倾注了她对政治与历史的思索；既流露了她作为诗人对以男性为主导的社会秩序的不满，又显现出身为女性诗人对女性主体存在这一梦想的追逐；既追问了女性的本源，又关注女性的归处。把厚重的哲学思辨与轻盈微妙的诗句融为一体，并通过建构女性的“写作自我”来为男性凝视下的女性重新命名，建构了女性主义诗学。

第一节 女性主义诗歌的政治与美学[1]

20世纪60到70年代，美国社会各种政治文化运动风起云涌，作家们也开始热衷于政治表达。伴随着女性主义运动的第二次浪潮，女性争取自己权力的行动由公权力的赋权，逐渐演变成具有主动性的、女性本体的自我发声。受此影响，西方女性主义理论与诗歌迅速崛起。作为这一时期最出色的、也最具影响力的诗人和批评家之一，里奇受到时代血液的浸染，其女性主义思想得到更深层次的发展。这个时期诗歌的内容和风格均发生了很大变化，主题不再是早期“父权制藩篱中的妇女”，抑制女性的独立自我身份，或若即若离的女性主义思想，而是坚持更深层次的“女性原则”[2]，甚至趋向

① 本节的部分内容作为国家社科的中期成果已经在《外国文学》2014年第1期上发表，这里做了不少删减和修改。

② Barbara Charlesworth Gelpi and Albert Gelpi, eds, *Adrienne Rich's Poetry: A Norton Critical Edition*, (New York: W. W. Norton, 1993), p.95.

激进女性主义政治[①]。

一、"作为修正的写作"的提出

里奇1971年发表了一篇著名论文《当我们彻底觉醒的时候》，不仅回顾了自己早年的生活轨迹，书写了自身女性主义意识的觉醒过程，也为理解女性创作和经验提供了新的视角。里奇在文中写道：

> 重新审视回望过往，以全新的视角去观察，从新的批判角度切入旧有文本对于女性而言，这不仅仅是文化史上的一个篇章：它更是一种生存的必需。在我们能够洞察那些我们深陷其中的预设之前，我们无法真正认识自己。对女性来说，这种追求自我认知的冲动，远不止于对身份的探寻：它是我们反抗男性主导社会自我毁灭倾向的一部分。[②]

因此，回顾的行为以及以新颖的眼光观看的行为，从文学创作和文学批评方面来看，是一个从全新的批评视角切入旧文本的行为，对女性主义者来说，"这不仅仅是文化史上的一个篇章：它更是一种生存的必需"[③]。在20世纪70年代，"作为修正的写作"理念广为传播，并逐渐发展成一种政治符码和美学观念，影响了里奇同时代的很多女性作家和女性主义理论家。对激进女性主义者而言，女性文学的任务应该是用真实的、原本的妇女特性去替代以男性为主导的社会所界定的女性形象、行为和经验，并选择改革的方式，公开挑战传统语言和文化中根深蒂固的性别歧视，这样的文学便会走向众多的女性。里奇曾公开承认她写诗歌的动力就是揭露那些并非显而易见的事实真相，或者说是去揭示谎言、秘密或者沉默。"对于我来说，这总是一个如何以语言探索未知事件的问题。我写诗不是为了创造理论，而是为了将那些晦

---

① David Kalstone, *Five Temperaments: Elizabeth Bishop, Robert Lowell, James Merrill, Adrienne Rich and John Ashbery*, (New York: Oxford UP, 1977), p.2.

② Barbara Charlesworth Gelpi, and Albert Gelpi, eds, *Adrienne Rich's Poetry and Prose: A Norton Critical Edition*, (New York: W. W. Norton, 1993), pp.167-168.

③ Barbara Charlesworth Gelpi, and Albert Gelpi, eds, *Adrienne Rich's Poetry and Prose: A Norton Critical Edition*, (New York: W. W. Norton, 1993), pp.167-168.

涩难辨和不可言说的事实真相公之于众"[①]。这也是里奇所说的"命名"之意，如学者所言，"诗歌的经典意义在于命名，在于用特殊的言语，破天荒地把新事物、新体验敞露于世人面前。"[②]里奇运用自己的诗性语言或她所用的哲学意义上的"普通语言"，书写女性经验，呈现女性的历史与现实存在。她的思考、观察和写作，像英美文学史上的前驱女作家[③]一样，为广大女性提供了对女性经历的深刻见解。

二、"普通语言"的提出与语言权力体系解构

海德格尔（Martin Heidegger）在《诗、语言、思》中将语言诗意地描述为"存在的家园""人存在的领域""语言凭其给存在物的初次命名，把存在物导向语词和显现"[④]。只有语言才能完成对于存在的认识，"诗歌在语言中产生。"[⑤]批评语言学家费尔克劳（Fairclaugh）指出，写作所赖以进行的语言不仅是意识形态或意义的载体，而且是它们的一部分。意识形态总是参与维持不平等的权力关系，并经常通过语言进行表述，因此，我们必须在语言中寻找权力得以维护的途径。[⑥]既然传统社会制度通过立法或定下规约迫使边缘化女性沉默，通过语言的扼杀力压制她们的存在，那么，激进女性主义反抗这种制度的有效途径莫过于通过语言。

女性主义诗歌创作既是（女性）身体的，也是（女性）语言的。对于女性创作而言，女性存在意义的实现依赖于创作上语言意义的实现。然而，在漫长的文学文化史中，作为意识形态能指的语言在男性主导体系的长期掌控下处处显示其制度的烙印。绝大多数的女性不仅没有写作的自由，更没有自己的话语，始终处于被噤声的窘境。一些不愿缄默的女作家难以消隐自己的

① Adrienne Rich, *Arts of the Possible*, (New York: W. W. Norton, 2001), p.141.

② 殷企平：《经典即"摆渡"：当代西方诗歌的精神渊源》，载《外国文学研究》，2012 年第 4 期，第 9 页。

③ 里奇在她的作品中经常提及的女作家，尤其是那些有着非传统女性经历的作家包括：夏洛蒂·勃朗特、玛格丽特·富勒、乔治·艾略特、艾米莉·勃朗特、艾米莉·狄金森、克里斯蒂娜·罗塞蒂、弗吉尼亚·伍尔夫、西蒙娜·德·波伏娃等。

④ 马丁·海德格尔：《诗·语言·思》，彭富春译，北京：文化艺术出版社，1991 年，第 4 页。

⑤ 马丁·海德格尔：《诗·语言·思》，彭富春译，北京：文化艺术出版社，1991 年，第 69 页。

⑥ Norman Fairclough, *Language and Power*, (London: Longman, 1989), pp.2-3.

声音，在男性的话语空间活动，依照传统社会机制的语言文化规范去言说，而男性话语不可避免地充满了对女性的偏见与否定，女性的本体存在始终处于遮蔽状态，如西苏（Hélène Cixous）所言，“语言包藏着不可战胜的敌人……那是男人和他们的文法的语言。”①语言施展着它的法则，为了赢得话语权，女性主义者号召女性要冲破男权语言的牢笼：“我们决不能再留给他们一块仅属于他们而不属于我们的地盘了……炸毁它、扭转它、抓住它、变它为己有……从而为她自己创造出一种嵌进去的语言。”②这种语言自觉标志着女性诗学的发展，指向女性自觉的、主动的话语意识。女作家能够清醒地意识到写作的话语意义，在作品中明确表达自己的话语欲求，并将话语的生产与自身的生活和生命体验融为一体，这就建构了以女性话语模式为主的、具有女性特质的女性诗学。

作为西苏同时期的女性主义作家，里奇有着相似的观点，她参与了西方女性主义诗学的建构，她曾经在《女像柱：两个专栏》（“Caryatid: Two Columns”, 1973）中说明了原因：

当我们为女性写作时，我们想象读者需要我们的语言——他们需要我们的勇气、愤怒、勇敢、积极的力量，而不是害怕或厌恶他们。我们为自己和彼此写作……我们的想象中包含着一种不断扩大的意识……这正是一种文化激荡，而变革的艺术正是从这种文化激荡中成长起来的。③

她还在《家里的维苏威火山：艾米莉·狄金森的力量》（“Vesuvius at Home: The Power of Emily Dickinson”, 1975）中探讨了诗歌语言、诗歌与诗人之间的关系：

书面上的诗歌语言将整个世界、自我以及自我内在力量的诗歌具体化

---

① 埃莱娜·西苏：《美杜莎的笑声》，载张京媛主编《当代女性主义文学批评》，北京：北京大学出版社，1992 年，第 202 页。

② 埃莱娜·西苏：《美杜莎的笑声》，载张京媛主编《当代女性主义文学批评》，北京：北京大学出版社，1992 年，第 202 页。

③ Adrienne Rich. *On Lies, Secrets, and Silence,* (New York: W. W. Norton, 1979), p.108.

了；那些力量被从无形中解救出来，变得清晰明了，并与写诗的行为融为一体。但是，对于诗人这一职业还有一种更为古老的解读，因其与生俱来的天资，她理应为那些毫无语言天赋的人们发声，抑或是帮那些无论出于何种原因对自己所经历之事毫无感知的人认清现实。①

在很长一段时间里，里奇试图通过诗歌语言描述她所生活的社会，让公众的痛苦记忆和弱势话语通过诗歌发出声音，引导公众去关注那些正在被遗忘的威胁或被忽视的意象。但是，令她失望的是，在美国这个政治诗歌常常遭到鄙视和轻蔑的国家，就算在艺术领域内，诗歌也是最没质量、最没商业价值的国家产品。就此而言，诗歌艺术和那些处于沉默和黑暗领域之中的弱者一样，都位于主流的边缘，被搁置于一边、被轻视、被剥夺了公共空间。里奇认为，诗歌无处不在，它不是阳春白雪；不管阶层、贫富，每个人都有资格享受诗歌，这也是诗歌的吸引力所在。正是诗歌将这些人聚集起来，缩短彼此的距离；因此，里奇呼吁社会留给诗歌一席空间，并以诗歌这一边缘艺术话语为工具，代言边缘政治，反抗侵害女性等弱势群体的各种暴力行为。

里奇把诗歌看作对反映在语言里的现存知识和政治权力结构的直接挑战，致力于使用“普通语言”来对语言中的权力体系进行解构。

“普通的”（“Common”）一词，在文学和批评领域追根溯源，来自伍尔夫的《普通读者》（Common Reader），其中伍尔夫借用她所嘲讽的塞缪尔·约翰生对“普通读者”的界定——“未受文学偏见污损的”评定者。不同于批评者和学者，普通读者虽然在教养、才能方面微不足道，但“在诗歌荣誉的最终分配方面，普通读者有一定的发言权”②。里奇也把自己的诗歌读者定位为普通读者：“不要对排他性的、受过教育的、高级的读者/听众讲话，而要对那些有共同的关切、愿望和抱负的人讲话，这些读者/听众被排除在传统男性中心制度传统之外，传统社会制度是男性读者和男性作家的世

① Adrienne Rich. *On Lies, Secrets, and Silence*, (New York: W. W. Norton, 1979), p.181.

② 弗吉尼亚·伍尔夫：《伍尔夫散文》，刘炳善编，北京：中国广播影视出版社，1999年，第3—4页。

系，他们在西方文学中占主导地位。”[①]显然，里奇心目中的读者便是普通女性了，她与伍尔夫怀着相同的写作愿望：“里奇的目标是越过那些已经意识到自己处境的‘杰出’女性、那些有能力表达自己抱负的女性以及有教养的意识阶层，抵达那些被剥夺机会的女性。正是她的读者 / 听众意识和政治意识决定了她诗歌创作方法的发展。”[②]

里奇同时代的诗人格瑞恩（Judy Grahn）认为，“普通的”是女性群体经常使用的一个词，她做出如此界定：

“普通的”一词指的是被共享的东西；无论它多么不完整，因为生活就是不完整的，无论它多么不完美——生活本质上是不理想的——但它真实存在着，此时此地，以它的特质……“普通”意味着很多中心、很多重叠的岛屿，他们各自维系着自己的中心，但每一个因为与社会发生关系而都至关重要。[③]

里奇也在《力量和危险：一位普通妇女的作品》（“Power and Danger: Works of a Common Woman”, 1977）中也对“普通妇女”做出具体的界定：

“普通妇女”远远不只是一个阶级的描述。妇女之间或对妇女而言，“普通”指的是压迫与力量、伤害与美丽的交织，很简单，这就是妇女身上最普通的东西，这些东西将会“升起”——按照这个词不折不扣的意义——精神上和行动上……“普通妇女”实际上是数以百万计的妇女的非凡求生意志的化身所在，一种生命力……。只有当我们无论何时何地都可以彼此依靠这种力量，都绝对清楚它在那里等待我们，让我们停止放弃“我们的所爱”以及被她们放弃。[④]

---

① Jane Roberta Cooper, ed, *Reading Adrienne Rich: Review and Re-Visions, 1951-81*, (Ann Arbor, MI: U of Michigan P, 1984), p.92.

② Jane Roberta Cooper, ed, *Reading Adrienne Rich: Review and Re-Visions, 1951-81*, (Ann Arbor, MI: U of Michigan P, 1984), p.92.

③ Judy Grahn, *The Highest Apple: Sappho and the Lesbian Poetic Tradition*, (San Francisco, CA: Spinsters, Ink, 1985), p.74.

④ Adrienne Rich, *On Lies, Secrets, and Silence,* (New York: W. W. Norton, 1979), pp.255-256.

回到诗歌上来，为了满足这些普通读者的需要，诗人们要使用哲学意义上的“普通语言”来创造诗歌。随着格瑞恩的《普通妇女的作品》（*The Work of a Common Woman*, 1978）的问世，各种各样的女性经验都被放置在普通语言的理论框架下。受格瑞恩的影响，对失语的恐惧与焦虑、对语言的反思深深地刻印在里奇的诗学思考之中。里奇在1991年接受蒙特内哥罗（David Montenegro）的采访，被问及使用语言的方式时，她回答说她写出如此之多的作品，一直碰到的问题就是处理她认为是“僵死的语言，压迫者的语言”，那些无用的语言，她需要找到一种新的语言，一种普通语言：

但我开始更多地思考和谈论与语言和诗歌有关的东西——也就是音乐，声音的振动。我认为，那种语调，那种音质，是一种非常个人化的东西，来自于自己，然后与我们接触过的、我们从中而来的很多传统、很多历史相结合。……诗歌与语言之间有着不可分割的关系，而语言对于诗人来说几乎是身体上的和感官上的东西。①

里奇注重用独创性的语言来修正历史上一直被非议或歪曲描写的各种女性经验。她认为，女性一直禁闭在男性中心的传统社会的界限内，她往往会说谎，因此，里奇在诗歌中拒绝说谎，她建议女诗人应该释放自我，诉诸于自身创造独特语言的能力来僭越男性语言结构。她认为女性主义诗歌的独创性语言表现在从男性话语中解脱出来，大胆表达各种女性关系中的真实情感，脱离一直笼罩这种关系的“沉默和谎言”，正如她在《女人和荣誉：关于说谎的札记》中说的：“如果一个女人说的是真相，那么她就在创造更多真相产生的可能性。”②女性主义诗歌语言的普通之处能够真实再现女性普通经验。

可见，里奇把诗歌看作对反映在语言里的现存权力结构的直接挑战，“普通语言”僭越了既定的语言规范，用于大胆、真实描写女性的个人或共同经验和感受，表达普通的女性梦想。通过使用赖以重新命名女性经验的“普通

---

① Barbara Charlesworth Gelpi and Albert Gelpi. *Adrienne Rich's Poetry and Prose: A Norton Critical Edition*, (New York: W. W. Norton, 1993), pp.258-271.

② Adrienne Rich, *On Lies, Secrets, and Silence,* (New York: W. W. Norton, 1979), p.191.

语言”，里奇传达着“一个所有妇女的梦想，一个所有妇女可以团结起来，增强自身力量并对社会具有启示意义的梦想”[①]。而正是凭借其女性主义诗歌，里奇努力地践行这一梦想。

（三）女性主义政治与美学的融合策略

伊格尔顿在《审美意识形态》中说道，“诗歌是一种可以被不断完善的、被感知的话语形式……美学产生于这样的认识——知觉和经验的世界并非简单地来自抽象法则，而是要求有它自己适当的话语，并展现自己内在的逻辑。”[②]里奇的女性主义诗歌创作便是如此，一方面越来越明显地呈现政治主题，把“个体自我不断地从属于她的政治意识工作”[③]。她将性别和身份这些研究问题纳入诗歌创作，由抽象走向具体，由面向女性自我到面向女性群体，由私人扩展到公众，全方位思考女性在历史和现实中的存在，表露出对传统社会制度的不满以及对女性未来变化的构想。与此同时，并非像有些批评家所责备的，里奇“为了关注政治而牺牲了美学的完整性”[④]，相反的是，里奇将美学因素作为其诗歌创作的一个重要组成部分，如前两节所言，里奇提出“作为修正的写作”理念和“普通语言”概念，将它们作为其诗歌创作的政治宗旨和赖以命名的语言。通过它们，里奇不断僭越传统诗歌在内容、语言和形式方面的性别权威——对女性话语的钳制，将重构女性身份和表达女性话语欲求置于诗歌的前景，着力建构女性的自我、社会和文化身份认同，书写身为女性的诗人对女性存在的思考，同时也实现了诗歌的审美特性。

里奇成熟的女性主义诗集主要完成于20世纪70年代和80年代，包括《潜入沉船》《普通语言之梦》和《狂野的耐心》等。在这些诗集中，里奇致力于建构、实践并完善自己的女性主义诗学主张。她将各种女性经验书写和身份建构作为诗歌的核心内容。里奇将各种女性弱势群体的话语纳入诗歌

① Judy Grahn, *The Highest Apple: Sappho and the Lesbian Poetic Tradition*, (San Francisco, CA: Spinsters, Ink, 1985), p.73.

② Terry Eagleton, *The Ideology of Aesthetics*, (Oxford: Blackwell Publishing, 1990), p.16.

③ Terry Eagleton, *The Ideology of Aesthetics*, (Oxford: Blackwell Publishing, 1990), p.2.

④ 罗伯特·冯·霍尔伯格：《诗歌、政治和知识分子》，载萨克文·伯科维奇编，杨仁敬译《剑桥美国文学史》（第八卷），北京：中央编译出版社，2008年，第244页。

的创作，书写了她们与主流文化冲突和撞击的经历，呈现她们被湮没的声音与边缘化的存在。通过这些僭越性诗歌，一方面，里奇质疑了当代美国社会关于性别身份的主流认知，强调了女性身份的多样化认同；另一方面，里奇的女性主义诗歌做到了内容与形式的高度统一，形成了政治与审美的强力融合。面对历史与现实中根深蒂固的性别问题，里奇凭借自己的诗歌主题和艺术表现形式表明了立场。她的作品的政治实质是一个当代美国女性主义者的话语，体现了她作为一个女作家对女性的独立身份与共同梦想的关注，做到了“诗人的女性身份与其艺术”[①]的融合。

第二节
《潜入沉船》：“沉船”的隐喻和存在的梦想[②]

《潜入沉船》[③]是里奇的第七部诗集，是其20世纪70年代的重要作品之一，也是其最好的诗集之一，被当作其女性主义的成熟之作、女性主义诗学追寻的标志性作品，她凭该诗集与金斯堡分享1974年的全国图书奖。它包括四个部分，总共25首诗歌。第一部分由11首诗歌组成，其中包括名为《潜入沉船》的标题诗。第二部分只有一首包含11节的长诗《愤怒的现象学》（“The Phenomenology of Anger”, 1972），是里奇研究的重点篇目。诗集的后两部分分别包括12首短诗和1首长诗。

学界普遍认为，《沉船》是里奇公开直言女性权力的开山之作，展现了女性的愤怒和刚毅。一经出版，便吸引了西方众多批评家的注意力。他们从不同的视角，包括里奇所在的社会历史环境、她个人零星琐碎的故事，以及

① Nina Baym. ed. *The Norton Anthology of American Literature*, (New York: W. W. Norton, 2003), p.2759.

② 本节的部分内容已经在《世界文学评论》2012年第2辑发表，这里做了大量内容补充与修改。

③ 本节中简称《沉船》。

时而明朗时而模糊的创作轨迹等方面来阐述该诗集的政治维度和美学价值。本节以该诗集，尤其是其标题诗这一长篇叙事诗为研究案例，从女性主义诗学核心的政治主张、“沉船”的隐喻和存在之梦想建构的哲学诠释以及作为女性重新命名的“写作自我”三个方面论述诗集所体现的里奇对女性文学和文化遗产的打捞和对女性主义诗学的追寻。

一、作为女性主义诗学核心的政治诉求与形式审美

里奇的女性主义诗学是一种传达了女性主义政治思想的诗歌理念。它在语言形式上达到了较高的诗歌境界，在主题内容上呼吁社会公正和平等。它无疑是政治穿透力和诗歌艺术的结合体。当里奇把自己的诗歌锻造成政治的利剑之时，诗歌中政治与艺术的角力便使其诗歌的张力得以呈现。里奇的女性主义诗学并不是一成不变的，而是随着其诗歌创作历程的延伸与拓展而不断得以丰富和发展的。本节以《沉船》为例，探寻它揭示的政治内容，探究其独特的语言和叙述方式，并寻找这二者在建构女性主义诗学思想的过程中的联系和互动。

（一）女性主义的政治诉求

政治诉求是里奇诗歌的主旨。20 世纪 70 年代，当妇女解放运动在波澜壮阔的历史图景中留下浓墨重彩的印记之时，身为女性主义者的里奇刚刚挣脱了婚姻和家庭的牵绊。对于一位诗人，尤其是一位擅长观察、精于选材和勤于思考的女诗人而言，那些变幻莫测的历史事件，零星琐碎的家庭事务以及她本人对各种事物的或深或浅的记忆与思索，很自然地成为她诗歌创作的素材，由此成就了她创作历程中的重磅之作《沉船》。作为里奇这一时期的代表作，《沉船》呈现了女性在社会历史环境中的进退与得失，诠释了女性对自我身份与价值的反思与追寻，也表达了诗人自身对女性权力、身份和话语的强烈欲求。

其一，女性的安身立命之本。虽然女性主义理论各有侧重，但是，女性主义理论几乎都承认一个相似的前提。那就是，“妇女在社会文化中遭遇了

结构性的不平等"[①]。不管女性作家本人是不是女性主义者，要书写女性生存与发展的现实图景，她们是当之无愧的主笔人。里奇从早年萌发女性主义意识，到后来批评男性中心主义，再到与处于阶级、种族和性别边缘的群体联合起来共同为争取自己作为人的生存与发展权利而斗争，这一路上，她始终坚信，女性应该主动地介入文学、政治和其他领域，为自己找寻一片可以安身立命，实现自我的天地。

20世纪60年代末和70年代初，妇女解放运动吹响了号角，女性主义批评开始关注对男性文化的研究，开启了以颂扬女性为主的女性美学。在女性美学和思考倾向的文化气氛之下，里奇的诗歌更多的是涉及政治，号召女性从新的视角反思过去，阅读过去的作品，通过过去来找寻自我，并以此来"拒绝在男性统治的社会里自我毁灭"[②]，围绕着女性主义对文学作品进行解读，以对文学做激进的批评，发现女性过往和当下的生活、她们对自己的想象以及运用语言来获得重新命名的特权。寻求自我的女性，要看到的不仅仅是压制女性的男性及其背后牢固的社会制度，还应看到自身对自我的无视，甚至自身与社会制度共谋对女性的压制，成为无意识的同谋者和男权的拜谒者。毕竟，许多男性和女性"依然把女性视为依附于男性的弱者，用福柯的术语说，权力的规训手段更加精密隐蔽，而权力体系的本质并未改变。"[③]

在《沉船》这一诗集中，里奇融入了自己对女性个人生活的体验和反思，也倾注了对有关政治与历史的思索。诗集既流露了诗人对以男性为主导的社会秩序的不满，又显现出身为女性的诗人对主体存在这一梦想的追逐。她期待着女性在文学、政治等多领域中的积极介入。那么，里奇在《潜入沉船》这一标题诗中对女性主体及其存在的强调，正是其以艺术的方式，呼吁女性正视自我。里奇决定要从神话深处找出"残骸"，即"潜入沉船"之旅。有研究者认为《潜入沉船》的核心是双性同体思想：作为"黑发如流的美人鱼"和"满身盔甲的雄人鱼"，尤其这段诗句中有双性同体的意味：

---

① 唐荷：《女性主义文学理论》，台北：扬智文化事业股份有限公司，2003年，第24页。
② 张京媛：《当代女性主义文学批评》，北京：北京大学出版社，1992年，第124页。
③ 戴从容：《女性主义向何处去——从〈西方女性主义文论研究〉看中国女性主义的走向》，载《妇女研究论丛》，2004年第2期，第80页。

我们悄无声息地
环绕沉船移动
我们潜入船舱。
我是她：我是他[①]

这里常常被解读为诗人使用了“双性同体”的概念，但是，这种无性别或雌雄同体的乌托邦理想很快就被她抛开了，诗人无法摆脱的是自己的女性身份，诗人、母亲和妻子的三重身份之间有直接的冲突。对她而言，女性不仅仅是生理上的标签，还是一层政治身份。当诗人用“神话书里面／没有我们的名字”[②]来结束全诗，似乎是在暗示读者，诗人不仅仅是代表独立的个体要寻找主体身份，也代表着其他同样想要探索真相的人们。诗歌的最后，“我”、美人鱼和沉船因为某种共通点联系在了一起，他们都与被湮没的女性文化遗产相关，都与打捞和重构相关。从出发之前，“我”便明白自己在书写历史的战役中是以不存在的方式存在着，以不在场的方式在场，必须沉默地绕着沉船转圈，以静默的方式发出自己的呐喊。从最初带上神话书，到探寻沉船之后，坦然地将自己与这本书之间的关系以“无名”来表征，“她勇于隐名埋姓，而不带有男性的鲁莽；她能够溶于无名之中而不消灭自己；因为她是一位奉献者。”[③]敢于“无名”意味着无畏。身处令女性感到失重的无边的海洋深渊中，“我”还是找到了沉船，由此劝诫身处现实、似乎误入人世的女性：要从现实中抽离，以臻超越，因为“要避免误入歧途，就要超越。超越什么，人生中的凄迷和狂妄。由于人进入世界浮生就是迷路，唯有超越能引领人的奉献。”[④]

其二，由私人领域到公共领域的拓展。如同《沉船》的扉页上所引的英国维多利亚时代女作家乔治·艾略特（George Eliot）的话，“大凡私人生活，

① Adrienne Rich, *Diving into the Wreck,* (New York: W. W. Norton, 1973), p.31.
② Adrienne Rich, *Diving into the Wreck*, (New York: W. W. Norton, 1973), p.32.
③ 张京媛：《当代女性主义文学批评》，北京：北京大学出版社，1992 年，第 204 页。
④ 刘小枫：《这一代人的怕和爱》，北京：华夏出版社，2007 年，第 8 页。

无不受到更为广阔的公众生活的决定。”[①] 里奇提倡通过将女性从私人领域带入公共社会生活这一途径来赋予女性存在的意义，以改写女性位置的努力来重新定义女性与世界的关系，从而推动整个世界的变革。在《沉船》中，里奇努力去平衡女性对情感的需求和对政治权力的诉求。学界曾对这部诗集的整体效果和女诗人立场的转变进行过探讨，称里奇的政治视野为“不妥协的女性主义”[②]。女诗人能够直面女性的生存问题，而直面的方式体现在诗歌所容纳的一种平衡，这种平衡包括对情感意识的需求和对自我实现的渴望。诗人平衡了各种主题，将它们盘根错节地重叠在一起：历史、社会、家庭、女性、两性、自我、他人、责任和情感等等。当女性走出索然无味的家庭生活，走出传统社会制度的定位，走向她们长年累月被他者化的公共空间，每一步都意味着原有位置或是身份的丧失，而这种丧失则意味着女性不得不面对各种原有关系的破裂。

诚然，里奇由私人领域到公共领域的拓展并不仅仅局限于女性主义的议题。其政治视野通达形形色色的受到压迫和奴役、亟待获得权力的边缘群体。从以《沉船》为主的70年代的作品中可以看到，里奇逐渐超越了白人主流女性主义的视域，以一个更为宽阔的视野和更为进取的态度去参与其他各种各样女性主义的书写，影响和推动性别政治的变革。

其三，将诗歌政治化的努力。表面上看，《沉船》是围绕前文提及的多元化主题而展开，但实际上，这些主题不过是里奇用来表明其对各种公共议题的关注，并以诗歌的方式，由对个体经历的书写参与到公共话语的建构当中，由个人的抵达政治的，以诗歌的名义参与到影响甚至是推动世界变革的进程当中。例如，诗集第三部分的诗歌《转变》（“Translation”, 1972）描述了一名女诗人的诗歌创作和日常生活，里奇在诗歌中将这两者融为一体：

你向我展示某位女人的诗
与我年纪相仿，或者更年轻

① Adrienne Rich, *Diving into the Wreck*, (New York: W. W. Norton, 1973), p.2.
② Craig Werner, *Adrienne Rich: The Poet and Her Critic*, (Chicago: American Library Association, 1988), p.9.

译自你的语言

几个词会出现：敌人，烤箱，悲伤
足以让我知道
她是一个与我同时代的女人

痴迷于
爱，我们的主题：
我们修剪它如同修剪墙壁上的常春藤
烘焙它如同烘焙烤箱中的面包
佩戴它如同佩戴脚踝上的脚链①

诗歌中的女诗人叙述者一方面渴望个人的创作欲求通过自己的诗歌传达给其他女性，成为女性群体的权力诉求，另一方面又非常担心其他女性因为权力差异会成为她的仇敌：

透过双筒望远镜观看它
仿佛它是一架直升机
给饥荒中的我们
运来食物
又好似一颗卫星
来自敌对的力量②

然而，她很快地就意识到，成为其敌人的女性“也将在她自己的时代/照亮自己通往悲伤的道路。”③这可以在里奇的1979年演讲稿《作为女性需要了解什么？》中得到佐证：“事实上，激进女性主义致力于人类关系和社会结

① Adrienne Rich, *Diving into the Wreck,* (New York: W. W. Norton, 1973), p.40.
② Adrienne Rich, *Diving into the Wreck,* (New York: W. W. Norton, 1973), p.40.
③ Adrienne Rich, *Diving into the Wreck,* (New York: W. W. Norton, 1973), p.41.

构的转变，在这种转变中，权力不再积聚在少数人手中，而是让予大多数人并从中释放出更多权力，并以知识、技能、决策和工具使用，以及食物、住房、医疗保健和专业知识等基本形式共享。”①里奇在诗歌的末尾写道：“无知于这种忧伤 / 是共有的，无谓的 / 也是政治的。”②

其实，20 世纪 60 至 70 年代的美国诗人，都有意无意地在为自己的诗歌创作调整方向，使个人经历带上社会的含义，把自己的思想意识与社会思想意识相关联。里奇便是其中一员，她把诗歌看作国家话语中必不可少的一部分，并认为政治诗歌应该受到美国社会的推崇。当个人化的体验和富有意识形态的诗歌相互交织时，读者已经无法简单地去阅读和欣赏里奇的作品，而更需要上升到历史、政治与社会的层面。

（二）女性主义诗歌的形式审美

里奇的诗歌语言艺术与政治主题相辅相成，并为政治服务。70 年代的里奇在诗歌艺术上完全脱离了新批评和形式主义的模式，力图摆脱现代男性诗歌传统的影响，如同她《沉船》的扉页上写有源自布勒东（André Breton）③的引文：“或许我的生命也不过是这样的一个形象，或许我注定要在进行探索的幻想中追溯我的脚步，注定要去尝试、去学习我已经忘却的一部分东西。”④她要通过诗歌艺术，重构被遮掩的女性自我身份和价值。与此引文呼应，里奇在该诗集的第三部分开篇引用了科恩（Leonard Cohen）⑤《电线上的鸟》（“Bird on the Wire”）中的诗句：

我看见一个乞丐拄着他的拐杖，
他对我说：你为什么要这么多？

---

① Sandra M. Gilbert, ed. *Culture, Politics, and the Art of Poetry: Essential Essays by Adrienne Rich*, (New York: W. W. Norton, 2018), p.152.

② Adrienne Rich, *Diving into the Wreck*, (New York: W. W. Norton, 1973), p.41.

③ 安德烈·布勒东（André Breton, 1896—1966），法国诗人和评论家，超现实主义创始人之一。他和其他超现实主义者追求自由想象，摆脱传统美学的束缚，将梦幻和冲动引入日常生活，以创造一种新的现实。

④ Adrienne Rich, *Diving into the Wreck*, (New York: W. W. Norton, 1973), p.2.

⑤ 莱昂纳德·科恩（1934—），加拿大游吟诗人。在美国 60、70 年代著名的民谣歌手朱迪·柯林斯（Judy Collins）的帮助下，将他的诗作配上简单的和弦，开始游吟生涯。以一颗敏感而细腻的诗人之心使民谣的情感表达和对生命细微处的沉思发挥到极致。

我看见一个女人倚靠着门，

她说：为何不，为何不，为何不再要一些？①

其一，诗歌语言与政治主张之间的互动。诗歌是以语言为载体的，而诗歌语言可以成为政治主张的载体，成为诗人诗歌实践的利器。如果说《潜入沉船》的标题传达了一个具有一定象征性的动态过程，那么诗集第二部分《愤怒的现象学》的标题则在一定程度上具有些许政治与哲学的意蕴。两个标题都意味深长。迪亚兹（Myriam Diaz-Diocaretz）在《语言的变革力量：艾德里安娜·里奇的诗歌》中从《愤怒的现象学》一诗中抽离出了女性对男性中心话语的愤怒：

我痛恨你。

我痛恨你戴的面具，你的眼睛

假装他们所没有的

深沉，吸引着我

进入到你头颅的洞穴中

骨骼的风景

我痛恨你的语言

他们让我想到

虚假的革命传单

他们在战场上兜售的

易碎的仿羊皮纸文稿。②

该诗一方面展示了一个女子的愤怒，另一方面呈现了她在有意识的反抗过程中逐步理解自身心灵和精神的过程。里奇试图通过变革男性语言并利用女性独有的语言来摆脱语言传统的束缚，为女性生存与发展争取更多的可能

① Adrienne Rich, *Diving into the Wreck,* (New York: W. W. Norton, 1973), p.34.
② Adrienne Rich, *Diving into the Wreck*, (New York: W. W. Norton, 1973), p.29.

性。[①] 对男性主导的世界及其钳制的语言，女性充满了不信任。诗歌中说话者经历了人称代词上的转变，比如，在上面的诗句中，“你”和“他们”指向男性主导的世界，与被认同为女性的“我”相对。诗人试图去摆脱权威语言的桎梏和诗歌传统的语言束缚，不断地将自己的诗歌话语延伸至各种语境之中，以扩大其女性言说者的种种可能性。

由此，里奇通过使用诗歌语言策略，表明了自己反对传统男性中心社会的立场，以期发出女性自己的声音。虽然里奇在后来提出了“普通语言”的概念，但是在《沉船》里，我们已经看到诗人为了从诗歌语言上剥离男性话语所做的努力，其诗歌语言及这种努力本身都赋予她的诗歌以鲜明的政治意蕴。

其二，诗歌的“自白”叙述声音。里奇的天赋在于诗歌艺术的转变，如同杰克曼（Rob Jackman）在《蹩脚的英语：对当代英文诗歌的研究》(*Broken English/Breaking English: A Study of Contemporary Poetries in English*）中所评论，“当一个女性代替男性成为主角的时候，这个叙述的声音就是里奇自己，而不是其他人，是里奇自己推动着诗歌艺术走向了一条未知的道路。”[②]。在这种叙事中，叙述者相当于作者，受述者则相当于读者或者历史中的对应者。而诗集里的男性通常是作为受述者而存在的，比如在《开端》(“Incipience”, 1971）中：

有个男人在隔壁房间睡觉
我们是他的梦
我们有女人的头和胸
被掠食的鸟的身体
有时候变成银色的毒蛇
当我们熬夜，抽烟，谈论如何生活

① Myriam Diaz-Diocaretz, *Transforming Power of Language: the Poetry of Adrienne Rich*, (Utrecht: H.E.S Publishers, 1984), pp.17-19.

② Rob Jackman, *Broken English/Breaking English: A Study of Contemporary Poetries in English*, (Teaneck: Fairleigh Dickinson UP, 2003), p.94.

他辗转反侧，咕咕哝哝抱怨[1]

与传统的以男性为主导的叙述模式相比，里奇在《潜入沉船》中把男性作为受述者，而且这里还没有点明“在隔壁房间睡觉”的男人的身份。诗人在对传统的叙述模式发出挑战的同时，也在以诗歌语言去颠覆男性中心主义。在《开端》的第一部分，叙述者“醒着躺在/斑痕累累的灰屋顶下”，除了家务无事可做，能打破这一困境的方法只有拿起笔“写下我的生活/一分一时，一字一句”[2]，在想象中创造这首女性主义的诗歌。在这一点上，“自白”叙说也是里奇中期诗歌叙事的一大特色。《沉船》中的很多诗篇以自白叙说的方式书写了身为女性的诗人对女性生活和事业各个领域的体验和反思，融入了自己对政治与历史的思考，一个典型的例子来自于《愤怒的现象学》：

我所感到的唯一真实的爱
是对儿童和其他女人的。
其他的一切都是肉欲，怜悯，
自我憎恨，怜悯，肉欲。
这是一个女人的自白。[3]

诗歌内容虽然偏激，带有某种乌托邦的色彩，但其叙述方式却革命性地将男性置于缺场的地位，消解了既定文化体系中的男性中心主义，颠覆了传统的性别分类，试图恢复历史和现实中被否定、“被沉默”的各种女性存在，最终重新命名女性经验，伊格尔顿的解读是准确而深刻的，她认为里奇在其作品中驾驭了“各种模式，包括抒情的、沉思的和乌托邦的——也注入了失落、渴望、愤怒和决心”[4]。里奇对女性历史与当下的重新“命名”，产生的是

① Adrienne Rich, *Diving into the Wreck*, (New York: W. W. Norton, 1973), pp.11-12.
② Adrienne Rich, *Diving into the Wreck*, (New York: W. W. Norton, 1973), p.11.
③ Adrienne Rich, *Diving into the Wreck*, (New York: W. W. Norton, 1973), p.30.
④ Mary Eagleton, “Adrienne rich, Location and the Body.” in *Journal of Gender Studies*. Vol. 9, No. 3, (Abingdon, Oxfordshire: Routledge Journals, 2000), p.311.

一种艰辛的、疼痛的愉悦。

二、“沉船”隐喻的存在哲学诠释

诗人可以是哲人，诗歌也可以是哲学思辨。在《潜入沉船》中，里奇将其哲学思维融入其中，以隐喻和独特的叙述形式呈现出诗人形而上的思考，尤其是对女性存在根基的思考。

（一）“沉船”和其他隐喻

钱钟书论述诗歌的内在隐喻特性时说道：“诗也者，有象之言，依象以成言；舍象忘言，是无诗矣。变象易言，是别为一诗甚且无诗矣。”[①] 韦勒克和沃伦也论及意象与隐喻的相似性：“意象可以作为一种‘描述’存在，或者也可作为一种隐喻存在。”[②] 隐喻或意象是一种重要的文化和文学现象，具有广泛的渗透性和复杂的内涵。在诗歌中，隐喻或意象更多指向暗示意义，与诗人的感知、体验、想象、理解和谈论此类事物的心理、行为和文化行为相关。隐喻应用得当，不仅可以增强诗歌的情感表现力，而且能化抽象为具体，从而达致“言在此而意在彼”的文学审美效果。

“沉船”是女性自我、个体的隐喻。“沉船”虽然只出现在标题诗中，但它又作为中心隐喻贯穿全书，其他隐喻也在传递里奇的女性主义思想方面发挥了重要的作用。《潜入沉船》中的很多诗篇都书写了身为女性的诗人对女性生活和事业各个领域的体验和反思，融入了自己对政治与历史的思考，以及对女性身份的追寻。以标题诗《潜入沉船》为例，本诗共 10 小节、94 行，它的开篇就描述了“我”独自探索海底沉船的行动：

首先读完各种神话书，
安装相机，
检查刀刃，
我穿上

① 钱钟书：《管锥编》（第一册），北京：中华书局，1979 年，第 12 页。
② 勒内·韦勒克、奥斯汀·沃伦：《文学理论》，刘象愚等译，北京：三联书店，1984 年，第 203 页。

黑橡胶的盔甲，
可笑的脚蹼
黯淡又笨拙的面罩。
我不得不这样
不像克斯托
有他勤勉的队伍
登上洒满阳光的帆船
而是独自一人。①

第一到第二节，“我”独自探索海底“沉船”；第三到第四节，“我”由浅入深缓慢地潜入海底，在潜水过程中，逐步意识到独立学习的重要性。第五到第七节，“我”开始思索此次潜水的意义，即为沉船本身而来。第八到第十节里，“我”终于找到沉船并潜入底舱，发现里面留有渐腐的货物、设备等，而后以“神话书里面／没有我们的名字”结束。该诗从标题开始，便留下诸多疑问，比如，“沉船”所指为何？“我”为何要寻找“沉船”？“词语”为何既是“我”的目的，又是“我的”地图？“词语”与“沉船”之间又有着怎样的关联？

“沉船”的字面意思不过是因沉入水底而遭到损坏的船而已，而隐含意义则远远超越于此。斯基普（Francis Skipp）认为，里奇运用“沉船”隐喻，主要在于唤起读者对女性主义问题的意识。她将婚姻中缺失自我的女性比作大海深处的“沉船”，寻找沉船就是唤醒自我：“她潜入海底找到遇难的船只的过程就是寻找自我的过程”②，并将遇难船看作是女性自身的残骸；“女性必须在男性主宰的领域中找到她们的出路”③。同样，坦普尔顿（Alice Templeton）提出，该诗关乎女性的重生，尽管里奇未能就新女性进行界定，诗歌还是涉及女性对自我的追求，因其设置了一个场景，“把现代文明废墟

① Adrienne Rich, *Diving into the Wreck*, (New York: W. W. Norton, 1973), p.22.
② 美国国务院编，《美国文学概况》，杨俊峰，王宗文，姜楠译，沈阳：辽宁教育出版社，2003年，第289页。
③ 美国国务院编，《美国文学概况》，杨俊峰，王宗文，姜楠译，沈阳：辽宁教育出版社，2003年，第289页。

般的状况与自我受损的性别相联合。"[①] 麦克丹尼尔（Judith McDaniel）则认为,《潜入沉船》聚焦"女性的重生"[②]，诗歌中的女性潜入沉船的残骸，挖掘女性被湮没的存在，目的在于重构女性自我。萨克森纳（Sanjoy Saksena）相信，在"我来这里搜索沉船"中的"沉船"隐喻了满是偏见和问题的社会[③]。陶洁认为，"沉船"隐喻意味着被传统社会制度湮没的女性历史，而潜入水底寻找沉船的过程便是女性探索自己历史的过程，也是唤起她们自我意识的过程。

可见，大部分对"沉船"的隐喻及该诗的解读都离不开里奇作为女性主义者的社会身份。这样一种观照的角度看似狭窄，但至少把诗歌放在了一定的维度之中。由身份出发来界定，意味着限制与束缚，却不妨指向某一通衢。然而，作为意象的"沉船"，如果像前所提及的学者所言，仅指向那些在古时候受难的女性本身，我们又如何解释诗人着重强调的文字，比如不为人们所知的大海以及看起来无法战胜的以男性主导的社会制度呢？诗句"湮没的脸庞总是瞪着/面向太阳"[④]透露出女性对这一社会制度的愤怒，以及他们对美好家园的向往。在返回到过去的旅途中，诗人邀请女性们通过历史的棱镜去看看自己，在这历史中，"我来看它所遭受的破坏/和俯拾皆是的宝藏"[⑤]。

"沉船"意象在标题诗《潜入沉船》中出现了五次，这足以引发读者去忖度诗人使用它的目的，以及它如何帮助整个诗集构成了自己的形态——诗歌之美与女性主义思想的混合体，个人经历与公共图景的混合体。诗中"沉船"作为言此及彼的隐喻，既指向寻求"沉船"的"我"本身，又指涉"我"所寻求的女性主体。在"我"与"非我"之间，在女性个体与女性群

① Alice Templeton, *The Dream and the Dialogue: Adrienne Rich's Feminist Poetics*, (Knoxville: The U of Tennessee P, 1994), p.44.

② Judith McDaniel, "'Reconstituting the World': The Poetry and Vision of Adrienne Rich", in Barbara Charlesworth Gelpi and Albert Gelpi, eds., *Adrienne Rich's Poetry and Prose: A Norton Critical Edition*, (New York: W. W. Norton, 1993), p.319.

③ Sanjoy Saksena, "'Diving into the Wreck': A Study of the Poetry of Adrienne Rich." in *Studies in women writers in English*, Vol. 3. Ed. Ray, Mohit K.&Kundu, Rama. (Delhi: Nice Printing Press, 2005), p.39.

④ Adrienne Rich, *Diving into the Wreck*, (New York: W. W. Norton, 1973), p.24.

⑤ Adrienne Rich, *Diving into the Wreck*, (New York: W. W. Norton, 1973), p.23.

体之间，在私人与公众之间，构筑具有现象学意义的“我”之梦想，实虚相间中诠释了人对自我存在的寻求与体认，以及对女性主体能否找到并实现自我的困惑与担忧。

把“沉船”作为隐喻来阐释，读者需要注意到诗里其他意象，因为“沉船”意象是在其他意象的衬托下起作用的，比如，大海的意象。大海既是沉船所居之境，又是“沉船”隐喻的语域。《潜入沉船》中的人海意象在表征未知与神秘的同时，俨然一个昏暗、失重的世界，因“海是另一个故事 / 海无关力量”[①]。同时，大海又为“我”设置了障碍，“我必须独自学会 / 在深海里 / 轻盈地转身。”[②]。从这个意义上说，大海又象征了社会，“我像虫蚁般爬梯而下”[③]，独自潜行；“没有人在身旁 / 告诉我何时 / 已经进入大洋”[④]，已入渊薮，不知其深。海意象，似在写“我”的孤独，实则在写与世隔绝的“沉船”。万幸的是，“我”知道：

我来探索沉船。
词语是目标。
词语是地图。
我来看它所遭受的毁坏
和俯拾皆是的宝藏。
……
我来之所为：
是沉船而非沉船的故事
是事物本身而非神话[⑤]

两个“词语”的指涉不同，前者指的是能够表达自我的“词语”，即建构女性自我存在的文字，它不同于既往的语言，旨在呼唤女性从男性主导的

① Adrienne Rich, *Diving into the Wreck*, (New York: W. W. Norton, 1973), p.29.
② Adrienne Rich, *Diving into the Wreck*, (New York: W. W. Norton, 1973), p.16.
③ Adrienne Rich, *Diving into the Wreck*, (New York: W. W. Norton, 1973), p.28.
④ Adrienne Rich, *Diving into the Wreck*, (New York: W. W. Norton, 1973), p.28.
⑤ Adrienne Rich, *Diving into the Wreck*, (New York: W. W. Norton, 1973), p.23.

社会体制中挣脱出来，运用不同于传统社会制度所统辖的语言去书写女性自我，换言之，“我”欲将自身的存在从语言上加以固化，用女性语言书写女性经验。语言可以帮助“我”建构女性主体，进而表征权力。“我”显然是知晓语言这一层功用的，可见诗人把语言当作对抗男性主宰的有力武器。而后一个“词语”指的是“神话书”中的“词语”，那些“我”所依赖的男性书写的文字，这个“事物本身”便是“沉船”。“沉船”具有隐喻意义，它虽然存在，但沉落海底，不见天日，而且已经是“无可挽回地被损坏了”，因此，沉船的残骸就是女性个体自我的残骸。“我”被遮蔽了，遮蔽在男性话语之中，因为“神话”是“一本没有我们名字的神话”，这是父权所书写的神话，抹去了女性的历史存在。现在，“我”以异己“词语”为指南，由在场反观缺席，试图找寻父权“神话”中缺席的自我：“我来看它所遭受的破坏/和俯拾皆是的宝藏。”[①]不去追溯沉船背后的故事，不去翻看前人有关沉船的记录，而是为其本身而来，为寻找“真相”而来。说话者要用自己的语言重构自我，梦想通过追溯历史找到被湮没的女性主体存在。

该诗并非止于表面上看似平静而又随意的讲述，除了以海的意象为背景，以文字为利器，还通过物我间的互视，构建了一个蕴涵着动态关系的“沉船”隐喻。“我”观看沉船，反过来，沉船也在观看我，这种观看，是一种互为参照性的观看，“我”与沉船之间以互显的方式存在着。在不可知的海洋里，为追寻自我历经一番潜水的“我”，在与沉船互显中不过是被“沉船”所投射的“我”，“我”不是在看“沉船”，而是在看“我”自身。以海洋为背景依托、在潜水而来找寻“沉船”的“我”与“我”耗费心力所追求的自我之间，“沉船”隐喻早已把诗人的感受图像化，把关注的焦点推向了求己而不得的主体自身。

因此，“沉船”这一隐喻除了指向被传统社会压制的女性个体自我，也指向被男性主导的政治结构湮没的女性历史、文学与文化。沉船的残骸既是女性自身的残骸，也是父权“神话”中没有记录的女性历史与文化碎片，这些都为“我”所苦苦追寻。诗歌希望探求女性自我，归返自身，归返女性群

---

① Adrienne Rich, *Diving into the Wreck*, (New York: W. W. Norton, 1973), p.23.

体，“获得跨越时空的群体归属感和历史观”①。“我”的多重所指以及“沉船”的隐喻都使得该诗精妙深刻。

除了“沉船”，里奇还在诗集《沉船》中运用了其他类似的隐喻，比如《试着去和一个男人交谈》（“Trying to Talk with a Man”，1971）中的“沙漠”概念隐喻。沙漠象征着孤独与荒芜，常被用来比喻人们荒芜的精神世界，里奇在这首诗歌的开篇写道：“我们在沙漠中测试炸弹/这就是我们来此的原因”②。“我们”来到沙漠，原本是为了改变在无尽的寂静中行走在幽灵之城的命运，然而这寂静“随我们而来/如此熟悉”③，表明“我们”之间弥漫的寂静始终无法被改变。如果想改变它，与男人交谈，无异于“测试炸弹”，因为男人交流时永远带着想要主导的意愿，永远渴望着力量，而这让“我”觉得“在这里，有你比没有你/更让我感到无助”④。两性之间的关系是冷漠的，爱情不复存在，只剩下男人掌控女人的意图和死亡一般的寂静。可见，这些隐喻都具有无法挽回的毁灭的意味。该诗集中的很多诗歌表面上写的都是处于危机中的情感与关系，但诗人凭借其高超的技艺，大量使用概念隐喻，暗指这些毁灭与破坏带来的是沉寂和诗歌的言说者面对沉寂的无助之感。

（二）女性的“缺场”与“在场”

在《潜入沉船》整部诗集自由的诗行、碎片化的叙述和不动声色的描写中，诗人以第一人称“我”为主角，试图去为那些朴素而又严肃的哲学命题寻找答案：“我”是谁，“我”应该过怎样的生活以及“我”怎样才能改变世界。当里奇采用女性叙述者，赋予“我”女性的身份之时，这三个命题因此涉及女性对自我的寻求，对自身存在与发展的思索以及对自我与世界之关系的探求。

首先是关于女性的本源问题。这部诗集的诗歌常常以女性的隐性对话形式展开。里奇选择使用类似柏拉图对话的方式来推进话题，在无形中赋予其诗歌一定的哲学思辨色彩。“我”是谁？这不仅仅显现出女性对自我身份的探索，还表明女性试图在历史中找到自己的位置，追溯女性的本原。比如，

---

① 陶洁：《20世纪美国文学选读》，北京：北京大学出版社，2006年，第323—324页。
② Adrienne Rich, *Diving into the Wreck*, (New York: W. W. Norton, 1973), p.9.
③ Adrienne Rich, *Diving into the Wreck*, (New York: W. W. Norton, 1973), p.10.
④ Adrienne Rich, *Diving into the Wreck*, (New York: W. W. Norton, 1973), p.10.

在诗歌《对话》（"Dialogue", 1972）中，有一半的诗句都是对"我"不断的发问，每一个问题都仿佛是在帮助女性不断地靠近和发现自我：

我不知道
当我做那些事的时候我是谁
或者我说我是谁
或者我是否乐意去感觉
我读过的东西
或者谁其实和我一直在那
或者我是否知晓，甚至之后
存在着对那些事物的怀疑①

有意思的是，在前一节诗的末尾，这样写道："……我不知道 / 性别是否是种幻觉"②。也就是说，上面那段对"我"的提问，如果没有女性这一层身份，"我"与"言说"的我之间是分裂的，"我"无法把自己与"我"读过的东西联系起来，我与身边人是疏离的关系，所有周围的一切具有不确定性。可见，"女性"是一层无法剥离的身份，而不是可以随时丢弃的标签。

对女性这一性别身份的认同，是寻求女性本源的认识基础。正视受到男权压制的女性身份，是破除以男性为主导的社会制度枷锁的前提条件。《合二为一的镜子》（"The Mirror in Which Two Are Seen As One", 1971）一诗首先向我们展示了深陷于家庭事务的女性身影：

她是你称作姐妹的人。
她最简单的举止也有魅力，
如同她刮鱼鳞时，刀锋
在她修长的指间闪烁光芒
没有一个多余的动作

① Adrienne Rich, *Diving into the Wreck*, (New York: W. W. Norton, 1973), p.21.
② Adrienne Rich, *Diving into the Wreck*, (New York: W. W. Norton, 1973), p.21

或者当她疾速地谈论爱情
一边用钢丝绒擦亮
砸扁的壶①

不过，“我”在这首诗中是以象征着“凝视”的外部镜子为参照系的。在既定的以男性主导的体系中，女性叙述者“我”用自己的目光去“凝视”，试图从剥离了男性中心主义的镜像中一探究竟，由此提出了“我是谁”的问题：

夏末的夜晚，昆虫
在泛黄的球形灯泡下煎烤
你的皮肤也在它的光线下灼成了金黄
在这面镜中，你是谁？②

女性的本源不是一个全权归属于女性个人的问题，而是涉及女性集体存在和发展且需要女性集体去赋予意义的：

她是你称作姐妹的人
你如同闪电照亮了房间
如同火焰在她周围摇曳
在她睁大的眼睛里眩惑了你自己
列出她感觉不到的需求
把你的人生信条
用力推入她的手中

最后，这首诗从女性集体的视角来寻求“我”的本源：

① Adrienne Rich, *Diving into the Wreck*, (New York: W. W. Norton, 1973), p.15.
② Adrienne Rich, *Diving into the Wreck*, (New York: W. W. Norton, 1973), p.15.

你为什么哭，把眼泪擦干
我们是姐妹
在她饥饿的目光中你无言以对
你再递给她一本书
被你的铅笔划过
你递给她一盘唱片
吟诵印度的两支长笛[①]

诗人从“她”写到“你”，从“我们”写到“她们”和“你的母亲”，多重指示语的使用和指称转换全面地展现了女性被家庭琐事填满的困境。女性群体的觉醒离不开个体的影响，个体的勇敢和力量“照亮”群体，连接姐妹情谊。

其次是关于女性的归处问题。“我”怎样才能改变世界？女性和世界之间是一个什么样的关系呢？在标题诗《潜入沉船》里，里奇采用认知诗学中的意向图示，亦即“始源—路径—目的”图式[②]——“我”—“潜入”—“残骸”，叙事者在读完“有关的神话”之后，全副武装潜入了海中，最后找到了沉船。这一意象图式看似简单，却与诗歌内部的含义不谋而合。叙事者读完了“神话书”，从现实世界出发，登上帆船，从梯子一节节往下走入“大海”。“大海”这一意象传统的含义往往是神秘与可怕，然而在叙事者眼里，“海是另一个故事 / 海无关力量”[③]。这里，“我”仿佛《荷马史诗》中的英雄奥德修斯，肩负使命，踏上海洋之旅，因此，这个浩瀚无垠的“由蓝变绿再变黑”的深海便是历练“我”、让“我”独自完成使命——打捞残骸的载体：

---

① Adrienne Rich, *Diving into the Wreck*, (New York: W. W. Norton, 1973), p.15.

② 在认知诗学中，意象图式指位置以及时间的变换及其表达，强调身体与外部世界的交互，与人的身体认知经验有关，从基础的感知经验形成更复杂的概念。其中的一个意象图式是始源 — 路径 — 目的（Source-Path-Destination）图式。意象图式的转换被看作是“一种扩大某种范畴的重要认知关系”（G. Lakoff. *Women, Fire and Dangerous Things: What Categories Reveal about the Mind*, p.106.），在诗歌中，“意象图式的创造性扩展可以被视为是对于熟悉模式的重新认知，也就是陌生化现象”（刘文，赵增虎．《认知诗学研究》，第 33 页）。关于这一点的论证，详见本人发表于《合肥工业大学学报》（社会科学版）2019 年第 6 期的相关论文。

③ Adrienne Rich, *Diving into the Wreck*, (New York: W. W. Norton, 1973), p.22.

“我必须独自学会/在深海里/轻盈地转身”[1]。叙事者逃离了专制与权威的男性力量世界，进入了一个安全的避难所。“我”不再是现实社会里受到束缚的女性，转而成了探索海底的探险者。虽然“我”历经一番海底探索，发现了早已被海水侵蚀的沉船，但是，在我带去的神话书中，依旧没有作为女性的“我们”的名字。书籍，总是以客观或者非客观的方式记录着世界上的万事万物，而“我们”名字的缺失，从某种层面上说明了女性在世界中的不在场。

既然女性在世界中没有位置，那么改变世界是不是就变成了无稽之谈呢？当然不是。女性的“隐在”是由传统社会制度的遮盖所造成的，破除这一制度的遮蔽，才能让女性从“缺席”走向“在场”。于是，里奇提出了改变世界的两种策略：女性同盟以及女性“对话”。尽管女性各自的遭遇大相径庭，她们还是可以共享各自的遭际，从中凝结集体的经验，由此组成女性同盟。在里奇看来，形成女性联盟的政治宗旨在于以集体的力量反抗性别暴力。以《潜入沉船》中第三部分的《强奸》（“Rape”, 1972）一诗为例，这是这个时期里奇涉及现实政治问题的一个代表作。[2]里奇通过书写遭到暴力的女性和掌握权力的男性警察之间的冲突，来揭露性别暴力对女性的心理创伤，从而呼吁女性团结一致反抗暴力。在该诗中，里奇指出，对任何女性而言，她如果认为自己对男人了如指掌，并相信他不会伤害自己，那她就大错特错了。任何女性对男性的认识都是不可靠的，诗句“你几乎不认识他”被重复了三次，并且以虚拟语气的形式结束了该诗。同样，诗行“他能设法得到工具，那会杀了你”暗指了警察/男性手中的“工具”权力。在人称方面，里奇在《强奸》里使用了第二人称“你”，而不是有着主观自我意识的第一人称“我”，既暗示了一个经过性暴力伤害的女性的自我分裂，又指向一个包括读者在内的笼统的“你”，这是一种集体发声的投射：

因此，关键的时候，你不得不求助于他，

① Adrienne Rich, *Diving into the Wreck*, (New York: W. W. Norton, 1973), pp.22-23.

② Craig Werner. *Adrienne Rich: The Poet and Her Critics*, (Chicago: American Library Association, 1988), p.24.

这个色魔的精液仍然涂满着你的大腿，
你的头脑疯了似的晕眩。你不得不向他承认
你遭到强迫
是你的罪过。①

里奇用精湛的诗歌语言艺术展现了强奸恶行或是“强奸文化”的“精妙高深”之处——明明是受害者的女性却被指责为犯罪者。“疯狂”（crazy）与“犯罪”（crime）这两个带有“cr”音节的词同时放在这里，这是谁之疯？谁之罪？显然，里奇在强调被害人的痛苦（因被玷污而“疯狂”——歇斯底里地哭泣）不该被用来反对她自身，更不能因其处于“疯狂”状态而逼其认“罪”，这是另一种形式的暴力。至此，里奇除了同情，还给了被害人、也是所有经历过类似伤害的女性群体的另一个忠告：不要让愤怒扰乱了理智，不要让怒火钳制了语言。面对以男性为主导的社会制度的压制，女性要选择自己的语言讲述自己的故事。

再次是关于女性存在之梦想构建。标题诗《潜入沉船》是一首有关寻找沉船残骸的长篇叙事诗，描述了“我”身着潜水服从洒满阳光的帆船独自出发直达海底沉船的经过。该诗采用了看似单一的线性叙事手法，却营造了神秘的气氛、天地氤氲，如幻如梦。那么，诗人如何造就了这一如梦诗境，其意何为？

法国哲学家、文学批评家巴什拉（Gaston Bachelard）主张把现象学引入诗学分析，认为“梦想者与其世界的关系是极其紧密的。这是梦想中体验的世界最直接地反射到孤独者的存在中的世界。孤独的人直接占有他梦想的所有世界。”②如前文所述，沉船与“我”互相渗入，沉船如“我”梦想的那样存在着，以“沉船”为叙事核心的《潜入沉船》一诗，建构了具有现象学意义的梦想的文本。即割裂又融合的“我”与“非我”建构了这一梦想。“我”作为诗歌文本的主体，是潜水入沉船这一事件的亲历者，“我”又不仅仅是“我”，还是“悄无声息地／环绕沉船移动”的“我俩”，是“她”，是“他”，

---

① Adrienne Rich, *Diving into the Wreck*, (New York: W. W. Norton, 1973), p.44.
② 加斯东·巴什拉：《梦想的诗学》，刘自强译，北京：三联书店，1996 年，第 199 页。

是“由于胆怯，或者出于勇气／一路探索而来”。“我”作为梦想者，作为“非我”的主宰，以海底探险、寻求沉船的方式，与静默的世界展开有关存在的交流与互动，当“我”移位于物身上，“是那折损了一半的航行工具”、是“遭水侵蚀”的“航海日志”，是“受创失灵”的“罗盘”①，“我”成为“非我”，从“非我”的视角反观“我”的存在。残破陈旧的是沉船，是其所投射的“我”，崭新明亮的是梦想，是女性主体所追逐的关乎存在的梦想。梦想里的物与景不断地变换着，从最初“天空先是蓝的，而后／更蓝，再变绿”，然后到身处“摆动着他们雉堞状的鳍”的生物之间，再到“这个灾难物件的船身骨架”②面前，“我”也由此获得新生，“我”随“梦”变，于是梦想着的“我”与“非我”相结合，开启了从梦想着的主体到被想象的形象之间的旅程。无论“非我”是怎样的形态，它都还是按照“我”的希求围绕沉船所做的创造性虚构。

可是从这一梦想中，“我”又能获得怎样的补偿？海底深处、残骸所在，是否能够找到存在的本源？人是否必须在深处、梦想之尽头，而不是在水面之上、即表面来发现和认识自我？如果梦想仅仅与象征着社会的“海洋”有关，那么梦想者恐怕很难在其中找到自己存在的根基，“主体在这样的梦中失去他的存在，这样的梦是无主体的梦”③。然而，沉船的在场，从某种程度上为人提供了某种存在，而这种存在最终是由作为梦想主体的“我”填补上的。诗人选择了潜入沉船这一动态过程，作为叙述对象，造成了某种存在上的移位，遮蔽了梦想之主体“我”的存在。

从表面上看，诗歌遮蔽了“我”的存在，勾勒了具隐喻性的沉船的存在。而身处由语言所建构的梦想之中，“我”在梦想中是在场的，不在场的是“我”所追寻的女性主体。在场的“我”“我来看它遭受的破坏／和俯拾皆是的宝藏。”④破坏无以挽回，但珍宝尚在，“我”也来看看，用文字来保存它。一方面，诗人拥有在历史中为女性正名的愿景，但另一方面，诗人因为无法重写历史而露出无奈和失落之感。尽管如此，作为女性主体的“我”

---

① Adrienne Rich, *Diving into the Wreck*, (New York: W. W. Norton, 1973), p.31.

② Adrienne Rich, *Diving into the Wreck*, (New York: W. W. Norton, 1973), pp.28-33.

③ 加斯东·巴什拉：《梦想的诗学》，刘自强译，北京：三联书店，1996 年，第 184 页。

④ Adrienne Rich, *Diving into the Wreck*, (New York: W. W. Norton, 1973), p.29.

在现实的存在中出现了断裂，还是希求能用历史来填补，期待在历史的回溯中，在早已被时间所掩埋的祖辈的沉船里，找到具有存在意义上的本真自我。

另外，诗人还利用其他缺省的意象间接地进行了表意。比如，当描绘帆船沐浴在阳光下的场景时，诗人实际上巧妙地省去了与海水相对的晴空、却没有抹杀晴空所表征之意：

沉溺的面孔总是
凝视着太阳
残损的证据
被盐水侵蚀却飘摇出陈腐之美 ①

这里，以“太阳”有所影射。那就是，在现实社会中，男性作为权力中心的地位依旧坚不可摧，是社会制度的轴心。而“我”在海上的依附介质，即帆船，不仅仅是“我”潜入水中的始发地、还是梦想者梦想的起点，象征着以父权为中心的现代社会。“我”从现实社会中启程、带着由既定的语言所书写的神话书，投入浩瀚无垠的汪洋大海之中，找寻终年不见天日的沉船，便是为了找到那在社会历史中缺席的自我、为男性话语所消解的女性主体。

有人说，诗人自己期待能获得“更为直接的经验，希求与沉船中的遇难者融为一体，离开她所享有的幸存者的身份” ②，哪怕与船舱里的仪器合二为一。由此可见诗人对自己作为观察者、旁观者这一身份着实有些不满，因为“当诗人迫使世界超出目光世界成为言语世界时，从世界到梦想者的倒转更加剧烈。” ③ 这是“我”与“非我”，“我”与自我之间的折返，通过语言与形象所构建的梦想之场域，表达了诗人渴望在历史、在过去寻找到足以让女性在今日安身立命的意义，从幸存者、旁观者到各种残骸本身，诗人想置换和

① Adrienne Rich, *Diving into the Wreck*, (New York: W. W. Norton, 1973), p.30.

② Martin Jay, “Diving into the Wreck, Aesthetic Spectatorship at the Fin de siècle”, in *Critical Horizons*, (Albany, NY: Maney Publishing, Vol. 1, 2000), p.100.

③ 加斯东·巴什拉：《梦想的诗学》，刘自强译，北京：三联书店，1996 年，第 234 页。

展示的并非物自身，也并非某种历史的沧桑感，而是试图以“沉船”为喻，以存在之梦想为空间来介入对历史乃至时间的主动书写、由此向内寻求对存在有所反观的女性主体。

因此，标题诗以“沉船”为喻投射了主体的存在，建构了有关自我的梦想，如梦诗境与类似探险的叙事共同承托起了女性对自我存在的寻求与超越。由此，对自我的探求，看似无意，实则玄妙，女性之为人，得以归返自身，使得该诗意蕴无穷。

三、写作自我：女性的重新命名与存在

《沉船》中的女性追寻这一主旨既面向女性的内部世界又朝向其外部世界。里奇游走在整部诗集中的追寻母题，旨在表征由女性写作所带来的变革和重命名：变革男性为中心的世界，为男性凝视下的女性重新命名。这两种诉求恍如女性的白日梦，而里奇却以诗歌之名用文字成功地将其诠释。

孤独是女性的“非我”存在。在探讨女性的变革和女性经验重新命名之前，有必要先探讨一下诗集中所描述的女性的孤独存在。《歌》（“Song”, 1971）这首诗呈现了女性对自我天赋展示的向往与对自我发展的渴望。而孤独却从某种程度上为女性施展自己的才能提供了空间和时间。《歌》把女性的孤独和她们的天赋连接了起来：

我独自一人
就像飞机孤独地翱翔和趋于平稳
按照无线电信号，力图
穿过落基山脉
抵达蓝色的通道
在海洋上的飞机场

……

如果我是孤独的
是和海岸边冰封小艇一起
在一年最后的一缕红光中
才确信它是什么，确信既不是
冰块也不是泥土或是冬日的阳光
而是木头，具有燃烧的天赋①

里奇说，如果她感到孤独，那一定是“第一个醒来的孤独 / 是在城市中吸入黎明的第一口冰冷空气的孤独 / 是身为被睡眠笼罩的房子中唯一一个清醒着的人感受到的孤独。”②诗人是孤独的，因为她是唯一在这忙碌城市中保持清醒意志的人，因为她知道它是生来就能炽烈燃烧的木头。在日常生活中，形容人资质稍钝通常会用“榆木疙瘩”“木纳”“木头木脑”等说法，“雕刻木头”则象征着重新创造、让才能得以迸发的过程。这里，里奇使用了“天赋是木头”这一概念隐喻，并将它聚焦在女性文学天赋上。在文学创作方面，19 世纪以前，两性往往被法律和习俗置于二元对立的立场中，男性占领文坛，认为“女人写不出莎剧”③。里奇解构了这一刻板印象，创造性地构建了“女性文学天赋是木头”的隐喻，在光辉灿烂的男性文学丛林中，女性的写作天赋就像平平无奇的木头，安静地沉睡在无人知晓的角落里。然而，木头生来便具有燃烧的能力，只需要一把火，就可以燃起熊熊烈焰，正如女性的文学天赋，只需要正确的启发和教育，就能创作出毫不逊色的作品。《歌》这个标题很容易让人联想起美国著名诗人惠特曼的代表作《草叶集》中收录的诗歌《自我之歌》，这首成就了惠特曼声誉的长诗常常被当作其个人的自传式写照。而里奇这首没有了“自我”的《歌》似乎是在暗示着女性“自我”缺失，以及缺失背后的孤独和落寞。因此，这首诗是一首女性的孤独之歌，诗歌的叙述者却见证了女性所承受的苦难、哀伤、哭泣和渴望。里奇在这首诗中表达了她对女性创作潜力的信心，以及对那些仍在沉睡中的女

① Adrienne Rich, *Diving into the Wreck*, (New York: W. W. Norton, 1973), p.20.
② Adrienne Rich, *Diving into the Wreck*, (New York: W. W. Norton, 1973), p.20.
③ 弗吉尼亚·吴尔夫:《一间自己的房间 本涅特先生和布朗太太及其他》,贾辉丰译，北京：人民文学出版社，2003 年，第 40 页。

性同胞的呼吁。

对于孤独的女性来说，也许只有她们的精神活动可以丰富她们内心世界。那么写作对于这些富有思想而又孤独的女性又意味着什么呢？女性的孤独是女性追求变革和重新命名的催化剂，里奇通过重新命名女性经验来创造女性的写作自我。我们在《歌》中看到，女性备受日常生活的折磨，她们需要获得理解的途径，以此来弄清：

当我做那些事的时候我是谁
或者我说我是谁
或者我是否乐意去感觉
我读过的东西 ①

她们的确孤独，但是写作为她们提供了看不见的空间，在这样的空间里女性能够自由地安排时间，不用去考虑男性的注视。日常生活可以很乏味，不过，只要女性有足够多的东西去思考，那么她们笔下的生活总可以更为丰富："当她刮鱼鳞的时候，刀/在她长长的手指间发光" ②。写作为那些热切需要宣泄自己孤独的女性提供一条出路。里奇诗歌中的女性面具往往沉浸在观察和写作之中，然而，她们不是为各种不幸而哀悼，因为这只会浪费更多可以用于发现和展示女性自我的时间。这就是我们为什么会看到里奇在《转变》一诗中这样写道，"一个男人在隔壁房间睡着了" ③，而此时此刻，女人却在"时时刻刻，一字一字" ④ 地书写着自己的生活。

对女性来说，"看见"本身就是一种改变，而写作即重新命名。没有人不带有任何框架去看待世界，换言之，每个人注定要从特定的视角去看待事物。对很多人而言，从男性的角度来看待事物，以传统社会制度的规约去考虑问题，是惯常的思维方式，因为世界长期以来都是以男性为中心的，对男性话语的认同早已根深蒂固。而从这个意义上来说，当女性能够真正从自

① Adrienne Rich, *Diving into the Wreck*, (New York: W. W. Norton, 1973), p.21.
② Adrienne Rich, *Diving into the Wreck*, (New York: W. W. Norton, 1973), p.14.
③ Adrienne Rich, *Diving into the Wreck*, (New York: W. W. Norton, 1973), p.12.
④ Adrienne Rich, *Diving into the Wreck*, (New York: W. W. Norton, 1973), p.11.

身的视角去“看”，哪怕是个人化的，也便将自己投入到了改变世界的进程当中。《转变》的开头讲述了“我”读了一些由女性所创作的诗歌，由此见证的不仅仅是一位“痴迷于爱”[①]的女性，还是一位在生活中遭遇了丈夫的背叛，又执念于某一职业的女性。令人欣喜而又惊讶的是，她意识到：女性个体所承受的磨难也是为其他女性所共有的。当看到女性自己描绘的生活不过是：

搅动米饭
熨烫裙子
打印手稿直至黎明。[②]

叙述者试图去找出作为整体的女性究竟发生了什么。“看”这一行为，当取自于女性的立场时，无疑暗示出女性寻求对男性世界的变革，而这一转变需要从打破男性的视角开始。

如果说女性对“转变”的追求是通过“看”这一行为来实现的，那么对重新命名的追寻则主要是通过写作行为本身来实现的。写作这一行为在整部诗集的多首诗歌中出现。作为一种情感宣泄的出口或者途径，写作也在女性重新命名中发挥着作用。在《当我们彻底觉醒的时候》一诗中，我们看到女性早已用书写日记的方式来开启自己的追寻之旅：“你放弃了记录周年纪念日 / 你开始在日记里写作 / 比以往任何时候都更为诚实。”[③]而在《为了姐妹》（“For a Sister”, 1972）中，文本中的“你”安定下来，“给炉子生了火，拿出打字机，然后重新开始”[④]，写着自己的故事。无论诗歌中的女性面具是否尝试通过诗歌去记录自己的日常生活，或者把写诗等同于生活，我们已经感知到她渴望用语言重新命名女性经验的强烈意志，如同她在《陌生人》（“The Stranger”, 1972）一诗中写道：

---

① Adrienne Rich, *Diving into the Wreck*, (New York: W. W. Norton, 1973), p.40.
② Adrienne Rich, *Diving into the Wreck*, (New York: W. W. Norton, 1973), p.40.
③ Adrienne Rich, *Diving into the Wreck*, (New York: W. W. Norton, 1973), p.6.
④ Adrienne Rich, *Diving into the Wreck*, (New York: W. W. Norton, 1973), p.48.

如果他们问我的身份
我能说什么呢
我只能说，我是雌雄同体
我就是你无法用你的死语言
来描述的活思想[①]

里奇认为，以男性为中心的社会的僵死语言无法描述女人的生活和思想，因为这种社会文化的根源是将女性排除在外的。所以，在标题诗《潜入沉船》中，“我”踏上了“探索沉船”之旅，要从“神话”深处找出“残骸”，所做的“探索沉船”之旅也是要找寻属于女性的语言与文化，为女性重新命名。虽然重命名是一种女性精神层面上的追求，但是里奇把这种诉求交付给了写作，它不仅能保留女性的经历、情感和思想，而且还点燃了女性认识自我的希望之火。

最后，里奇重新定义女性身体、女性写作和女性主体的联系。在以男性为中心的社会中，女性身体被视为不洁之物或性对象，女性往往被视为“生育的容器”，“喜欢简化公式的人这样说：女人是一个子宫、一个卵巢”[②]。在《在黑暗中醒来》（“Waking in the Dark”, 1971）一诗中，里奇颠覆了这一社会和文化定义的这一概念隐喻，加工并创造出“女性是盛满墨水的容器”这一新奇的隐喻，表明了女性写作和女性身份、女性身体不可分割的关系：“他们正向海中倒入动物血/以此引来鲨鱼”[③]。动物是盛满血液的容器，它们的血液被用来吸引鲨鱼，而叙事者觉得“有时我身体的每个毛孔都在渗着血液”[④]，这时女人成了盛满血液的容器，而且这血液开始往外渗出，而“你崇拜这血液/将之称为歇斯底里的出血/你想如同喝牛奶一样喝下这血液/你在这血液里蘸了蘸，开始书写”[⑤]。在里奇看来，女性要想写作，只能以自己的身体为容器，以血代墨。这首诗中的女性破天荒地以自己的身体作为写作的工具，

① Adrienne Rich, *Diving into the Wreck,* (New York: W. W. Norton, 1973), p.19.
② 西蒙娜·德·波伏瓦:《第二性》，郑克鲁译，上海：上海译文出版社，2011年，第27页。
③ Adrienne Rich, *Diving into the Wreck,* (New York: W. W. Norton, 1973), p.16.
④ Adrienne Rich, *Diving into the Wreck,* (New York: W. W. Norton, 1973), p.16.
⑤ Adrienne Rich, *Diving into the Wreck,* (New York: W. W. Norton, 1973), p.17.

直面自己的创伤，正是通过身体写作，里奇实现了权力关系的反转，使女性力量登上文学创作的舞台。

对里奇而言，女性主义诗学意味着赋予诗歌以社会和政治责任，更意味着赋予诗歌以女性主义的哲学内涵。任何想要打破和粉碎旧有性别理念的人都可以从里奇的诗歌中获得精神动力与支持。《潜入沉船》作为里奇女性主义诗学实践的产物，揭示了其女性主义的核心政治主张，通过“沉船”的隐喻和存在之梦想建构把厚重的哲学思辨与轻盈微妙的诗句融为一体，并通过建构女性的“写作自我”来为女性重新命名，这便是《潜入沉船》所体现的里奇女性主义诗学的多种特质。里奇一直坚守潜入沉船的历史使命，她70岁之际还出版了《午夜打捞》（*Midnight Salvage*, 1999），显示她仍然处在她力量的峰巅，仍然在潜入历史的“沉船”，打捞被历史遗忘的残骸，以诗歌之名“一方面寻求那原本失落的地平线，为过去的文化历史景观扩展或修正其风貌；另一方面则为未来的文化、历史写入他途意义的可能性努力”[①]。

第三节 《普通语言之梦》：激进女性主义身份的构建

如果说《潜入沉船》等诗集并未完全逾越男性话语的障碍，《普通语言之梦》则被视为里奇实现女性话语意义的重要作品，被视为里奇激进女性主义的代表作品。当然，也有学者认为这部作品标志着里奇后期诗歌的开始[②]。在这部诗集中，诗人通过书写女性之间的生活，包括精神、情感、思想、文化的分享，来构建激进女性主义的身份认同。身份认同是里奇诗歌和批评思想的一个重要问题意识。《普通语言之梦》揭示的核心问题是激进女性主义

① 唐荷：《女性主义文学理论》，台北：扬智文化事业股份有限公司，2003年，第290页。

② 彼得·埃里克森在其文《歌唱美国：从沃尔特·惠特曼到艾德里安娜·里奇》（“Singing America: From Walt Whitman To Adrienne Rich”, 1995）中将《潜入沉船》与这部作为巅峰作品，前后期作品的分水岭。

身份的建构过程。里奇在诗集中以独特的视野、强烈的政治倾向、优美含蓄的语言探讨了激进女性主义身份认同——女性的自我认同、女性之间的认同以及女性文化传统的认同，通过身体、欲望的诗性描写传达女性经验，用哲学意义上的、赖以重新命名女性经验的“普通语言”重构世界“地形图”。

一、何谓激进女性主义身份[①]

长期以来，在男性为主导的异性主义主流性别话语范式的影响下，性少数群体[②]无论是在现实生活还是在文学话语中都受到一定程度的性别歧视与排斥，丧失权力和话语权的她们在夹缝中求生存。基于主流话语政治意识形态的女性被视为“第二性”（波伏娃语），或是屈服于男性统治的“天使”，或是与男性为敌的“妖魔”，女性特殊性向者则往往被刻画为肮脏、性道德堕落、危害传统文化的边缘群体。然而，20世纪六七十年代，随着西方妇女解放运动的蓬勃发展，以女性关系为题材的文学作品层出不穷，她们的历史沉寂和边缘化现实以及她们的挣扎与抗争日益得到学界和现实社会的关注。特别是进入20世纪90年代后，随着“怪异论”（Queer Theory）的兴起以及当代女性主义文学的多元化发展，这一题材的作品成为当代女性创作及其研究的一个重要分支，性别身份意识也随之成为这类文学创作与研究的核心问题。

关于女性特殊性向者身份，狭义的理解将这种身份局限于身体和行为的范畴，而忽视了这一另类情感的其他成分。而在当代女性主义学术研究领域，其界定是比较宽泛的、复杂的，虽然并不排除身体关系，但更多情形下，它超越了身体欲望，指涉特殊性向者之间的精神慰藉和情感支持。比如，当代美国女性文学研究者费德曼（Lilian Faderman）在《超越男人的爱情：文艺复兴至今的女人间的浪漫友谊与爱》（*Surpassing the Love of Men: Romantic Friendship and Love between Women from the Renaissance to the*

① 本节探讨的是里奇激进女性主义。关于这一理念的界定，这里只做概述，比较深入的批判性阐释参见本书的第五章第一节。

② 性少数群体是指在性向、性别认同、性身份或性行为等方面上与社会上大多数人不同的群体。

Present, 1981）里聚焦 16 至 20 世纪文学传统中的女性之间的浪漫情谊。历史学家罗森伯格（Carroll Smith-Rosenberg）通过研究 18 世纪 60 年代至 19 世纪 80 年代 35 个美国家庭妇女的日记和书信，追踪到了这一时期特有的一种亲密的、有时明显感性的、持久的女性友谊模式——实际上是一个女性友谊网络，这种网络基于共同生活模式和共同期望而建立。历经一方或双方女性婚姻所造成的分离，这些温柔而热忱的关系持续存在于"女性世界"。与男性关注的大千世界截然不同，女性在彼此的生活中占据着至关重要的地位。[①] 罗森伯格发现，这些女性（包括新开辟边疆地区的欧洲移民妇女）因为遭遇了异性恋婚姻的失败、内心的孤独和乡愁，往往寻求女性的情感支持和女性群体的亲密关系，这种女性关系体现在家务和母亲事务等女性经历方面的分享。

里奇在《我们自身的女性关系》（"It is the Lesbian in Us", 1976）一文里重新界定了这一身份观念："真实情况并不是像两个女人一起睡觉那样简单，那样无足轻重。它是一种自我欲望的意识；最重要的是，选择自己；它也可以指两名女性之间最原始的强烈情感，一种在这世界上普遍被浅薄贬低、扭曲异化或罪恶所笼罩的强烈情感。"[②] 里奇在后来的文章中继续阐释女性之间的身份认同："女人的身份认同是能量之源，是女性力量的潜在源泉，在异性主义体制下被削弱和遏制。"[③] 她继而发展出一个"女性关系连续统"（lesbian continuum）的观念——"指一种贯穿每个女人的生活、贯穿整个历史的女性生活范畴。扩展其含义，包括更多形式的女性之间和女人内部的原有强烈感情……它如同做母亲一样，是一种深切的女性经历。这段经历有特定的压迫、意义以及可能性。"[④]

里奇激进女性主义是解构之后的建构，她试图修正强势话语，重新命名被暴力规约的女性身体与欲望。首先，她重新界定了女性的性 / 性别身份，认为它是女性个人或群体的特殊经验，超越了身体要素，兼具精神、情感、

① Sandra M. Gilbert, ed. *Culture, Politics, and the Art of Poetry: Essential Essays by Adrienne Rich*, (New York: W. W. Norton, 2018), p.123.
② Adrienne Rich, *On Lies, Secrets, and Silence*, (New York: W. W. Norton, 1979), p.200.
③ Adrienne Rich, *Blood, Bread, and Poetry*, (New York: W. W. Norton, 1986), p.63.
④ Adrienne Rich, *Blood, Bread, and Poetry*, (New York: W. W. Norton, 1986), pp.51-53.

智力和政治力量的因素，这种理解是对传统社会文化建构的性别观和性欲观的质询，也是对性 / 性别身份多样性和复杂性的肯定。其次，里奇的性别身份观体现在她对“个人的即政治的”这一激进女性主义意识形态的吸纳。借由个人到政治的观念，她试图建立私人和公共、个体和群体的联系，表达了追寻自由和公正的身份政治主题。第三，里奇修正男性权威话语对于女性身份的规定，重新命名女性经验和女性自我的实质，以恢复被遮蔽的历史存在和边缘化现实，确立了女性的视角、声音以及女性对自身和世界的认知和表达权力，从而实现女性身份的重构，并将其作为抵抗性别歧视的手段：

女性身份认同是一种能量来源，是女性在异性制度下受到限制和制约的权力的潜在源泉。现实的否定和女性情感的可见度，女性选择女性作为盟友、生活伴侣和共同体，这种关系在强压下被掩饰和被解体，这对所有女性集结起来去改变性别的社会关系、解放自己和彼此意味着一个不可估量的损失。①

就母女关系、女性情谊和女性身份认同而言，里奇同时期和之后的许多评论家也都发表了类似的观点。在谈及非生物学意义上的母亲角色时，女性主义者认为，几个世纪以来，她们给女儿们带来了力量和活力，她们将对生存具有实际价值的关怀与获得更广阔眼界的激励相结合，将对脆弱的同情与对女性深藏力量的坚守相结合，这一点使女性得以生存，因此，哲学家戴利（Mary Daly）曾向里奇建议，“非生物学上的母亲”实际上是一个“精神上的姐妹”②。肖尔瓦特指出，所有的女性主义者都会赞同“女性身份不能仅仅依靠她和男性世界和男性文学传统的关系来界定……女性情谊是妇女生活中至关重要的因素。”③贝尔·胡克斯（Bell Hooks）在其作品《反驳：思考女性主义，思考黑色》（*Talking Back: Thinking Feminist Thinking Black*, 1989）中

① Adrienne Rich, *Blood, Bread, and Poetry*, (New York: W. W. Norton, 1986), p.63.

② Sandra M. Gilbert, ed. *Culture, Politics, and the Art of Poetry: Essential Essays by Adrienne Rich*, (New York: W. W. Norton, 2018), p.143.

③ Elaine Showalter, “Toward a Feminist Poetics, ” in *New feminist Criticism: Essays on Women, Literature and Theory*, (New York: Pantheon Books, 1985), p.201.

把女性认同定义为“一种关心所有妇女的、普遍的感觉意识，无论何时看到一位不幸中的妇女，就会产生一种整体感……与所有女性的政治团结感。”[①]这些界定与里奇的观点都是如出一辙的。里奇认为，“只要忠于其他同性，女性都会表现出这一特点—— 越来越多地给予对方关爱，这种关爱包含了各式各样的认同感……任何有关姐妹情谊的激进观点都要求我们重新整合这些女性形象，”[②]因为这些以男性为主导的社会观念造成了女性关系或女性形象的分裂和极化。

二、《普通语言之梦》中的性别身份认同

《普通语言之梦》这一诗集的创作目的，顾名思义，便是要通过语言来构筑梦想，这个梦想便是身份认同，“建构女性经验、历史和身份。”[③]对里奇来说，女性经验指所有受压迫妇女间分享的经验，包括日常生活经验、情感体验、政治目标等。在《普通语言之梦》中，许多诗歌都是话语和对话的形式，“探索妇女间的关系：母女之间，姐妹之间，恋人之间，朋友之间以及过去与未来有相同经历、被视为精神姐妹之间的关系。”[④]对广大妇女来说，建立一个女性认同的世界就是建立一个挑战现存权力社会认识论的世界，是一种与话语权威的斗争。因此，里奇在诗歌中书写女性经验，试图在不同层面的女性之间建立联系，从而将这些关系延伸到广大女性之间的认同，女性文化传统的认同，扩展到女性的共同经历、共同情感和共同力量，从而建立“女性共同体”，一个具有共同政治目标、共同生活空间和共同情感纽带的女性联合体。

（一）女性认同与自我认同

在《普通语言之梦》中，男性中心主义和异性主义均以专制、自命不

① Bell Hooks, *Talking Back: Thinking Feminist Thinking Black*, (Boston: South End Press, 1989), p.174.

② Sandra M. Gilbert, ed. *Culture, Politics, and the Art of Poetry: Essential Essays by Adrienne Rich*, (New York: W. W. Norton, 2018), p.144.

③ Emory Elliott, *Columbia Literary History of the United States*, (New York: Columbia UP, 1988), p.1065 .

④ Sandra M.Gilbert and Susan Gubar, *The Madwoman in the Attic: The Woman Writer and the Nineteenth-Century Literary Imagination*, (New Haven: Yale UP, 1979), p.2025.

凡、享有绝对话语权的形象出现，建立自己的权力王国。里奇以自己的诗歌话语方式挑战这一传统权力结构，诗歌中的女性人物艰难行走在崎岖的颠覆之路上，面对主流话语压力，没有退缩，而是选择勇敢地面对，由压抑和沉默逐渐走向挣扎与反抗，努力走出传统观念的桎梏，走向建构自我身份的道路。

女性之间的认同和自我认同的一个重要表现在于女性关系中的自我选择/发现和相互选择/发现。在《二十一首情诗》的第十九首中，诗歌的叙述者向另一位女性表达：

如果我能让你知道——
两个女人在一起是一项工作
文明中的一切都不曾令它简单，
两个人在一起是一项工作
平常中含有英雄的成分，
缓慢地，迟疑地穿过一片空地
最引人注目的风景也变成了日常的惯例——
看看那些选择这条道路的人的脸吧。①

做出这种身份认同的女性在认识到艰难社会现实后并没有背弃女性关系的身份选择，而是拿出“英雄”气概打破僵局，改变现状，使这种“最引人注目的风景”变成“日常的惯例”，让这种身份走进公众视野。里奇还通过歌颂女性的力量与智慧来肯定这种身份认同。《二十一首情诗》中的第六首中，“你的小手，正好与我自己的吻合——/在这些手中……/我可以信任这个世界，或者在很多像这样的手中。”② 这些手不仅代表着女性之间的相互支持、爱与认同，其意义还被扩大了，在第六首诗中延伸到代表着以司机、助产士、飞行员等不同职业为代表的、活跃在社会的各行各业里不同女性间的

① Adrienne Rich, *The Dream of a Common Language*, (New York: W. W. Norton,1978), p.35.
② Adrienne Rich, *The Dream of a Common Language*, (New York: W. W. Norton,1978), pp.27-28.

共同力量：

操控着电动工具，驾车掌舵
抚摸着一张脸颊的手……这样的手

能翻转待生的婴儿
送上产道
能为探险的救生船导航
穿越冰山，能把优美的，
精细如针的古希腊双耳爵碎瓷片
拼凑完整①

里奇通过歌颂女性智慧与力量来强调女性认同的另一个例子是《葆拉·贝克尔致克莱拉·韦斯特霍夫》(“Paula Becker to Clara Westhoff”, 1975-1976)②。在这首诗中，葆拉在给克莱拉写信，回忆她们一起从事艺术工作，一起给予彼此艺术灵感、思想和创造力的美好时光：

那张我们俩的照片——我还留着，
你和我彼此凝视
我的画挂在外面身后。我们曾经一起工作
并肩携手！从那以后我更加努力工作
按照我们的计划去创造
我们不顾一切，将我们的全部力量
投入每一个主题中。毫不隐瞒
因为我们是女人。克莱拉，我们的力量仍然在于

① Adrienne Rich, *The Dream of a Common Language*, (New York: W. W. Norton,1978), pp.27-28.

② 褒拉·贝克尔(Paula Becker, 1876—1907)与克莱拉·韦斯特霍夫(Clara Westhoff, 1878-1954)于1899年夏天在德国不莱梅附近的艺术家中心沃普缀德结识。在1900年，她们在巴黎和柏林一起从事艺术工作，褒拉绘画，克莱拉雕刻。

*我们过去经常谈及的事物。*①

里奇还在这首长诗中颇具匠心地运用隐喻建构女性身份认同。情诗的第二首是长诗中最美的一首，里奇在这里建立女性身份追寻与诗歌之间的认同，继而将这两者的认同上升到诗歌写作与渴望自由的热情之间的认同。里奇别出心裁地将关系中的女性比作梦境中的诗歌、生命的诗篇，这里表达的是渴望实现写作自我的身份认同：

我梦见你是一首诗，
……一首我想展示给别人的诗……
……
要把你展示给每个我爱的人看的欲望中，
在地心引力的作用下
一起公开行动，这并不简单，
*那片飞羽般的草叶，穿过漫长的路，落到静止的空中。*②

诗人通过叙述者之口梦想着这种身份能够冲破外界阻力，获得认可，也梦想着自己的诗歌、自己的写作自我身份能够超越传统、获得认同。“地心引力的牵引”暗示了“诗人的力量”和叙述者用来书写身份的诗歌。对诗人来说，诗歌是情感和欲望的载体，作者不断地自我拷问：

什么样的兽类会将其生活转换成文字？
这一切关乎怎样的赎罪？
……
我是不是只在利用你？
*像利用一条河流或一场战争？*③

① Adrienne Rich, *The Dream of a Common Language*, (New York: W. W. Norton, 1978), p.44.
② Adrienne Rich, *The Dream of a Common Language*, (New York: W. W. Norton, 1978), p.25.
③ Adrienne Rich, *The Dream of a Common Language*, (New York: W. W. Norton, 1978), p.28.

诗人将情感与生活转化成了诗歌文字，诗歌创作是她的生命。不同于浪漫主义诗人利用“河流”“战争”等作为诗意的修辞表达，里奇用“那些枯萎的榆树，污秽的河流，无辜的大屠杀”来象征世界对边缘群体的恶意与亵渎。因此，她希望通过诗歌来表达自己渴求自由的强烈愿望，以诗歌写作来进行自我救赎。同样将身份认同的强烈愿望高度隐喻化的一首是第十一首诗：

我想与你同行，踏遍每一座烟雾缭绕的圣山
好像西比尔俯身于她的三脚鼎，
当我们攀爬那道山，我想伸手牵着你，
感觉你的动脉在我的手掌中搏动①

叙述者希望去发现那些未被命名的存在，去给她正名：“从不忘记那些纤小的、宝石般的小花 / 我们不熟悉她的名字，她没有名字，直到我们给她命名，/ 她紧紧攀缘着缓慢变化的岩石的那些——”②“命名”就是重新赋予意义，用新的语言去敞露经验。诗人通过女性与这些自然意象的关联，试图建立女性认同。她们就如同这些自然的生灵一样，虽然有些“与世隔绝”，但是具有历史、当下和未来，具有强大的生命力量和价值。

《普通语言之梦》的最后一首诗《先验练习曲》（“Transcendental Etude”, 1977）也表明女性联盟有助于建构新的写作自我身份，“一种全新的诗歌从这里开始。”③在这首长诗的最后一部分，里奇将“崭新的诗歌创造”与女性身体、精神和智力的融合联系在一起：

这样的创作与永恒无关，
为伟大、辉煌而奋斗——

① Adrienne Rich, *The Dream of a Common Language*, (New York: W. W. Norton, 1978), p.30.
② Adrienne Rich, *The Dream of a Common Language*, (New York: W. W. Norton, 1978), p.30.
③ Adrienne Rich, *The Dream of a Common Language*, (New York: W. W. Norton, 1978), p.76.

只有用心灵的沉思
一个人用她的身体，有经验的手指轻轻地
把黑暗推向光明，把光滑推向粗糙，
把生活的信条聚拢到一起
这不仅仅是操控的意志，
而是喜欢在丰富多彩的，无穷无尽的
形式中发现自我。①

这里，里奇明确表达了女性联合所带来的发现自我的巨大力量，它能够帮助女性拓展天赋，实现写作自我的身份，促成女性崭新的艺术创作。

（二）姐妹情谊与母女关系

在里奇的作品中，姐妹情谊和母女关系也构成主要的女性认同并产生共同的力量。对母亲身份的认知使里奇开始关注母女关系，只有强烈地认同母亲，获得母爱，女性才可以为自己抗争，如她在《生为女人》中所言：

不论是在过去，还是在现在，在我们大多数人心中，仍有一个女孩渴望得到女性的抚育、柔情和认可，渴望她们发挥女性的力量来保护我们，渴望得到女性的气味、触摸和声音，渴望在恐惧和痛苦的时刻能被她们拥入女性有力的臂膀……仅仅理解我们的母亲是不够的；在努力了解自己作为女性的力量时，我们比以往任何时候都更需要她们。我们不需要为心中那个女孩的哭泣感到羞愧或倒退；它是我们渴望创造一个世界的萌芽，在这个世界上，女性必然会成为强大的母亲和强大的女儿。②

里奇在这本书中分析了导致母女分歧和难以接近的原因在于以男性为主导的传统社会制度，她还在《母亲身份与女儿身份》这篇文章中写道：

---

① Adrienne Rich, *The Dream of a Common Language*, (New York: W. W. Norton, 1978), p.77.
② Adrienne Rich, *Of Woman Born: Motherhood as Experience and Institution*, (New York: W. W. Norton, 1976), p.225.

任何女性对温暖、滋养、温柔、安全、感性、亲密的最初认识都来自母亲。一个女性身体对另一个女性身体最初的吸引，迟早会被否认或拒绝，被视为令人窒息的占有欲，被视为拒绝、陷阱或禁忌；但在一开始，它是整个世界。当然，男婴也会首先从女性身体体会到温柔、滋养和亲密。但是，制度化的异性主义和制度化的母亲身份要求女孩子将依赖、爱欲、亲密这些最初的感觉从起初的女性身上转移到男性身上，这样她才能成为人们所定义的“正常”女性——也就是全身心投入在男人身上的女人。①

尽管早年作为“父亲的女儿”，里奇以男性视角来看待自己的身体，无形中承受着对身体的自我厌恶，但是她一直保存着对母亲身体的记忆，母亲的身体曾给她带来愉悦和安心，是因为爱上了母亲的身体，她才最终爱上了自己的身体。在里奇看来，这是一种深厚的来自母系的馈赠。里奇表明女性必须找到办法弥补母女的间隙。“在姐妹情谊建立之前，存在一个认知，它也许是短暂的、零碎的，但却是独到且至关重要的，即对母女身份的认知。”②这种理念在她的诗歌中通过描写母女间的强大能量得以佐证。《姐妹的奥秘》（“Sibling Mysteries”, 1976）是从一个姐姐的视角写给妹妹的，描写了母女间自然的亲密关系，维系着“父权王国”里姐妹间的情感和共同记忆：

让我想起我们是多么爱我们母亲的身体
我们的嘴从她的乳头里吮吸出
最初的一丝甜蜜

我们的脸贴在她腿上的咸味中
一小时又一小时地做梦 让我想起
她的触摸是如何融化了孩童的悲伤③

① Sandra M. Gilbert, ed. *Culture, Politics, and the Art of Poetry: Essential Essays by Adrienne Rich*, (New York: W. W. Norton, 2018), p.107.
② Sandra M. Gilbert, ed. *Culture, Politics, and the Art of Poetry: Essential Essays by Adrienne Rich*, (New York: W. W. Norton, 2018), p.114.
③ Adrienne Rich, *The Dream of a Common Language*, (New York: W. W. Norton, 1978), p.48.

里奇在这里呈现了母女关系的最初状态，认同“女性传统的一部分就应该努力回到原本的状态。”① 母亲和女儿的故事中都会残存着陈年旧事，她们之间往往有一种女性间的亲密感，相互交流，不仅是有关女性经验的口口相传，还有言语之外的知识。在这首诗的后面诗节中，母亲被抬高到一个女儿需要努力方可到达的高度：“端庄的，高贵典雅的，在盘旋式的楼梯上面 / 女儿们气喘吁吁地爬向她。”② 里奇认为，原始的、自然的女性之间的关系已经在既定话语结构中被剥离而出现罅隙，需要重构母女关系和姐妹联系，尤其是母女之间的身体和精神联结，因为这些关系可以展示女性所有的伤口，战胜母女共同经历的痛苦，诉说一切，给女性提供力量以逃离男性的权威。里奇在《先验练习曲》中呈现了相似的内容：

我们的出生剥夺了我们与生俱来的权利
把我们从一个女人，从女性集体，从我们自己中剥离
……
我们没有起源，我们不需要知道
什么，没有什么能忆起我们
只有：它是不自然的，
对一个女人，对我们自己
对那强烈快乐的
思念③

在里奇看来，在传统社会制度的历史长河中，神学、艺术和社会理论都是由男性创造的，因此，无论是在神学教义中，还是在艺术、社会学或精神分析理论中，母子关系才是永恒的、决定性的二元组合，而母女之间最深刻的相互关系，与一般女性之间的亲密关系一样，对男性也构成了威胁，因此

① Jane Vanderbosch, “Beginning Again” in Jane Roberta Cooper, ed. *Reading Adrienne Rich: Review and Re-Visions, 1951-81*. (Ann Arbor, MI: U of Michigan P, 1984), p.123.

② Adrienne Rich, *The Dream of a Common Language*, (New York: W. W. Norton, 1978), p.49.

③ Adrienne Rich, *The Dream of a Common Language*, (New York: W. W. Norton, 1978), p.75.

常被最小化、轻描淡写了，也常被扭曲、误用，成为“最痛苦的疏远”。[①]于是，里奇还在诗歌中把母女关系、姐妹关系的重要性当作女性群体，尤其是边缘女性群体寻求政治力量、挑战旧世界、构建新世界的有效途径：

她屏住呼吸，在脑海中翻腾
即使被击退，被再次搁浅，领会
一个突然清晰的想法
在颤抖，就像那个又小又圆的，濒临危险的
新世界的卵囊[②]

里奇甚至采用了埃卢西亚的神话典故[③]来书写母女之间的强力黏合关系：记录了著名的希腊女神得墨忒耳拒绝屈服于男性统治、坚持寻找女儿珀尔塞福涅并与她团聚：

巨大的克拉特杯上细小的针状碎片
铺满了它的侧面
欣喜若狂的妇女们手拉手跨步迈向
女预言家的洞穴或埃卢西亚的洞穴[④]

在这几行诗中，里奇从希腊神话中的母女欢欣重聚着手，赞美了女性力量、团结以及母女之间的深厚情感。母亲的悲伤、哀悼与愤怒、爱和力量催生了女儿从冥界复活的奇迹。得墨忒耳是谷物女神，是人类物产的赐予者，

---

① Sandra M. Gilbert, ed. *Culture, Politics, and the Art of Poetry: Essential Essays by Adrienne Rich*, (New York: W. W. Norton, 2018), p.114.

② Adrienne Rich, *The Dream of a Common Language,* (New York: W. W. Norton, 1978), p.76.

③ 厄琉西斯神话（the Eleusinian Mysteries）：希腊神话中，得墨忒尔（Demeter）是丰收之女神，掌管谷物、肥沃的土地、丰收和神圣的婚姻。她和她的女儿珀尔塞福涅（Persephone）是厄琉西斯神话的中心人物。在珀尔塞福涅被带走成为冥王哈迪斯（Hades）的妻子后，母亲和女儿被迫分开。作为谷物之神，得墨忒尔阻止谷物生长来报复丧女之痛。面对垂死的大地，宙斯强迫哈迪斯每年四个月带回珀尔塞福涅，其他九个月回到母亲身边，得墨忒尔会在这九个月中让土地恢复丰饶和生机。

④ Adrienne Rich, *The Dream of a Common Language,* (New York: W. W. Norton, 1978), p.28.

她在文学中有着丰富的形象，具有母亲的特质。“每一位母亲一定都渴望具有得墨忒尔的力量，渴望她愤怒的效力，渴望与迷失的自我和解。”[①]“洞穴”的隐喻也与女性和女性文化相关，具有神秘富饶大地般的生殖力，如弗德里曼（Susan Stanford Friedman）所评论：“里奇追求个人和神话的母性原则来抗衡父权制，探索女性关系。”[②]

关于母亲的形象，里奇还在她的短诗《母亲—权利》（“Mother-Right”, 1977）中建立了母亲中心与历史文化的联系，假设了史前母权制概念，这一思考对修正以男性为主导的传统社会观念来说无疑是具有重大意义的。诗歌描写了母子两人手拉着手迎着凛冽寒风在旷野中奔跑的情景——母亲留着短发，干净利落，孩子一头卷发披肩，而男人则行走在边界。诗人想象了母权制下的女性自由、力量、流动，仿佛是“空气下面的水和草地”，自由流动的女性、孩子与大地融为一体，成为自然的一部分。相反，男性自以为是大地的衡量者、空气的拥有者和妇女孩子的占有者，在诗歌中却被描述成“流动的界限”，被放逐在自然的边缘地带。诗歌的最后呈现了一幅女性突围、追寻自由的画面：“孩子唱着歌，妇女的眼睛在阳光下变得更加明亮了 / 心灵蹒跚着，走向广阔的领域。”[③]

（三）女性历史文化传统的认同

激进女性主义身份认同还体现在女性日常生活与历史文化传统的认同。《致诗人》（“To a Poet”, 1974）一诗就可以被解读为里奇二十多岁时的个人及其同时代职业女性的生活写照。诗歌使用了一系列的女性日常生活与工作意象，如睡袍上的“奶渍”和“泪痕”，粘了“蛋壳”的干盘子、“漂浮的语言”“丰富的大脑”等不甚关联的意象，再现了诗人们每天在家务和创作之间挣扎的状态。透过全诗，读者可以深切感受到叙述者面对女性身份——传统身份与写作自我身份——冲突时强烈的痛苦和愤怒。

---

① Sandra M. Gilbert, ed. *Culture, Politics, and the Art of Poetry: Essential Essays by Adrienne Rich*, (New York: W. W. Norton, 2018), pp.130-131.

② Susan Stanford Friedman, “Adrienne Rich and H.D.: An Intertextual Study, ” in Jane Roberta Cooper, ed. *Reading Adrienne Rich: Review and Re-Visions, 1951-81*. (Ann Arbor, MI: U of Michigan P, 1984), p.174.

③ Adrienne Rich, *The Dream of a Common Language*, (New York: W. W. Norton, 1978), p.59.

《姐妹的奥秘》则侧重书写女性共同的生活、历史与文化记忆。它记录了两姐妹回忆她们做女儿时那一段悠长历史中的亲密关系。诗人频繁呈现那些与女性记忆和经验息息相关的事物，比如“在下雨之前嗅到雨的味道”“在月亮升起之前感受到的满月”“庆祝洗衣服”“仰望繁星点点的夜空，探讨关于银河系的知识”①，等等。诗人借用这些意象，在诗歌中建构了一个理想化的女性世界，女儿和母亲们在这个她们自己的世界里互相关怀，珍藏同甘共苦的经历，并从彼此身上获得力量。同样，在《自然资源》(“Natural Resources”, 1977）中，里奇将妇女们想象成一个个探险家、矿主，自由地进入她们自己的神圣领地，挖掘“自然资源”——“瓷器茶杯、镶有银器的鞋拔、一本镶边的书、打开的图画、三十多年的饼干桶、干净的雕花玻璃、亚麻布、缝缝补补的编织物”②，等等，这些未被开采、埋葬在地下的资源都展现了女性的日常生活图景，属于女性的共同经验，然而都被忽视、被埋没，变成了“缺席”的存在。诗人用诗性的语言写道，这些储藏物虽然“粗陋”，但极为珍贵，代表着被湮没的珍贵女性文化记忆、她们过去的荣誉和未来的目标。通过对这些“自然资源”的挖掘，妇女们希望把遗失的记忆重新交还到妇女手中，将“碎片”转变成“拼缀物”，转变成艺术品，代代相传下去。这里，妇女们的“缝缝补补的编织物”与“百纳被”也有相同的象征意义，都是传承女性情谊与共同经验的产品，而通过重拾这些历史文化资源，妇女们可以联合起来，重构女性共同身份：

我的心被我不能拯救的一切感动：
那么多东西都被毁灭了

我必须把我的命运投掷给那些
缺乏非凡力量，

但年复一年，固执地，

① Adrienne Rich, *The Dream of a Common Language*, (New York: W. W. Norton, 1978), p.47.
② Adrienne Rich, *The Dream of a Common Language*, (New York: W. W. Norton, 1978), pp.65-67.

重建世界的人。[①]

在此，里奇既说出了女性的非凡力量，又道出了“女性关系的政治目标”[②]，她呼吁转向女性联系，女性一起追溯、分享共同的生活经验、情感经历和文化资源，把她们“拿到阳光下”晾晒，让“不可言说的生活”得到言说，并达成共识和从中汲取力量，以重构她们的身体、精神、政治和文化身份。她希望将自己的诗歌艺术与政治融为一体，呈现女性共同历史文化经验，在诗歌中建立内在的、个人的和公众的联系，为那些缺乏力量的人赋权，与她们并肩奋斗，来重构或重新命名世界：

我在等待
一阵风，轻轻地揭开水帘
哪怕只有一次，告诉我能为你做点什么
你经常为别人，将不可命名的事物
变得可以命名，甚至为我。[③]

在一定程度上，人类历史就是一部命名史。然而，女性的历史是被忽视的，被湮没的，或被男性书写的。重新命名女性历史是困难的，或是痛苦的，“需要摆渡般的努力。”[④]里奇呼吁女性应当携起手来，打破禁忌、抵制奴役、走出痛苦：

那个珍惜她的痛苦的女人
已经死了。而我是她的后代。
我热爱她传给我的伤疤组织，

① Adrienne Rich, *The Dream of a Common Language*, (New York: W. W. Norton, 1978), pp.65-67.
② Vincent B. Leitch, et al, *The Norton Anthology of Theory and Criticism*, (New York: W. W. Norton, 2001), p.1761.
③ Adrienne Rich, *The Dream of a Common Language*, (New York: W. W. Norton, 1978), p.29.
④ 殷企平：《经典即“摆渡”：当代西方诗歌的精神渊源》，载《外国文学研究》，2012 年第 4 期，第 10 页。

但我愿与你一起，从那里继续往前，

抵制把痛苦变成职业的诱惑。[①]

这是激进女性主义掷地有声的宣言，给那些一辈子陷于痛苦中的女性明示出路。在这首诗里，叙述者还运用神话象征，将自己等同于“女性的菲罗克忒忒斯”，长途跋涉于“岩石”与“海浪”之间，躺在“黑暗的海边岬角上”。菲罗克忒忒斯因为被古希腊强权所背弃，被流放丢弃在希腊岛上，但是仍然怀抱强烈的斗争精神。叙述者不屈从于现状、忍受痛苦，通过自我摆渡，走出黑暗的天地。

在《普通语言之梦》中的名诗《割裂》（“Splittings”）中，里奇也表达了相同的观点：

我相信我正在选择一种新的东西

不是徒劳地忍受痛苦 却仍然感到

……

但我们，我们生活在太多

过去的矩阵中 我选择

把她和我们没有分享的过去分开

我选择不去徒劳地忍受

不去察觉原始的痛苦，当它向我袭来

在我眼中闪烁着暗淡的光芒 掩盖了

她的特殊存在 她的爱的细节

我不会与她 分离或与我自己分离

被分离的神话[②]

传统的女性希望在忍受痛苦、自我牺牲中获得拯救，而激进女性主义则

① Adrienne Rich, *The Dream of a Common Language*, (New York: W. W. Norton, 1978), p.29.

② Adrienne Rich, *The Dream of a Common Language*, (New York: W. W. Norton, 1978), pp.10-11.

反对屈从，反对女性的受虐倾向。这是里奇对广大女性团结一致寻找力量、建构认同的启示。里奇试图聚集古往今来的女性力量，如同《二十一首情诗》的第十二首里所写：

过去在我们的血液中回响
承载着不同的语言，不同的含义——
通过我们共享的所有世界编年史
过去可以被赋予新的意义①

在里奇等激进女性主义者看来，历史是他者的书写，满载着既定社会制度的语言、法律和意义。即使妇女的历史已经被翻译成不同的语言，并被赋予了不同的意义，然而，那些被翻译的历史并不能展现事实。这就解释了里奇为何要反复提倡背弃"僵死的语言"②，赋予女性历史以新的语言，呼吁女性要用自己的语言重写既往的编年史。此外，只有认清女性之间不同层面的、各种各样的关系，女性失去的权力才能得到恢复，如她在《饥饿》（"Hunger"）一诗的末行中所写，"在我们找到彼此之前 / 我们都是势单力薄的。"③这一思想与格瑞恩对激进女性主义诗歌的政治设想契合，诗歌要表现出"一种勾画女性诗歌传统的意图，同时也要表现出一种将所有女性聚集在一起的意图"④。里奇在《普通语言之梦》的很多诗歌中的人称代词从"我"转变到"我们"，这代表了女性从个体意识到群体意识的转变，表明了妇女依靠集体来寻求政治力量。

三、激进女性主义身份的构建策略

在《普通语言之梦》中，里奇使用了公众叙事、身体叙事、僭越传统情

① Adrienne Rich, *The Dream of a Common Language*, (New York: W. W. Norton,1978), p.31.
② Adrienne Rich, *Diving into the Wreck*, (New York: W. W. Norton, 1973), p.19.
③ Adrienne Rich, *Diving into the Wreck*, (New York: W. W. Norton, 1973), p.14.
④ Judy Grahn, *The Highest Apple: Sappho and the Lesbian Poetic Tradition*, (San Francisco, CA: Spinsters, Ink, 1985), pp.43-45.

诗结构、“普通语言”等主要策略来构建女性/女同性恋身份认同。

（一）公众叙事：超越女性书写的内在性和隐蔽性

19世纪和20世纪早期的女性先锋诗人选择内在的隐蔽的书写方式，诗歌呈现含蓄的、朦胧的特点。比如，她们将诗歌场景放置在一个类似于古希腊女诗人萨福（Sappho）所描写的莱斯博斯“孤岛”，主人们与世隔绝，在一个隐蔽的地方“避难”——享受高度的学习与创作自由，比如狄金森的卧室，洛厄尔的花园和乡舍，斯泰因的巴黎文学沙龙，H.D.的山野湖畔。不同的是，20世纪中叶，随着妇女解放运动和激进女性主义政治发展，这些诗人将她们的存在带进公众领域。她们脱离孤岛，步入现代都市。在《普通语言之梦》里，尽管里奇也将部分诗歌场景放在书房、卧室等隐蔽地方来揭示她们私人化的生存状态，但是，她的诗歌在更大的程度上超越了内在性和隐蔽性，如弗里德曼所言，“里奇在城市中扎根”，“在狭窄的石缝中追索生活”，“寻找与被亵渎的‘女性原则’相关联的再生生命力的迹象和爱神厄洛斯，唯有她的无形力量足够强大到对抗真实可感的社会力量。”①

里奇在《意识的起源和历史》（“Origins and Histories of Consciousness”, 1972-1974）中也展现了被边缘化的女性群体如何在一个物质和文化层面具有破坏性的艰难外部世界勇敢面对，与之接触，恢复并重新设想她们的身份和关系：

……信任，不信任，
我们低到尘埃里，让我们
自己手拉手向下，仿佛抓住一根绳子，颤动
在未经搜查之地……我们如此行动。构想
彼此，在黑暗中构想
我记得那黑暗如同浸透在光明中。

我想将之称为，生活。

① Susan Stanford Friedman, “Adrienne Rich and H.D.: An Intertextual Study, ” in Jane Roberta Cooper, ed. *Reading Adrienne Rich: Review and Re-Visions, 1951-81.* (Ann Arbor, MI: U of Michigan P, 1984), pp.179-180.

但我不能称之为生命，除非我们开始

超越这个秘密的火焰圈[①]

“未经搜查之地”和“秘密的火焰圈”都指她们身处孤岛般的黑暗生活的痛苦经历。因此，里奇希望以写作的方式来将她们的存在从隐蔽处带到外部广大的世界，带入公众空间，并赋予这种存在以真实的意义：“写作，将文字写在纸上，然而，当人们来阐释它的时候，可以变得激进化。它让你觉得你远远不只是你自己，不只是你存在于这个世界的方式。”[②]

（二）身体叙事：语言与身体的关联

在文学话语中，女性作为“第二性”或“他者”，被沉潜于历史地表之下，被剥夺了包括话语权和身体权在内的一切权利，始终处于被描摹、被审视的状态。里奇指出，传媒和文学作品塑造了非真实的女性特殊性向者形象，关闭档案馆并摧毁与她们存在相关的文件，通过种种手段，否认女性自身的身体特征。只有极少数女性作家能够浮出历史的地表，以隐晦的方式，通过象征、隐喻等手段，委婉地诉说自身。“身体叙事”从身体的层面，冲破男性话语的封锁，采取鲜明的女性视角进行叙说。女性的创作由语言和身体开始，语言是身体的语言，身体是语言的身体，基于这种等式的写作呈现包括身体在内的女性经验。当代女性作家以女性身体及其真实体验为基础，关注女性自身体验，大胆表现经常在女性经验中被遮蔽的欲望，重新探索与解读女性，使“身体叙事”成为女性写作的特色之一。

里奇曾在《血液、面包与诗歌：诗人的位置》中写道，“以一名女性的身份、从女性的身体和经验角度进行直接、公开的创作，将女性的存在作为艺术的严肃主题和源泉，这是我整个写作生涯中一直渴望做、需要做的事情。”[③] 在《二十一首情诗》里，她将自然环境和社会力量交织在一起，影射女性隐秘的生活和情感。比如，第十一首诗则把自然风景和女性风景并置，从一个全新的角度重新定义了女性风景和女性自己。诗歌使用很多隐喻来指

① Adrienne Rich, *The Dream of a Common Language*, (New York: W. W. Norton, 1978), p.9.

② Blanche Boyd, “Interview with Adrienne Rich,” *Christopher Street*, (Vol. 1, No. 7, Jan., 1977), p.15.

③ Adrienne Rich, *Blood, Bread, and Poetry*, (New York: W. W. Norton, 1986), p.182.

向女性身体，比如，开在岩石上的"宝石般的花""火山口""燃烧的地壳"和"跳动的动脉"等。里奇利用"重新命名"那朵"无名"之花来重新定义遭到抹杀和否认的女性身体：那朵花——像"古老的文本"，当我们"用崭新的眼光"去审视，它就有了新的名称。而"火山"更是一个典型的女性隐喻，在里奇和其他美国女性诗人如狄金森的诗歌中都有出现。"火山是恒久不变、有目共睹的女性 / 不具深度，不含一个燃烧的内核，就没有高度"[①]。这个隐喻有两层含义：一是女性强大的爆发力量，二是女性身体。这些对身体和欲望的指涉肯定了女性经验的真实存在，也肯定了女性为她们所生活的世界重新命名的权力和重新定义自己的权力。

福柯说过，"性——是拥有它、接近它、发现它、解放它、谈论它和阐述它的欲望"[②]，福柯把身体与欲望看成一件值得拥有的东西，认为它的存在是最根本的内在关系之一。同样，在里奇的激进女性主义理论之中，身体与欲望也不是个简单的话题，尽管它不是女性特殊性向者关系中唯一的存在，却在这一身份问题中具有重要性。

里奇诗歌当中大量的身体叙事表明，诗人一方面因为自身的身份与经历，另一方面也因为对边缘群体身份与经验的体察，通过诗歌揭示女性身体与欲望方面的不平等遭遇，以身体叙事为手段，挑战主流话语，探讨女性身体经验的实质，重构女性 / 性别身份。

（三）僭越传统情诗的结构

与男性诗人用来描写两性关系的传统十四行诗不同，里奇颠覆性地使用这种约定俗成的诗歌形式来描写女性关系和女性经验，因为她并不希望自己的诗歌被"同化成"传统情诗而失去了其特有内涵。里奇以自己的话语方式，对传统的十四行诗进行了变革，"摈弃了人们所熟悉的悲剧情诗的结构。"[③]以《二十一首情诗》的第三首为例，总体上它是十四行诗的形式，属于抒情诗，里奇在这首长诗中灵活地使用诗节的长度、韵脚和节奏，以及灵活

---

① Adrienne Rich, *The Dream of a Common Language*, (New York: W. W. Norton, 1978), p.30.

② Michel Foucault, *The History of Sexuality*, (New York: Vintage Books, 1976), p.156.

③ Adrian Oktenberg, "'Disloyal to Civilization': The Twenty-One Love Poems of Adrienne Rich, " in Barbara Charlesworth Gelpi and Albert Gelpi, eds., *Adrienne Rich's Poetry and Prose: A Norton Critical Edition*, (New York: W. W. Norton, 1993), p.336.

安排诗歌每一行的长度。里奇在 1976 年接受巴尔金（Elly Bulkin）的采访中对这部诗集作过如下评论：

它似乎是一个非常灵活的模式，有很多空间——我认为这些诗歌中的大多数是 13 到 16 行——每个部分书写情感关系的一个层面，及其与外部世界的关系，节奏及一些前后参照将它们联系在一起。我不认为它们是单独的诗。我认为它们就像一首长诗，尽管它们是在很长一段时间内写成的。[①]

传统情诗（如《特里斯坦和伊索尔德》[②]）往往是以命中注定的爱情开头，又以命中注定的爱情消亡结尾，诗人通常会把悲剧爱情关系浪漫化，比如，女主人公面对爱情的终结会万分痛苦，自我否定，甚至为爱殉情。然而，里奇有意使《二十一首情诗》脱离这些特征。虽然整首诗描写了一段深厚又痛苦的女性关系从亲密到疏远、再到最后分崩离析的发展，但她们的关系从一开始就与传统爱情悲剧不同：这种关系在男性异性主义主导的社会文化背景下面临着艰难的现实，这种关系的产生不是命中注定的，而是偶然的、危险的，从而也是悲剧性的：

没有人注定要爱上谁。
意外发生了，我们不是英雄，
它们发生在我们的生活中，就像车祸
就像改变我们的书[③]

里奇在描写女性关系时，并没有将它浪漫化，而是增加了这种关系的矛盾与复杂性，因为社会现实就是这种欲望的主要障碍。而关于这种关系的解体原因，里奇则清楚地将之归于内部的力量与外部的阻力：

① Elly Bulkin, “Interview with Adrienne Rich, ” p.59.

② “特里斯坦和伊索尔德”的爱情悲剧故事，在西方已经流传千年，家喻户晓。它被写进了诗歌，还曾经被瓦格纳改编成同名经典歌剧。

③ Adrienne Rich, *The Dream of a Common Language,* (New York: W. W. Norton, 1978), p.33.

我领悟了一个深爱过的女人
淹没在秘密之中，恐惧缠绕着她的喉咙
像头发一样让她窒息。这就是她
我想要交谈的人，她那饱受伤害、情感丰富的脑袋
因痛苦而扭向一边，正陷得更深
往听不见我的地方，
不久我就会知道，我在跟自己的灵魂说话。①

女性之间的隔阂产生之后，她们之间没有交流，各自站在孤独和寂寞的黑暗中，因为其中的一方没有消除交织在内心的疑虑。即便这样，里奇也没有让她们做出传统情诗中女主人公的悲剧选择：

不是"特里斯坦和伊索尔德"的故事
女人至少应该知道
爱情和死亡的区别。没有毒杯，
没有忏悔。仅仅是一种想法，录音机
应该抓住我们的一些灵魂：那个录音机
不仅应该播放，而是应该倾听我们，
并能指导我们的后辈：
这就是我们，这就是我们试图去爱的方式。②

诗歌的这部分虽然柔和与克制，但也打破了沉默，表现出了愤怒。女性关系的终结留下的并非悲剧，而是对自我力量的认同：

我感到疏远，是的。当我感到黎明
正逼近拂晓。一束光——？
在悲伤和愤怒之间，一个空间打开

① Adrienne Rich, *The Dream of a Common Language*, (New York: W. W. Norton, 1978), p.35.
② Adrienne Rich, *The Dream of a Common Language*, (New York: W. W. Norton, 1978), p.33.

我是孤单的艾德里安娜。越来越冷。[①]

与传统情诗相似，黎明或破晓往往都被看成残忍的，因为恋人们更喜欢月光而不是日光。在诗歌这一部分，黎明时分，叙述者从恋人身上察觉到了疏离感，意识到这段关系即将终结，自己内心深处被孤独占据。日光并没有让她觉得温暖，而是越发清冷。但是，里奇并没有将最后的孤独看成悲剧，而是重生。因为诗人在最后一首诗中再次使用"光芒的裂缝"这一意象并将其转变成精神上的东西，"划出/圆圈，那些沉重的阴影，那些伟大的光明。"[②]光芒是一种精神意义上的象征，就像巨石阵（Stonehenge）[③]所代表的精神领域，赋予走向它的女性持续强大的精神力量和温暖。凯斯在《美学的力量》中的评论恰如其分，"这种疏远，其实是一种肯定生活、积极乐观的意象模式。我们可以把疏远的关系解读成引导我们走向光明、带给我们更深刻理解的积极的东西。"[④]总之，里奇意识到传统情诗结构已经过时，她努力把它转变成一种新的结构，以表达女性关系所包含的思想与情感，完成自我发现与女性发现。

（四）用"普通语言"重构激进女性主义"地形图"

里奇在《普通语言之梦》中使用"普通语言"[⑤]来僭越父权体系，表达女性的梦想。她通过将女性作为言说主体和受话主体、采用"会话式"的抒情语言以及颠覆"沉默的图绘"三个方面来重构激进女性主义"地形图"。

1. 将女性作为言说主体和受话主体

里奇使用赖以重新命名的"普通语言"，首先体现在将女性作为言说主体和受话主体。在《普通语言之梦》之前的所有作品中，里奇一直尝试着以女性的名义把男性和女性都纳为她的听众，但是在这部诗集中，她将注意力全部集中在女性和她们之间的相互关系中，女人说给女人听，而且"女人谈

---

① Adrienne Rich, *The Dream of a Common Language*, (New York: W. W. Norton, 1978), p.34.

② Adrienne Rich, *The Dream of a Common Language*, (New York: W. W. Norton, 1978), pp.35-36.

③ 巨石阵是英国南部索尔兹伯里的史前环形巨石结构，可能是一个兼作星象观测台的宗教中心，每年仲夏时节在此举行部落和宗教仪式，庆祝丰收和大地母亲的馈赠。

④ Claire Keyes, *The Aesthetics of Power: The Poetry of Adrienne Rich*, (Athens: U of Georgia P, 1986, 2008), p.173.

⑤ 何谓"普通语言"？这一问题在本章的第一节做了详细的探讨，这里不做赘述。

话的对象和内容都是女人，因为她们有了新的勇气来命名，她们相互热爱，同欢乐、共患难。”①

在《普通语言之梦》中，里奇真正地将女性从“他者”转变为权力主体，从男性意识的客体身份转变成具有支配和塑造自我意识的主体。而且，她没有从男性文学中选择传统的女性形象作为她诗歌的主体，而是选择了她自己心目中的“英雄”女性，而这些女性往往在才能和创造性方面超越男性。比如，在完成《写自美国的一座老房子》的同一年，里奇接着写了两首诗《力量》（“Power”, 1974）和《献给艾尔维拉·沙塔叶夫的幻想曲》（“Phantasia for Elvira Shatayev”, 1974）。《力量》的主要角色是著名的女科学家玛丽·居里，后者则是苏联一个女子登山队的队长。里奇笔下的居里夫人，不辞辛苦寻求宝藏，这一宝藏不仅仅是科学发现，也是女性探求其经验和力量根源的行为。诗歌结尾这样写道：

她死时 是一位名女人 否认
她的创伤
否认
她的创伤 与她的力量 来自同一根源②

在这首诗中，里奇重复使用“否认”一词，强调女性对自我毁灭的否认，建构了一个“伟大女人”的形象。里奇将居里夫人作为英雄人物书写，颂扬了她作为女人同样具有创造性才能、具有对男性主宰的科学领域有着执着的热爱，甚至是献身精神：“为了身体的解脱/也为了精神的重构”③，这就极大地修正了以男性为主导的社会赋予女性的传统家庭和社会文化身份，挖掘出女性力量的源泉在于实现自我价值、在于改变世界，如同里奇在演讲稿《作为女性需要了解什么？》（1979）中所言：“长期以来，女性主义者一直在探讨重新定义权力，讨论权力的含义，使其回归根源——posse、potere、

① Barbara Charlesworth Gelpi and Albert Gelpi, eds. *Adrienne Rich's Poetry and Prose: A Norton Critical Edition*, (New York: W. W. Norton, 1993), p.176.

② Adrienne Rich, *The Dream of a Common Language*, (New York: W. W. Norton, 1978), p.3.

③ Adrienne Rich, *The Dream of a Common Language*, (New York: W. W. Norton, 1978), p.148.

pouvoir：能够、有潜力、拥有并使用自己的创造性能量——改变的力量。”[①]

《为艾尔维拉·沙塔叶夫撰写的幻想曲》探索的是女性群体的相互关系和她们的英雄事迹。在诗歌中，诗人将被认同的男性登山英雄形象换成了女性英雄。诗歌的叙述者是女子登山队的领队，成员们都在列宁峰的风暴中牺牲了。通过对登山这种往往与男性相关的体验描述，里奇表明了女性的勇气，以此说明女性是如何僭越男性的领域：

假如我是从这睡眠中说话
我的声音不再是个人的声音
（我要说 用声音说）
当风终于将 我们的呼吸撕破
我们不再需要语言[②]

这里的“声音”表明的是女性个体与群体的联系和集体话语。叙述者不是作为一个个体说话，而是用所有女子登山队员的共同声音叙说，一种能够获取强大力量的叙说：“我们尝试了 / 未完成的，未开始的 / 可能的”[③]。在艰难的共同体验、相互扶持和死亡中，她们的经验与关系并没有因为死亡而终结，反而变得更为强大，因为在死亡中她们紧紧相连，超越了个体力量。她们的登山行程不是神话，而是精神层面的探索。在她们离开这个世界时，她们的精神和思想的结合更加紧密了，对彼此的关爱更加深厚了：

爱意味着什么
“生存”　意味着什么
一根蓝色的缆绳缠绕着我们的身体
在雪里一同燃烧 我们不愿活着
去接受比这逊色的 我们一生都在梦想

① Sandra M. Gilbert, ed. *Culture, Politics, and the Art of Poetry: Essential Essays by Adrienne Rich*, (New York: W. W. Norton, 2018), p.152.
② Adrienne Rich, *The Dream of a Common Language*, (New York: W. W. Norton, 1978), p.4.
③ Adrienne Rich, *The Dream of a Common Language*, (New York: W. W. Norton, 1978), p.5.

*我们的生活*①

缠绕着登山者的“燃烧的缆绳”象征着她们在生死关头共生共栖的意义。这些妇女们在探求新生活的尝试中失去了生命。里奇借此表明妇女们追求的新领地能够僭越社会规则和超越男性支配的传统话语领域，是情感和语言存在意义的地方。

将女性作为言说主体和受话主体的极致做法是呈现一个女性“共同体”或乌托邦。比如，在《二十一首情诗》的最后，里奇用历史文化典故构想了一个类似于莱斯博斯岛的“巨石阵”：

暗黑的门楣、蓝色的异域之石
这组巨大的圆石上闪着斑斓的涟漪波纹
仲夏的夜光从
地平线下升起——我所说的“光中的裂缝”
就是指它。这不仅仅是史前巨石阵
根本不是任何地方，而是头脑②

叙述者通过选择的地方和与女性形象息息相关的“月亮”意象，可以在巨石阵里找到自己的思想意识中心。巨石阵是庆祝丰收和大地母亲馈赠的场所，因而具有女性历史文化的内涵，诗歌中的“圆形石头”象征着子宫。对里奇而言，重要的是巨石阵是一个可以存放思想的地方，因为巨石阵的“仲夏夜的月光”便象征着女性的精神之光：

追溯到的独处之地，她选择在此独居，
因为有人分享，她才可以选择没有寂寞的孤独，
若要立桩标示这个圈子，既非易事

---

① Adrienne Rich, *The Dream of a Common Language*, (New York: W. W. Norton, 1978), p.6

② Adrienne Rich, *The Dream of a Common Language*, (New York: W. W. Norton, 1978), p.35.

也非没有痛苦，沉重的阴影、伟大的光芒。①

在这里，女性在共享孤独中做出更大范围的行动，麦克丹尼尔（Judith McDaniel）的评论十分中肯："这里的选择，和里奇大部分诗歌中的选择，都是一个过程，一种正在形成的方式，而不是一个被狭隘界定的结尾。"② 为了重构女性的精神和力量，里奇认为，女性需要把自己与这个哺育思想的地方结合起来，诗歌的最后几行突出了这一主题：

我愿意成为这朦胧之光中的一个形象，
被半遮在黑暗中，某个东西在穿梭
穿过那片空间，石头的颜色③
向月亮打招呼，而不只是石头：
一个女人。我选择在这里走动。并在这里画圈。④

叙述者表达了她在这个精神领域里选择身份的意识、坚持与行动，从而获取应对未来的力量。这是一个女性共同体"可以生存，可以设想自己有意义的未来和怀揣梦想的圈。或许，里奇是想通过画圈的姿势表达女性力量的源泉以及用行动代替语言获取并保持女性精神的完整性。"⑤ 这便是里奇利用巨石阵的历史文化蕴含而设想与构建的女性认同的历史、现在和未来。

2."会话式"的抒情语言

里奇的激进女性主义诗歌采用"会话式"的抒情语言，兼具公众演说功能。"会话式"的语言灵活多变、自然真实，虽然不乏修辞，但口语化特征

① Adrienne Rich, *The Dream of a Common Language*, (New York: W. W. Norton, 1978), pp.35-36.
② Judith McDaniel, "'Reconstituting the World': The Poetry and Vision of Adrienne Rich", in Barbara Charlesworth Gelpi and Albert Gelpi, eds., *Adrienne Rich's Poetry and Prose: A Norton Critical Edition*, (New York: W. W. Norton, 1993), p.321.
③ Adrienne Rich, *The Dream of a Common Language*, (New York: W. W. Norton, 1978), p.36.
④ Adrienne Rich, *The Dream of a Common Language*, (New York: W. W. Norton, 1978), pp.35-36.
⑤ Joanne Feit Diehl, "'Cartographies of Silence': Rich's Common Language and the Woman Poet", in Jane Roberta Cooper, ed., *Reading Adrienne Rich: Review and Re-Visions, 1951-81*. (Ann Arbor: U of Michigan P, 1984), p.101.

明显。换言之，她使用普通的、最贴近日常表达的修辞语言传达政治理念，把一种私人化的不可言说的经验转变成一种女性共同的体验，清晰地呈现身份认同，“恢复个人经验与社会经验的关系，将痛苦的现实变成一种超越自我的力量，而不是一种孤立的状态。”[①]

在诗歌公共领域中，里奇浓墨重彩地书写女性体验与真实思想。以《二十一首情诗》为例，整首诗通过“会话式”的语言抒发强烈的情感——在以男性主导的既有社会中挣扎着生存的孤独、痛苦与隐忍。从长诗的开篇“没有人想象过我们的存在”所暗示的感情禁忌，到具体呈现她们的家庭生活、工作、旅行、亲密关系、认同、分歧和痛苦等，“我”用自然真实的语言述说着“我们”的故事。比如，第四首中呈现的日常家庭生活：

我从你那里回家，穿过早春的阳光
从普通的墙壁上匆匆溜走，Pez Dorado，
打折商品，鞋店……我拖着我购买的
食品杂货，我冲向电梯
那里有一个男人，神经紧张，上了年纪，小心翼翼
冲着我几乎关上了门。——*看在上帝的分上，住手！*
我对他发牢骚。——*歇斯底里*，——他对我爱搭不理。
我走进厨房，卸下包裹，
煮咖啡，打开窗户，放上尼娜·西蒙的唱片
播放着太阳出来了的曲子……我打开邮件，
喝着美味的咖啡，听着美妙的音乐，
……[②]

在这里，里奇使用了“会话式”语言中的口语化表达，加上电影的视觉技巧，呈现了“我”（一位女作家）的日常生活图景。同时，这种“会话式”

① Joanne Feit Diehl, "'Cartographies of Silence': Rich's Common Language and the Woman Poet", in Jane Roberta Cooper, ed., *Reading Adrienne Rich: Review and Re-Visions, 1951-81*. (Ann Arbor: U of Michigan P, 1984), p.99.

② Adrienne Rich, *The Dream of a Common Language*, (New York: W. W. Norton,1978), p.26.

语言的真情流露强化了诗歌中人物的痛苦和愤怒之情。诗歌发出了男性主导的文学传统中一直被否认、被缄默的声音，如里奇所言，“写下了这样的文字，我也活着。”① 迪尔（Joanne Feit Diehl）在《“沉默的图绘”：里奇的普通语言和女诗人》（“ ‘Cartographies of Silence’: Rich’s Common Language and the Woman Poet”）中的评论是切中要害的：“这些诗想要达到的目的是试图将一种特定的情感关系转变成一种范式，为一种完全不同的诗学绘制这种关系的可能性。”②

里奇运用强烈的抒情语言号召妇女们说出她们的真实想法和行动，不要“保持沉默或口是心非”，成功地调节了“会话式”口语表达和诗歌修辞语言的表现力之间的矛盾。

里奇诗歌语言的“会话式”抒情性同样体现在她对历史文化典故的使用，比如她在《二十一首情诗》的第十六首使用月亮与石头等意象描写女性情感：

与你相隔一座城市，我仍与你一起，
就如八月之夜
月色朦胧，港湾温暖，海水浴后，我望着你入睡，
梳妆台打磨过的木料没有光泽，上面
我们凌乱的梳子，书本和药瓶都沐浴在月光中——
又好似咸涩的薄雾笼罩的果园，我躺在你身旁
透过小屋的纱门，凝望红色的夕阳，
莫扎特的 G 小调从录音机里流淌，
伴着大海的音乐沉沉睡去。
曼哈顿这座孤岛，足够宽阔
能容纳你我，但也褊狭：
我能听到你今夜的呼吸，我知道你的脸

① Adrienne Rich, *The Dream of a Common Language*, (New York: W. W. Norton,1978), p.28.
② Joanne Feit Diehl, “ ‘Cartographies of Silence’: Rich’s Common Language and the Woman Poet”, in Jane Roberta Cooper, ed., *Reading Adrienne Rich: Review and Re-Visions, 1951-81*. (Ann Arbor: U of Michigan P, 1984), p.99.

仰面躺着，半明的光线映照着
你的丰满姣美的嘴唇
悲伤和欢笑
在那里同栖共眠。①

诗人将谈话式的叙事与抒情相结合，勾勒了女性关系的浪漫日常生活图景：月光、海水、书本、音乐、果园构成了一幅"伊甸园"画面。读者看到的不是刻板印象中身体和情感关系的庸俗、放纵、肮脏与虚伪，而是超越性别界限的情感的自然、真实与恬静。《晚上和白天》（"Nights and Days", 1976）也用音乐化和抒情的语言呈现了她们对未来生活的思考：

繁星将永远照亮夜空
风信子像火焰般起舞
从风吹过的草地到上百老汇的中心
荒凉带走了太阳
日子将一起流逝，流进岁月
我问我自己也问你，我们所见的梦幻，哪个会要我们呢
我们会要哪个呢
我们将如何继续生活
我们将如何触碰，我们将知道什么
我们将对彼此说些什么。②

这种用来书写女性关系及其情感的抒情性语言与1974年的《来自美国的一所老房子》的尾声当中描写两性关系的冷冰冰、缺乏相互理解的对话——"他说""她说"的四遍重复——截然不同。

里奇后来在《诗歌和公共领域》（*Poetry and the Public Sphere*, 1997）中谈及诗歌的口语化特点：

① Adrienne Rich, *The Dream of a Common Language*, (New York: W. W. Norton,1978), p.33
② Adrienne Rich, *The Dream of a Common Language*, (New York: W. W. Norton,1978), p.45.

我渴求诗歌口头表达的传统，渴望记起我们被要求忘记的东西。我渴望在字里行间看到平日所能见到的景象，将对形式主义诗篇的期待一扫而空。就像电影可以很诗意化一样，我希望诗歌也可以很诗意化，一首诗就是一个舞台，一场表演，是话语和身体的合而为一。我希望一切事物都可以被写成诗歌。我希望可以为了不同的需求和乐趣去创作和阅读不同类型的诗歌。我认为任何一首诗歌都不能跟所有人表明自身，也没那个必要；但是我认为诗歌会被许多人无意识地创作出来，有时候竟是以诗人自己都没有想到的方式。[①]

因此，诗歌不再仅仅呈现私人领域，而是通过诗歌人物之间、读者和诗歌人物的交流，转变了一种表现方式。

3. 对“沉默的图绘”的颠覆

里奇对“普通语言”使用的一个重要方面是对“沉默的图绘”的颠覆。《沉默的图绘》（“Cartographies of Silence”, 1975）是里奇的一首重要女性主义诗歌，它描绘了女性的沉默，揭示了“沉默的技术”以及“这些文字、这些低语、会话”本身的根本性和隐蔽性。在男性中心话语的掌控之下，女人们因为惧怕和“习惯”而撒着谎，或不得已保持沉默：

一次会话开始于
一个谎言。而每个

所谓的普通语言的说话者都感到
浮冰的裂开、漂离而去

……

沉默可以是一项计划

① Adrienne Rich, *Arts of the Possible*, (New York: W. W. Norton, 2001), p.118.

缜密地执行着

通达生命的蓝图

沉默是一种在场
有历史，有 形式

不要把它混淆为
任何一种缺席①

在父权社会中，女性以"沉默"的形式承受着巨大的社会压力。沉默，虽然是无形的、可能的缺席，但实际上是另一种在场，有"历史"和"形式"的"在场"，也是"固定程序"和"规范"压制下的在场，是女性为了生存必须"缜密地执行着的计划"，她们用"沉默"的方式压抑了自己的真实情感、欲望和梦想，变成了她们自己的陌生人。对里奇而言，沉默只能意味着一种有意的克制，是消极行为，而使用赖以重新命名女性经验的"普通语言"则是在沉默与言语两者之间的一种选择：

被剥开裸露的沉默：
在德莱叶的《圣女贞德》里②

法尔科内蒂的脸，被剪掉的头发，一幅巨大的地理景观
被摄像机无声地拍摄下来

如果有一种诗歌，能让这一切发生

① Adrienne Rich, *The Dream of a Common Language*, (New York: W. W. Norton, 1978), pp.16-17.

②《圣女贞德》(The Passion of Joan of Arc)：又名《圣女贞德的激情》《圣女贞德受难记》，是由卡尔·西奥多·德莱叶（Dreyer）自编自导、玛利亚·法奥康涅蒂(Maria Falconetti)主演的法国历史影片，于1928年10月25日上映。

不是像空白的空间，或者像文字

拉伸得像一层皮，覆盖在意义之上
而是像沉默降临在一个夜晚的尽头

在这个夜晚
两个人一直聊到黎明①

所以，里奇一方面渴望一种像《圣女贞德》一般的诗歌，可以图绘沉默所表达的坚贞不屈，这是力量的“另一种在场”，她相信诗歌能通过发出物质的客观存在来创造力量，就像“摄像机无声掠过法尔科内蒂的脸”。另一方面，里奇真正拒绝放弃的是诗歌语言的表现力，因为诗歌的意义可以通过语言产生，如同《沉默的图绘》的结尾所写：“事实上我一直在选择 / 这些话语，密谈，对话 / 从那时起，真理一次又一次地变得滋润而又翠绿。”② 这里里奇再次使用了伊洛西斯秘密仪式来表明语言力量带来的转变和更新，诗歌里的叙述者把自己比喻成“伊洛西斯城的圣职者”（Eleusinian hierophant），把她的诗歌比作新产的粮食，就像得墨忒耳神话中那样，女诗人变成了调节者，给世界带来焕然一新的生活。

里奇在后面《二十一首情诗》的第十三首里就呈现了一幅用语言重构了的世界“地图”：规则打破了，“被绘制的图表”模糊了，男性世界“地图”已经过时，她们在一个“未被勘探的峡谷里 / 追逐乌鸦和鹪鹩”，进行着“全新的发明”，要“把海市蜃楼的幻觉 / 变成简朴的村庄”。这是一个用语言重构的女性世界：

收音机里的音乐越来越清晰——
既非《玫瑰骑士》也非《神界的黄昏》③

① Adrienne Rich, *The Dream of a Common Language*, (New York: W. W. Norton, 1978), p.18.
② Adrienne Rich, *The Dream of a Common Language*, (New York: W. W. Norton, 1978), p.20.
③ 《玫瑰骑士》和《神界的黄昏》分别是里查斯特劳斯和瓦格纳的歌剧。

而是一个女人，唱着一曲老歌
填了新词的老歌，贝司低鸣，长笛
嘹亮，法律之外的女人们拨弄着琴弦。①

这已经跟《儿媳妇的快照》中的吟唱男人谱写的歌词和音乐的科琳娜大相径庭了，女性正在走出传统社会与文化对女性话语的钳制，走出男性话语的藩篱，萌生一种言说的渴望，一种话语权的欲求，发挥自己的创造力，构筑一个崭新的世界和政治景象。在《接近冬至》(“Toward the Solstice”, 1977) 中，里奇也表明她希望使用新的诗歌语言，从过去的纠缠牵连中脱离出来，表达女性被沉默的话语：

这些话反复浮现脑海
我未能说出或者忘记言说的
年复一年，春去冬来
恰当的诗文
减轻对过去的执念
在我的余生
减轻我对过去的执念。②

而在《普通语言之梦》的最后一首诗歌《先验练习曲》中，里奇则明确表达她不认可男性传统语言——“一直掌控她的旧势力，/ 扎根于旧土壤的力量”③，并在诗歌的最后界定了一种新的语言，将它作为诗人的愿景：

愿景开始出现于这样的生活中
仿佛一个女人悄悄离开
从屋子里的争论和术语

① Adrienne Rich, *The Dream of a Common Language*, (New York: W. W. Norton, 1978), p.31.
② Adrienne Rich, *The Dream of a Common Language*, (New York: W. W. Norton, 1978), p.76.
③ Adrienne Rich, *The Dream of a Common Language*, (New York: W. W. Norton, 1978), p.75.

坐在厨房里，开始搅动她的山药，
印花棉布和天鹅绒边角料，
心不在焉地把它们放在擦过的木板上
灯光下，有从远方寄来的棉布包里的
彩虹色小贝壳，
还有从最近草地里割下来的一串串马利筋——
国产丝绸，最精美的发现——①

叙述者从“屋子里的争论和术语”所代表的男性桎梏中脱离出来，在日常家庭生活的行为中寻找自己的力量，并找到最珍贵的东西。女性赖以生存与重新命名的普通语言恰恰来源于她们共同的生活经验，而女性诗人则应该从封闭的私人生活走向公共领域，从个人语言延展到女性的“普通语言”。

所以，从既定话语体系下的女性失语到女性的公开言说，既是女性反对权力书写的发展史，也是女性为生存而斗争的发展史。女性语言与女性存在之间的同构性使得语言这一诗学原则超越了具体的使用层面，而上升到了书写本体论的高度。换言之，语言超越了其符号意义，具有解决生命或存在问题这一更重要的哲学意义，正如迪尔（Joanne Feit Diehl）所言：

她通过艺术形式重新创造生活的根本，这种生活如此接近它的源头，对我们的经历敞开心扉，它为我们提供了一个崭新家园和一个崭新世界的根基。女人成了这个根基，因为她运用自己的知识，创造了她的语言，这一语言是对公共的接受，是帮助她成长与写作的、维系生命的力量所在。②

在《普通语言之梦》这部诗集中，里奇逐步从抽象走向具体，关注女性的生活、经历和彼此间的关系，重新定义何为女性、何为女性与他人的关系、女性个体与群体、私人与公众的关系以及为何要建立女性群体。如弗里

---

① Adrienne Rich, *The Dream of a Common Language*, (New York: W. W. Norton, 1978), p.76.
② Joanne Feit Diehl, " 'Cartographies of Silence': Rich's Common Language and the Woman Poet", in Jane Roberta Cooper, ed., *Reading Adrienne Rich: Review and Re-Visions, 1951-81*. (Ann Arbor: U of Michigan P, 1984), p.108.

德曼在《艾德里安娜·里奇和 H.D.：一种互文性研究》一文中所言，“这本诗集的结构体现了里奇的理论，即，在父权制下女性之间真正的关系”[①]。里奇将自己精心构思的、着眼于社会分析的诗歌与引人注目的激进女性主义相互浸染，通过讲述女性经验，揭示这些经验的历史沉寂与边缘化现实存在，质询美国文化对性别政治与身份的传统认知，建立女性认同——历史、身体、创造性、女性抗争，表达女性共同的梦想，由追求个体解放达到更广意义上的群体解放。

第四节
《狂野的耐心》：“历史”的消解与“误释”

在长达 60 余年的诗歌创作中，里奇表现出一种“影响的焦虑”，又一直在“误读”中。她对历史的俄狄浦斯情结表现在她的诗歌文本离不开历史作为“先人”的奠基，植根于历史的土壤之中。然而，里奇又不断解构、误释历史，呈现更加真实、复杂的人类生存状态和生活体验。面对“历史”这一强大的“先驱”，里奇在其出版的第十部诗集《狂野的耐心》中展示出前所未有的解构倾向。本节运用布鲁姆的“误读诗论”所涉及的“克诺西斯”（Kenosis）、“苔瑟拉”（Tessera）和“逆崇高”（the Counter Sublime）等误释及逆反策略[②]，从三个方面——与男性语言的偏离、对传统女性意象的抵制、对主流文化的逆转——分析里奇在该部诗集中解构了“历史前辈”，超越了“历史”作为前辈诗人的先在性，进而为女性创作开辟了更广阔的空间。里

① Susan Stanford Friedman, “Adrienne Rich and H.D.: An Intertextual Study,” in Jane Roberta Cooper,ed. *Reading Adrienne Rich: Review and Re-Visions, 1951-81*, (Ann Arbor, MI: U of Michigan P, 1984), p.189.

② 布鲁姆在《影响的焦虑——一种诗歌理论》（*The Anxiety of Influence: A Theory of Poetry*, 1973）中提出了“误读诗论”，涉及“克诺西斯”（Kenosis）、“苔瑟拉”（Tessera）和“逆崇高”（the Counter Sublime）等误释及逆反策略。

奇的一系列消解策略实现了她对女性世界的诗性重构，从而迈入了布鲁姆所言的“强者诗人”（strong poet）之列。

一、里奇与哈罗德·布鲁姆的“误读”

“误读”是美国著名批评家哈罗德·布鲁姆诗学影响理论中的一个关键术语。这里的“误读”不是一般意义上的“错误理解”，而是有意偏离，是诗学影响。① 由于后辈诗人在创作过程中发现前辈诗人拥有优先权，产生极大的焦虑，决心偏离前辈诗人作品，通过各种比喻，在阅读过程中产生新的、不同于以往的意思，从而创造出具有原创性的、可以和前辈作品相抗衡的作品。在布鲁姆《影响的焦虑——一种诗歌理论》中，诗歌影响并不是指后辈诗人对前辈诗人诗歌思想和意象的传承，而是指新近诗人由于时间上和空间上的迟来之感而产生的类似于“家庭罗曼史式”的俄狄浦斯情结②。为了与前辈诗人一争高下，后辈诗人意图通过“误释”策略为自己腾出一定的创作空间从而建立作为诗人的“权威”。不仅如此，“把诗的影响作为一种焦虑来研究，作为救赎式误读来研究，这样的研究会有助于我们摆脱那些更为荒谬的文学伪史的神话（或老掉牙的废话）③。”

吉尔伯特和古芭（Susan Gubar）在《阁楼上的疯女人：女性作家与19世纪文学想象》（*The Madwoman in the Attic: The Woman Writer and the Nineteenth-century Literary Imagination*, 1979）中运用布鲁姆的“影响的焦虑”理论论证了女性作家与作者身份的焦虑问题，指出“和她的男性同道所不同的是，女性艺术家首先必须对抗的对象，是社会化的诸种结果……为了将自己定义为一位作者，她必须对和她有关的社会化的一系列术语进行重新界定。”④ 两位女性主义大师指出，相对于男性艺术家而言，女性作家不仅仅

① 张龙海：《哈罗德·布鲁姆论“误读”》，载《当代外国文学》，2010年第9期，第19—27页。
② 哈罗德·布鲁姆：《影响的焦虑——一种诗歌理论》，徐文博译，北京：三联书店，1989年，第6页。
③ 哈罗德·布鲁姆：《影响的焦虑——一种诗歌理论》，徐文博译，北京：三联书店，1989年，第71页。
④ 桑德拉·吉尔伯特，苏珊·古芭：《阁楼上的疯女人：女性作家与19世纪文学想象》，杨莉馨译，上海：上海人民出版社，2015年，第64—65页。

要面对男性前辈诗人这一劲敌，还需要抵抗无处不在的父权意识形态和相伴而生的一系列不平等价值观。

《狂野的耐心》是里奇的第十部诗集，也是她转型期的重要作品，这部诗集昭示着里奇在与“历史”做斗争的道路上渐行渐远。格鲁斯豪兹（Emily Grosholz）在《诗歌纪事》（“Poetry Chronicle”）中对《狂野的耐心》做出了准确的评价，她认为里奇属于布鲁姆所论述的“强者诗人”一列，里奇在该部诗集中表现出一种对历史强烈的俄狄浦斯情结。一方面诗人的诗歌文本离不开历史作为“先人”的奠基，另一方面她又试图解构历史，在此基础上重构女性历史。①在该诗集中，历史作为前辈，其先在性表现在语言、意象和文化上。里奇生于这样的历史土壤之中，早期的创作深受现代男性诗人的影响，到了中期，女性主义思想臻于成熟。为了建构一个写作的自我，里奇采取了不同的“误释策略”——对历史的男性语言、女性意象以及主流文化进行“误读”“修正”来解构历史，用诗歌文本重构了女性世界。

二、克诺西斯：与历史的男性语言分离

克诺西斯是布鲁姆在《影响的焦虑》中提出的第三种误释策略，该词原意是指“基督自我放弃神性，接受了从神到人的降级”，在该书中是指“打碎与前驱的连续运动”②。布鲁姆认为，批评家在内心深处深受连续性的影响，但是诗人不可能永远靠连续性生存。经过了“偏离”和“续完”两个修正阶段后，作为父亲形象的前驱者已经被吸收进了后来诗人的“本我”之中，变成了一种无意识，诗人为了追求创新而拒绝重复，会选择把自身已经内化到无意识中的前驱的力量倒空，也就是说将自我从前驱的姿态中“分离”出来，以此自救。这种被布鲁姆比喻为像魔术般地“收回—分离”的行为“企图以牺牲一个父辈为代价来拯救自我中心之崇高（升华）”③。

---

① Emily Grosholz. “Poetry Chronicle”, in *Hudson Review*, (New York: The Hudson Review, Inc., Summer 1982), p.325.

② 哈罗德·布鲁姆：《影响的焦虑——一种诗歌理论》，徐文博译，北京：三联书店，1989 年，第 13 页。

③ 哈罗德·布鲁姆：《影响的焦虑——一种诗歌理论》，徐文博译，北京：三联书店，1989 年，第 91 页。

语言具有先在性。根据西方神话记载，人类想要建造一座通天的“巴别塔”，眼看就要到达天庭，上帝为了阻止人类的计划从而让他们说不同的语言，最终人类难以沟通，造成高塔崩塌，通天梦成为泡影。语言作为自古用于交流情感、传递信息的媒介，在历史上起着举足轻重的作用。身陷历史的沼泽中，诗人一方面离不开语言作为“先人”的奠基，如前所言，里奇早期女性主义声音是“试探性的”，受到男性观点、男性叙事话语的裹挟，在表达女性能量与维持现状之间犹豫不决。另一方面又试图通过“误读”，冲出语言的牢笼，这充分体现在该部诗集的第一首诗歌《意象》(“Images”, 1976-1978）中。

《意象》作为诗集的开篇，探讨了语言的不可靠性和欺骗性。里奇认为，语言总是企图美化丑陋不堪的历史，她号召女性诗人抵抗这种美化，从而颠覆种种对女性的误解。在诗歌的开端部分，里奇便对语言产生质疑：

向你靠拢，在这
城的痛中
我翻过身。半睡半醒之间我的手触碰到，寻觅到
你的身体，无需言语
你的名字早已浮现在脑海。[①]

语言在诗歌和交流中的重要性不言而喻，作为传播文化和记录历史的载体，历史和语言更是息息相关。然而诗人表达的“触碰到你的身体……无需言语”首先打开了语言作为历史先在性的缺口。诗人认为，女性之间的交流要先于语言，仅仅是几次身体接触就已经能够传达彼此之间的情感：

我再次翻过身，把手
压在枕下以寻求慰藉，
你的呼吸轻拂着我的肩膀。两个睡在一起的女人

① Adrienne Rich, *A Wild Patience Has Taken Me This Far*, (New York: W. W. Norton, 1981), p.5.

要守护的不仅仅是她们的睡眠。[①]

既然女性与女性之间的交流可以是无声的，只要一个抚摸，一个眼神就能够给彼此以慰藉和支持，那么语言对于里奇而言是可有可无的。在这里，里奇将对语言的不信任感在字里行间体现的淋漓尽致。接下来，诗人道出了对语言不信任的原因：

以言论自由的名义
他们将我们处以私刑、法律与我们无缘
男性的领地无边无界
无处不在。[②]

语言是人类社会进化的产物，与历史共生共存，人类社会的每一次进步都以这样或那样的语言文字被记载着。在里奇看来，从某种程度上说，语言一直在为历史代言，而历史从来不会站在女性的立场说话。多少年来，女性的意象被置于男性语言的冷暴力之下，成为被语言所构建或者说被语言所扭曲的客体。诗人甚至认为语言是罪恶肮脏的：

我默默地
抛却一切文法
让潮水肆意冲刷 洗净
语言的罪孽 此处无声胜有声[③]

拒绝语言之后的诗人觉得自己像被净化了一样感到自由。在这里，语言不仅象征着历史，更是父权社会的产物，代表着男性至上的利益和政治意识形态机制。作为女性主义诗人的里奇在这种语言中成长，自然而然会将某些

---

① Adrienne Rich, *A Wild Patience Has Taken Me This Far*, (New York: W. W. Norton, 1981), p.5.
② Adrienne Rich, *A Wild Patience Has Taken Me This Far*, (New York: W. W. Norton, 1981), p.5.
③ Adrienne Rich, *A Wild Patience Has Taken Me This Far*, (New York: W. W. Norton, 1981), p.5.

价值观念内化。在语言的构建下，历史也随之变得具有压迫性，长期以来使女性无法掌握自己的主体性。然而在女性主义意识苏醒之际，里奇看清了语言的本质，认为语言一如历史，总是倾向于美化受害者。① 此时里奇拒绝语言的态度就是一种与“前驱”姿态的“分离”，而这正是布鲁姆六种“修正比”中克诺西斯的表征。

历史是作为一个“父辈”被里奇倒空用以拯救其内心的自我升华。她从质疑语言开始到最后把和语言有关的一切倾倒一空，收回了自身中已经被内化到无意识中的前驱的力量，从而做到了与历史语言的偏离。与历史的男性语言偏离之后的里奇在《意象》一诗的结尾部分开始了自我升华的过程：

如此，我，一个没有意象的女人
　　回到家中
　诉说着我最古老的
最根本的需求，以致那些曾经丢失的
　　崩塌的 烧毁的 破碎的 打碎的 损毁的
　抹杀的 隐匿的 误判的
我们曾一起寻觅的每一张面孔
　　从古至今
　可以自我 重新汇集起来 重新集结 重新组合
　　正如我回首过往
……
这是一场意象的战争。
　我们是保护紫舌花的荆叶
　亲如手足。②

语言和意象息息相关，男权社会的语言构建出了诸多男性眼中的女性意

① Alice Templetion, *The Dream and the Dialogue: Adrienne Rich's Feminist Poetics*, (Knoxville: The U of Tennessee P, 1994), p.97.

② Adrienne Rich, *A Wild Patience Has Taken Me This Far*, (New York: W. W. Norton, 1981), p.5.

象。因此，对语言的偏离就是对这些女性意象的摈弃。诗人由此对新的女性意象产生了强烈的渴求，踏上了重建女性意象之路。而在这个过程中，正如诗人所表达的那样，“这不仅是一场新旧意象之间的战争”[①]，更是前辈诗人与新近诗人之间的博弈。

三、苔瑟拉：对历史的女性形象的抵制

“苔瑟拉”源自古老而神秘的传统宗教仪式，指的是识别身份的一种凭证，或者说“密码”，在这里是指诗歌的“续完和对偶”。“续完”指的是后辈诗人以一种逆向对照的方式来续完前人的诗篇；而对偶指寻求自身对立面的探索者，并以此来寻求自我。前辈诗人的“词语”经过时间的打磨，已经失去其本身的创新性和新颖性，成为一种日常用语。后辈诗人在此基础上为上述“词语”注入新的意义，也就是用对偶的方式续完前辈诗人的诗歌从而使其更完整。后辈诗人力图证明的是：“如果不把前驱的语词看作新人新完成或扩充的语词而进行补救的话，前驱的语词就会被磨平掉。”[②]因此，“苔瑟拉”的背后是新近诗人扩充前辈诗人诗歌词语的意图。

在男性主导的传统文学作品中，女性的意象自古以来往往被桎梏在天使与疯子之间。弥尔顿在为其已故的妻子所作的十四行诗中把他的妻子描绘得像圣人一样纯洁：

> 她一身洁白，如她的心灵一般纯净
> 她面罩薄纱，但我似乎看到了
> 她身上闪耀着的爱，温柔，和善良
> 如此清晰，再也找不到一张更加（令人）欢愉的面庞[③]

诗中的妻子不仅散发着来自天堂的光明，还具有处子般的纯洁。简

---

① Adrienne Rich, *A Wild Patience Has Taken Me This Far*, (New York: W. W. Norton, 1981), p.5.

② 哈罗德·布鲁姆：《影响的焦虑——一种诗歌理论》，徐文博译，北京：三联书店，1989 年，第 68 页。

③ Rev. George Gilfillan, *Milton's Poetical Works. Vol II*, (Edinburgh: James Nichol), p.198.

而言之，如果她还活着，她就是男性眼中标准的“屋子里的天使”。在女性“疯癫”的意象中，最具代表性的文学人物当属莎士比亚《哈姆雷特》中的奥菲利亚。她的哥哥雷欧提斯称之为“疯癫的档案”（document in madness）。肖瓦尔特（Elaine Showalter）在《再现奥菲利亚——女性、疯癫以及女性主义批评的责任》（“Representing Ophelia: Women, Madness, and the Responsibilities of Feminist Criticism”, 1985）一文中提到：“她的举止、体态、服装甚至身上的小玩意都具有深刻的象征意义……身着一袭白衣，头戴野花做成的花环，溺死在河流中”[①]。这一切无一不使她成为文本中“疯女人”意象的原型。在文学的长河中，女性被告知应该举止得体、谦逊有礼，否则她们就是《简·爱》中阁楼上的疯女人。同时，女性自身也将这样的价值观内化，努力成为“屋子里的天使”。尽管伍尔夫曾经呼吁要“杀死屋子里的天使”，但是关于女性的这两个相互排斥的意象一直萦绕在文学史中挥之不去，占据了后辈诗人几近全部的创作空间，成为一种陈词滥调。后辈诗人唯一的出路就是采取布鲁姆所说的“苔瑟拉”策略，为女性意象注入新的血液。

在里奇看来，女性天使和疯子的意象已经在历史的车轮下被打磨得毫无印记了，只有为其注入新的意义，才能够完成对历史的超越进而颠覆历史。《完整性》（“Integrity”, 1978）是该部诗集里的一篇力作。诗歌以来自韦伯斯特对“完整性”的定义开头：“完整的性质或状态；不被打破的状态；全部。”[②] 实际上在这里，里奇提出了一个问题：女性完整的状态应该是什么样子的？在回答这个问题之前，一种新的不同于以往的女性意象应该被建立起来，那么如何建立就是接下来问题的关键。该诗的首句便是“狂野的耐心带我远行”，以此作为该部诗集的题目，“里奇自己肯定也认为这首诗抓住了这部诗集的核心。”[③] 在这里，年过半百的里奇带着一种狂野的耐心试图将船靠岸寻找完整的自我，而非扬帆起航，然而这实属不易：“间歇性抛锚的发动机”，“你的前臂灼伤，疼痛难忍”。不妨将这一趟旅程看作一次心路历程，

① Patricia Parker and Geoffrey Hartman, ed. *Shakespeare and the Question of Theory*, (Taylor & Francis e-Library, 2005), p.80.

② Adrienne Rich, *A Wild Patience Has Taken Me This Far*, (New York: W. W. Norton, 1981) p.5.

③ Claire Keyes, *The Aesthetics of Power: The Poetry of Adrienne Rich*, (Athens, GA: U of Georgia P, 1986, 2008), p.183.

到头来里奇发现一路上只有自己，没有任何可以值得依靠的和信赖的人，除了“自己们（my selves）”。在这里，里奇将“自己”复数化，这意味着其体内不止存在一个“自己”：

愤怒与软弱：我的自己们。
现在我可以相信它们都在我的体内呼吸
如同天使，而不是相互排斥的两极。
愤怒与软弱：蜘蛛的天才
在同一动作中旋转和编织
从她自己的身体里，任何地方——
即使是从一张破网中。①

以愤怒为代表的疯子和以温柔为代表的天使在里奇这里不再是互相排斥的两极，而融合为一个整体，构成一个女性的整体。里奇呼吁广大女性群体接受并认同这两种意象，而不是一味地躲开不断觉醒的女性意识。象征女性主体意识的这双手既可以“砰的一声有力地关上门”，也可以“停下来，温柔地将路边被暴风雨吹散的铁线莲/织成一束花环而后放回花棚中”②。至此，里奇找到了答案：愤怒与温柔共同构成了一个女人的完整性，两者就像蜘蛛的吐丝和结网，互不可缺。

女性非天使即魔鬼的意象是男权历史社会的产物，这一意象在文学批评领域已经成为一种陈词滥调。当后辈诗人已经无法从中挤出创作素材时，里奇的这首《完整性》从新的角度重新考察这对相互排斥的两极，把二者看作主体不可或缺的两个方面。里奇使用的“苔瑟拉”策略赋予女性以新的意象，以对偶的形式完成了对“天使”和“魔鬼”这两个词语的续完，这是对历史作为前辈的又一个突破。

① Adrienne Rich, *A Wild Patience Has Taken Me This Far*, (New York: W. W. Norton, 1981), p.5.
② Adrienne Rich, *A Wild Patience Has Taken Me This Far*, (New York: W. W. Norton, 1981), p.9.

四、“逆崇高”：对历史的主流文化逆转

根据布鲁姆关于“魔鬼化”或“逆崇高”阶段性策略的论述，后来的诗人为了挪出更多的创作空间，倾向于伸开双手接受这种蕴含在前驱的诗中但并不属于前驱本人，而是属于稍稍超越前驱的某一存在领域的力量[①]，在实际的操作中表现为后辈诗人将自己的诗歌文本与不属于其先驱范畴的文本联系起来，从而抹杀该前辈文本的独特性，达到了“逆崇高”的目的。当新涌现出来的后辈强者诗人转而反对前驱之“崇高”时，后辈诗人就要经历一个“魔鬼化”过程，一个“逆崇高”过程。其功能就是暗示“前驱的相对虚弱”。当新人被魔鬼化后，其前驱则必然被凡人化了[②]。

里奇也经历了一个“魔鬼化”的过程，将矛头直指男性历史，企图通过解构主流文化，着手建构“前历史时期”的文化，从而到达布鲁姆所提的“魔鬼化”（Daemonization）或“逆崇高”阶段。在这一阶段后辈诗人已经积蓄了一定的力量。历史成为男性书写的文本，这一文本在父权社会的庇佑下辉煌无比，然而，在里奇的笔下却是一张充满虚伪和伪善的面具。为了把前驱者的场景取为己用，新人必须使这一场景与自己更加陌生。[③]她削弱了前辈诗人完美的形象，“魔鬼化”策略以一种使前辈诗人失去个性、原创性的修正比开始，为自己创造了更大的创作空间。

在《狂野的耐心》的最后一首诗《掉转车轮》（“Turning the Wheel”，1981）里，里奇将自己的诗歌文本与主流男性历史之前的印第安本土文化联系起来，在解构男性历史的基础上走上了重构“前历史时期”文化的道路。这首长诗共由八个部分构成，从某种程度上说，诗歌的前六个部分是一次从解构历史到建构前历史时期的心路历程。

在《掉转车轮》的第一部分“外景拍摄地”（“Location”），开篇就描绘了一幅被主流意识形态侵占了的自然小镇的景象——诗人将这个小镇比喻成

① 哈罗德·布鲁姆：《影响的焦虑——一种诗歌理论》，徐文博译，北京：三联书店，1989年，第15页。

② 哈罗德·布鲁姆：《影响的焦虑——一种诗歌理论》，徐文博译，北京：三联书店，1989年，第106页。

③ 哈罗德·布鲁姆：《影响的焦虑——一种诗歌理论》，徐文博译，北京：三联书店，1989年，第111页。

一个梦幻的电影拍摄片场：

一座模仿的幽灵般的采矿地，
一个虚假的西班牙拱廊布景
一个不知名的普韦布洛①
以及一个不知名的老女人？
……
一英亩又一英亩的电影外景拍摄地
伪装成西尔斯百货，
喜互惠（连锁超市），沙漠国家银行，
购物中心，太阳谷水床。②

“外景拍摄地”中所提到的这些地方均为当时美国知名的商业金融中心，而这些正是主流文化的代表。言下之意，主流文化像洪水一样冲刷了原本原生态的小镇，致使小镇失去了本来的面貌，被这些虚假的存在而占用着。因此“外景拍摄地”象征着主流文化与另一种“前历史文化”的碰撞。无疑，主流文化以其崇高的力量完胜小镇原本的自然状态，“沙漠本身已经被漫山遍野的喷雾器占领”③，迫使原本身体力行地为土地浇灌的印第安女人湮没在历史的洪流之中：“萨满教女巫们的幽灵还是躲起来的好。”④这正激发起里奇“逆崇高”的斗志——用殖民主义揭开主流文化虚伪的面纱。在诗歌的第四部分“自我憎恨”，诗人探讨了何为殖民，殖民就是：

基督教文化的影响，
和其他影响，已经改变了图案。
（我想，*也许它们曾经是鸟；或蛇*。）
……

① 普韦布洛（pueblo）是美国科罗拉多州中部城市；印第安人村庄。

② Adrienne Rich, *A Wild Patience Has Taken Me This Far*, (New York: W. W. Norton, 1981), p.5.

③ Adrienne Rich, *A Wild Patience Has Taken Me This Far*, (New York: W. W. Norton, 1981), p.54.

④ Adrienne Rich, *A Wild Patience Has Taken Me This Far*, (New York: W. W. Norton, 1981), p.54.

曾经使我对历史着迷的
生存的艺术，转变成
自我憎恨的繁文缛节。[①]

这样一来，里奇解构了主流文化的历史文本，这是一次对历史“去崇高化”的成功演习。

《掉转车轮》的不同之处在于，在诗歌的结尾部分，里奇希望能够重构一个不同的世界。[②]接下来，诗人聚焦“前历史文本”，通过建构印第安女巫的形象，从点到面地建构出了超越前辈先驱的另一个存在范畴。在这个范畴中，印第安女性不再是被书写的文本原型，不再是“乌头垢面”“抓伤自己”“抓着手头扮鬼脸”“躺在毛毯下打鼾”的野蛮疯子：

只要你设法简化她的意思
只要她只是象征着权力
她保持着无助和传统
她真正的力量倒退了
回到过去，我们无法触摸她，或给她命名
而且，被那些需要她的人拒之门外
她在难以形容的孤独中窒息。[③]

她具有能够联系现在和过去的力量：

完全匿名地
细细地观察一下，如果你敢的话
不要自以为你了解那对颧骨

① Adrienne Rich, *A Wild Patience Has Taken Me This Far*, (New York: W. W. Norton, 1981), p.55.
② Graig Werner, *Adrienne Rich: the Poet and her Critics*, (Chicago: American Library Association, 1988), p.157.
③ Adrienne Rich, *A Wild Patience Has Taken Me This Far*, (New York: W. W. Norton, 1981), p.56.

或是那双眼睛；或是那头依然竖立的乌发。[①]

诗人最后致敬柯尔特（Mary Jane Colter）[②]，感谢这位女建筑师将“前历史时期”的艺术与她的设计相结合，在某种程度上保留了这一时期的文化，为里奇的文化建构做出了莫大的贡献。在诗歌的最后一部分，里奇拒绝驶向一条会湮没其个人体验的道路：“我一路开到边界去迎接那张 / 被无情的时间所湮灭的脸”[③]，掉转车头与另一位匿名的女性好友一路遥相联系，走向重新建构女性历史的孤独却又崇高的大道：

如今我掉转车头 拒绝踏上那趟旅程
在开阔的高原上，我感到太孤单了
超越时间的松柏世界
岩石的侧翼围绕着孤单的我
你充盈在我的心间 我们一直侃侃而谈[④]

在与前驱者的关系上，迟来者诗人强迫自己进入一种新的压抑状态——既是伦理上的又是本能上的压抑状态[⑤]。可见，里奇通过压抑对前文本的崇高幻想，将前文本高级超验内涵变成“低级”的人类欲望，创造了自己“反崇高”幻想。[⑥]

布鲁姆有言，整个文学史就是一部误读的历史，女性诗人作为误读历史的新近成员，所需要面对和抗争的是比前辈诗人更为复杂的整个父权社会

① Adrienne Rich, *A Wild Patience Has Taken Me This Far*, (New York: W. W. Norton, 1981), p.57.
② 玛丽·伊丽莎白·简·柯尔特（Mary Jane Colter, 1869-1958），美国建筑师、设计师。她是当时为数不多的美国女建筑师之一。她为弗雷德·哈维公司和圣达菲铁路设计了许多地标性建筑和空间，尤其是在大峡谷国家公园。她的作品有着巨大的影响力，因为她帮助创造了一种风格，将西班牙殖民复兴和教会复兴建筑与美国本土的主题和乡村元素融合在一起，在整个西南部流行开来。柯尔特是个完美主义者，一生都，在一个主要由男性主导的领域倡导和捍卫自己的审美视野。
③ Adrienne Rich, *A Wild Patience Has Taken Me This Far*, (New York: W. W. Norton, 1981), p.59.
④ Adrienne Rich, *A Wild Patience Has Taken Me This Far*, (New York: W. W. Norton, 1981), p.59.
⑤ 哈罗德·布鲁姆：《影响的焦虑——一种诗歌理论》，徐文博译，北京：三联书店，1989 年，第 114 页。
⑥ 张中载，赵一凡：《西方文论关键词》，北京：外语教学与教研出版社，2010 年，第 214 页。

的排挤，以逻各斯中心主义为核心建构的男性历史是父权社会最具代表性的产物。然而历史毕竟是一个包罗万象的概念，里奇在诗集《狂野的耐心》中为了超越历史采取了几种修正策略，通过对历史一次又一次的误释，最后解构历史，为自己挪出了更多的创作空间，在一定程度上迈入了“强者诗人”之列。

Piata
Constitutiei

第四章
后期诗歌：多元政治与文化视野下的诗学重构

20 世纪末的美国诗歌具有旺盛的生命力，呈现为多元政治与文化的交融，可以说是社会文化的先驱，如同埃里克森所形容，其“生命是多条奔涌、湍急的支流——地域、人种、种族、社会、性别——的汇聚，它们源于不为人所知的或长期堵塞的泉水，彼此贯穿，彼此交融，重新获得他们源头的力量”[①]。在里奇推出的八部诗集中，她的政治精神越加升华，视野越加开阔，诗歌的美学策略越加丰富，这两者之间的关系也越加紧密。里奇的后期诗歌更加强调个人生活的社会化性质，思考和探讨当代世界各种事件，关注多元政治和文化。对她而言，这不仅仅是一个文学行动，更是一个更大的社会目标和诗人社会责任的潜在部分。

第一节 边缘政治的代言人

自 20 世纪 80 至 90 年代，里奇在更大范围的社会和政治激流中聚集力量、寻找发声的机会。她的思想逐渐呈现为多元政治与文化视野的历史发展轨迹[②]。里奇的中后期诗歌中一个核心的问题是修正经典，无论是诗歌的主题还是语言形式方面，她都试图走出一条解构与重构之路。她更多地关注社会，重拾历史，致力于借助诗歌创作来填补多元政治与多元文化社会之间存在的差距，如克莱恩（Klein）在访谈里奇时所总结，“其写作的一个最大特点就是代表一位见证人、传神谕者和神话阐释者发言——一个背负着‘语言特权’和道德想象力双重重担的预言家，为无声者言说，为被遗忘者记录并

① Peter Erickson, “Singing America: From Walt Whitman to Adrienne Rich”, in *The Kenyon Review*, (Gambier: Kenyon College, Vol. 17, Issue 1, Winter 1995), pp.103-119.

② 关于这一问题的具体阐述详见本书的第五章，这里不展开，只是侧重对诗歌的分析。

在女性消逝的遗址上复活。”①

里奇认为，要修正经典，一个核心前提就是要接受这样的观点：独立的诗人是由一个更大的关系体系所塑造的，而这种体系可能要进行重组以创建一个明显不同的布局。她在《在那里发现了什么》和《可能的艺术》等后期批评文集中对很多诗人做了回顾和修正。她对沃尔特·惠特曼、华莱士·史蒂文斯这两位经典诗人的声誉予以重新评价和限定，肯定了他们的文学遗产，但更多的是批评，她称前者是“开创者”②，但将后者纳入“腐烂的名字”。同时，里奇重新审视和认可鲁凯瑟（Muriel Rukeyser），认为她被隐身于现代主义经典之中，“栖身于夹缝之间”。里奇在《穆丽尔·鲁凯瑟读本》（*A Muriel Rukeyser Reader*, 1994）的引言中将她视为美国经典作家，和梅尔维尔（Herman Melville）、惠特曼、狄金森、杜波依斯（W. E. B. Du Bois）或者佐拉·尼尔·赫斯顿（Zora Neale Hurston）齐名。通过将其奉为先驱，里奇在重新改写经典的路上又跨出了一大步，将文学合法化拓展至众多位于多元文化框架之内的现当代作家。

虽然诗歌本身不可能引发社会变革，但它能激起人们对变革的“希望”——“希望”（“desire”）一词单单在其批评论文集《在那里发现了什么》的序言中就出现了四次。在各种社会问题层出不穷的大背景下，里奇坚信诗歌能够培养人们对于不同选择的希望，就像她在《在那里发现了什么》的最后一篇论文《如果会怎样》（“What if”）所提到的，她鼓励人们继续追问“如果会怎样”，这些作用绝不是小小的贡献。这就是为什么里奇作为一位已经在文学界享有盛誉的作家，一直致力于代言边缘政治，帮助这些弱势群体实现他们的政治构想，也实现其本人的政治构想。

---

① Michael Klein, “A Rich Life: Adrienne Rich on Poetry, Politics, and Personal Revelation,” in *Boston Phoenix*, June, 1999. <http://www.bostonphoenix.com/archive/1in10/99/06/RICH.html>.

② 相关内容详见本书的第一章。

第二节
《艰难世界的地图集》："见证的"文化诗学

里奇一直与外界社会保持着联系，尤其与不同社会活动家身份的作家们或诗人们保持紧密联系，通过彼此来丰富自己的作品并延续作品的思想。她在《可能的艺术》里写到，作为作家和学者，要命名、书写和见证历史与社会，"尽力书写自己的时代……寻找证据"、但不要"以牺牲精良工艺、细微之处和艺术美为代价"[1]，证明艺术家要全力以赴改变生活，解决生活中的危险。她还在《对抗那使人疏离的空间》谈及诗歌的见证作用：

> 诗歌总是可以打破孤立，让我们被视为非法或被藏匿时面对真实的自己，在几乎没有美好事物的地方提醒我们美好的存在，在所有人都分离时告诉我们亲情依旧……为了我们的诗歌——我们所有人的诗歌——在某天能和时代齐驱，那时，很多的东西都要被见证，被恢复，被珍视。我们作为诗人，作为读者，作为社会的人，会有一大堆的问题要问自己，也要问其他人。[2]

里奇渴望用语言见证诗歌到底有什么样的力量去对抗这无处不在的疏离，担负起诗歌的伦理和艺术责任。

巴勒斯坦诗人达维什（Mahmoud Danvish）描写军事大屠杀，加勒比地区的加拿大诗人布兰德（Dionne Brand）描写殖民地犹太人的离散，像他们一样，里奇的《艰难世界的地图集》[3]是一本"见证"诗集，创作于 1991 年

---

① Sandra M. Gilbert, ed. *Culture, Politics, and the Art of Poetry: Essential Essays by Adrienne Rich*, (New York: W. W. Norton, 2018), pp.337、344.

② Adrienne Rich, "Defying the Space that Separates", in *Arts of the Possible: Essays and Conversations*, (New York: W. W. Norton, 2001), p.111.

③ 本节中简称《地图集》。

的海湾战争期间，呈现了一个“艰难”无处不在的当代美国社会现实，充斥着由战争、贫穷、孤独、歧视所引发的仇恨、痛苦和暴力。该诗集由两部分组成。第一部分即标题诗，包含 13 小节，探索了边缘性与权力的丧失等问题，呈现了一个充满着憎恨、痛苦和暴力的世界。诗歌的第二部分在主题上延续了对艰难世事的探讨，深刻地反映了现实，揭露了战争、贫穷和种族歧视给当代美国现实社会带来的仇恨、痛苦和暴力，体现着“艰难”的无处不在。

作为里奇后期的作品之一，该诗集吸引了一些评论家和大众读者的关注，一致认为《地图集》展现了里奇更加宽阔的视角，以及她对社会正义、经济、文化、种族、性别等社会问题的广泛关注。1992 年，约瑟夫（Lawrence Joseph）指出，《地图集》出色地反映了巨大的现实，里奇努力地观察世界、观察自己并思考主题①。而坦普尔顿（Alice Templeton）则认为《地图集》描绘了文化参与的“艰难”。②《地图集》因此成为里奇最能表现痛苦和忧伤，也最具人文关怀的诗集之一。

一、文化诗学的两个概念

文化诗学作为一种文学理论流派，最早出现于 20 世纪 80 年代，并在 90 年代产生了广泛的影响。1982 年，格林布拉特（Stephen Greenblatt）在他的杂志《文类》（Genre）的引言中，将其初步命名为“新历史主义”（new historicism）。在《再现英国文艺复兴》（*Representing the English Renaissance*, 1988）一书的引言里，格林布拉特从另一个角度看待历史：“历史不单单存在于文学文本、表演或意象的范围；它还掩藏于艺术作品本身，贯穿于创造条件、形成力量、伪造意义、审查、赞助和接受人群等每一项要素。”③后来他又将其命名为“文化诗学”（cultural poetics），原因是后者对文化、历史等

① Lawrence Joseph, “Real Thing, ”in *Nation*. Vol. 254, Issue 15, (New York: The Nation Institute,1992), p.533.

② Alice Templeton. *The Dream and the Dialogue: Adrienne Rich's Feminist Poetics*, (Knoxville: The U of Tennessee P, 1994), p.84.

③ Stephen Greenblatt, *Representing the English Renaissance*, (Berkeley: U of California P, 1988), p.viii.

诸多因素有更广泛的关注，这些因素有助于确定文本的意义[①]。对格林布拉特来说，历史最初是一种话语。它不仅是过去发生的事情（一组事件），而且是对这些事件的描述（一个故事）[②]。新历史主义的出发点是对所谓传统的旧历史主义的反拨。旧历史主义认为，历史是“普遍的”，而文化诗学则认为历史是“文化的”，否认了历史“客观性”和“持久性”，更注重历史的建构或创造过程。[③]在文化诗学理论的观照下，历史并不能被充分地再现，因为历史只能在文本的存在中表现出来，在主流意识形态的管控和政治制度的压制下被书写。所以，历史文本的记录是被修改的、破坏性的，既不完整（有些历史事实因为某一社会阶级的利益是被改写、甚至被抹去的）也非一成不变的。因此，文化诗学从历史和文化的广阔视野出发，强调文学与历史、文本与历史的关系，以及文学在改变人类意识和影响其他物质实践中的作用，如同迈尔斯（D. G. Myers）所言，现代的历史主义文学研究方法所能达到的最佳效果，就是“把文本作为一种意识形态重建的基础”，从而揭示诗学的本质和意识形态的政治内涵。[④]

文化诗学的“新”在于其对文学与历史关系的新阐释。它打破了文学与历史的二元对立，探索了“文学如何超越自身之外的语境，并构成历史的创造力量之一”[⑤]。文学不是被动地反映外在现实，而是建构了一种文化的现实感，“文学是参与一种文化对现实的自我再现的众多因素之一，它有助于形成对家庭、国家、个人的话语，有助于建立一个可以被理解的世界。”[⑥]可以说，文化诗学理论倾向于认为，文本和历史属于同一个符号系统，而且两者都是想象和虚构的产物，正如詹明逊（Fredric Jameson）在《政治无意识》

---

① 张京媛：《新历史主义与文学批评》，北京：北京大学出版社，1993 年，第 1 页。

② Stephen Greenblatt. “Towards a Poetics of Culture, ” in *The Southern Review*, (Adelaide: The U of Western Australia P, Vol. 20, No. 1, 1987), p.3.

③ Jeffrey N.Cox and Larry, J. Reynolds, *New Historical Literaty Study: Essays on Reproducing Texts. Representing History*, (Princeton. N.J.: Princeton UP, 1993), p.4.

④ D.G. Myers, “The New Historicism in Literary Studies, ”in *Academic Questions* 2 (New York: National Association of Scholars, 1989), pp.29-30.

⑤ Arthur F.Kinney and Dan S.Collins, *Renaissance Historicism: Selections from English Literary Renaissance*, (Amherst: U of Massachusetts P, 1987), p.16.

⑥ Arthur F.Kinney and Dan S.Collins. *Renaissance Historicism: Selections from English Literary Renaissance*, (Amherst: U of Massachusetts P, 1987), p.17.

一书中指出的："从根本上说，历史是非叙述的、非再现的；……除非以文本的形式，历史是无法企及的。"[①] 因此，历史作为一种被创造出的、具有虚构性的"文本"也可能进一步被人们看作一种"话语"，其中隐含着历史书写者的思维和立场[②]。

文化诗学还肯定了文学与其他话语之间的联系，文本与世界之间的辩证关系。这种对历史与文本双边关系的重新审视被蒙特罗斯（Louis Montrose）凝练成了"文本的历史性"（the historicity of texts）和"历史的文本性"（the textuality of history）两个概念：前者指所有写作模式的文化特殊性和社会嵌入性，不仅包括批评家研究的文本，也包括我们研究它们的文本[③]；后者则指社会政治环境和文学文本的相互影响——社会政治环境影响文学文本，而文学文本反映社会政治环境并促进社会政治环境的形成。蒙特罗斯强调，文本是在特定的语境下产生的，这种语境既赋予文本以历史和社会环境的烙印，又赋予文本以作家阶级身份的痕迹。同时，文本也是文学事件，是历史不可或缺的一部分。[④] 由此形成了"一种对历史文本加以重新阐释和政治解读的'文化诗学'"[⑤]。

总之，文化诗学理论挑战了旧历史主义观念，重构了历史和文本之间的关系，为理解历史、文本与世界提供了新的视角。里奇运用诗歌文本来呈现当代美国社会现实、反思美国文化和社会政治意识形态，以及表达她作为诗人试图通过诗歌文本的叙事和话语形式来重构美国历史与社会政治意识形态的决意。

二、文本的历史性：见证"小历史"的诗歌文本

文学的世界建构是由多种因素共同完成的，其中除了作家的个人经历，

① Fredric Jameson. *The Political Unconscious*, (Ithaca, NY: Cornell UP, 1981), p.82.
② 盛宁：新历史主义·后现代主义·历史真实，载《文艺理论与批评》，1997 年第 1 期，第 52 页。
③ Harold Veeser, *The New Historicism*, (New York: Routledge, 1989), p.20.
④ Harold Veeser, *The New Historicism*, (New York: Routledge, 1989), p.58.
⑤ 胡作友：在史实与文学之间穿行——解读新历史主义的文学批评，载《中国社会科学院研究生院学报》，2009 年第 1 期，第 90 页。

重要的还有特定的社会物质环境和政治历史背景。“文本的历史性”具有双重内涵：第一，它强调了文本的生产与其特定的历史、文化、社会、政治背景的不可分割；第二，它将文本解读与这种解读行为发生的社会历史环境联系起来，从而为文本注入新的生命力。在后现代主义和后结构主义的大背景影响下，文化诗学倾向于把一元化的大历史分解为多元化的小历史。新历史主义者青睐的历史不再是大写的单数的“历史”——史学家们宏大叙事下的历史、或是在众多话语博弈中取得上风、代表了历史发展主要脉络的大历史，而是小写的、复数的“历史”—— 正史所鞭长莫及的、或是被时代主流话语所遮蔽的“小历史”。而且，新历史主义者进行了更多的实践，试图弄清楚被剥夺者和被边缘化者的历史是如何被埋葬的，以及目前是什么力量又让他们复活，[①] 从而给予长期以来丧失话语权的边缘人群更多的关怀。因此，文化诗学者们主张用边缘群体的多样性的叙述取代单一文化视角下的主流叙述。

研究里奇的《地图集》，首先离不开对该诗集所处的个人、社会历史与文化现实语境进行考察，梳理文本所反映的已知历史以外更多未知的历史碎片——那些被主流话语遮蔽的历史。里奇是一个有着丰富与坚定历史意识的作家，她在《抵制健忘症：历史和个人生活》（“Resisting Amnesia: History and Personal Life”，1983）一文中说到，“我被历史进程的问题、历史责任的问题、意识和无知的问题所穷追不舍”[②]。这意味着她一直在激活记忆，包括公共记忆和私人记忆。然而同时，她又不能仅仅依附过去而阻止其与现实的互动，使瘫痪的记忆成为对现在无用的静止的纪念品。里奇在《地图集》中将记忆拟人化来强调其当前的中心作用：

我一无所有，如果我只是一卷胶卷
仍来自一个消失的世界
固定的静音

① John Brannigan, *New Historicism and Cultural Materialism*, (London: Palgrave Macmillan, 1998), p.35.
② Adrienne Rich, *Blood, Bread, and Poetry*, (New York: W. W. Norton, 1986), p.137.

留给下一代
修复和装框，我不能被重建或
构造
我不能安详
在你的镜子里[①]

只要记忆还没有达到为现在建立集体责任的目的，它就会继续存在：“站在你的诗里，不满足/举起我烟雾缭绕的镜子”[②]，敦促我们看看记忆的倒影，这个世界的真正遗产。

在 1995 年接受莫耶斯（Bill Moyers）的访谈时，里奇表示，这部诗集折射了美国的状态，“我是一边观察我国的地理、历史和人民，一边作为一个公民的诗人有意识地写作。”[③] 该诗集像美国的地图集，或者更准确地说，像一幅美国的壁画，呈现了 20 世纪 80 至 90 年代美国的全貌：一个前途无限却又困难重重的国度：其地理差别极大，有着幅员辽阔的陆地和农场，东西又濒临着海洋；它充满了矛盾——有自由也有压迫、有民主也有资本霸权、有梦想也有现实[④]，有美丽平静的土地但又充斥着暴力和权力的冲突；生活其中的人们既近乎绝望又保持着纯真梦幻；既有大量的挥霍又有无尽的可能性。在美国的风景和历史中，里奇找到了现实和梦想的重要明证。[⑤] 她在诗歌中借用惠特曼式的“目录”和轶事技巧，既看到了美国的伟大前景，但也承认其消极的一面。也像穆丽尔·鲁凯瑟一样，带着她的读者们进行了一次公路旅行，去那些他们本不愿冒险去探索的地方。

首先是见证了战争暴力。里奇在 1991 年创作这本诗集的导火索是当年

① Adrienne Rich, *An Atlas of the Difficult World*, (New York: W. W. Norton, 1991), p.43.
② Adrienne Rich, *An Atlas of the Difficult World*, (New York: W. W. Norton, 1991), p.44.
③ Bill Moyers, *The Language of Life. A Festival of Poets*, (New York: Doubleday, 1995), p.345.
④ Piotr Gwiazda, “Nothing Else Left to Read: Poetry and Audience in Adrienne Rich's An Atlas of the Difficult World”, in *Journal of Modern* (Bloomington: Indiana UP, Vol. 28, Issue 2, 2005), pp. 165-188.
⑤ Alice Templeton, *The Dream and the Dialogue: Adrienne Rich's Feminist Poetics*, (Knoxville: The U of Tennessee P, 1994), p.84.

的波斯湾战争[①]，她在不同场合将其描述为布什政府的首要策略，目的是分散人们对国内愤怒和绝望的注意力。《地图集》的开篇，里奇就直截了当地描写惨无人道的海湾战争给自然与人类带来的恶果：夹杂着杀虫剂发出的“草莓的味道”，致使这些外来工在被称为“世界沙拉碗”的加州萨利纳斯谷的田野里因“咽喉中吸入杀虫剂”而窒息。[②]诗歌目睹了“裂开的地势”“破碎的家园”[③]；“战争之后的寒冷带来了地震和干旱”[④]——1989年的加利福尼亚地震、1984年至1989年的干旱，以及“1990年12月至1991年1月史无前例的大寒”。自然的灾难非人类所能控制，人类在自然的无限威力面前显得无能为力。里奇还通过对比修辞来呈现美好的风景，毫不掩饰她对加利福尼亚自然景观的热爱，以此反衬海湾战争带来的巨大破坏：

我热爱这里
古老的牧场、岩石之间，面朝大海的藤蔓植物
横亘斜坡的小峡谷
绝壁逢生的婆娑橡树，桉树林荫大道
通向令人神往的宅院，还有远处金色的山坡上
如白雾缭绕的健硕牛群[⑤]

海湾战争被美国的商业媒体鼓吹成一笔有利可图的投资而非一场人类的灾难，而里奇则让《地图集》成为战争惨痛经历的见证者。

海湾战争时期，美国不再是一片欣欣向荣的土地，而是一个因长久不能解决政治和社会问题而伤痕累累的悲惨战场。《地图集》的第二部分绘制了一幅美国全景式地图，地图上有佛蒙特州、弗吉尼亚州、密西西比州、艾

---

① 波斯湾战争：1990年8月，伊拉克军队入侵科威特。为了恢复科威特的领土完整，美国领导的多国联军于1991年1月17日至2月28日对伊拉克军队进行了军事打击。这是继越南战争之后规模最大的一场战争，对美国产生了重大影响。在战争中，美军首次将大型高科技武器投入实战，展现其强大的航空实力和电磁优势，标志着高科技战争时代的到来。

② Adrienne Rich, *An Atlas of the Difficult World*, (New York: W. W. Norton, 1991), p.3

③ Adrienne Rich, *An Atlas of the Difficult World*, (New York: W. W. Norton, 1991), pp.4-5.

④ Adrienne Rich, *An Atlas of the Difficult World*, (New York: W. W. Norton, 1991), p.22.

⑤ Adrienne Rich, *An Atlas of the Difficult World*, (New York: W. W. Norton, 1991), p.5.

奥瓦州、内华达州、加利福尼亚和纽约。她穿越时间，穿梭于历史之间，书写了美国不同历史时期参与的不同战争暴力与危机——从“19世纪战争的战场”[①]美国内战（1861—1865），到印第安大屠杀（1890），墨西哥战争（1846—1948），再到民权运动中的血腥星期日（1965），以及越南战争（1954—1975），召唤人们回顾北美大陆殖民时期、珍珠港袭击之后的美日集中营以及当前的美国。她将美国历史上的一系列事件（既有著名的，也有不知名的）编织在一起，形成了自己对美国历史的修正叙事，质疑美国参与这些战争的意义：

阿波马托克斯
伤膝河
洛斯阿拉莫斯
塞尔玛西贡最后的空运[②]

《地图集》成为这些惨痛经历的见证者，见证了战争给美国带来了巨大的破坏性后果——经济不稳定、工人被剥削以及普遍的贫困，让地球环境千疮百孔，给人的精神造成了极大的创伤。在人类的冷漠之海中，河流中的水“我们不敢喝”；沙漠中有“像球茎一样遍布的导弹”，还有“为民主而死的穷人的墓地”，以及“静默的郊外”与“压力之下如烟般升起的沉默”等。[③]“在这片土地上，在这种生活中”，“散发着枯萎”。[④]

海湾战争期间，美国被一股容易伪装成爱国主义的民族主义浪潮席卷。战争的商品化得到了媒体的推波助澜，这使得它看起来更像一场有利可图的奇观，而不是一场人类悲剧。里奇摈弃了那些为人熟知的战争意象和词语，舍弃那种被尼尔森称为“用冲动的激情取代保守、感伤主义和爱国情怀的空

① Adrienne Rich, *An Atlas of the Difficult World*, (New York: W. W. Norton, 1991), p.6.
② Adrienne Rich, *An Atlas of the Difficult World*, (New York: W. W. Norton, 1991), p.12.
③ Adrienne Rich, *An Atlas of the Difficult World*, (New York: W. W. Norton, 1991), p.6.
④ Adrienne Rich, *An Atlas of the Difficult World*, (New York: W. W. Norton, 1991), p.7.

虑”[1]策略，刻意寻找那些在国家需要团结的时刻，美国人对战争、压迫、失败等表示的不同态度，通过一种有意识的价值认知引导，对抗政府宣扬的战争假象。她更加关心美国一些悬而未决的争议性问题——种族歧视、经济不稳定、剥削与压迫等，做到既批判政府又能爱国，正如里奇在诗中所写：“我致力于探索爱国意味着什么，”[2]并坚称“爱国就是为国家的灵魂而战 / 就像她为自己的生命而战一样”。[3]

《地图集》也见证了阶级、种族与性别暴力的悲剧历史。里奇对美国社会阶级分化的关注可以追溯到 20 世纪 60 年代，并在里根当政的 80 年代得到加强。她的诗歌和批评中充满了对贫困的描述，包括无家可归的人、没有社会保障的失业人员以及忙于工作却没有时间照顾家人的底层民众等等。作为一个中产阶级的诗人，里奇为自己与底层诗人之间的差距感到震惊，她经常受到良心的折磨，这种担忧对她的艺术和生活都产生了影响。里奇被韦尔（Simone Weil）提出的“这个伟大的问题”所驱动。作为一位研究压迫的法国哲学家、社会活动家，韦尔在名为《等待上帝》（“Awaiting God”）的文章中问道：“你正在经历什么？”[4]里奇在《地图集》中把这个问题变得更详尽：“你在另一边经历了什么？”表达了她想与那些住得很远、生活环境与她截然不同的人建立联系的愿望，这些人在地理和心理上都处于与她截然不同的“另一边”。

里奇在《地图集》的第六部分大写特写爱尔兰历史上的大饥荒时期[5]。一个土豆在烤箱里炸开，展开了爱尔兰马铃薯饥荒的历史。1845 年至 1852 年间，爱尔兰经历了大规模的饥荒、疾病和移民。饥荒的直接原因是一种马铃薯疾病，俗称马铃薯枯萎病。当时的爱尔兰土地腐烂，哀鸿遍野。大约有 100 万人饥饿而亡，还有 100 多万人从爱尔兰移民，导致这个岛国的人口减少了 20% 到 25%。里奇批判了美国：“1847，没有救济。没有救助。/ 美国。

① Cary Nelson, *Our Last First Poets: Vision and History in Contemporary American Poetry*, (Urbana: U of Illinois P, 1981), p.61.
② Adrienne Rich, *An Atlas of the Difficult World*, (New York: W. W. Norton, 1991), p.22.
③ Adrienne Rich, *An Atlas of the Difficult World*, (New York: W. W. Norton, 1991), p.23.
④ Adrienne Rich, *An Atlas of the Difficult World*, (New York: W. W. Norton, 1991), p.51.
⑤ 这里指的是 1845 年至 1848 年的爱尔兰大饥荒。

他们说，每天吃三次肉。奴隶——你 / 不会成为奴隶。”[①] 在这里，“他们”指的是美国人，他们承诺提供援助，但实际上并没有。美国的承诺本身就自相矛盾，既带来了希望，也带来了失望。里奇还特别写到，由于爱尔兰诗人和其他诗人忍饥挨饿，语言退化了。在仅仅 50 年的时间里，城市语言已经被同化和盗用，混合语言取代了“济贫院里的诗，取代了诅咒和沉默的诗，苦涩和深沉的诗，浅薄和沉醉的诗，以及牧师谈话的诗，I.R.A. 的谈话，厨房闲聊，梦话”[②]。

关于对种族暴力历史的见证，在里奇的作品中随处可见，《地图集》也不例外：

对有些人而言，和平是白人的词语
特权
有人已习得去处理和思忖
无权和有权的形状[③]

里奇后期政治作品的一个重要部分涉及她对犹太身份的理解——二战期间犹太人的困境，以及战后美国犹太妇女的地位。她在长篇自传诗集《根裂》（*Split at the Root*, 1986）和《地图集》中，不断探索自己犹太身份的个人和政治含义。

里奇也在《地图集》中见证了被边缘化的美国人的孤独。里奇认为，充斥着阶级、种族和性别暴力的美国民族是一个孤独的民族。边缘群体被“艰难世界”所摧毁，从而感到深深的孤独。在男权社会中，女性在大多数情况下无法享受与男性同等的权利，职业女性无法摆脱家庭的束缚而一味追求事业，在男性中心的世界，她们感到艰难和孤独。《地图集》第六部分的开头便向读者呈现了这种孤独：“在这地球上，在这一生中，当我读到你的故事

① Adrienne Rich, *An Atlas of the Difficult World*, (New York: W. W. Norton, 1991), p.15.
② Adrienne Rich, *An Atlas of the Difficult World*, (New York: W. W. Norton, 1991), p.15.
③ Adrienne Rich, *An Atlas of the Difficult World*, (New York: W. W. Norton, 1991), pp.22-23.

时，你是孤独的。”[①]第十部分由索莱达兄弟[②]乔治·杰克逊“狱中信笺”的语录组成，在他的书信中穿插着一系列关于他在监狱里自学的诗歌序列：一个年轻人教育自己、训练自己、与自己争辩、自己演讲、自学英语、斯瓦希里语和西班牙语。他在一所充满暴力的“大学”里，不得不与痛苦以及各种形式的仇恨和愤怒作斗争：“他/我在孤独的‘索莱达（Soledad）’度过了七年”[③]。里奇将索莱达定义为道德孤独：“索莱达等于孤独，寂寞，思乡；孤独的逃避”[④]。通过描写非裔美国诗人艰难的孤独，里奇为他们发声。

《地图集》还见证了众多美国公民诗人的孤独。如埃里克森所言，在美国，一个善于思考的哲学诗人可能会感到孤独，因为他们在这个仍然充满隔离的共和政体中处于危险境地，他们往往不能说服人们或权衡论点，即使他们的洞察力和诗歌作品是这个国家所急需的。在这个层面上，《地图集》是写给那些意识到美国人必须重新找到一个国家的方向、一个民族的地位，并引导这个国家前进的人。因此，里奇采用了类似惠特曼、鲁凯瑟、克莱恩和奥登等关于诗人使命的观点：诗人的使命应该是当国家处于艰难时期时给国家指引方向，使少数群体的声音和持不同政见者得到应有的信任。[⑤]里奇在接受罗斯柴尔德（Matthew Rothschild）的访谈时说，诗歌对改变世界、改变人们的生活有重大影响，诗歌象征着激情和真正的欲望，诗人要创造“见证的诗歌”。[⑥]因此，她一直致力描绘出“一幅艰难世界的地图集”，坚持历史不能被遗忘，边缘群体所遭受的不公正待遇不应被抹去，而诗人则该担负使命，以美国公民和诗人的政治素养去改变世界及其政治面貌。

---

① Adrienne Rich, *An Atlas of the Difficult World*, (New York: W. W. Norton, 1991), p.19.

② 索莱达是乔治·杰克逊（George Jackson）的绰号——索莱达兄弟。

③ Adrienne Rich, *An Atlas of the Difficult World*, (New York: W. W. Norton, 1991), p.21.

④ Adrienne Rich, *An Atlas of the Difficult World*, (New York: W. W. Norton, 1991), p.20.

⑤ Joshua S. Jacobs, "An Atlas of the Difficult World: Adrienne Rich's Countermonument, " in *Contemporary Literature*. Vol. 42, Issue 4, (Madison: U of Wisconsin P, 2001) p.727.

⑥ Matthew Rothschild, "Interview with Adrienne Rich: 'I happen to think poetry makes a huge difference', " <http://findarticles.com/p/articles/mi_m1295/is_n1_v58/ai_14695190/.>

三、历史的文本性：作为文本叙事或话语形式的历史

里奇的《地图集》就是历史的、文化的文本。她以自己深厚的文学底蕴，在《地图集》中对边缘群体的历史文化文本进行了记录、观察、建构和解构。为了将这些历史文本化，她试图将读者带入她在诗歌中描述的政治、社会和文化冲突中，并展示她对这个“艰难世界”的感知。也通过文本化，诗人试图揭露主流历史的文本本质并加以颠覆，以期为那些历史上被边缘化的人群发言，表现出对被动接受或向权威屈服的意识形态的蔑视，以及唤醒读者良知的决心。关于历史的文本性，里奇一直使用诗歌的语言建构策略去实现历史的文本化。在其后期诗歌的谋篇布局以及节、段和行的结构处理方面，她常用的策略有现代与后现代的技巧，如惠特曼式目录诗（catalogue verse）、对位法（counterpoints）、互文性以及诗人自己充当诗歌的面具等，呈现一个在地理、历史和政治等方面具有矛盾性的世界，一个美丽与“艰难”并存的世界。

（一）惠特曼式“目录诗”技巧下的历史书写

里奇使用“目录”技巧来处理诗行与诗行以及诗行与内容的关系。“目录”技巧——列举一连串相似的形象、观点、事务、动作来推进思想，让读者捕捉其中的肌理纹路。《地图集》进行了性别和种族暴力叙事，将性别和种族歧视的历史文本化，为女性和黑人发声。诗人在开篇写道：“我不想听他在地震后如何殴打她，如何撕毁她的作品，如何将煤油灯扔向她的脸上，面对她就像看到一面他无法忍受的镜子”；“我不想听她最后是怎么从拖车里跑出来的，他是怎么从她手里夺过钥匙，然后跳进卡车，把车倒在她身上的。”[①] 第一部分中，“一个皮肤黝黑的女人，低着头，正在听着什么”，里奇运用“目录”技巧列举了加利福尼亚妇女的四种声音，在共同的背景下，每一个声音都透露出一种不同的女性历史存在：一个女人在池塘上的灯光映照下想起她母亲的比利时手帕，那是她家的传家宝；第二个女人表达了对阅读和音乐的热爱；第三位竭尽全力紧紧抓住她那“似乎一无所有的生活”；第四位思考着自己平庸的生活。“现在我拥有房子和工作，年复一年。/ 是什么

---

① Adrienne Rich, *An Atlas of the Difficult World*, (New York: W. W. Norton, 1991), p.4.

造就了我呢？”里奇以同样的方式做了种族暴力叙事：一位年轻的诗人希望他的诗歌“能在字里行间/储存救赎”，一位老师则从学生们灰白的脸上看到饥饿，意识到她的一些学生没吃早餐就来上学，便回忆起黑豹党人“把麦片舀进”孩子们小嘴里的情景[①]。可见，通过列举，里奇记载了人们与他们所在的社会和文化签订的各种契约，而这些契约总是呈现出矛盾的一面。这是一个遍布家庭暴力、环境破坏和政治背叛的世界。里奇借助诗歌策略颠覆了美国中产阶级的刻板认知——男人在愤怒时杀死或殴打妻子只是男性化的行为，女人被视为“屋子里的天使”而被禁止写作，黑人总是愚昧和暴力的，或者贫穷的孩子应该不吃东西就去上学。因此，作为诗人，里奇坚定地担负起使命，仿佛她自己就是诗集题目中的“阿特拉斯”（Atlas），扮演着这个神话巨人的角色。她希望她的诗歌被广泛阅读，发挥其社会与政治功能。在标题诗的最后一部分，里奇重复十遍“我知道你在读这首诗”，列举了十类可能的读者：

我知道你在读这首诗
很晚了，在你下班之前
强烈的黄色光点和变暗的窗户
在建筑物的疲乏中落入寂静
高峰期过后。我知道你在读这首诗
站在远离海洋的书店里
在早春灰蒙蒙的一天，飘着淡淡的雪花
穿越你周围平原的辽阔空间。
我知道你在读这首诗
在一个发生了太多你无法忍受的事情的房间里
被褥被卷成一团堆在床上
打开的手提箱意味着即将旅行
但你还不能走。 我知道你在读这首诗[②]

① Adrienne Rich, *An Atlas of the Difficult World*, (New York: W. W. Norton, 1991), p.4.
② Adrienne Rich, *An Atlas of the Difficult World,* (New York: W. W. Norton, 1991), pp.25-26.

里奇了解人们阅读其诗歌的状态，也了解她的读者都是谁：人们会在孤单中、退缩中、寂寞中、疲惫中、监禁中、困境中、期待中、焦虑中、绝望中阅读她的诗歌。而她的很多诗歌受众是热爱读书、渴望知识的人，包括老人、年轻母亲和有思想斗争的读者。这说明，她的诗歌是为这些陷于困境中的人言说的，代言边缘政治是里奇矢志不渝的抱负。

里奇还采用了惠特曼式的首语重复法（anaphora）观察、记录了战争时期人们各式各样行为的全貌。在《地图集》的第十一首诗歌中，里奇的话语模式不再是与读者和评论家群体的对话，而是对所有美国人的演讲：

——我们每个人现在都是一颗粮食、一个核心，在一个处于危机中的城市

有些人忙着建造围场、地堡，以逃避
　　共同的命运
有些人试图复活死去的雕像来引导我们，他们对着
　　大理石的嘴唇呼吸
有些人试图教导当下，有些人鼓吹
　　当下
有些人夸大事实，有些人在半信半疑的情况下
　　贬低自己
——权力和无能肆意妄为，就像一盘磁带，
　　带着嘲弄和尖锐的音节蹒跚向后——
有些人认为战争是新的，有些人则认为战争只是延续了
　　过去的阵痛
有些人为和平而战，二十年来却没有为
　　正义而战
对有些人来说，和平是白人的诺言，是白人的
　　特权
有些人学会了处理和思考

无能为力和权力的形状[①]

里奇以她的警觉见证并建构历史。在海湾战争期间，她对美国进行了全方位的审视。

（二）对位法策略下的历史建构

除了目录、列举建构策略，里奇还在诗歌中处处运用“对位法”的解构策略，以解构的方式呈现美国的地理、历史和政治风景——海洋和陆地、过去与现在、梦想与现实、美丽与艰难、权力与无力的并置。比如，在第一部分的结尾和第四部分的开头，里奇对比了内陆的黑暗景观和海域的明亮景观：“银盘似的月亮照耀在 / 残骸，垃圾和荒芜之上”与“月亮的光泽绵延数英里”，或者“灯光和音乐：依然倾泻而下 / 落在我们裂开的崩塌的地势上”。对自然之美的破坏总是会使人类生活在其灾难性的后果中。更深刻的是，与自然的局限性相比，人的局限性更加突出：

海洋不时地翻腾起舞
透过岩石之眼，教导他
局限性。朝后翻腾，唱歌
吮吸，没有老师，只有猛烈的
自我，太平洋的海域，哺育着
他们狂野而又平静的构筑，瞬间的，古老的。[②]

大自然有它的界限，正如海洋有岩石或海岸作为它的界限一样。海水或波浪以其野性和平静的对峙特征告诉古老的海洋它的界限。里奇善于运用“对位”技巧来表达复杂性，马丁的看法颇有道理，“对位法使里奇避免了过于简单化，使她能够在不落俗套的情况下发表令人信服的政治观点。”[③]里奇的《地图集》不能也不愿尊重所谓地理的和政治的边界。她最关注的矛盾

① Adrienne Rich, *An Atlas of the Difficult World,* (New York: W. W. Norton, 1991), pp.22-23.
② Adrienne Rich, *An Atlas of the Difficult World,* (New York: W. W. Norton, 1991), p.17.
③ Wendy Martin, *An American Triptych: Anne Bradstreet, Emily Dickinson, Adrienne Rich,* (Chapel Hill: The U of North Carolina P, 1984), p.23.

是，我们能控制什么和我们不能控制什么，因为她想要洞察的是权力的丧失和权力的塑形。

里奇运用对位法策略将历史文本化的典型例子是《地图集》中的另一首长诗《东方战争时期》（“Eastern War Time”, 1989-1990）。这首诗记载了20世纪40年代犹太人的苦难和抵抗，其标题隐射二战时期的欧洲和纳粹大屠杀。里奇在诗中对比了当时的东方犹太女孩与现在的美国犹太女孩的生活。这个东方犹太女孩不像美国犹太女孩，她既没有逃脱纳粹的迫害，也没有逃脱纳粹的酷刑，更没有逃脱最终的死亡。

当“记忆举起烟雾缭绕的镜子”时，里奇回忆起了她作为一个美国犹太女孩的童年时光，她首先记起的是她每天早上8点15分乘坐有轨电车上学，这所学校似乎对正在进行的战争一无所知。里奇运用了意识流叙事，几乎没有动词，再现了她对战争怀有的消极态度。当她骑车上学的时候，那里的气氛就像战争一样，让人想起地下躲藏时的寂静、恐怖和与世隔绝。这里一片漆黑，只有“一扇鱼胶窗户”和“微弱的天花板灯泡”透出的光线[①]。“煤油，羊毛和雪”的气味，以及“在纷飞的大雪之后弥漫的灰色”，营造了一种凄凉和无望的氛围，这被“女学生溢出的恐惧 / 感觉所证实”[②]。然而，这个美国女孩尚未认识到二战的现实。她在有轨电车稀疏的灯光下读的是“拉丁美洲语”和“远古世纪的布雷斯特德历史”。这些书上只有“死亡语言的声音”，而不允许关注当前的政治[③]。在学校，她熟悉历史上的“消亡者”，但不熟悉正在进行的战争及其受害者。“倾斜和摇晃的有轨电车”承载着许多对战争灰色现实的记忆，但像她这样的美国女孩的袖口和衣领仍然笔挺或整洁[④]。虽然女孩们可能在“自修室”里唱歌，但周围的“经典壁画 / 车马帷幔”确实把她们带到了一个与1943年有关的时光中，也就是这首诗歌所处的背景。邓普尔顿的评论恰如其分，“这首诗将女孩的政治天真与她作为一个政

① Adrienne Rich, *An Atlas of the Difficult World,* (New York: W. W. Norton, 1991), p.35.
② Adrienne Rich, *An Atlas of the Difficult World,* (New York: W. W. Norton, 1991), p.35.
③ Adrienne Rich, *An Atlas of the Difficult World,* (New York: W. W. Norton, 1991), p.35.
④ Adrienne Rich, *An Atlas of the Difficult World,* (New York: W. W. Norton, 1991), p.35.

治化的主题的处境进行了对比。”[①]这个美国女孩被教育成一个政治意识形态的储存库，它淡化了近代史上最惨烈的战争，因而里奇无法容忍这种政治天真。里奇意在说明学校教育对二战真实面目的遮掩，如她在一篇类似诗歌《东方战争时期》的论文《根裂：关于犹太身份的论文》（“Split at The Root: An Essay on Jewish Identity”, 1982）中写道：

> 大屠杀却发生在他们身上。而我，那个曾经相信自己的人生应当充满趣味、意义非凡的人，却猛地发觉，我跟那些逝者之间存在某种联系：我们不仅都会走向死亡，而且都拥有同一个禁忌的称呼、同一个受人憎恨的身份。或者说，我和他们有联系吗？我真的必须和他们联系在一起吗？此时提起笔来，一种迟来的愤怒油然而生。因为我所处的家庭和社会环境给我提供的有关信息微乎其微，以至于我不得不独自摸索这对我究竟意味着什么。从没有人教我去反抗，他们只告诉我要顺从，而我对反犹太主义本身也从未做过任何辩护。[②]

在《东方战争时期》的第四部分，里奇责备了大人的谎言和遗漏，责怪他们向孩子们隐瞒犹太人被憎恨的真相。里奇将自己称为一个“美国女孩/在战争时期”，可不像犹太人集中营里被剃光头的受害者，她有一头“烫过的卷发”，当她“在学校和家之间的路上摇摆着她带有图案的亚麻布书包时”，她是一个“无知的犹太人”，试图“通过书本握住世界”。然而她东方的犹太同辈们肯定意识到了成为犹太人意味着什么，尽管没有书本，当然也无需书本来告诉他们世界的情形。[③]在第五部分中，里奇似乎不仅在进行对比，更是在给那个欧洲犹太女孩进行身份确定。然而，女孩将死在集中营的手术桌上：

> 一位少女有意活下去

---

① Alice Templeton, *The Dream and the Dialogue: Adrienne Rich's Feminist Poetics*, (Knoxville: The U of Tennessee P, 1994), p.89.

② Adrienne Rich, *Blood, Bread, and Poetry,* (New York: W. W. Norton, 1986), pp.106-107.

③ Adrienne Rich, *An Atlas of the Difficult World,* (New York: W. W. Norton, 1991), p.36.

却被送上了不归的旅程
她的口袋被沥干了意义
她的脚踝沾满了呕吐腹泻的污垢
她被追赶着满院子跑，赤身裸体
年少的女孩铭记着自己的青春：
课本 被禁的小说 一切的一切
校歌 乳名
单身时期流血的时候
……
觉得自己很美，美得别人也看得到
自己再次躲过了流血，逃过了致命的
毒气 却在手术台上
在名医的这双
与同伴们在实验室里弹着弦乐四重奏的手里，在劫难逃[①]

第六部分中，女孩和一个男孩看似浪漫的散步很快证明是在逃离纳粹敌人。在女孩那充满恐怖和迫害的世界里，没有人“在注视着 / 别人欲望的迹象”，相反，这对情侣关注的是“秘密基地线的迹象 / 汇聚成阻力 / 枪被贮藏为珍贵的工具 / 策略被争论着。”[②] 通过描述这些发生在集中营里令人恐惧的谋杀，里奇利用诗歌文本的叙事，再现了犹太民族曾遭受的灾难史。作为美国犹太人，里奇虽然从未遭受过迫害，也没有经历与欧洲犹太人同等程度的反犹主义，但对她来说，犹太人及其受害者的遗产始终是重要的。当里奇的描述从美国犹太人的处境转移到欧洲犹太人的处境时，她将战争时期的电报由小写的字体改为大写，突显犹太民族曾遭受的灾难性历史：

NV15 电报——利物浦 122 1/63NFD
经总部讨论及考虑，国家计划占领或控制的所有犹太人

① Adrienne Rich, *An Atlas of the Difficult World,* (New York: W. W. Norton, 1991), p.39.
② Adrienne Rich, *An Atlas of the Difficult World,* (New York: W. W. Norton, 1991), p.40.

3.5 至 4 百万应该被
驱逐出境
东方的犹太人集中灭绝
彻底地解决欧洲的犹太人问题①

除了对黑人、犹太民族苦难历史的文本建构，《地图集》里，诗人也建构了华裔民族步履艰难的情景：当光明照耀天使岛或恶魔岛，港湾跳跃在阳光中，当夕阳跌落旧金山大桥的上方，注意，因为“金山”下面有“鬼魂在嘶哑低语”②。这里，“金山”和“鬼魂”都是中国的习语。在中国移民看来，金色意味着金钱和落日余晖。里奇不仅仅描写旧金山的城市之美，还运用对位法策略书写了早期中国移民在旧金山的艰难生活。城市繁华的外表下面暗藏着中国移民的辛酸生活，诗歌文本参与建构了美国梦对中国移民的影响。

（三）互文叙事策略下的历史话语

首先，里奇在后期诗歌中运用互文叙事策略来呈现美国历史。《地图集》中有很多片段，里奇引用了她所仰慕的作家，尤其是那些边缘化作家，比如克莱恩（Hart Crane）、鲁凯瑟、布拉德迪（Nella Braddy）、韦尔、默里（Frank Murray）和杰克逊（George Jackson）等。里奇在自己的作品中引用他们的诗歌、论文和思想，以纠正读者对他们的疏忽，并通过给他们以文学空间，让他们的声音被听到。例如，当提到由人类引发的灾难时，里奇在第五部分插入了鲁凯瑟的名诗《死亡之书》（“The Book of the Dead”, 1938）中的一行，“有两条路可以行走”：

鲁凯瑟可能已经猜到它向西而来
朝着大红桥的入口　*有两条路可以行走* 她写到
当你想到你的国家　开车南下
到西弗吉尼亚高利桥硅矿，它的薄片
　　　　像雪一样堆积起来，死亡天使一般的白

① Adrienne Rich, *An Atlas of the Difficult World,* (New York: W. W. Norton, 1991), p.36.
② Adrienne Rich, *An Atlas of the Difficult World,* (New York: W. W. Norton, 1991), p.13.

——诗人　记者　先锋　母亲

发现她的国家：　　*有两条路可以行走*①

鲁凯瑟记录了美国历史上最严重的工业灾难——鹰巢隧道事件。在这一大规模的工业事故中，数百名矿工因在西弗吉尼亚高利桥附近建设水电项目鹰巢隧道而死于矽肺病。而在第十部分“索莱达”，里奇融合了非裔美国社会活动家乔治·杰克逊（“索莱达兄弟”）的监狱书信，引用了很多他记录监狱生活、自我教育及其与各种形式的痛苦、仇恨和愤怒抗争的诗歌。

其次，里奇自己充当诗歌的面具，这是她的一个重要文本建构策略。在里奇的很多诗歌中，个人的痛苦经历文本化成了人们共有的经历。换言之，里奇将她的诗歌作为一个公共的表演领域，替不同的边缘人群发声，与他人重新建立联系。在她的诗歌中反复出现的“我”或“我们”，既是里奇，也不是里奇。她的诗歌成为她的诗人身份建构及其政治目标的载体，如同劳伦斯·约瑟夫所言，《地图集》通过“我”呈现人类行为的复杂性，这个“我”虽然既是个人的也是社会的，但本质上是功能性的。②

《地图集》在一定层面上就体现了里奇对自己生活历史的文本化建构。在这首诗的许多部分不难找到她的传记成分。她在时间和空间上来回穿梭，在十三首诗歌中来回穿插她经历过或观察到的历史景观，时间上从 20 世纪 60 年代跨越到 90 年代，空间上则在美国东西来回穿越，东部（纽约和佛蒙特）和西部（加利福尼亚）是她生活中的两个主要地点，这些看似无序的穿梭与拼贴却有着内在的连贯性。例如，里奇在《地图集》的第一部分的末尾写道：“但是开车、走路、观察的女人/为生为死，是同样的。”③第二部分里，里奇向西移动，越过“底特律的市中心”（Centralia Detroit）④，“原始森林铜银矿脉”“静默的郊外”⑤，直到美国西岸。这不仅展示了美国的全景图，从

---

① Adrienne Rich, *An Atlas of the Difficult World,* (New York: W. W. Norton, 1991), p.13.

② Lawrence Joseph, “Real Thing, ” in *Nation.* Vol. 254, Issue 15, (New York: The Nation Institute,1992), p.533.

③ Adrienne Rich, *An Atlas of the Difficult World*, (New York: W. W. Norton, 1991), p.5.

④ 1919 年底特律的种族冲突引发伐木工人罢工。

⑤ Adrienne Rich, *An Atlas of the Difficult World*, (New York: W. W. Norton, 1991), p.6.

东部的佛蒙特，纽约市，穿过弗吉尼亚、密西西比、艾奥瓦和内华达，也指里奇跨越时空转移到“新的位置，加州”，指的是里奇在加利福尼亚的新地址——她在1984年永久离开东海岸的纽约，移居圣克鲁斯。她在精神上漫游世界的灵感可能来自横穿美国的汽车之旅。她一直喜欢“去不同的地方，观察生命和死亡”，并认为穿越国家的旅行是“非常深刻的体验”，能让她意识到东西海岸城市集群和中部荒野的不同，从而呈现一个正处于金融动荡、劳动剥削和普遍贫困的危机之中的美国。

在第七部分中，里奇一路向西，这是很多美国人离开纽约之后追寻的方向，然而里奇却梦想着纽约这个“梦想之地/失落之城 ——可怕的光之城”[①]。她把纽约的地铁描述成流淌在这座鲜活城市的血液：

年轻人和普通人乘坐地铁看书
或紧挨着别人的身体
触摸着布鲁克林皇后曼哈顿的地图
布朗克斯在狭长的颈骨处
慢慢舒展
　　　　　　仿佛我们在黑暗中感到自己的血液
流淌 一座鲜活的城市高高在上
有纹路分明的蹼和结
我们和其他所有的人
　　　　　　　　为人所知的和互不相识的
生活于其中[②]

作为一个出生在中上阶层、受过精英教育的诗人，里奇是有各种方法来避免直面社会公共问题的。然而，作为一名公共知识分子[③]和社会活动家，当她看到美国的民主在明显萎缩，而物质主义、资本主义和帝国主义却在迅

① Adrienne Rich, *An Atlas of the Difficult World*, (New York: W. W. Norton, 1991), p.6.
② Adrienne Rich, *An Atlas of the Difficult World*, (New York: W. W. Norton, 1991), p.16.
③ 关于这一身份定位，参见本书第五章第二节。

速扩张时，她经常受到良知的谴责。在《地图集》的第十二部分，她写道："那个小女孩，长着圆脸 / 紧握着拳头，已经熟悉了悲悼 / 在布满皱纹的快照里？"或者致敬任何其他战斗的女人"执行抵抗和仁慈的蓝图 / 童年时代描绘的……/ 你那双女人的手在转动车轮或使用剪子 / 扭力扳手，刀？"里奇赞美女性的双手之美，"美，它由内而外 / 它坚持说真话 / 它坚持真理 / 它知道两个人并非总是 / 一模一样 / 不可否认之美。"① 因此，如前面章节所述，就像惠特曼一样，里奇赋予作为诗人的自己使命，给身处"艰难时期"的国家指引方向，如她在《地图集》中第五部分、第十一部分的两次发问："我们在哪停泊？联系的纽带是什么？又是什么让我们觉得理所当然？"② 她在本诗集中的另一首长诗《东部战争时间》里再一次清楚使用第三人称面具的文本化技巧：

一个 60 岁的女人　　驾着车
越过海洋穿过沙漠
世纪百年从她的肩头悄然流逝
仿佛地质时间的一瞬间
虽然对那些步履艰辛的人来说很沉重
知识已经融入了她的结缔组织
融进了沙洲，溶解了她的软骨 ③

可以说，这个女人就是里奇本人，她半个多世纪一直行走在美国的辽阔疆域，用诗歌记录、观察、建构和解构这个艰难世界的"地图集"，用自己的知识与力量担负着改变世界的使命。

里奇希望诗歌能够对个体、群体乃至社会以及对政治发挥一定的作用，诗歌能够给逆境中的人以精神上、心灵上的希望。她以诗歌为媒介，致力于为社会公民代言，为边缘人群发声，如同她在《在那里发现了什么》中说，

① Adrienne Rich, *An Atlas of the Difficult World*, (New York: W. W. Norton, 1991), p.24.
② Adrienne Rich, *An Atlas of the Difficult World*, (New York: W. W. Norton, 1991), p.12.
③ Adrienne Rich, *An Atlas of the Difficult World*, (New York: W. W. Norton, 1991), p.41.

“诗歌是所有人的食物，是心灵和理智的食物，是记忆和希望的食物。”①里奇希望启发人们更多地意识到自己在社会中的边缘地位，鼓励他们更多地阅读诗歌，参与政治。

最后，里奇在这首长诗中反复提及一个核心问题——什么是爱国主义。通过对这些“艰难”历史的文本化建构，里奇对爱国主义的本质进行了深入的探究：“我一心想弄明白爱我的国家意味着什么。”她回答道，爱国就是要拒绝天真，就得开始承认国家实施的摧毁与暴力行为并对其负责：

一个爱国主义者是一位公民试着
从被摧毁的纯真梦境里，
从身穿迷彩服的，
白人将军和黑人将军的噩梦中

醒来
记起她真实的国度，记起他历经沧桑的故土：
记起
祝福和诅咒本是一对孪生子，出生后被分离
在哀悼之际又再重逢
国内的移民是所有男男女女中
最思乡的人
今日飘扬的每一面国旗都是一种痛苦的呐喊。②

对暴力的批判是里奇改变社会不公正的主要工作，她致力于寻找解决现状的途径。对里奇而言，想要消除暴力，需要人们更积极地去爱而非诉诸暴力或痛苦。

在文化诗学的观照下，文学是由多种思想意识构建出来的社会和文化

① Adrienne Rich, *What Is Found There: Notebooks on Poetry and Politic*, (New York: W. W. Norton, 1993), p.32.

② Adrienne Rich, *An Atlas of the Difficult World*, (New York: W. W. Norton, 1991), p.23.

产物，不能被简化为单一思想认识的结果。同时，文学又反映并建构特定的历史文化事实。里奇用自己的冷静观察与深思熟虑创作了《地图集》，呈现了一个海湾战争肆虐期间“困难”重重、随时可能爆发的世界。她的话语意在维系世界，防止世界分崩离析。文德勒对诗集标题的评论恰如其分：“‘艰难’，是一个带有受挫和挣扎含义的形容词，并不意味着反抗和变革。”①同样，坦普尔顿（Alice Templeton）的评论也切中肯綮：“《地图集》的任何一首或是很多首诗歌都是没有定论的描述，避免做出认知性的判断或者挑起任何行动；他们看起来像要回归到一种陈述性和观察性的诗学，希望人们以深刻的感情和真实的理解来评价他们。”②从文化诗学的角度来看，历史不是一种超然的叙事形式而是文本化的叙述。③《地图集》另辟蹊径地思量世界现状，将文本历史化，又将历史文本化，建立过去与现在的联系，如同里奇在1991年的一次采访中所言：“我想我要寻找的是一种与过去保持联系的方式，尽你所能地摆脱过去，继续前进。我不确定一种新的文本形式能否创造出——它当然不会创造一种新的意识。同样可以这么说，一种新的意识，一种完全不同的意识，也不一定创造出一种新的形式。”④

第三节
《街道幻景》：“修正性”的诗学

《街道幻景》（“Calle Visión”, 1992-1993）是里奇《共和国的黑暗领域：

① Helen Vendler, *Soul Says. On Recent Poetry*, (Boston: Harvard UP, 1995), p.221.

② Alice Templeton, *The Dream and the Dialogue: Adrienne Rich's Feminist Poetics*, (Knoxville: The U of Tennessee P, 1994), p.154.

③ 傅洁琳：《格林布拉特文化诗学理论的来源与视域》，载《山东社会科学》，2009年第10期，第115页。

④ Matthew Rothschild, “A Patriot Wrestling, ”in *The Progressive*, (Madison: U of Wisconsin P, Vol. 56, 1992), pp.40-42.

1991—1995年的诗》(*Dark Fields of the Republic: Poems, 1991-1995*, 1995)[①]当中最具代表性的、也是最长的一首叙事诗。在《黑暗领域》中，里奇继续批判资本主义，探索美国所谓的民主和自由，认为要变革美国的资本主义现状，改变弱势群体所处的社会现实，把绝望化为希望，个体就必须开始言说和行动起来。在这一诗集中，里奇修正诗歌艺术，继续代言边缘政治，替他们发出未言之声。本节主要聚焦《街道幻景》，将它与艾略特的《四个四重奏》之四《小吉丁》("Little Gidding"，1943)进行几个层面的诗学比较。《街道幻景》书写了第二次世界大战的灾难，诗歌层次复杂的程度和影响之深堪比《小吉丁》。"Calle Visión"是美国西南部一条道路的名字，字面意思是"街道幻景"[②]，这条街道与艾略特笔下的支离破碎的街道虽有相似，但里奇的诗学则在一定程度上颠覆了艾略特的诗学传统，她从多维角度——历史、时间、语言——建构了"修正性"的诗学。

一、历史重拾：宗教慰藉与自我试炼

里奇的创作开始于20世纪下半叶，伴随着那半个世纪的世界范围内的喧嚣与动荡，如同艾略特的很多现代主义诗歌所呈现的"荒原"，里奇的诗歌也呈现了一个多灾多难的世界，一个让人的身体和意志几近土崩瓦解的世界，一个充满人类愚蠢、失败与痛苦的世界。面对这样一个现代世界，诗人们的内心都是愤怒的，他们在痛苦地再现过往的历史，也叙写着自我。

《小吉丁》和《街道幻景》都书写了第二次世界大战带来的空前灾难与烈火试炼。在艾略特和里奇的笔下，第二次世界大战中城市的街景满目疮痍，就如同但丁所描写的地狱，比如《小吉丁》中的几种死亡——空气之死、土之死、水之死和火之死，还有"烈火""死者""灰尘""灰烬"和"已故的大师"。在《小吉丁》中，艾略特穿越战时伦敦烈火纷飞的地狱，邂逅了那些"已故的大师"与"熟识的复合灵魂"。但丁和叶芝等大师们给艾略特"拿出为老年准备的礼物／酬劳你一生艰苦的努力"，这礼物就是："首先，

① 以下简称《黑暗领域》。

② Adrienne Rich, *Dark Fields of the Republic,* (New York: W. W. Norton, 1995), p.51.

当肉体和灵魂开始分开时/逐渐失去知觉的神经变得僵冷/……其次，意识到对人类愚蠢的愤怒已软弱无力……最后……感到羞愧万分/发觉过去的事情/全做错，全是害人，而且还当善行。”[①]在消失于“支离破碎的街上”之前，大师向艾略特发出了警告，也承诺“恼火的灵魂从错误走向错误/除非在炼火中得到新生/在炼火里你必须跳舞似的移动。”[②]对艾略特而言，人生在世受苦受难是不可避免的，不管作何选择，总是难以逃脱使人煎熬的烈火，因为是“爱”做的这种安排。因此，唯一的选择是：无意义的受苦受难还是有意义、体现尊严的受苦受难：“那火舌宣告/人涤除罪愆和过错的途径。”[③]艾略特认为火可以洗涤罪恶，净化心灵。显然，艾略特在《小吉丁》中试炼的结果是从宗教中汲取慰藉和力量，他将宗教的“圣火”同战时伦敦轰炸的战火结合，涵盖了但丁正统的基督教末世论，两者的结合最终归于但丁的炼狱之火。在这种论说里，诗人对自己的罪过后悔不已，同朝圣者说话，只为再次回到让自己涅槃重生的烈火中：

当火舌绞成火结
烈火与玫瑰合二为一时
一切都会平安无事
世界万物也会平安无事[④]

“烈火”象征圣灵的无穷威力，“玫瑰”象征着爱和仁慈，两者结合起来，象征想象中的人生经验。艾略特对生死有着辩证的看法，生者与死者构成社会，生者不可能否认过去，因为我们是过去的一部分：“玫瑰与紫衫所经

---

① 托·斯·艾略特：《荒原：艾略特文集·诗歌》，陆建德编，汤永宽译，上海：上海译文出版社，2012年，第276页。

② 托·斯·艾略特：《荒原：艾略特文集·诗歌》，陆建德编，汤永宽译，上海：上海译文出版社，2012年，第274—277页。

③ 托·斯·艾略特：《荒原：艾略特文集·诗歌》，陆建德编，汤永宽译，上海：上海译文出版社，2012年，第279页。

④ 托·斯·艾略特：《荒原：艾略特文集·诗歌》，陆建德编，汤永宽译，上海：上海译文出版社，2012年，第282页。

历的过程都相等”[①]。玫瑰花开一阵子就会逐渐凋谢，紫衫却可以生长几百年，但艾略特认为，两者持续的过程是一样的。如果领悟这一模式，就能了解过去、现在和未来交叉在一起的永恒性。可见，艾略特在诗歌当中对当时处于最黑暗的历史时期之一的英国感慨万千，他似乎在英国国教里找到了精神归宿，这一归宿的象征便是位于小吉丁的一座 18 世纪重建的教堂。

再看里奇在《街道幻景》中的描写，里奇在开篇写道：“并不是你想的那样：只是一条岔路/是向下并非朝上。”[②]幻景中的街道只是一条小道，没有明显标志，“你”期望它往上延伸，然而，事与愿违，这条路却是向下延伸的。而这样的地形却与艾略特的《小吉丁》相反，《小吉丁》中“你”是可以自主选择路线的：“倘若你这样来，/ 选择你可能选择的路线 / 从你可能来的那个地方来。”[③]这也与但丁的地形图相呼应：在《地狱篇》[④]的一开始，但丁发现自己偏离了直行的方向，最后知道回去的路是朝下，不是往上。可见，里奇了解这些文学意义上的地形图，这一文学典故同样出现在接下来几行不连贯的诗句中：

狭窄的，却五脏俱全
路的尽头有一个房间

院子里栽种着矮栎和仙人掌
几只猫在跳，几条蛇在爬[⑤]

里奇的笔下是萧瑟凄凉的景象，她还联想到毕晓普（Elizabeth Bishop）的诗歌《铁路》（“Chemin de Fer”）：诗中的小屋建在“一片狼藉”中，只能

---

① 托·斯·艾略特：《荒原：艾略特文集·诗歌》，陆建德编，汤永宽译，上海：上海译文出版社，2012 年，第 281 页。

② Adrienne Rich, *Dark Fields of the Republic*, (New York: W. W. Norton, 1995), p.11.

③ 托·斯·艾略特：《荒原：艾略特文集·诗歌》，陆建德编，汤永宽译，上海：上海译文出版社，2012 年，第 270 页。

④ 在《神曲》里的《地狱篇》和《炼狱篇》，但丁遇见了大师级的诗人们，他们正遭受着贪婪的惩罚。艾略特在《小吉丁》里则对此做了呼应。

⑤ Adrienne Rich, *Dark Fields of the Republic*, (New York: W. W. Norton, 1995), p.11.

看到“短叶松和橡树”[①]，诗中“不幸的隐士”喊出了自己的声音。因为里奇在《在那里发现了什么》中有一篇与毕晓普诗歌相关的论文《隐士的尖叫》（“The hermit's scream”），其中里奇写道：“我一直都能听到那位不幸的隐士在高声尖叫，希望这也是大众的呐喊。”[②]这是对根除暴力、改革社会弊端的呐喊。与艾略特寻求宗教慰藉不同，里奇认为，爱的证明和慰藉的力量来源于行动，直面二战以来社会的残酷苦难现实，公众要呐喊，要用行动来召唤爱，用爱与责任来化解暴力与痛苦，就像里奇对毕晓普诗歌的认同一样：“在毕晓普一生的大部分时间里，她都在创作语言优美、感性的诗歌来批判性地、有意识地尝试探索边缘化以及权力的有无。但是，人们并不能完全理解或满意毕晓普的这些诗歌，这也说明那些希望通过艺术反映社会问题的人们还有很长的路要走。”[③]

《街道幻景》中的第三到第五首诗歌将叙述者带到了一个不断坠落的梦境序列，叙述者从痛苦的身体所经历的生活里抽取早期记忆：

在一家不如人意的旅馆歇脚
没有任何辅助

这个地方不是给人住的，而是让人终老的
这不是一家酒馆，而是一家医院[④]

里奇给这首诗做出的注释领着读者找到了托马斯·布朗爵士（Sir Thomas Browne）作为这则熟悉的基督教寓言的来源。艾略特的《四个四重奏》之二的《东科克尔区》也插了进来：

---

① Adrienne Rich, *What Is Found There: Notebooks on Poetry and Politics*, (New York: W. W. Norton, 1993), p.57.

② Adrienne Rich, *What Is Found There: Notebooks on Poetry and Politics*, (New York: W. W. Norton, 1993), p.57.

③ Sandra M. Gilbert, ed. *Culture, Politics, and the Art of Poetry: Essential Essays by Adrienne Rich*, (New York: W. W. Norton, 2018), p.227.

④ Adrienne Rich, *Dark Fields of the Republic,* (New York: W. W. Norton, 1995), p.13.

整个大地就是我们的医院
是那破产的百万富翁捐助[1]
在这里，如果一切顺当，事事如愿，
我们便会死于那绝对的父爱之中，
父爱不会离开我们，而是处处保护我们。[2]

可见，基督教寓言的经验性和文学性权威有一部分也在里奇的梦境中幸存下来，不过这并不是其中的形而上学，也不是神学中反映出的社会关系。艾略特认为“绝对的父爱”就是医院的拯救，“保护”（prevent）一词具有双重意义，既指宗教上的意义，如精神上引导你忏悔、信仰上帝和行善，又指阻止人行恶；而里奇也了解这种父爱，只不过她的形式更为朴素，她认为是“暴脾气的 / 爱”（love / of a curmudgeon，a short-fuse），而现在她拒绝这种爱的权威。虽然这种古老又暴躁的爱是自己无法逃避的一段历史，却不是一个值得信任的向导。不管是对于自己，还是对于这世界的痛苦，就像第四首诗描述的：“负伤的膝盖 / 负伤的脊椎 / 负伤的眼睛”，这当然部分暗指里奇本人的身体疾患，但更多的是喻指社会疾病。正因为如此伤痛，这种爱就不会陪伴里奇走上第五首诗里向下的旅程，这在诗歌文字在编排上有所体现：

氨气
　　二氧化碳
　　　　　　一氧化碳
　　　　　　　　　　甲烷
　　　　　　　硫化氢
　　：从尿液和排泄物中散发出的气体

来自猪圈，被称为养殖场

---

① 指被逐出乐园的亚当，他曾拥有乐园这笔大财产。

② 托·斯·艾略特：《荒原：艾略特文集·诗歌》，陆建德编，汤永宽译，上海：上海译文出版社，2012 年，第 252 页。

能在半年里腐蚀一柄金属门把手[1]

跟着这首诗开篇的下行布局来到了猪圈的中心，在这里，金属的门把手都无法维持半年。这样的场景对人类来说是种折磨，他们受到缓慢释放的毒气伤害："肺部的疤痕：呼吸短促是早期的症状"。

《街道幻景》的第六首在经历了不断坠落的梦境序列后到达了地狱篇——工厂停尸房里炼狱般的景象：

不停地重复屠杀

　　——手腕、手肘都着了火——

死亡之鸟排成一线朝你飞来

　　——你在睡梦中如何嗅到了它们的腐气——

……

门从外面锁上了

　　——你或许会偷只鸡——

而养鸡场也着了火

　　腕管处的火焰 跳到了煎桶里

黄色的烟雾从豆油里冒出

　　从废弃的部分和绝缘电线处冒了出来

——有些逃到了冷冻室，有些

　　却"凝固成了逃跑的姿势"——[2]

里奇重拾的记忆是残酷的煎熬、屠杀与毁灭，带来的是她身体与灵魂的极度痛苦状态。然而，不像艾略特，里奇的诗歌并没有基督教末世论的参与，不遵循宗教慰藉的模式，只是将痛苦看成一种试炼，在痛苦的历练中获得尊严，在一种不同的烈火中试炼了自我——自己的职业，工作让痛苦的症状变得高尚："烈火应试炼 / 每位男性的工作：《街道幻景》/ 以及每位女性的

① Adrienne Rich, *Dark Fields of the Republic,* (New York: W. W. Norton, 1995), p.15.
② Adrienne Rich, *Dark Fields of the Republic,* (New York: W. W. Norton, 1995), p.16.

工作。”[①] 里奇如此评价这烈火：“这就是你的启示，这就是起源。”虽然里奇在《街道幻景》的注释中隐藏了这一灾难信息，但大多数读者在阅读这首诗的时候，都能够结合《街道幻景》的创作时间和悲剧补充有关这场噩梦的直接历史信息[②]，里奇引用了《纽约时报》报道中形容工人尸体被发现时的一句话——“凝固成了逃跑的姿势。”这是里奇含蓄地为罹难者们哀悼。饱尝痛苦的诗人忍耐而坚守着爱，维护着尊严。

同样是通过对战争苦难的描写来喻指人生的苦难，但是两位诗人对它的理解有所不同，背后透露出他们不同的宗教信仰与政治目标。《小吉丁》中，艾略特同那些精神上已经融为一体的已逝大师们邂逅，“夜幕下落荒的国王”[③]或“在黑暗和寂静中离世的双目失明的人”[④]，艾略没有提及这些人姓甚名谁，并不是因为历史真的已经遗忘了他们，而是因为直至死亡，他们不同的政治信仰都只“加入了同一个党派”，仅存的只有“一种象征：/一种在死亡中臻于完美的象征”[⑤]。不同的是，里奇的地狱篇始终坚持着被艾略特忽略的一切，她悼念的这些被历史遗忘的逝者都是普通的工厂工人[⑥]。里奇笔下的工人在历史上都是些无名之人，她拒绝在注释中补充在这场灾难中受难之人的确切姓名，只是点明了地点和日期，以促使读者思考，到底还有多长时间大多数人才会放弃对哈姆雷特工厂大火的回忆。她意在通过诗歌艺术修复大众的记忆和良知。

---

① Adrienne Rich, *Dark Fields of the Republic,* (New York: W. W. Norton, 1995), p.15.

② 1991 年 9 月 3 日，在北卡罗来纳州的哈姆雷特，一座鸡肉加工厂失火。1991 年 9 月 4 日《纽约时报》的报道：“25 人死亡，据报道多人被困，火焰吞噬了卡罗莱纳的工厂，”在商业版面刊登了后续报道，附加了一张照片，照片上门从外面锁住了，门上还挂着牌子，牌子上写着：“防火门，保持通畅。”后来在冷冻室发现了几具尸体，安全出口也有几具。

③ 英国国王查理一世（1600—1649）曾经在此避难。

④ 英国诗人约翰·弥尔顿（1808—1874）。

⑤ 托·斯·艾略特：《荒原：艾略特文集·诗歌》，陆建德编，汤永宽译，上海：上海译文出版社，2012 年，第 279 页。

⑥ 里奇并未提及《街道幻景》中那场大火的地点，是“哈姆雷特”；这对一个村庄来说是个通名，不是专名，就像《纽约时报》新闻报道的陈词滥调：“一个美国小镇。”此外，鉴于《街道幻景》里对文学慰藉批评的追求，“哈姆雷特”这一沉默的专名仍带着其他意义上的讽刺。

二、诗学模式：经典修正和语言赋权

里奇的诗学模式是经典修正和语言赋权[①]。“作为修正的写作”这一理念自从她在《当我们彻底觉醒的时候》中提出以后，便贯穿其半个多世纪的诗歌创作。20世纪80年代末至90年代，里奇的诗学“修正”策略更加多维，尤其是历史、时间和语言等几个切面之间的相融相通。其一，历史是在时间和语言之间的复杂操作中被建构的，这个观点顺应了后结构主义框架下的新历史主义[②]；其二，语言中蕴藏着历史、政治，语言和形式本身就具有意义，这一诗学观与“语言诗人”的诗学理论和实践不谋而合。

首先，里奇在《街道幻景》中修正、重构了经典中的“历史”。比如，在第一首诗，叙述者走进了那间位于狭窄的街道尽头的房屋：

屋子里有一个房间
房间里有一张床

床上有一条毯子
一动，就知道火车要来了

毯子下面是床单
搓得发白，这一块，那一块

床单下是床垫
是旧式的，做工粗糙，外面有扣子并裹着条纹棉布

床垫下面是床架
铁生锈了，却很坚固[③]

① 这一点在本书前面的章节都有所论述，这里只是侧重里奇后期的诗学修正观。
② 这一点在本章中的第二节做了相关阐述。
③ Adrienne Rich, *Dark Fields of the Republic*, (New York: W. W. Norton, 1995), p.11.

这里提到的“房间”是里奇诗歌中经常出现的“历史”隐喻，喻指文学历史和里奇过往的自己。如果这位叙述者是沿着《街道幻景》寻找爱，甚至是休憩之地，那她可能会大失所望：翻开毯子，拉开床单，卷起床垫，她想看看下面会有什么。她不曾想自己找到的是“历史”；这“历史”扮演的是一张床，接受诗人的条件就是向她揭开自己优先占领的故事。在这些故事中，就有文学历史的踪迹，里奇试图将重拾历史与重叙自我紧密结合。这里“铁生锈了，却很坚固”的床架使人想起了里奇 1974 年诗集的名字——《一扇门框的事实》（*The Fact of a Doorframe*）。这“门框”记下了来自美国的一所老房子（“From an Old House in America”, 1974）里幽灵般的手印，来来回回地走入里奇的诗歌。而这里发现的“生锈床架”正好维护了里奇前期作品中延绵不绝的力量，即使时间流逝，仍然需要做上记号。“门框”这一转喻指涉“里奇的诗学”，因为在她的诗学里，读者总是在一个地方、在一个房间、在一处屋子里——美国的一所旧房子里，寻找诗歌艺术的可能性。一扇“门框”的事实会带来一块“床架”的事实。《街道幻景》的第二首诗将“床架”的事实同梦中的幻想及身体的脆弱联系起来：“街道幻景里的砂石在你的齿缝间 / 软骨颗粒在你的手腕处。”这就将开篇诗中的“历史”转喻重新定位在一个熟悉的地方——“身体”，然后将这“历史”与痛苦的来源对号入座。“身体”里面有自己的和他人的写作的产物，里奇的“脚上的烈火”让她回想起了《二十一首情诗》，“数年前在苏尼翁，/ 受感染的脚带来了伤痛，菲罗克忒忒斯 / 以女性的形态。”在《二十一首情诗》中，菲罗克忒忒斯（Philoctetes）这个人物笼统地体现了里奇的早期诗学——对现代主义诗学的模仿，而在里奇后来的诗歌中，菲罗克忒忒斯被激进化了。不同于艾略特的形而上词汇，里奇晚年经历了身体的痛苦与精神上的转变，她开始用一个自我代替另一个，进行自我重写。

其次，里奇从“房间”到“房间”，将时间——过去、现在和未来——串联起来。在《街道幻景》的第八首诗中，里奇带着做梦的人回到了她开始的地方：“在那所屋子的房间里 / 在幻想的街道上。”在那里，她想回到自己的身体里，“躺下 / 独自一人仰面躺着，任由你的手轻轻滑过髋骨。”① 然而，值得注意的是，身体里那既陌生又熟悉的组织是她在第二首诗中留下的，而在第八首诗里又得到了完整的化身，变成了合体的灵魂，纠缠着里奇个人的过往生活。这灵魂并不是第三首诗中被抛弃的脾气暴躁的男性朋友，而是一位女性，里奇在诗歌《在四十几岁死去的女性》(“A Woman Dead in Her Forties”, 1972-1977）里谈到的那位朋友，“每个我曾经爱过 / 曾经拒绝过的女性。”② 为了让这些幽灵般的女性不被遗忘，里奇让她们的灵魂穿梭在她的诗歌中，希望借助自己的诗歌提供给死者足够的记忆。《街道幻景》的第九首诗中，灵魂无声的要求表达了出来：“愤怒的，在黑夜里飞舞的蝴蝶”，它橙色的翅膀是“黑色的网”，像梦一样，“停驻在一株沐浴在阳光下的丁香上”，用《荒原》中的声音跟里奇说着话③：

她历经磨难长途跋涉
她疑问重重：

——双手滴着黏湿的土壤
脑海中充斥着疯狂的梦

啊，这些年，你到底埋葬了什么
*又挖掘出了什么？*④

在这声音里，里奇在寻找对这些呼唤的解释；而声音反过来又将《街道幻景》里的全部幻想都融为一体：

---

① Adrienne Rich, *Dark Fields of the Republic*, (New York: W. W. Norton, 1995), p.18.

② Adrienne Rich, *The Dream of a Common Language*, (New York: W. W. Norton, 1978), p.56.

③《荒原》的叙述者和他的同伴斯特森(Stetson）相遇在《虚幻城》(Unreal City）的街道上：你不就是在梅利和我一起在舰队里的吗！/ 去年你栽在你花园里的那具尸首，/ 开始发芽了没有？今年会开花吗？/ 要不就是突然来临的霜冻惊扰了它的苗床？/ 啊，要让狗离那儿远远的，狗爱跟人亲近，/ 不然它会用爪子把尸体又刨出来！/ 你！伪善的读者！——我的同类——我的兄弟！(参见陆建德编，汤永宽译，《荒原：艾略特文集·诗歌》，第 83 页。)

④ Adrienne Rich, *Dark Fields of the Republic*, (New York: W. W. Norton, 1995), p.19.

这个地方有死人，也有活人

在这，我从不孤单

我戴着三层眼睛，走在路上

过去，现在，未来都在我身旁①

里奇经常认为自己有“三层眼睛”，就像诺伦（the Norns）或者厄里倪厄斯（the Erinyes），与《小吉丁》里艾略特对“冷漠”的追求相比，里奇同未来和过去紧密相连。

《街道幻景》里的最后一首诗在开头就找到了结尾。叙述者回到了道路尽头的那间屋子，屋子里的那张床。而这幕场景里增加的是蝴蝶的标记，“带着丁香穿越陆地 / 从遥远的地方而来。”②这些神圣的树枝穿越地狱的旅途而存活下来。诗歌的结尾还两次提到了窗户：“散发着古老的烟灰和雨水的味道 / 窗户散发着古老的 / 烟灰和雨水的味道。”③不同于艾略特《小吉丁》最后呈现的深山里荒芜的教堂，《街道幻景》中炎热的庭院等待着甘霖的眷顾。

里奇的蝴蝶似乎从《在层云下经过科来利托》（“Through Corralitos Under Rolls of Cloud”, 1989-1990）④的声音中出现，里奇写道，“内心的痛苦 / 让你周围的痛苦黯然失色，就像覆盖了一层胶水 / 看不见，却不能渗透。”⑤《在层云下经过科来利托》里难以忘却的关于疾病和生存的噩梦又在《街道幻景》里重新呈现。让人难以忘怀的是，《在层云下经过科来利托》的结尾是同样的郁积与沉重：“她屈服，召唤出自己的另一种寂静。”⑥

最后，在重拾历史的时候，两位诗人不同的言说方式表达了他们不同的神学思想和诗学理念。艾略特在一定程度上美化了二战期间德国轰炸机飞越

① Adrienne Rich, *Dark Fields of the Republic*, (New York: W. W. Norton, 1995), p.19.
② Adrienne Rich, *Dark Fields of the Republic*, (New York: W. W. Norton, 1995), p.20.
③ Adrienne Rich, *Dark Fields of the Republic*, (New York: W. W. Norton, 1995), p.20.
④ 这首诗收录在《地图集》中。
⑤ Adrienne Rich, *An Atlas of the Difficult World*, (New York: W.W.Norton, 1991), p.47.
⑥ Adrienne Rich, *An Atlas of the Difficult World*, (New York: W.W.Norton, 1991), p.50.

伦敦的场景，称其为圣灵降临节时“吐着火舌的黑鸽”①；而里奇则残忍地道出了实情，那就是在鸡肉加工厂里，“死亡之鸟排成一线向你飞来”，到处弥漫着血腥味。艾略特认为，这烈火重新炼就了“恼火的灵魂”，使他们能够从俗世的歧途中逃脱，找到一条通往新生之路。而里奇笔下的工人所面临的境遇就是“不停重复屠杀”。烈火炼就他们，死亡又不会让事情臻于完美，而他们又不是象征，他们只是无名之辈，大火堵死了每一条艾略特在《小吉丁》中的逃生路线。里奇曾经写过《女人与鸟》(“Woman and Bird”）的论文，叙述了她在加利福尼亚时看到邻居屋顶上有一只大蓝鹭的场景。她为了认出大蓝鹭，更想留住这份记忆，便去查阅太平洋海岸生态指南中关于大蓝鹭的彩色插图，证实她没有认错。她还继续查阅北美4000英里太平洋海岸线上各种生物的名字和栖息地。就像里奇在文中说的：“这只大蓝鹭不是象征。女性也好，鸟也罢，我们都不是象征；尽管有人刻意为之。但是，我必须用语言认可这只鹭，也就是确认它的名字。”②

里奇敏锐的意识状态促使她由思考一些事物的命名，到更加深刻地思考不同历史阶段或语言阶段的诗歌及其命名——诗人们如何利用语言来描绘出感官所接触的所有元素之间的联系与区别，就像她在《女人与鸟》中所说的：“无论我们在平常的世界里看到什么，所见之物的背后都隐藏着多重、多层次的、而非单一的含义。”③里奇继而论及诗歌的语言赋权：“这种通过语言与他人共同探索世界的有序和无序的冲动，从根本上说是诗意的，就像它从根本上说也是政治的一样。诗歌和政治都与描述和权力有关……”④里奇修正经典诗学，利用诗歌中的语言赋权，重拾被历史掩埋的记忆，并注入自己的即兴情感，尤其是思考政治时产生的情感，在这些下意识的思考之中，她试图连接过去、现在与未来。

---

① 此处的意义双关，它既指轰炸伦敦的德国轰炸机，又指圣灵（文艺复兴时期的画家经常把三位一体的圣灵鸽子），向下飞时带着一团圣火。

② Adrienne Rich, *What Is Found There: Notebooks on Poetry and Politics*, (New York: W. W. Norton, 1993), p.6.

③ Adrienne Rich, *What Is Found There: Notebooks on Poetry and Politics*, (New York: W. W. Norton, 1993), p.7.

④ Adrienne Rich, *What Is Found There: Notebooks on Poetry and Politics*, (New York: W. W. Norton, 1993), pp.6-7.

在《小吉丁》和《街道幻景》中，艾略特和里奇分别带着自己的愤怒与痛苦呈现历史上的灾难性事件，通过重拾历史来表达他们的宗教观念、政治思想和诗学理念。艾略特的模式是宗教慰藉，而里奇的模式是经典修正和语言赋权。《街道幻景》以小见大，通过聚焦某个城市所遭受的灾难，来呈现“共和国的黑暗领域”，构成这些黑暗的是后工业社会的残酷和底层生存的艰难。里奇并不寄希望于宗教信仰来变革美国的现状，而更多地希望借助自己的语言艺术来召唤被历史遗忘的记忆。她带领着读者在街道上走了一个环形之路。里奇为这一诗集取名《街道幻景》，这似乎既是通名又是专名，体现了一个紧迫的问题，那就是灾难带来的痛苦是否能够得到正确的解读和反思。不同于艾略特对但丁诗歌形式的模仿以及使用的形而上词汇，里奇建构了其包含多维元素——历史、时间、语言——的“修正性”诗学。

第四节 《午夜打捞》：对话性的反叛诗学

进入 20 世纪 90 年代以来，里奇在其后期的批评文集如《在那里发现了什么》《可能的艺术》以及《人眼》[①]里，对美国资本主义进行口诛笔伐。在诗歌创作上，里奇“把政治成功地融入诗歌中，并使得她的读者接受了这种融合，她发表的每一篇作品都会让人联想到她的政治意识。”[②]本节主要以里奇后期诗集《午夜打捞》为主要研究对象，剖析里奇的诗歌审美与政治意蕴之间的交叉互动，并阐释其诗歌美学策略。在该诗集中，里奇直面 20 世纪末的美国社会民主恶化与人类文明生活受到的威胁，以更加“否定性”（克里斯

① 本书的第五章将对这些批评作品做具体的探讨，这里集中解读诗歌。

② Sylvia Henneberg, *A Politics of Asking Women's Questions? Adrienne Rich's Later Career*. Diss., (Athens, GA: The University of Georgia, 1997), p.5.

蒂娃语）的诗歌语言特征[①]——对话性与互文性——来建构其反叛性话语。

一、对话性：诗歌的社会功能与语言的变革力量

从弗吉尼亚·伍尔夫开始，欧美的女性主义理论家往往认为，由于社会、历史和文化原因，男女作家的写作风格在语言来源和写作技巧方面存在一些差异，其中最为突出的特点是女性作家的语言呈非线性状态，属于以内心独白、自由联想为特点的意识流写作。这种写作在女性主义者看来，具有后结构主义提倡的开放性、流动性与不确定性等特点。波莱希思（Rachel Blau Du Plessis）把女作家的写作技巧比喻为“缝被子”，两者的相似处在于“把零星材料拼接起来”[②]。在写作的过程中，作家不停地将材料重组、拼贴，从而将意义和形式也拼贴在一起。另外，“缝被子”的过程也是对话、交流的过程，叙述者与文本中的人物对话，与读者对话，也与自己对话。

在《午夜打捞》中，里奇敏锐地觉察出诗歌对话者之间的差异。在诗歌《给青年诗人的信》（“Letters to a Young Poet”, 1997）、《莫多蒂》（“Modotti”, 1996）和《1941》（“1941”, 1997）里，里奇探索诗人和读者之间、以及诗人和她借以寻求帮助的艺术家之间那些经验性、创造性和历史性的鸿沟。比如，《给青年诗人的信》就是一位年长的诗人给一位逃避主义诗人的寄语。诗歌中，青年诗人把诗歌和政治背景剥离开来，从而使得诗歌处于一种被动的地位，远离残酷现实的诱惑。与奥登的看法“诗歌不会引起任何改变”[③]相反，里奇认为，诗歌不仅可以反映当下政治现实，而且可以形成这一现实。观察到青年诗人“渴望结束 / 及早逃离”，诗歌叙述者劝说道：

> 穿着你冰冷的睡衣，让我带你看看周围
>
> 我对你说一个词：无法逃避

① Kendall Marie Smith, *A Postmodern Poetics of Witness in the Poetry of Elizabeth Bishop, Adrienne Rich, and Lorna Dee Cervantes*, (Riverside: The University of California, 2009), p.63.

② Rachel Blau DuPlessis, “For the Etruscans: Sexual Difference and Artistic Production—The Debate over a Female Aesthetic, ” in Hester Eisenstein and Alice Jardine, eds., *The Future of Difference*, (Boston: G. K. Hall, 1980), p.135.

③ W.H. Auden. *W. H. Auden: Complete Poems*, (New York: Vintage International, 1991), p.248.

——意义，你不会放弃

这个：新消息的最坏一条[①]

如果诗歌只可以记录过去发生的一切，诗人就会免除交流的急迫性和中坚作用，因为诗歌本身不可能成为反抗的真实行动，除非它能激起那种变革的激情。叙述者问年轻诗人："诗歌是否能够纯粹地 / 在闪电云层 / 或雾滴之下占据一席之地 / 过着属于自己的生活 / 这会令你感到高兴吗？"[②]然而，对于历史上已经发生的事情，人们"尖叫着，咆哮着 / 被一大堆滴滴答答的名字所折磨"[③]，当叙述者注意到"作曲家参观特雷辛（Terezin），制片人去萨拉热窝"[④]这些恐惧、痛苦和大屠杀的真实场地时，她确定诗歌参与构建了历史，也认可了艺术在保存创伤的共同记忆和跨越时间意象方面的作用。接着她又问："如果你认为诗歌不会让这一切发生 / 你会感到轻松吗？"[⑤]叙述者想要提醒年轻诗人，诗歌不是纯粹的审美活动，它必须直面历史，尽管这些真实存在的姓名、地点与事件让人感到恐惧、心烦意乱。这是里奇在《在那里发现了什么》中的论文《旅行与应许之地》（"Tourism and Promised Lands"）里所阐发的思想的又一再现，亦即："诗歌是对我们自身的回顾——对记忆、联系和遗忘或者被禁止的语言的回顾"[⑥]。身为一名导师，叙述者没有简单地向青年诗人提供一堆经过验证的证据，而是鼓励她亲自去经历、去冒险。到诗歌的结尾，叙述者渐渐困惑不已，要和青年诗人为伍，通过对话坦白她自身的疑虑："看，我忧愁满腹 / 我却和你在一起，试着见证 / 不后退意味着什么，前进又表示何意。"[⑦]

其实，这里有关诗歌对真实世界的影响的争论只不过细微地改写了

---

① Adrienne Rich, *Midnight Salvage*, (New York: W. W. Norton, 1999), p.25.

② Adrienne Rich, *Midnight Salvage*, (New York: W. W. Norton, 1999), p.26.

③ Adrienne Rich, *Midnight Salvage*, (New York: W. W. Norton, 1999), p.26.

④ Adrienne Rich, *Midnight Salvage*, (New York: W. W. Norton, 1999), p.26.

⑤ Adrienne Rich, *Midnight Salvage*, (New York: W. W. Norton, 1999), p.26.

⑥ Adrienne Rich, *What Is Found There: Notebooks on Poetry and Politic*, (New York: W. W. Norton, 1993), p.234.

⑦ Adrienne Rich, *Midnight Salvage*, (New York: W. W. Norton, 1999), p.27.

里奇的艺术观而已。里奇在《在那里发现了什么》中的《壁画家》（"The Muralist"）里曾说："如果试图将艺术和生活分离开来，或者认为它本身就足以成为一件艺术，这些行为都将夺去艺术的生命，扼杀了艺术。"①不难发现，《午夜打捞》中，年长的说话人就是思想成熟后的里奇，她意识到诗歌决不能脱离历史，诗歌甚至比食物、避难所、健康和工作环境都更重要；而青年诗人则是年轻时的里奇，一位追求唯美主义的传统诗人。里奇还在《壁画家》中援引凯特莱特（Elizabeth Catlett）的哲学来说明艺术根植于社会的需要："我们都生活在历史的特定时代，我们所做的折射出我们在那个时代所处的水平。"②在规劝、质问、引导和论证的过程中，里奇邀请这位逃避主义诗人和广大读者去重新思考、重新回顾，进而重新定义诗歌的社会功能，并以此对抗奥登的传统诗歌定义。

《给青年诗人的信》一诗在结尾处传达出一种对未来人类语言遭到破坏的焦虑："有威胁的不是那种似曾相识的感觉 / 而是预见 / 从火山口说话的头颅。"③在她最脆弱的时刻，叙述者坦白了她希望能够拥有无与伦比的创造力并与其他诗人进行对话与合作。因此，在里奇看来，真正的艺术可以和先驱与未来对话，表达真实的情感，面向每一个人。而这样的艺术家也在政治斗争和精神延续中保持了一种平衡，不会牺牲艺术美④。通过将内心的心声与外界的、范围更广的公众通过对话联系起来，诗歌《给青年诗人的信》从一首致青年诗人的寄语转变成了一首含义深刻的韵律诗，包涵了个人独立的和与他人之间的两种对话。

里奇大胆地革新诗歌的修辞和语言，拒绝让自己的诗歌语言向资本主义的影响屈尊俯就，致力于创造一种超越边界的批判话语。在某种程度上，她坚守的对美国资本主义的批判立场参与建构了一种 20 世纪末普遍存在的反资本主义诗学。里奇在《可能的艺术》（2001）中声称她出生在一个生来就

① Adrienne Rich, *What Is Found There: Notebooks on Poetry and Politic*, (New York: W. W. Norton, 1993), p.45.
② Adrienne Rich, *What Is Found There: Notebooks on Poetry and Politic*, (New York: W. W. Norton, 1993), p.51.
③ Adrienne Rich, *Midnight Salvage*, (New York: W. W. Norton, 1999), p.29.
④ Adrienne Rich, *Arts of the Possible*, (New York: W. W. Norton, 2001), p.61.

带有法西斯倾向的国家，作为作家，她一直在试着掏空语言的意义。在《午夜打捞》中里奇致力于"打捞"、发掘和建构一个文学和历史世界，以对抗资本主义的压迫。标题"午夜打捞"意指在夜半之时挽救那些破碎的或者被遗忘的抗争历史。通过"打捞"，里奇不仅仅是要记录过往的历史或者将过去的英雄们整理归档，而且要复兴当代批判话语。她还把自己界定为一个"没有经过许可的""不合时宜的"的信使。当美国政府觊觎他国，把武器和部队源源不断地派往异域他乡时，里奇试着在这部作品里汇集一个"完整的异己的故事"，以确保读者获得她提倡的所谓的"完整的人权"[①]。

《午夜打捞》的开篇诗歌《翻译的艺术》（"The Art of Translation"，1995）凝结了这部诗集的大部分主题。这首诗叙述了一位诗人努力将另一位诗人的诗歌带回自己家乡的经历。值得注意的是，这首诗歌的叙述者同时也是一位翻译家和诗人。对于她的家乡，叙述者描述道："他们几乎对你闻所未闻/——无论是恐怖分子还是天才，他们都不会拘留你。"[②]叙事者承认，在翻译的过程中意义的流失在所难免，即便她努力地去接近那些意义：

这就像树枝的一端
里面闪耀着绿色的生命
如果我抓住了这端，而你另一端
这就意味着它断了[③]

叙述者和其他诗人一起激烈讨论翻译词语的选定。该诗的最后一节完全颠覆了叙述者最初的、具有讽刺意味的推测。安检的看守者拦住了叙述者，怀疑她的职业：商品牌号跟着商业 / 翻译者于护照检查处止步 / 职业：没有这样的名称——。[④]"商品牌号""受控于资金流的语言"以及控制、支持现存权力结构的词语很容易通过安检，然而叙述者——这位致力于带来变革的诗人，拒绝被权力和资本所"占有"的艺术家却被拦在了安检处，被迫向安检

① Adrienne Rich, *Midnight Salvage*, (New York: W. W. Norton, 1999), p.55.
② Adrienne Rich, *Midnight Salvage*, (New York: W. W. Norton, 1999), p.3.
③ Adrienne Rich, *Midnight Salvage*, (New York: W. W. Norton, 1999), p.4.
④ Adrienne Rich, *Midnight Salvage*, (New York: W. W. Norton, 1999), p.6.

人员发誓："书是留着个人用的。"[①]在《诗歌与被遗忘的未来》("Poetry and the Forgotten Future", 2006）一文中，里奇指出，诗歌能够成为"一种能量的交换"，能够对现存状况产生影响。而"翻译既可以泄露能量也可以使能量交换成为可能。我一直依赖于翻译，无论是今天还是我一生对诗歌可能性的理解。翻译是语言的传递，文学和语言的贸易路线。谁被翻译了，谁又是翻译者，翻译工作是如何完成的以及由谁完成和分配的，这些问题在权力和语言失衡的世界中也是政治问题。"[②]从这个角度来看，"翻译的艺术"很明显就是一种可能的变革的艺术：首先，它是针对叙述者的变革，因为她必须钻研翻译的诗歌语言并为此展开交流，这就要求她去谋求合作；其次，它也是对于现存的无法渗透的权力的变革，因为翻译这一行动遭到了诗歌语言的对峙。

在这首诗歌中，里奇通过巧妙地使用诗歌的修辞和语言，不仅强调了强权无法阻止那些带有反抗潜力的语言跨越边界，而且再次提醒读者关于语言与生俱来的社会性，亦即语言是用来回应和交流的。里奇认为，诗人是语言的探索者，诗人或诗歌中的言说者承担起了语言革新的重任——创造一种超越边界的批判话语。这样的语言显然不应该为资本主义所影响，由这样的语言所形成的诗歌或者艺术具有爆发力，能够将他们与志同道合者或异己相联系，连接人们之间支离破碎的关系。在一定意义上，这位言说者类似于或者代表了里奇所提倡的诗歌语言革命。里奇在《在那里发现了什么》的《如果会怎样》("What If?"）中指出，革命性的艺术家是值得信赖的，她反对当代技术社会对多样性和异质性的敌视、对自然世界的敌视以及对违抗的敌视[③]。换言之，为了对抗政治或者资本主义压迫，里奇在《翻译的艺术》中把她的革命性的艺术家转变成了一名具体的诗歌翻译者，去容纳异己的故事。由此，语言成了里奇变革的媒介，言说者成了她变革的执行者。这样，她再次强调了诗歌的革命性力量——诗歌不仅言说现状，而且言说它可能造成的变革。

---

① Adrienne Rich, *Midnight Salvage*, (New York: W. W. Norton, 1999), p.6.

② Sandra M. Gilbert, ed. *Culture, Politics, and the Art of Poetry: Essential Essays by Adrienne Rich*, (New York: W. W. Norton, 2018), p.366.

③ Adrienne Rich, *What Is Found There: Notebooks on Poetry and Politic*, (New York: W. W. Norton, 1993), p.250.

如果说《翻译的艺术》里的诗人/叙述者在变革政治权力和语言意义的过程中遇到了阻碍，那么在标题诗《午夜打捞》里的“信使”亦是如此。“信使”并没有被排挤在语言的特权舞台之外，而是在一所赫赫有名的大学内任教。她安坐在象牙塔内配有先进设备的教室里，似乎有权力“教授或者宣扬一切知识”[①]。然而，她很难给课堂注入新的活力和思想，因为她的语言在“资本主义雇佣关系下”[②]已经不能为其所用，失去了变革的能力。在她所拥有的“办公室”里，椅子，桌子和学校的防护物品无一不是借来的，没有一件是属于她的。在“锃亮的相框”里，已逝去的济慈的面庞和英国的墓地永远处在被控制的状态中，一成不变。画像中葛兰西（Antonio Gramsci）的双眼也令人悲伤地“失去光彩”[③]。当叙述者“不想再安坐在这样的窗户下”时，诗歌中出现的这些社会主义思想家本应该起到振奋人心的作用，然而具有讽刺意味的是，效果却恰恰相反，因为马克思和葛兰西哲学所包含的革命性潜能在这个“借来的”空间里已经被“框住”了，被“弱化了”。随着叙述者频繁地使用资本主义雇佣关系下的语言诸如“雇佣”“控制”和“借贷”，以及一些阴郁的词语比如“死”“休假”和“墓地”，诗歌的第二节被注入了一种静态和无望的感觉。到了本节的结尾，叙述者重申了她无法指导学生去寻找那些已经成为事实的、所谓的“精湛的真理”[④]。作为一名教授，叙述者清楚地明白“讲授”和“细读”是教学有成的核心所在。可是，她坦白自己无法做到这两点。这种失败与其说是一种个人的无能，倒不如说是一种对命运的拒绝，拒绝被权力所玩弄。在接下来的两个诗节中，叙述者被她周围的社会衰退震惊了，这些衰退很自然地激起读者关于《潜入沉船》中那个被现代文明所破坏的“残骸”的记忆。

可见，里奇在《午夜打捞》这部诗集中坚持关心群体的需要，希望自己的诗歌能够成为一场对话的一部分，社会行动的一部分，而不仅仅是语言的孤军奋战。既然工人阶级通过马克思和葛兰西的著作了解了意识形态、文化与资本主义生产的动态关系，里奇则希望在重新回顾、评价这些革命者的

---

① Adrienne Rich, *Midnight Salvage*, (New York: W. W. Norton, 1999), p.2.
② Adrienne Rich, *Midnight Salvage*, (New York: W. W. Norton, 1999), p.9.
③ Adrienne Rich, *Midnight Salvage*, (New York: W. W. Norton, 1999), p.9.
④ Adrienne Rich, *Midnight Salvage*, (New York: W. W. Norton, 1999), p.9.

思想中建立一场对话，达到类似的效果。正如里奇在论文集《那里发现了什么》中的《诗歌的空间》（“The Space for Poetry”）一文里明确表示，诗歌可以使得自身的物质需求变得很简单，让人远离利益的侵蚀。她认为，在销售、市场和消费主义的影响下，特别是受校园和家庭内部都普遍盛行的功利主义社会风气的影响，人们以精神文化为代价追求物质成功，而不愿参与社会，不愿和他人交流。诗歌就其本质而言，决不能受制于利益、市场和消费主义，而这就是希望。①

二、互文性：印证民主梦想

在早期作品里，里奇很少与读者对话。然而从《狂野的耐心》开始，里奇把她的女性主义思想延伸到更加广阔的社会公共话题，诸如犹太身份、大屠杀的历史、人口老化、记忆、图像以及爱国主义等。与此同时，她迫不及待将自己的言说推向美国，乃至世界更大范围的异己。比如在《午夜打捞》的最后一首诗歌《一场长久的对话》（“A Long Conversation”, 1997-1998）里，她就在诗人、读者、诗歌和社会环境之间构建了一种含混的、游移不定的对话、互文关系。她汲取后现代作家所擅长的互文策略来创造对话，在文本中使用多声和拼贴的写作技巧来解构以男性为主导的、白人中心主义的以及去政治化的传统诗歌。诗歌技巧和她的民主梦想是相辅相成的，印证了里奇以艺术对抗资本主义商业化的努力。里奇认同平等主义，认为人人享有平等的政治权力，因此，她邀请读者参与一种文化性的、自我回顾性的诗歌对话。②

《一场长久的对话》包含与历史名家例如布莱克、柯勒律治、艾略特、马克思、曼德尔斯塔姆（Mandelstam）、维特根斯坦和切·格瓦拉（Che Guevara）③之间的互文对话。在现代和后现代主义理论的大背景下，里奇创

---

① Adrienne Rich, *What Is Found There: Notebooks on Poetry and Politic*, (New York: W. W. Norton, 1993), p.39.

② Kendall Marie Smith, *A Postmodern Poetics of Witness in the Poetry of Elizabeth Bishop, Adrienne Rich, and Lorna Dee Cervantes.* Diss., (Riverside: The University of California, 2009), p.63.

③ 阿根廷马克思主义革命者、医生、作家、游击队领袖、外交官和军事理论家。作为古巴革命者，他的个性化形象已经成为无所不在的反文化叛逆标志和流行文化全球性标志。

造了一种“允许多种声音参与、打破偏狭观念、能够产生主观回应并且力求不断修正的美学”[①]。在这首诗里，如同她在同时期的批评论文里大量援引不同作家的作品却不加任何评论一样，里奇运用了互文性拼贴技巧，这一手法的运用所产生的间隙为诗人和读者之间的自由交流提供了一个未被涉足的、开放的空间。

同时，在《一场长久的对话》中，里奇还把长段式的引用、对话、小插曲、历史和歌谣拼接在一起，揉进一首诗歌，从而造成了语言上的碎片化，来号召其他跨越时空的读者和诗人、艺术家、活动家和社会理论家携手共同创造、复兴一个意见不同的诗学传统，完成摆渡性。这样的诗学传统，涵盖了具有反叛精神的艺术家和批判家鲁凯瑟、博格斯（Julia de Burgos）、格瓦拉、W. E. B. 杜波依斯和马克思等人的散落的、可能被遗忘的语言和颂歌，这些作品碎片并不只是被动地等待被发现，而是必须被拼接在一起，重新赋予新的内涵。比如，里奇在诗中通过援引马克思关于资产阶级控制生成要素和社会关系以及劳动的本质的问题，为被剥削、压迫工人阶级代言：“我们能否说，在今天的生活中，我们是否或如何发现这一点？”[②]又如，通过援引柯勒律治致华兹华斯的信：

我希望
你会写一首诗
给这样一些人：由于法国大革命的彻底失败，
他们把人类改良的一切希望都抛在了一边，
陷入了一种近乎享乐主义的自私自利的状态，
用眷恋家庭和蔑视空想家的冠冕堂皇的借口
来掩饰这种自私自利的状态

通过与浪漫主义诗人进行对话，里奇指出，语言或诗歌具有变革历史的

① Kendall Marie Smith, *A Postmodern Poetics of Witness in the Poetry of Elizabeth Bishop, Adrienne Rich, and Lorna Dee Cervantes*. Diss., (Riverside: The University of California, 2009), p.84.

② Adrienne Rich, *Midnight Salvage*, (New York: W. W. Norton, 1999), p.59.

力量："一代人之后，革命席卷了欧洲：/ 尽管有传言说革命彻底失败 / 但梦想家们还是活了下来"[①]。里奇不遗余力地使得语言能为每个人所用，将之转变成能够带来社会变革作用的对话和行动："各种语言都能融入诗歌，不管你喜不喜欢。"[②] 为此，她把社会学的、哲学的和政治学的语言混合在一起，微妙地模糊了《一场长久的对话》这首诗与世俗对话之间的区别。更为重要的是，她对诗歌的宽泛定义使得各类语言都参与到了共谱关乎人类爱、幸福和希望的颂歌活动里，表达了诗歌具备通过语言呼唤这些公共话题的能力："词语才刚刚开始/匹配希望"[③]。她还打破了逻辑上的矛盾和冲突，促成二元对立或者对立力量之间的和解，这充分说明了她对马克思主义思想的认同。实际上，里奇把爱或一个和谐的社会主义或马克思主义团体看成改革的制高点。她对民主的追求激励着她让语言更加贴近美国的大众。她相信，这些都是：

历史的层层递进
我们不得不选择，一起走
用自己的实践：什么都必须再试一次
一遍又一遍[④]

因此，她的诗歌是多声部的、关联的、隐喻性的，也是对话性的。里奇再次利用语言为媒介创造了一种美学，把诗歌视为一个"记忆痛苦和公正之路的载体"[⑤]。她鼓励诗人 / 叙述者去设想一种具有包容性的语言以致不会顾此失彼："它将包含损失，弹性 / 一个真实的句子，然则，为了问候 / 新生的一切。"[⑥]

里奇在其后期的大量诗歌中，成功地实现了多元政治与文化视野下的诗学重构。在诗歌内容上，她重拾历史，见证历史，为那些噤声的边缘群体摇

① Adrienne Rich, *Midnight Salvage*, (New York: W. W. Norton, 1999), p.63.
② Adrienne Rich, *Midnight Salvage*, (New York: W. W. Norton, 1999), p.60.
③ Adrienne Rich, *Midnight Salvage*, (New York: W. W. Norton, 1999), p.65.
④ Adrienne Rich, *Midnight Salvage*, (New York: W. W. Norton, 1999), p.65.
⑤ Adrienne Rich, *Midnight Salvage*, (New York: W. W. Norton, 1999), p.64.
⑥ Adrienne Rich, *Midnight Salvage*, (New York: W. W. Norton, 1999), p.64.

旗呐喊，发出了他们的“未言之声”——对当代美国物质主义、商业文化、资本主义和帝国主义等话语的批判，努力寻找一种可以对抗这些话语的语言。在诗歌美学上，里奇的诗学是对话性的，也是修正性的。通过再现语言在资本主义剥削关系下的无效和无力状态，里奇提倡一种能为大众使用的语言。因此，里奇的后期诗歌延续变革的意志——重新改写和重新定义了诗学传统，重建了一种反叛性话语，这些都见证了里奇非凡的文学努力。

第五章

诗学批评：社会政治与艺术的融合

诗歌与政治的关联，历来争议不断。里奇作为兼具政治抱负与美学追求的诗人，其创作融合二者，却遭遇如文德勒[①]等评论家的质疑。文德勒认为，里奇的政治关注破坏并违背了她的艺术天赋，诗歌的政治主题弱化了其审美价值："对于一个生活在个人和国家生活相对和平富足的美国诗人而言，其问题是如何在生活中找到想象的兴趣且不引起虚假的矫揉造作，如何成为谦虚而不乏味之人，如何成为感动却不感伤之人。"[②]文德勒将政治解释为一种低级别的人类活动，认为政治将永远无法令人满意；保持优越教养的唯一方法就是留住自身最好的、最擅长感知的部分。诗人参与政治是一种美学上的失败，这几乎是一个必然的公式。里奇针锋相对地回应："北美诗人的问题是，如何证明一个现实，一个公众——可能一部分诗人——都想要，或者被说服想要避而远之的现实。[③]在里奇看来，文德勒对"生活"的定义极其狭隘，主观上对其进行了限制。

在《狂野的耐心》里的《裂痕》("Rift", 1980）一诗中，里奇表示，这场争论围绕的是政治的定义，而其他定义也是可以想到的：

政治，

你会说，是一个不相称的名称
与我们所追寻的并不相称。
如果政治
是一个不相称的名称，那我也不清楚
我们追寻的是什么。[④]

对文德勒来说，政治无疑就是一个"不相称的名称"。而对里奇来说，政治在很大程度上是多元文化主义的政治，诗歌所传达的政治更多地被定义

---

① 海伦·文德勒：诗歌评论家，在近20年里写了5部详细的系列评论，其中包含针对里奇作品的论辩。

② Helen Vendler, *Soul Says. On Recent Poetry*, (Boston: Harvard UP, 1995), p.108.

③ Helen Vendler, *Soul Says. On Recent Poetry*, (Boston: Harvard UP, 1995), p.115.

④ Adrienne Rich, *A Wild Patience Has Taken Me This Far*, (New York: W. W. Norton, 1981), p.49.

为政治灵感，而不是直接的政治行动。因此，里奇并不允许其政治关怀摧毁其审美情感，而是注重它们之间的交叉互动，努力达到内容意义与形式意义之间的平衡、意识形态性和诗歌艺术之间的互通。

第一节 《血液、面包与诗歌》：激进主义与乌托邦

许多作家和评论家认为，里奇在 20 世纪 70 年代之后的思想太过激进。西奥洛克斯（Alexander Theorox）认为，里奇写于 1976 年的《生为女人》简直是“圣·艾德里安娜的忏悔录”“十篇悲愤檄文的大杂烩”[②]。吉尔伯特说道，“实际上，正是 70 年代关于女性主义严肃而又执着的思想使得里奇从叶芝的追随者转变到鲁凯瑟的信徒，还激发了她自己的‘改变意志’，从一个有思想的评论家变成了一个‘激进的思想家’。”[③]普拉斯（Sylvia Plath）也认为，“她率真又可爱、极其坦诚甚至有点儿固执己见。”[④]毫无疑问，里奇的批评整体体现了激进的政治性，说她写作主要是为了表达她的政治理念，这绝不夸张。但不管她的思想多么激进，她还是被视为一位作家而非一名政客，这既是因为她激进的目的不在于赚得政治头衔，又是因为她是一名以写作为生、致力于批判各种社会问题的诗人和评论家。她关注政治是因为它曾一度把她排挤到社会的边缘位置，当她得以从权力的边缘迈向中心的时候，她无法对各种有违人伦的压迫无动于衷。

《血液、面包与诗歌》是里奇的重要批评文集，也是其性别诗学的代表

① 本节部分内容已经在《学术界》2012 年第 2 期上发表，这里做了大量修改。

② Jane Roberta Cooper, *Reading Adrienne Rich: Reviews and Re-Visions: 1951-81*, (Ann Arbor, MI: U of Michigan P, 1984), p.304.

③ Sandra M. Gilbert, ed. *Culture, Politics, and the Art of Poetry: Essential Essays by Adrienne Rich*, (New York: W. W. Norton, 2018), p.xiv.

④ Sandra M. Gilbert, ed. *Culture, Politics, and the Art of Poetry: Essential Essays by Adrienne Rich*, (New York: W. W. Norton, 2018), p.xvi.

性著作。在这一著作中，里奇通过建构激进女性主义文学批评来表达她的性别政治思想。这一批评具有激进主义与乌托邦的双面性。一方面，里奇重新定义女性关系，把批评的矛头指向现有父权异性主义体制，质询传统意识中关于身体、性别和身份等既定知识和权力，尤其是性别身份的二元对立架构，重新审视历史上被压抑的女性经验和存在，具有难以掩饰的激进锋芒。另一方面，其激进女性主义思想也存在缺陷。里奇设想的“女性认同”及其提出的“强制的异性主义”“女性关系连续统”等概念，将女性/女性特殊性向者理想化，而将男性/异性主义他者化，重蹈了二元对立的覆辙，最终难逃本质主义的窠臼，也落入了女性主义经验论偏见与悖论的困境。同时，这些概念的形成忽视了当代女性身份背后的种族、阶级、性别和宗教等多重差异因素及其造成的复杂性身份现实，一味强调激进女性主义身份政治，有些偏离了当代性别理论注重性别身份复杂性建构的主旨，呈现无法抹去的乌托邦空想性。

一、里奇激进女性主义思想的核心内容

里奇激进女性主义理论的形成与其60年代末至70年代的个人和家庭经历以及时代语境息息相关[①]。60年代末，婚姻的危机、家庭的变故以及各种政治文化事件，彻底颠覆了里奇对传统性别身份的认知。70年代初，在公开自己的女同身份之后，里奇不仅全身心地投入这些激进政治活动中，还创作了一系列尖锐的批评和诗歌，这些作品的主要内容是揭露现存体制与文化对女性边缘群体的历史压迫，呈现她们真实的女性经验——身体、情感、欲望和文化经历，努力将历史和社会、个人和政治连接起来，揭露社会的弊端及其造成的社会不公，为这一边缘弱势群体言说，将自己转变成“20世纪美国激进女性主义的艺术代言人”[②]。

里奇在《愤怒与温柔》(“Anger and Tenderness”)一文中评论传统社会制度下的女性身体：

① 关于这些语境的详细论述见本书的第一章。
② 陶洁：《20世纪美国文学选读》，北京：北京大学出版社，2006年，第319页。

在整个父权神话、梦境象征、神学、语言中，有两种观念并存：一种观念认为，女性身体是不纯洁的、堕落的，排泄和流血的部位，对男性气质有所威胁，是道德和身体污染的来源，是“魔鬼之门”。另一种观念认为，作为母亲，女性是慈善的、神圣的、纯洁的、无性的、滋养的；而作为母亲身份的身体潜能——还是那个流血且神秘的身体——是她唯一的宿命和存在的正当理由。①

针对女性身体的被污名化和刻板化，以及这一双重思维在广大女性心中的内化，激进女性主义主要从解放女性身体出发，提出“个人的就是政治的”②口号，对象征秩序的男权社会进行革命，对女性身体的被政治化进行革命。受此主张的影响，里奇模糊了个人化的诗歌与公众化的诗歌界限，“将个人经历、诗歌创作和政治理念融为一体”③。为了获得“诗人的女性身份与其艺术的融合”，里奇致力于“从女性的身体和经验角度进行直接、公开的创作，将女性的存在作为艺术的严肃主题和源泉。”④ 她扮演着女性主义诗人、批评家和社会活动家的多重角色，重新界定女性身份，重建女性主义分析和批评，这些构成了里奇激进女性主义理论的核心内容。除去诗集中的激进女性主义理论内涵⑤，这一理论最详细和最集中的政治观点表达见诸里奇发

① Sandra M. Gilbert, ed. *Culture, Politics, and the Art of Poetry: Essential Essays by Adrienne Rich*, (New York: W. W. Norton, 2018), p.99.

② 20世纪60年代末，一场妇女的自主运动宣布“个人的就是政治的”。这一声明是必要的，因为在那十年的其他政治运动中，两性之间的权力关系问题和角色问题都往往被轻蔑地当作个人生活的领域而不予考虑。妇女当时谈论的统治，不仅仅涉及经济剥削、军国主义、殖民主义、帝国主义，而且涉及家庭、婚姻、养育孩子行为本身。打破私人生活与公共生活之间的精神障碍，本身就像是一股走向解放的巨大浪潮。妇女们开始提及那些所谓微不足道、不值一提的问题，并采取行动——被丈夫或情人强奸、老板的性骚扰、家庭暴力等。她们指出，无论是资本主义还是社会主义经济，妇女在家里的无报酬工作都是每个经济体的核心。在个人和政治的交叉中，激进女性主义者也在挑战文学与诗歌中反映的经验极限。（参见 Adrienne Rich, *Arts of the Possible: Essays and Conversations*, pp.55-56.）

③ Sandra M. Gilbert, ed. *Culture, Politics, and the Art of Poetry: Essential Essays by Adrienne Rich*, (New York: W. W. Norton, 2018), p.xx.

④ Nina Baym, *The Norton Anthology of American Literature*, (New York: W. W. Norton, 2003), p.2759.

⑤ 关于这一点，已经在本书的其他章节专做阐述，在此不做赘述。

表在70年代末、80年代初的三本批评集中:《生为女人：作为经验与体制的母亲身份》《论谎言、秘密与沉默：1966—1978年论文选》和《血液、面包与诗歌：1979—1985年论文选》。

其一，里奇批判了以男性为主导的传统社会体制的压迫性特点。在《生为女人》一书中，里奇指出，传统制度的统治是"一种家庭式社会的，意识形态的，和政治上的体制——靠强制、直接的压迫，或通过仪式、传统、法律、语言、习俗、礼仪、教育和劳动的分配来决定女人该做或不该做什么，在这体制中女性处处归于男性掌控下。"① 里奇以激进女性主义的姿态，揭露以男性为主导的社会传统暴力秩序，尤其是在钳制女性的才能和创造力方面——不同时期历史和文化中的女性所拥有的技能、手艺、技术和愿景，通过妇女对婚姻和母亲身份的自我完成进行限制约束。妇女被困在每天必须完成的无尽家务事上，阅读和写作变成被禁止的奢侈享受。她列数了旧有文化机制对女性的一些暴力劣行，比如：

1）剥夺女性欲望（通过割礼、贞节带、心理分析中拒绝承认女性特征等；）

……

3）剥削女性的劳动及其成果（通过婚姻机制和母亲身份无偿占有女性的生产）；

……

5）软禁她们或限制她们的行动（通过设立闺房、缠足、面纱、高跟鞋等）；

6）利用她们作为男性的生意交换（把女人当作"礼物"、聘礼嫁妆、包办婚姻等）；

7）钳制她们的创造力（惩罚迫害产婆、女相命师、把女性限制在婚姻家庭中、抹除女性文化传统等）；

8）很大范围的社会知识和文化成就封闭在女性视野之外（通过剥夺女

① Adrienne Rich, *Of Woman Born: Motherhood as Experience and Institution,* (New York: W. W. Norton, 1976), p.57.

性的教育权、对女性经验的沉默和无视、社会及职场中的性别歧视等)。[①]

这些都表明了女性在以男性为中心的社会中多方面被阻止、被剥夺、被奴役的身份状况，里奇呼唤广大妇女去了解自身的存在状态，有意识地去反思这一状况并进行反抗，重新定义自我，而不是永远生活在被迫的无知之中。

其二，里奇重新界定了女性关系。在《我们自身的女性关系》中，里奇超越身体，更多地从情感、智性和政治等多维角度对其重新定义，其外延由女性个体到群体，由私人到公众，从个人的到政治的："真实情况并不是像两个女人身体接触那样简单，可以不予考虑。它是一种自我欲望的意识；最重要的是选择自己；它也可以指两名妇女之间最原始的强烈情感，一种在这世界上普遍被贬低鄙薄、扭曲异化或罪恶笼罩中的强烈情感。"[②]这对传统的、"合法化"的定义构成了质疑，将其泛化或扩大化到女性生活经验的精神与情感层面。里奇接下来说道，它"不是一则智力游戏，而是对我们的经验的一种把握，一把行动的钥匙。里奇把女性间的亲密关系突出地看成一种女性存在或经验，尤其是将其上升到女性反抗传统权力结构压迫的一种政治行动。此外，里奇还从心理学、生理学、历史学和文化等各方面将女性关系定义延伸到智性与政治的层面：

……女性间的亲密关系就像母亲身份一样，是一种深具女性特质的经历，它有着独特的压迫感、意义和潜力，但如果我们简单地把它与其他被污名化的性存在等同看待，我们就无法真正领会其中的深意。[③]

这种界定试图证明女性特殊性向者在历史中存在的事实，又是对这种存在意义的不间断的扩展。

同时，里奇还提出了"女性关系连续统"的概念，这一概念偏重女性之

---

① Adrienne Rich, *Blood, Bread, and Poetry,* (New York: W. W. Norton, 1986), pp.36-37.
② Adrienne Rich, *On Lies, Secrets, and Silence,* (New York: W. W. Norton, 1979), p.202.
③ Adrienne Rich, *Blood, Bread, and Poetry,* (New York: W. W. Norton, 1986), p.28.

间交往的各种方式和以女性生活为中心的各种活动：

> 一系列涉及女性生活方方面面以及贯穿整个历史的女性认同经历，而非简单地指一个女性与同性发生关系或有意识地想拥有这种关系。如果我们扩展其含义，将女性之间和女性内部更多形式的强烈情感涵盖在内，如分享丰富的内心生活、联合起来对抗男性中心、提供和接受物质支持和政治援助。①

显然，里奇这样的界定是指向不同女性个体所拥有的、或群体之间所分享的共同生活经验、情感经历、内心体验和政治追求。借助这个概念，里奇既说出了女性关系独特的亲密性，又道出了女性关系的政治目标。通过将这一概念重新界定，里奇呼吁人们注意女性经验的多样性，和这些经验在女性生活中所起的不同作用，号召所有女性之间达成身份认同，并团结起来实现这一目标。

其三，里奇发现既往女性主义批评中女性特殊性向者的话语缺失并提出重建女性主义分析和批评。齐默尔曼（Bonnie Zimmerman）曾经说道，"女性主义作品集里的异性主义——就像男性作品集当中的男权至上观念一样——会抹去女性关系存在的痕迹，继续着女性只能通过男性来获取情感上和身体上满足的谎言。"②女性研究期刊或著作中也从来不会刊登她们作品的评论。肖尔瓦特的《她们自己的文学：从勃朗特到莱辛的英国女性小说家》（*A Literature of Their Own: British Women Novelists from Bronte to Lessing*, 1977）以及吉尔伯特（Sandra Gilbert）与古芭（Susan Gubar）合著的《阁楼上的疯女人：女性作家和19世纪文学想象》（*The Madwoman in the Attic: The Woman Writer and the Nineteenth-Century Literary Imagination*, 1979）都是广受好评的、权威性研究女性主义文学及批评文集，然而它们都清楚表明了20世纪70年代之前文学作品由异性主义占领这一事实。

像齐默尔曼一样，里奇也提到，如霍尔（Raycliffe Hall）等在历史上占

---

① Adrienne Rich, *Blood, Bread, and Poetry,* (New York: W. W. Norton, 1986), p.51.

② Bonnie Zimmerman, "What Has Never Been: An Overview of Lesbian Feminist Literary Criticism' Feminist Studies, " in Mary Eagleton,ed., *Feminist Literary Theory, A Reader*, (Cambridge: Blackwell Publishers, 1996), pp.18-19.

据重要地位的书写女性亲密关系的作家，以及她们的作品都被文选编者所忽略。里奇在20世纪70和80年代探究了文学作品和女性主义文学批评对这一存在予以忽视的事实。她指出，批评家、学者、编辑以及出版社等机构都对它闭口不提。[①]里奇引用小说家哈里斯（Bertha Harris）的话说："她是特殊性向者，离开了文学的她，就如同失去了生命一般。她有时多情，有时恐惧，有时感伤……就像飘浮在空中……无法依附万物生长的大地。"[②]这些作家努力寻找能够表达女性能量的文学语言，"带着想象力去感受、去用语言描述女性之间的关系"[③]。

里奇在《我们对女人的爱的意义在于我们必须不断壮大》（"The Meaning of Our Love for Women Is What We Have Constantly to Expand", 1977）一文中指出，在艺术与文学中，女性特殊性向者被塑造成"怪异的、不道德的、有危害性的、堕落的女性"[④]。很长时间以来，生存于以男性为主导的社会结构的夹缝中，她们都被视为女性邪恶的化身，从未拥有过文化权力去自我定义身份，而是自我隐匿，自我否定，自我沉默。里奇列举了一些主流女性主义研究著作[⑤]对这一存在的漠视，她认为，"那些导致女性特殊性向者被忽视或被边缘化的女性主义研究和理论，实际上阻碍了女性群体获得权力和解放。"[⑥]因此，里奇鼓励主流女性主义者能够审视并改变剥夺女性权力的现存政治制度，呼吁激进女性主义积极分子重建女性主义分析和批评，增加收录特殊性向作家 / 诗人作品，发掘她们在历史和文化中的沉寂和边缘化现实。

对里奇来说，认识到这一群体的历史和现实存在，需要具备"女性主义分析和批评的重构意识"[⑦]，而不仅仅是一两篇象征性的文学作品或学术研究。

---

① Adrienne Rich, *On Lies, Secrets, and Silence,* (New York: W. W. Norton, 1979), p.201.
② Adrienne Rich, *On Lies, Secrets, and Silence,* (New York: W. W. Norton, 1979), p.200.
③ Adrienne Rich, *On Lies, Secrets, and Silence,* (New York: W. W. Norton, 1979), p.201.
④ Adrienne Rich, *On Lies, Secrets, and Silence,* (New York: W. W. Norton, 1979), p.225.
⑤ 里奇在《血液、面包与诗歌》的第27页中列举了以下书籍：Nancy Chodorow 的 *The Reproduction of Mothering* (Berkeley: U of California P, 1978)，Dorothy Dinnerstein 的 *The Mermaid and the Minotaur: Sexual Arrangements and the Human Malaise* (New York: Harper & Row, 1976), Barbara Ehrenreich and Deirdre English 的 *For Her Own Good: 150 Years of the Experts Advice to Women* (Garden City, N.Y.: Doubleday, Anchor, 1978) 以及 Jean Baker Miller, *Toward a New Psychology of Women* (Boston: Beacon, 1976)。
⑥ Adrienne Rich, *Blood, Bread, and Poetry*, (New York: W. W. Norton, 1986), p.50.
⑦ Adrienne Rich, *Blood, Bread, and Poetry*, (New York: W. W. Norton, 1986), p.73.

她认为，一个很重要的途径就是使用全新的语言重新命名历史、命名理论，并将其作为批评视角来阐释文学文本，并探索和定义这一文学及文化传统。里奇号召重建女性主义分析和批评，一方面是为了批判压迫性的政治制度，另一方面更是为了发掘被掩盖的历史和被边缘化的现实存在。里奇相信，抵制制度化的异性主义，巩固女性力量，最有效的方法是增强女性意识。女性应该避免与其他女性分离，应该分享彼此之间的共同经验，以便用蕴含崭新意义的语言来重新书写女性历史。“在增强意识的过程中，女性将审视她们的经验，并以此作为个人与社会变革分析的出发点，进而直面女性的现实情况。”就其性质而言，这种质询方法挑战传统观念的权威性和客观性，“对现存权力结构、女性群体经验以及理论本身都做出了辩证的质疑。”①

在思想的践行层面，里奇在《血液、面包与诗歌》中重新搜罗出被忽视的特殊性向女作家，关注她们作品中的社会政治批评内容和对女性文学研究中的问题（如身份焦虑问题）所做的探讨，发现她们作品的价值，使激进女性主义批评成为纷繁复杂的当代女性主义批评的一个不容忽视的分支。例如，在一首收录于《狂野的耐心》中的诗歌《文化和无政府状态》（“Culture and Anarchy”, 1978）中，里奇通过“缝被子”这个象征性的活动搜罗了许多著名的女性主义者，例如安东尼（Susan B. Anthony）、巴莱特（Elizabeth Barrett）、肯布尔（Frances Kemble）、亚当斯（Jane Addams）、斯托（Harriet Beecher Stowe）和史坦东（Elizabeth Cady Stanton）。她大量引用了她们过往的信件和日记手稿，展现了她们的女性经验、作品思想与语言运用。这些女性都来自不同的阶级、种族和国家，里奇对她们作品的引用为女性的历史存在提供了有用见证，为重构女性主义批评提供了重要资源。

在里奇之前，肖尔瓦特通过《她们自己的文学：从勃朗特到莱辛的英国女性小说家》创建了女性主义文学史，提出“女性批评学”（gynocritics）的概念，“基于对女性经验的研究发展新的批评模式，而非沿用男性批评范式和理论，以此重新研究19和20世纪的女性作家，建构女性文学批评的理论

① Catharine A. MacKinnon, “Feminism, Marxism, Method, and the State: An Agenda for Theory, ” in *Signs: Journal of Women in Culture and Society*, (Chicago: The U of Chicago P, Vol. 7, Issue 31. 1982), pp.515-520.

框架。”[1] 同样，吉尔伯特和古芭出版了两部对女作家的权威性研究《阁楼上的疯女人：女性作家和19世纪文学想象》和《诺顿女性文学集》（*The Norton Anthology of Literature by Women: The Tradition in English*, 1985），不遗余力地挖掘被历史掩埋的女性作家，从而证明女性创作的历史连续性。正如肖尔瓦特在《荒野中的女性主义批评》（*Feminist Criticism in the Wilderness*, 1981）中指出的，“女性批评的首要任务是建构女性文学身份，图绘女性文学及其文化轨迹。”[2] 很显然，里奇和她们的努力是如出一辙的，但是，不同的是，这两部颇具影响力的作品均未涉及激进女性主义文学及批评，因此，里奇的思想既沿袭了主流女性主义文学批评理论的一贯模式，又对它进行了拓展。

二、里奇激进女性主义的双面性：激进主义与乌托邦

里奇激进女性主义理论的形成和发展与其个人经历和社会历史文化语境息息相关。里奇“以她的生活经历为例，致力于改变的决心成就了她在当代女性主义经验中的重要地位”[3]。她强调女性间的亲密关系是一种独特的女性经验，主张展现她们共同的经验和从中产生的文化图景，并且认为这些性别文化图景比那些从男性主宰的社会文化经验中产生的内容更加真实可靠。这实际上与女性主义者对于自身经验的强调是一脉相承的，本质上属于一种女性主义批评的经验主义认识论。

女性主义经验论是一种把经验论的方法与女性主义的政治目的融为一体的知识论，是支撑流派纷呈的女性主义批评存在的“哲学基础”，复杂多样的女性主义的一个基本的共识便是承认生理性别和社会性别的差异，以及源于性别差异的经验差异，以此批判传统知识论中的男性中心主义倾向，主张女性争取自己的话语权，参与重构理想的、客观的知识论范式。“在女性主义批评的理论和实践中，女性经验成为衡量作品是否真实的标准，成为区分

---

① Elaine Showalter, “Toward a Feminist Poetics, ” in *New feminist Criticism: Essays on Women, Literature and Theory*, (New York: Pantheon Books, 1985), p.131.

② Elaine Showalter, “Feminist Criticism in the Wilderness, ” in *Critical Inquiry*, (Chicago: The U of Chicago P, Winter, 1981), p.202.

③ Sandra M.Gilbert and Susan Gubar, *The Norton Anthology of Literature by Women: The Traditions in English*, (New York: W. W. Norton, 1985), p.2023.

文学男性化和女性化的标志。”①

其一，里奇的激进女性主义具有革命性特征。其一，里奇超越了单一的身体维度，强调女性亲密关系中的精神、情感、智性、文化以及政治因素，从而肯定了它作为存在的多维意义。这与同时期的黑人女性主义者所强调的“姐妹情谊”在一定程度上也具有共通性。里奇的激进主义革命性与其同时代的激进女性主义者如威蒂格（Monique Wittig）、费德曼（Lilian Faderman）和洛德等人有较强的互动。她参与组织的文化社团和编纂的女性杂志《险恶的智慧》（*Sinister Wisdom*），极大地促进了20世纪“后石墙”时代美国多元女性主义文化的传播，正如卡鲁斯（Hayden Carruth）所言，“在今天的美国，很多诗人，或多数诗人，正在写关于革命的诗歌。艾德里安娜·里奇的诗歌就是革命。”②

其二，她提出“强制的异性主义”“女性关系存在”和“女性关系连续统”这一系列概念，突出社会制度是性别压迫的根源，强调女性间的友爱互助是抵抗性别问题的重要策略，进而认为激进女性主义批评的真正目的在于建立女性联系，在于将女性文化传统认同看作一种质疑传统社会机制的批评模式。里奇提出这些概念，试图在不同的女性关系（母女、姐妹、女性特殊性向者）之间建立广泛的认同关系，发掘女性经验价值，以此赋予激进女性主义一定的历史和文化内涵。

其三，她提出的女性主义分析和批评重构，为建立激进女性主义文学批评争取了合法性，在一定程度上改变了女性创作的历史断层现象。作为一位视野宽阔、颇具影响力的女性主义作家，里奇在她的作品中挖掘了一批被湮没的边缘身份女作家，激发了多元化的女性主义文学创作。她的质询在女性主义重新定位问题上成为一股重要的知识力量，发出了一个时代变革者的声音：

在发生重大深刻的社会变革时期，没有哪个诗人能够像里奇那样表达两

① 陈晓兰：《女性主义批评的经验论》，载《外国文学评论》，1995年第2期，第42页。

② Hayden Carruth, “Excellence in Poetry, ” in Jane Roberta Cooper, ed., *Reading Adrienne Rich: Review and Re-Visions, 1951-81*, (Ann Arbor, MI: U of Michigan P, 1984), p.273.

性之间以及女性之间的关系……她的视野和她的诗歌品质一直以来都是独领风骚的……由于承诺要忠于现实生活，承诺要改变，她的声音和她的作品才如此著名。这样的承诺在与她同时代的诗歌中是无可比拟的。①

同时，里奇试图将女性文学的独特性理解为反映女性现实的根本方面，建立由女性个体经验到群体经验研究之上的文学分析方法，从而为当代女性主义批评的多元主题、研究倾向和具体分析建立一种框架或谱系。她的激进女性主义理论质疑传统社会和文化建构的性别身份，这为20世纪90年代盛行的性别批评中的“怪异理论”(Queer Theory)做出了重要贡献②，也是她对当代西方女性主义批评理论多元化发展态势所做出的建树。

然而，里奇激进女性主义思想具有明显的乌托邦色彩。就其经验论性质而言，它不可避免地暴露出女性主义批评经验论的共同问题。首先，里奇强调女性亲密关系作为一种女性共同经验存在，是“一种历史事实”，而异性主义则是“强制性的”，必须加以挑战的。这未免有将男性/异性主义他者化、将女性/女性关系理想化之嫌，陷入了女性主义经验论的偏见与悖论之中。同时，它也忽视了客观上存在的、占主导地位的异性恋女性群体，重蹈了传统社会制度下性别对立二分的覆辙，最终落入了“本质主义”的窠臼。他者化行为总是有些一叶障目，不见泰山。里奇对现存权力结构加以批判，但它毕竟不是使女性特殊性向者处于边缘地位的唯一压抑力量。她提倡女性联合起来反抗现有体制，这并不会使广大女性获得真正意义上的解放，反倒使她们“更加孤立、非政治化、自我封闭而处于社会的边缘”③。

其次，她设想的女性联盟和提出的“女性关系连续统”概念，倡导所有女性都加入一种女性所认同的经验，一方面，这使她的激进女性主义虽然反映的是一个特殊群体的情绪化色彩，但更多地注入了她个人的主观情感色

① Judith McDaniel, "'Reconstituting the World': The Poetry and Vision of Adrienne Rich," in Barbara Charlesworth Gelpi and Albert Gelpi, eds., *Adrienne Rich's Poetry and Prose: A Norton Critical Edition*, (New York: W. W. Norton, 1993), p.321.

② Vincent B. Leitch, et al. *The Norton Anthology of Theory and Criticism*, (New York: W. W. Norton, 2001), p.1761.

③ 林树明：《迈向性别诗学》，北京：中国社会科学出版社，2011年，第55页。

彩。她秉持激进女性主义“个人的就是政治的”立场，为了表达女性个体的愤怒情绪，为她们的个体身份选择寻一个合理的解释；作为诗人、批评家以及公众人物，她无所畏惧地批判现有体制，满怀热情地为女性群体呐喊，对她们表现出了情感上的亲近。另一方面，这一概念意图在“扩大化”女性联盟；由具体的个体经验寻求更大的认同倾向，以重构更大的话语势力范围，最终与主流话语抗衡。然而，当代妇女所处的是一个复杂的社会现实，她们本身有着不同的政治、文化、历史和地域背景，存在着种族、阶级、宗教和性别的差异，而这些差异性元素势必造成她们对女性经验的不同看法，她们不太可能发出完全一样的声音。因此，里奇要建构的女性大同世界的梦想，实乃乌托邦理想。

再次，里奇强调女性的政治认同，可能会盲目地去追求单一的激进女性主义身份政治，偏离了当代西方性别理论注重性别身份复杂性建构的主旨。关于身体或欲望的主体性，里奇忽视了客观存在的异性恋女性的身体或情欲空间的主体意识，同样具有本质主义的缺陷。当代西方性别理论强调个性张扬，认同男女个体身体或情欲空间的多元流动，这正是对任何本质主义最有力的质疑。当代西方性别理论将纷繁复杂的个体性欲观和性别观置于前景，而里奇激进女性主义理论则更加强调女性特殊性向者作为群体所具有的单向度性与排他性（比如，排除男性和男性特殊性向者）的特点，忽视了人作为一个个鲜活的个体所具有的主体性特征。

综上所述，里奇在《血液、面包和诗歌》中构建的激进女性主义理论有利有弊。一方面，作为当代美国最具战斗性的作家之一，里奇挑战以男性为主导的异性主义社会结构，质询这一现存权力结构下性别身份的二元对立架构，激发人们重新审视与考察历史叙述上被压抑的女性经验和存在，构建了对现有体制的激进主义批评。她通过其一系列的概念所指，拒绝一种强制性的生活方式，挖掘被埋藏的女性经验，通过把广大妇女联系起来而扩展其含义，共同构建女性群体力量。相对于既往的女性主义批评来说，这一思想既继承了女性主义对传统制度中两性权力不平等格局的批判，又对此有所超越，超越了现存权力结构对性 / 性别身份的规定。因此，她对旨在打破性别二元对立架构的当代西方性别理论做出了贡献。但在另一方面，她寻求激进女性主义这一突破口来表达其激进政治理念，这样的表达也存在一些缺陷。她为主流之外的边缘群体代言，将男性 / 异性主义他者化，将女性 / 女性关系理想化，这意味着她重新被性别二元对立所羁绊，显示其思想的偏见与悖论。她对身份认同的设想忽视了女性身份背后的多重因素，有些偏离了当代西方性别理论注重性别身份复杂性建构的主旨，是乌托邦式理想。

第二节 《在那里发现了什么》：知识分子的批评立场

在里奇创作的后期，她更加积极地参与跨越历史、文化、种族和性别的广泛的社会问题探讨，以文学的形式深入表达政治理念，公共知识分子的立场越加明显。《在那里发现了什么》是里奇的第四本批评集。把这本著作放在里奇的系列批评文集的大背景下考察，可以明显地看到两大变化。首先，《在那里发现了什么》是批评的内容和形式出现重大变化的转折点。在《生为女人》中，诗人的文学研究和个人经历交替呈现。《论谎言、秘密与沉默》和《血液、面包与诗歌》是独立批评的合集，这些批评中的联系需要读者自己去探索。而在《在那里发现了什么》中，里奇却是在创作的同时以更加灵活的方式将这些松散的思维聚合起来，形成一个闭合的环路；其次，这本文集更加关注作为通用术语的政治。虽然对政治的关注同样是前面三部文集的内容，但只有在这部作品中，里奇第一次将“政治”和“诗歌”作为关键词并置在标题里：“那里”喻指诗歌，而“什么”则指政治[①]。里奇以两种方式界定了政治的概念：政治在很大程度上是多元文化主义的政治，而诗歌所传达的政治则被定义为政治灵感，而不是直接的政治行动。

① Peter Erickson, “Singing America: From Walt Whitman to Adrienne Rich, ” in *The Kenyon Review*, (Gambier: Kenyon College, Vol. 17, Issue 1, Winter 1995), p.112.

一、作为公共知识分子的写作身份

里奇是个知识分子类型的作家和批评家，这在当代美国文学和批评界也是个比较典型的现象。何谓“知识分子”？一般而言，它用来称呼一群在知识和写作领域拥有非凡天赋并具有一定影响力的文人学者。然而，关于“知识分子”的概念，西方学界众说纷纭，莫衷一是。科泽（Lewis Coser）从精神追求而不是谋生方式的角度界定知识分子的特点——“为思想而活，而不是靠思想而活。”[①]埃尔曼（Ron Eyerman）从职业模式方面考察知识分子的概念，指出决定知识分子身份的“不是产生于与社会地位相关的兴趣，而是其他方面的兴趣，”[②]从而否定将从事非体力职业的人都看成知识分子。布迪厄（Pierre Bourdieu）以社会参与作为判断知识分子身份的标准。依据他的看法，若要拥有知识分子头衔，文化创造者“必须将其在特定文化领域里的特殊专长和权威用于这一领域之外的政治活动，并通过对特殊论的拒绝，塑造着自己”[③]。此外，学者们还根据自身的理解将知识分子分门别类，如葛兰西的“有机知识分子”和“传统知识分子”之论[④]，福柯的“专家性知识分子”和“普性知识分子”之说[⑤]，以及富里迪（Frank Furedi）的“激进知识分子”和“顺从知识分子”之言[⑥]，等等。

关于“公共知识分子”这一术语，它是由历史学家雅各比（Russell Jacoby）首次使用，用来区分一群几乎消失的学者和新涌现的学者。在雅各比看来，知识分子不仅要在自己的专业或者私人领域内担负起责任还要对公共世界和公共语言承担起义务[⑦]。雅各比对知识分子的定义和当代颇具影响力

---

① Lewis. A.Coser, *Men of Ideas: A Sociologist's View*, (New York: The Free Press, 1965), p.viii.

② Ron Eyerman, *Between Culture and Politics: Intellectuals in Modern Society*, (Cambridge: Polity Press, 1994), p.6.

③ Pierre Bourdieu, *Homo Academicus*, (Cambridge: Polity Press, 1988), p.110.

④ Antonio Gramsci, *Selections from The Prison Notebooks*, (New York: International Publishers, 1971, 1989), p.9.

⑤ Michel Foucault, *Power/Knowledge: Selected Interviews and Other Writings 1972-1977*, (New York: Pantheon Books, 1980), pp.127-128.

⑥ 弗兰克·富里迪:《知识分子都到哪里去了》，戴从容译，南京：江苏人民出版社，2012年，第36页。

⑦ Russell Jacoby. *The Last Intellectuals: American Culture in the Age of Academe*, (New York: Basic Books), p.235.

的后殖民理论家萨义德（Edward Said）的知识分子之说在基本原则上有很多的重合之处。萨义德在《知识分子论》给出了这样的界定：

知识分子是社会中具有特定公共角色的个人，不能只化约为面孔模糊的专业人士，只从事她/他那一行的能干成员。我认为，对我来说重要的事实是，知识分子是具有能力“向（to）”公众以及“为（for）”公众来代表、具现、表明讯息、观点、态度、哲学或意见的个人。而且这个角色也有尖锐的一面，在扮演这个角色时必须意识到其处境就是公开提出令人尴尬的问题，对抗（而不是制造）正统与教条，不能轻易被政府或集团收编，其存在的理由就是代表所有那些惯常被遗忘或弃置不顾的人们和议题。①

根据这一观点，知识分子不仅是在特定文化领域里具有特殊专长的专业人士，而且还要具有超越其专业领域的兴趣和政治关注、在社会中扮演特定公共角色、在公开场合代表某种原则立场的人士。他们超越个体的私利，关注社会暴力、种族、阶级、差异和边缘政治等全球性问题，投注于批评意识，充当社会的良心和人类基本价值（包括理想、自由、公平等）的维护者，代表边缘群体挑战权威，目的是增进人类的自由和知识，把平等正义的观念应用于实际情境，萨义德称他们为“公共知识分子”。

根据以上这些定义，里奇完全可称得上一名公共知识分子，持有其批判立场。重读里奇的全部批评创作，并加以深思，仿佛与一位卓越的公共知识分子相逢：她极具责任感，善于自我审视，且对道德充满热忱。首先，关于专业知识，如前所述，里奇具有扎实的专业知识储备，她是诗人和批评家，1947—1951 年在哈佛大学拉德克利夫女子学院读本科，后来又进入牛津大学学习过，接受过最专业的诗歌训练。她掌握精湛的文学艺术，第一本诗集《世界的改变》便获得“耶鲁青年诗人丛书奖”，后来又获得包括美国国家诗歌图书奖在内的众多重要诗歌大奖和文学荣誉；从职业生涯看，她在美国著名大学如斯坦福大学、哥伦比亚大学、纽约城市学院任过教，编过女性主义

① 爱德华·萨义德：《知识分子论》，单德兴译，北京：生活.读书.新知三联书店，2016 年，第 16—17 页。

杂志，参与过妇女诗歌的出版活动。由此可以确定，里奇首先是一个“专业知识分子”。其次，关于公共影响力，里奇符合雅各比和萨义德对“公共知识分子”的界定。关于公共性，里奇在公共话语方面具有较大的影响力。她超越其专业领域，关注美国社会乃至世界的公共事务，推动公共议题，如暴力、种族、阶级、贫困、边缘群体、文化等等，批评体制或政府弊端，传播其政治人文理念。里奇的写作并不拘于专业领域，而是介入公共场域，将自己置身于当今世界的公共利害关系之中，代表边缘弱势群体发声，从而达到了知识分子所具有的社会性乃至世界性的眼界。她在接受蒙特内哥罗的采访时说道：

> 种族、性别和帝国主义，我极其渴望把这些早期零散和琐碎的事情联系起来。在我看来，这种联系就是最热烈的生命力所在。因此，这一切对我的诗人身份不可能没有影响，因为我写诗的地方就是生命力最旺盛的地方。”①

梅尔泽等人认为，知识分子“持有”一种立场，通常是“一个公共的立场”，特别是他们对社会既“关心又敌对”，也“依恋又冷漠”②。知识分子不属于任何团体。可以说，在某种程度上，作为一个局外人③和不合时宜的人也是里奇成为知识分子的另一个重要特征。“我是一个无党派的马克思主义者和社会主义者，但不属于任何团体，”④里奇在一次采访中如是说。她不仅仅是出于被动，而是积极主动地促进人类自由，向公众传播知识。作为激进女性主义者，里奇以尖锐的笔锋揭露传统社会文化机制的暴力秩序；作为民主和文化的反思者，里奇批判美国民主的假象和文化的商业化趋势。进入20世纪90年代之后，她的公开批判立场越来越明显、坚定，批判的矛头也多

① David Montenegro, “Adrienne Rich: An Interview with David Montenegro (1991),” in Barbara Charlesworth Gelpi and Albert Gelpi, eds., *Adrienne Rich's Poetry and Prose: A Norton Critical Edition*, (New York: W. W. Norton, 1993), p.263.

② Arthur M. Melzer, Jerry Weinberger, and M. Richard Zinman, *The Public Intellectual: Between Philosophy and Politics*, (Lanham: Rowman & Littlefield Publishers, 2003), p.4.

③ 这里的“局外人”是里奇经常使用的一个词，意思区别于“局内人”，指的是勇敢反抗传统社会制度下的男性意识，并具有独立的、深刻的女性主义见解和行动力的人。

④ Farideh Hassanzadeh-Mostafavi. “Interview with Adrienne Rich”. *Midway Journal*. 15 Mar. 2009. < http://www.midwayjournal.com/May09_Interview.html>

指向美国政府与主流社会，甚至权威的文化艺术界。

此外，在萨义德的知识分子概念中，知识分子是流亡者、边缘人、业余者和对权势说真话的人，“他们代表着其观众的某些价值观，并以此代表着自己”[①]。而在这个层面上，里奇也恰恰具有三个边缘身份，如同默林科（Ange Mlinko）在一篇发表于《纽约时报》的纪念里奇去世的文章《图解这个》（“Diagram This”, 2013）中就这样写道，“对于那些三重边缘身份者，里奇是一位公共知识分子和偶像，她用诗歌来表达其女性主义和社会公正的思想。”[②]后来，吉尔伯特在《艾德里安娜·里奇的重要论文：文化、政治与诗歌艺术》中也同样写道：“重读里奇的全部批评创作，并加以深思，仿佛是与一位卓越的公共知识分子相逢：她极具责任感，善于自我审视，且对道德充满热忱。”[③]

可见，里奇作为一个真正意义上的“公共知识分子”的写作身份得以确立，正如有学者如此界定她，“诗人兼批评家——艾德里安娜·里奇是美国最重要的一位公共知识分子。”[④]她作为一个政治诗人和批评家，在批判社会的过程中，逐渐形成公共知识分子写作。而她批判社会的终极目标又无外乎引导公共事件的良性发展、促进公共话语的有效流通，改进社会弊端。然而，要评估里奇是否坚守了知识分子的批判立场、是否在社会中维持了既关切又超脱的姿态、她的文学实践是否产生了积极影响，以及她在后期作品如评论集《在那里发现了什么》中是否成功实现了艺术审美与政治理想的平衡，我们有必要分析她为何而写，写了什么，以及如何将政治理想与诗歌美学融为一体。

① Edward W. Said. *Representations of the Intellectual: The 1993 Reith Lectures*, (New York: Vintage Books, 1994), p.12.

② Ange Mlinko. “Diagram This: On Adrienne Rich,” in *Nation*, (New York: The Nation Company, Vol.18, Issue 2, 2013), p.35.

③ Sandra M. Gilbert, ed. *Culture, Politics, and the Art of Poetry: Essential Essays by Adrienne Rich*, (New York: W. W. Norton, 2018), p.xiii.

④ http://www.progressive.rog/rothrich9401.htm

二、美国公共知识分子批评立场的体现

作为20世纪下半叶美国知识分子中的一员，里奇的知识分子立场体现在其对个人、国家和世界等不同层面上所出现问题的批评与反思。她善于以小见大，由琐碎的微观层面到社会文化的宏观层面中批判社会，并力求做到躬身自省，在揭露和反思中传达她作为知识分子的责任和担当。具体而言，里奇知识分子立场见证于她的政治关注、文化反思与人文情怀。

（一）知识分子立场下的暴力批判

在现实社会中，一个知识分子很难在拥有激进思想的同时，又能远离社会而不去影响社会，因为“知识分子属于他们的时代，代表着大众政治和那个时代的信息”①。萨义德由此得出，政治无处不在，不存在什么能完全脱离政治语境的纯粹的艺术或思想，也不存在一种独立超然的客观性或者超然的理论。对里奇而言，她之所以在美国诗坛上能独树一帜，卓尔不群，构成其诗歌主轴的政治性可以说是一个重要的方面，正如赫妮博格所言，“里奇成功地将诗歌和政治相连接，并且顺其自然地让她的读者接受这样的融合，因为她所发表的作品里，没有哪一部不包含着她的政治理念。”②

进入20世纪80和90年代以来，里奇更加关注社会的公共领域，尤其是对暴力及其创伤的书写和批判。她聚焦世界范围内的各种暴力伤害事件，通过文学艺术代言边缘政治，解构强权话语体系下的各种暴力行为。她一边继续为女性摇旗呐喊，一边超越了性别角度，为更广大的全球弱势群体寻求出路。她关注美国以及世界各地存在的暴力行为，比如种族歧视、经济和阶级压迫、战争威胁以及语言暴力，控诉政府、社会、特定团体以及造成这些暴力伤害的其他力量。通过对暴力的揭露和批判，引发人们对现实世界不公现象的思考。

暴力的极端形式以及最大规模的创伤莫过于战争威胁。作为一个人文主义者，里奇坚定地站在反战的立场上，无论是地区战争，还是美国政府争

---

① Edward W. Said. *Representations of the Intellectual: The 1993 Reith Lectures*, (New York: Vintage Books, 1994), p.21.

② Sylvia Henneberg, *A Politics of Asking Women's Questions? Adrienne Rich's Later Career.* Diss., (Athens, GA: The University of Georgia, 1997), p.5.

夺霸权的掠夺之战，里奇都一概严厉谴责，毫不留情。里奇痛感科技在推动人类进步时，又带来了前所未有的毁灭性后果。带着维护和平的使命感，她撕掉所有发动战争的国家的伪善面具，暴露出其狰狞的嘴脸。在《隐士的尖叫》中，里奇直言海湾战争的侵略本质，字字犀利如锋：

海湾战争……是发生在1983年的格兰纳达和1989年的巴拿马侵略的重演和复奏，一场战争的游戏，只不过是披着修辞性语言和罢免魔鬼的外衣罢了！霸权的意象——十字军，反对一种新的魔鬼、一场屠杀，用来伪装1991年的事实：这不是一场核武器的侵略、制造和销售的结果，而是最令人眼花缭乱的精装武器，已经成了全球资本主义的生命血液。军队的竞争确实是古代部族为了金钱残杀彼此而建立的：一种依靠武器的生产和销售的错误经济。①

在里奇看来，"反核、反军事主义必须是一种女性主义运动、社会主义运动和反种族主义运动。"②此外，反核运动、反军事主义并不能扫除西方世界白人文明的残骸。变革的运动是一种变化的运动，变革自身、将自身去男性化、去西方化、变成一个以各种不同的声音、语言、手势、行为说话的批判大众。

另外，里奇也对语言暴力做了批判。相对于现实生活中赤裸呈现的暴力及其创伤而言，语言文化上的暴力及其带来的潜移默化的影响不易被人察觉。不同于其他作家，里奇并不满足于批判和抵制暴力，而是深入暴力行为背后的文化根源进行审视。她从自身被限定的视角——一个美国中上阶层的白人、南方人、犹太人以及妇女的视角，以其精湛的诗歌和论文为媒介，揭秘强势话语兵不血刃的语言规范，揭示冠冕堂皇的语言暗藏的暴力，阐发自身对语言暴力的共谋与反抗。里奇在《语言和暴力的距离》（"The Distance between Language and Violence"）一文中指出，白人憎恨罪恶和言论，但他

① Adrienne Rich, *What Is Found There: Notebooks on Poetry and Politics*, (New York: W. W. Norton, 1993), pp. 59-60.

② Adrienne Rich, *Arts of the Possible*, (New York: W. W. Norton, 2001), p.76.

们在用行动迫害有色人种的时候，还辅之以冠冕堂皇的语言。在白人的话语圈里，白是由内而外统一的，不存在外黑内白，或与此相反的情况。如她读布莱克的《天真之歌》时，她就感到困惑。在白人的话语圈里，反对“他者”的禁忌语如“有色人种”“黑人”就是一种权力支配下的暴力产物，诚如布迪厄所言，语言体现权力时，即成为一种暴力。①

追根溯源，里奇认为，暴力行为背后的原因是文化教育。里奇在批评中反躬自省对语言暴力的共谋，在揭露和反思中传达她作为知识分子的责任和担当。如前所述，里奇在孩童至青年时期，因为自己所属的阶级和与生俱来的肤色而享有特权，在拉德克利夫接受教育，在父亲的鞭策和规训下读诗、写诗，父亲鼓励她阅读、模仿英美白人男性诗人如布莱克、济慈、叶芝和奥登的词语和韵律的力量、根植于种族歧视的意象和隐喻以及他们诗歌所构筑的白人世界。20 世纪 50 年代美国大学里的美国现代诗歌研讨班并不包括黑人诗人，也几乎没有女性诗人。直到后来，里奇才逐渐觉察到白人话语潜在的种族歧视含义，她痛苦地意识到自己所热爱的、用于写作的语言中竟然暗藏着深刻的权力关系。在哈佛大学学习时，里奇开始将美国南方的文学运动与南方历史、她自己的历史相联系，质疑南方传统，走向对种族暴力的反省与批判，认为种族主义下的“种族隔离”和“偏见”是白人或白人性（whiteness）的罪过。

当然，批判语言暴力只是再现社会弊端的一个策略，其最终的目的在于用语言暗含的暴力激起实际行动来彻底根除暴力，革新社会。在《隐士的尖叫》一文里，里奇援引北美中产阶级出生的诗人毕晓普（Elizabeth Bishop）的《铁路》（“Chemin de Fer”）一诗，里奇在文中如此反问：“在面临没有爱的时候，被抛弃的时候，或者说被侵犯的时候，把爱化为行动到底是什么意思？”② 换言之，面对不公，人们该如何用行动换来爱而不是换来暴力和痛苦？对社会暴力的批判是里奇改变社会不公的主要工作。对里奇来说，要想结束暴力，需要人们更积极地为爱而奋斗，而不是诉诸暴力或苦难，因此，

---

① Pierre Bourdieu, *Language and Symbolic Power*, (Cambridge: Harvard UP, 1991), p.646.

② Adrienne Rich, *What Is Found There: Notebooks on Poetry and Politics*, (New York: W. W. Norton, 1993), p.56.

非暴力和反暴力运动和游行是可行的途径。里奇以她的朋友戴明（Barbara Deming）——一位终身致力于非暴力政治运动的女性主义者——的经历为例，说明非暴力运动如何将关乎人类命运、渴望公正的人们联系在一起，通过共同的交流、合作、传递信念达到改变人类思想、行动方向与生存方式的过程。

可见，对暴力的批判与反思是里奇公共知识分子写作立场的最好见证。她以丰富的诗歌和批评作品为媒介，书写各种形式的暴力及其给人们带来的创伤，意在唤醒公众，揭开暴力现象背后隐藏的权力问题。

（二）跨越性别的多元政治批评

20 世纪 80 年代中后期，随着其自身影响力的增加，里奇逐渐超越了性别角度，转向了多元政治，为更多种类的弱势群体发声并寻求政治出路。在《关于位置政治的札记》中，里奇就不再强调女性的共同经验和力量，而是从女性群体的整体性、一致性中找出女性之间的差异性，有意识地避免因为单纯性别的不同而带来的两性间形而上学的对立。而在《拍摄用的剧本》（"Shooting Script"）和《加扎尔人：向加利布致敬》（"Ghazals: Homage to Ghalib"）中，里奇与其他女性主义者一起，超越性别角度，试图从种族、阶级、性取向等更多的角度来理解主体性问题。

20世纪90年代，里奇开始反思自身多重身份下所进行的近40年的创作，总结每个阶段自己的创作主旨，更加明确地指出自己不只为女性写作，并重新阅读马克思，试图找到一条能够解决多种社会问题的途径。她还以俄裔美籍工人阶级思想家、社会活动家、西方马克思主义中的"新人文主义"代表人物杜娜叶夫斯卡娅（Raya Dunayevskaya）对马克思主义的推崇为例，说明马克思主义不失为解决工人运动、种族歧视和妇女解放等问题的有效途径，探索各种可能的变革途径。

首先是种族政治批评层面。在当代美国社会中，种族主义并没有消亡，而是一直深深植根于美国文化之中。里奇失望地发现，并没有多少关于种族的研究，而只有关于种族主义的研究。在此背景下，里奇寄希望于建构现实来唤醒大众的无知。黑人作家詹姆斯·鲍德温的思想、民权主义者马尔科姆·X和马丁·路德·金提倡的黑人为了正义和尊严的非暴力斗争，都对里奇的创作产生了很大的影响。从他们这里，她了解了种族主义者如何被种族主义扭曲。进入 21 世纪后，里奇发觉种族问题更为复杂——种族、性别、政治和战争等问题相互交错，最终驱使她意识到，“一场反核、反军国主义运动必须是女权运动，必须是社会主义运动，必须是反种族主义者、反帝国主义者的运动。”[①]从这些运动中，里奇从“二等公民”的视角看待美国[②]。对里奇来说，这种黑人声音的发现，就是“找到了一直以来都在寻求的一种语言。那就是我第一次听到一种命名压迫的语言。这真是一个巨大的安慰，尽管它给我带来很多问题，诸如我一直是和谁站在一起的立场问题。”[③]

在《在那里发现了什么》的两篇论文《不是如何写诗，而是为何写诗》和《腐烂的名字》（“Rotted names”）[④]中，里奇反思：“种族主义可以成为白人的一种负担，让他们在圣诞之夜感到难过。”[⑤]种族不仅针对黑人，也针对白人。在处理种族问题时，里奇追求的是一种更复杂的双重策略，她没有觉得自己的犹太性消除了或者移植了她的白人性，恰恰相反，她探索的是她身份的多样性。尽管她明显认同自己的犹太身份，但对自身所受到的白人身份的影响也直言不讳：“长久以来，白人身份认同阻止我看到多样性——，或者说，在某些地方，遮挡了它的缺失——因为，白人性——作为一种思想基点……区分、歧视、归类并且根据确定的颜色来排斥他者。”[⑥]里奇认清了一个她极不愿意承认的事实：“我明白了，不存在种族的研究，只有种族主义的研究。这是一项痛苦的、暴力的、令人作呕的研究。种族本身是一个无意义的类别。但是人们已经把自己定义为白人，优越于黑人并反对黑人，这对人

---

① Adrienne Rich, *Arts of the Possible*, (New York: W. W. Norton, 2001), p.76.

② Ruth E. C. Prince, “The Possibilities of an Engaged Art: An Interview with Adrienne Rich” (<http://www.english.illinois.edu/maps/poets/m_r/rich/onlineints.htm>)

③ Barbara Charlesworth Gelpi and Albert Gelpi, eds. *Adrienne Rich's Poetry: A Norton Critical Edition*, (New York: W. W. Norton, 1993), p.263.

④ “腐烂的名字”（Rotted Names）是里奇从华莱士·史蒂文斯的作品中挑出来的，用来命名一篇批评，探索的是她同这位现代主义大师之间复杂的关系（《在那里发现了什么》，第 197—205 页）。

⑤ Adrienne Rich, *What Is Found There: Notebooks on Poetry and Politics*, (New York: W. W. Norton, 1993), p.189.

⑥ Adrienne Rich, *What Is Found There: Notebooks on Poetry and Politics*, (New York: W. W. Norton, 1993), p.203.

类而言无疑是一个灾难性的结果。对诗歌呢？”[①]

于是，里奇以一个诗人的身份切入种族主义问题。她反观美国文学史上涉及种族主义话题的作品，包括惠特曼、沃克、卢金斯和洛德等。里奇的后期作品总是充满了黑人种族与白人种族的冲突和对立，但是她在《在那里发现了什么》的《历史不为任何人停留》（“History stops for no one”）一文中主张，“在冲突对立中生存，这正是自我创新的经常性行为。”[②] 20世纪之交，里奇感到种族问题依然复杂难解，她指出走分离主义、差异而不是同化的道路是当代社会不同种族生存的一条出路，这也是当代社会多元政治、多元文化主义的体现。

其次是阶级政治批评层面。在里奇的眼里，与阶级问题紧密相连的贫困和饥饿现象俯拾皆是：不计其数的普通人没有医疗保障，无暇照顾儿童，居无定所。里奇改变了最初认为诗歌可以代替一切的想法，坐在相对安宁和优雅的餐桌前，她没法心安理得地享用美食，而是反思自己和穷人之间因阶级差异而迥然不同的命运。作为一名中产阶级的孩子，里奇生来就有特权留在家里接受教育，并且享受着黑仆的照顾。她不会沦落到靠垃圾堆里的废弃物来维持生计，但是这个世界上却有很多人处于这样的境地。在《血液、面包与诗歌：诗人的位置》一文中，里奇结合自己的美国白人“位置”说：

在50年代中期的时候，我还不清楚自己在世界的位置，也没想过这种位置的意识会是一个作家的重要资源。我知道婚姻和母亲身份，我们所拥有的经验都顺其自然是真实的、女性的，但这经常让我觉得漂浮无力。我从来没有想过面包本身就是一个重要的问题。而对于血液，我所知道的就是我是白人，白人就是优裕的。尽管我的父母一直担心社会归属和接受性的问题，我却从不需要忍气吞声地去赚钱。我所读过的文学很少提及，对于很多人来说日常生活中一个普遍的事实就是饥饿。[③]

---

① Adrienne Rich, *What Is Found There: Notebooks on Poetry and Politics*, (New York: W. W. Norton, 1993), p.204.

② Adrienne Rich, *What Is Found There: Notebooks on Poetry and Politics*, (New York: W. W. Norton, 1993), p.130.

③ Adrienne Rich, *Arts of the Possible*, (New York: W. W. Norton, 2001), p.49.

主标题“血液、面包与诗歌”暗示了不同种族、阶级与诗歌之间的关系。当然，出生中产阶级的里奇从来不需要担心经济基础，但是同为诗人的其他阶层艺术家，却无法逃脱被贫困拖累而消耗艺术天赋的命运。在《诗人如何将面包置于桌上》（“How does a poet put bread on the table”）一文里，里奇指出，在美国，诗人单靠写诗很难存活下去，他们要么通过某种耗时的工作获得生存资料，要么靠私人的谋生手段以挽救他们写诗的灵感，所以诗人们不得不挤出空闲时间写诗。而这种在夹缝中创作的生活在 90 年代变得前所未有的困难、危险和令人疲惫。里奇由此问到：为何没人去反思一下美国相对的平静和富足？诗歌为何对这些问题视而不见？为何没有人为那些穷人发声？为何中产阶级白人女性就可以接触所有妇女，而其他阶层或种族的就不可以？在《想象中的一片空地》（“A clearing in the imagination”）一文中，里奇重复作家海恩斯（John Haines）的批判：“北美诗人的问题是要怎样记住、见证这一事实：公共诗歌或者部分诗歌想要或者被劝说逃避现实。”①站在公共知识分子的批判立场上，里奇申明诗人需要拒绝错误的理念和感情用事，创造一种根植于语言、社会的艺术，这种艺术不是奢侈，不是少数人的自娱自乐行为，更不能局限于自我的框架。

可见，关于里奇诗歌和批评作品中的政治性，她由早期对女性主义思想的遏制，到中期的激进女性主义政治，再逐渐延伸到种族、阶级、社会公正等一系列紧密联系的社会问题，从书写个人经验到寻找女性共同体再到广泛的社会关注，她从未局限于一个狭窄的视角，而是逐步迈向多元政治，探讨多种元素相互交织缠绕在一起的身份政治话语。

（三）重构多元文化主义

伴随着里奇对美国社会政治不公的批判，她还对美国文化现状强烈不满。作为一名美国公民和批评家，里奇参与了美国多元文化主义的构建。她一方面否定了文化物质主义、文化种族主义和文化霸权主义；另一方面她倾注精力创作、阅读和研究诗歌，宣传少数族裔的文化和诗歌，以此与美国白

---

① Adrienne Rich, *What Is Found There: Notebooks on Poetry and Politics*, (New York: W. W. Norton, 1993), p.115.

人主流文化相抗衡，构建文化多元主义。

在里奇看来，全球文化并不是一种文化而是“少数人以牺牲大多数人利益为代价而强制推行的商品和形象市场”①。艺术本应该是人类的共同资源，但是在20世纪80年代之后遭到了一定程度的忽视，除非它们具有很大的商业价值。90年代末，美国的艺术普遍遭受着不被信任、不被热爱、被谴责、被当作娱乐和商品化的拍卖品而被忽视的厄运。各种艺术品所包涵的人文历史和纪念价值被埋没，只是成为博物馆里的摆设②。单就诗歌艺术而言，它除了每年四月在“国家诗歌季”上能被推上市场，就只能游走在被忽视的边缘。在《诗人如何将面包置于桌上》一文里，里奇指出，每况愈下的不仅是诗人的生活，大众读者的品位也逐渐被商业化的广告和消费导向所迷惑，沉迷于庸俗的娱乐文化中。在《诗歌的空间》中，里奇扼腕叹息，将美国大众连接在一起的不是一种通过集体辩论而产生的精神信仰，而是那些代替了有思想、有价值的集体辩论和眼光的促销产品。放眼整个大众文化，商业电影、流行金曲、畅销书和网络电视等充斥着整个媒界，并且拥有着广泛的观众。换言之，美国的诗歌读者已经被淹没在商业化的大潮里，自我满足，需要诗歌开启心智的读者越来越少。所有这一切都将导致诗歌在大众舞台上的逐渐消失。

里奇将文化堕落与退化归咎于美国政府的资本主义价值观导向，多次批判其狭隘文化观。她认为美国文化过于注重商业主义和物质主义，导致美国普通人民的自我谴责与意志消沉。因此，里奇要为犹太、印第安、非洲民族及女性 / 女性特殊性向诗人发声。在她看来，西方文明自基督教产生以来到文艺复兴时期，西方殖民者一直以向野蛮地区传播文明为借口，暴力地销毁、湮没边缘族裔诗歌。20世纪60年代后，虽然民权运动使文化灭绝行为受阻，但全球霸权国家的文化侵蚀从未停止，边缘和种族边缘文化难以扎根。

里奇从西方中心文化的深层去探寻殖民主义的荒谬性、侵略性及其反人

① Paulo da Costa. “Interviewing Adrienne Rich: Does Poetry Matter?” *Samsara Quarterly*, 2001. <http://www.english.illinois.edu/maps/poets/m_r/rich/onlineints.htm>

② Adrienne Rich, *Arts of the Possible*, (New York: W. W. Norton, 2001), p.102.

性的本质，力图从根本上摧毁殖民主义文化的光环。在《历史不为任何人停留》一文里，里奇对北美诗歌现状做了详细的考察和评论，批判了北美诗歌文化的殖民主义侵略性和对边缘族裔诗歌的浸透和破坏。她犀利地指出，在美国，诗歌向来是有权者的领域："……直到近来，北美的诗歌很大程度上是那些有财富之人、受过教育的人，或者源自詹姆斯时代的文学世家，或者知晓希腊和拉丁语经典著作的人。他们从欧洲和英格兰文艺复兴中流传下来，被殖民者带到殖民地以作为他们改造荒野的文明武器。"[①]

里奇挖掘犹太民族诗歌，尤其是犹太裔美国女诗人，如鲁凯瑟[②]的诗歌。里奇与鲁凯瑟有着相似的家庭与宗教背景——来自中上层犹太家庭，里奇受到鲁凯瑟的影响和启发，尤其是她对政治概念的拓展及其对"艺术与政治的对话"的坚持。她们的作品的一个重要部分涉及她们对犹太身份的理解，包括二战期间犹太人的困境和战后美国犹太妇女的地位，不断探索自己犹太身份的个人和政治含义。里奇写道，作为一名犹太裔美国诗人，当鲁凯瑟冲破所在阶级的阻碍，和家人决裂，进一步走进她的国家、她的世界以及她的世纪时，她会遇到什么样的情况？她敢于宣称自己拥有强大的身体和创作欲望，富有创意，雄心勃勃；她敢于跨进美国和西班牙重要的政治领域，身兼记者和诗人，还学习驾驶飞机，在电影界工作。她以各种形式（比如挽歌、颂、抒情诗、官方诗歌、讽刺短诗、民谣、戏剧独白和传记等）继续追寻着她那个时代的重大问题诸如权力、科技和性别问题等。"她 [鲁凯瑟] 是我们20世纪的柯勒律治，我们的聂鲁达，甚至更多。"[③]里奇说，由于鲁凯瑟的思想过于复杂、独立，不愿跟随任何政治潮流，或者因为她不走讽刺诗的风格，拒绝中产阶级的美学观点等，经常受到文学批评者对她作品的误读，甚至成为攻击的目标。鲁凯瑟的诗歌思想至今还不能为一些美国当代诗歌流派

---

① Adrienne Rich, *What Is Found There: Notebooks on Poetry and Politics*, (New York: W. W. Norton, 1993), p.129.

② 穆里尔·鲁凯瑟（1913—1980），美国诗人与政治活动家，因其关于平等、女性主义、社会公正和犹太信仰方面的诗歌而出名。米切利多（Artemis Michailidou）的《埃德娜·米莱、穆里尔·鲁凯瑟和艾德里安娜·里奇：政治诗歌、社会抗议和女作家的地位》（"Edna Millay, Muriel Rukeyser, and Adrienne Rich: political poetry, social protest, and the place of the woman writer", 2003）讨论了米莱的艺术实践如何促进了鲁凯瑟和里奇的政治写作。

③ Adrienne Rich *What Is Found There: Notebooks on Poetry and Politics*, (New York: W. W. Norton, 1993), p.97.

所理解，因为她的诗歌不仅不符合批评术语的标签，而且她本人就反对分门归类，将之称为“我们学校的疾病”[①]。她以一个女性和一个犹太人的身份来写作，尽管她在同代诗人中很有名气，也赢得了各种文学荣誉，并且一直笔耕不辍，但是美国当代读者却很少能见到她的作品。她的作品没有再版。如果不是其他诗人提及她，她就无人知晓，更没有自己的传记。她的诗歌被无知地评价为：“穆里尔·鲁凯瑟的目标就是成为当代作家……。”[②]当今，惠特曼和狄金森的作品在主流诗歌和评论选集里面随处可见，而拥有同样才华的鲁凯瑟及其文学资源却被历史、科技、艺术以及西方诗歌传统湮没了，被没有思想的学术尘封了。

在《历史不为任何人停留》一文里，里奇关注印第安民族诗歌的复兴。白人殖民主义认为暴力可以摧毁一个种族的文化，而该种族即便生存下来，也只会沦落到附庸的地位，并认同西方文明。里奇则揭示了这种妄想的荒谬性，说明民族文化的生生不息。里奇指出，诗歌文化可以被剥夺、被贬低，但是想要表达自我心声的文化总会出现。尽管殖民者毁灭了印第安部落，埋没了印第安的诗歌起源，污蔑了他们的诗歌，历史的继承者们还是会收集、改写并印刷流传下来的印第安诗歌和谈话，以作为一个“消失的”种族艺术品。20 世纪印第安文艺复兴就重现了一种新的、能够表达民族精神与灵魂的诗歌。

关于非洲民族诗歌的复兴之路，里奇认为，非洲人民发明了一种既属于非洲又属于美国的语言，用于表达一名非裔美国人的真实情感并且创造一种属于非裔美国人经验的诗歌。里奇提到，非洲人民创造了一种富有音乐感的语言——爵士乐，这对美国的诗歌语言带来了不可估量的影响。这些有色人种的男女作家出生在非英语语言的国家内，他们的文化被剥夺和贬低了。而在 20 世纪 80 年代后，这些族裔诗人又开始构筑自己的文化。他们拥有超越了单一文化的非同化精神，在保护自己的同时，生存在文化冲突之中。

最后，里奇挖掘被父权异性主义文化埋没的女性 / 女性特殊性向者文

① Adrienne Rich, *What Is Found There: Notebooks on Poetry and Politics*, (New York: W. W. Norton, 1993), p.100.

② Adrienne Rich, *What Is Found There: Notebooks on Poetry and Politics*, (New York: W. W. Norton, 1993), p.100.

化。她在《在那里发现了什么》中详细介绍了 20 世纪 70 年代倡导妇女解放运动的女诗人普拉特（Minnie Bruce Pratt）[①]、莱杜娜耶夫斯凯（Raya Dunayevskay）[②]、犹太裔女诗人克莱普费兹（Irena Klepfisz）[③]、鲁凯瑟、卡特里特（Elizabeth Catlett）[④]、瑞典女性主义者和社会改革家密达尔（Alva Myrdal）[⑤]、当代著名美国黑人女性诗人艾丽斯·沃克、伊丽莎白·毕晓普、布罗丁（Karen Brodine）、W.S. 默温（W.S. Merwin）、嘉德涅尔（Suzanne Gardinier）以及伊曼纽尔（Lyn Emanuel），等等。里奇将这些处于边缘地带但值得尊敬的作家纳入她的作品，展现她们的诗歌、思想和语言。

知识分子是社会的有机组成部分，他们的思想与不断涌现的社会现状息息相关。对语言的使用和借由语言介入历史事件是知识分子行为的两个重要特征。[⑥] 里奇的教育背景、自始不渝的社会批判立场和诗学洞识使其具有知识分子的身份。在政治立场上，她不落庸人主义的漩涡，对美国资本主义的众多社会问题如性别、种族、阶级、宗教、暴力、语言等展开了一系列多角度的批判。她以文学形式介入公共生活，唤起人们的社会关注意识。这种反叛意识使得她在自己的文学中构建了一套与美国主流文化的侵蚀相抗衡的多元政治和多元文化主义，追寻一种更有说服力、也更强大的诗学及其实践，同时也利用这些弱势群体所具有的政治潜能来实现其自身的政治构想。

---

① Minnie Bruce Pratt （1946—）：美国雪城大学的妇女研究系教授，创建了该校第一个 LGBT（性别研究中心）研究项目，主要作品有：《一把叉子的声音》（*The Sound of One Fork*, 1981），《我们说我们相互爱慕》（*We Say We Love Each Other*, 1985）。

② Raya Dunayevskay （1910—1987）：马克思主义和妇女解放运动历史方面的研究者，20 世纪积极的妇女革命者之一。

③ Irena Klepfisz（1941—）：犹太裔女作家，专注学术，并热衷于社会活动。

④ Elizabeth Catlett Mora （1915—2012），非裔美国雕塑家和版画家，以 20 世纪 60、70 年代创作的黑人表现主义雕塑和版画闻名，这些作品被视为带有浓厚的政治色彩。

⑤ 阿尔瓦·梅尔达尔 （Alva Myrdal, 1902—1986），瑞典社会学家，1982 年获得诺贝尔和平奖。

⑥ Edward W.Said, *Representations of the Intellectual: The 1993 Reith Lectures*, (New York: Vintage Books, 1994), p.20.

第三节
《可能的艺术》：位置政治与艺术

《可能的艺术》收录了随笔及访谈中的对话，集结了里奇近 30 年间最具影响力的 12 篇论文。这些论文主要论述了诗歌艺术、诗人的位置以及性别、种族政治之间的关系，其中有些论文之前都被零散收录在《论谎言、秘密和沉默》《血液、面包与诗歌》和《在那里发现了什么》中，包括《当我们彻底觉醒的时候》、《血液、面包与诗歌：诗人的位置》、《关于位置政治的札记》、《我拒绝国家艺术奖之缘由》和《对抗那使人疏离的空间》等，两篇新增的是《诗歌与公共领域》（“Poetry and the Public Sphere”, 1997）和《可能的艺术》（“Arts of the Possible”, 1997）。《可能的艺术》寻求的到底是怎样的一种可能？答案就在这 12 篇论文中——在日渐复杂、充满危机的社会体系中，去追求一种更纯粹的想象和创作，即可能的艺术。或许，这种可能性本身就是一种艺术。当涉及具体的艺术作品时，这种艺术可能会损害既得利益或揭露隐藏的疮疤，但这最终并不会撕裂整个社会，而是将其慢慢缝合。这些论文将诗歌创作置于整个社会大背景下，认为诗歌应当与社会政治相联系，核心内容都论述了作者对于性别、艺术、政治、历史等问题的思索，从“位置政治”的角度论述了诗歌具有解放想象、刺激创造和变革政治的力量。里奇意在打破西方启蒙运动以来的种族与性别的封闭边界，通过诗歌语言艺术变革来传达她关于差异政治的理念。在里奇看来，身为诗人应有清醒的觉悟，即不能让诗歌等艺术品成为政治的附属品，而应充分发挥它所具有的社会和政治力量，获得揭露问题、反映现实、启发民智的自由。

一、“位置”与“位置政治”的提出

“位置”概念是里奇在《可能的艺术》中的论文《关于位置政治的札记》

里提出来的，是由探讨女性的位置开始的：

……从现在起女性的力量需予以重视。我们需要继续这个话题而不是让讨论像之前一样进行，在沉默遍布的地方除了需要谈及我们自身的被压迫，我们更需要谈论我们作为女性的积极参与和实践。我们相信（我继续相信）女性解放是一个敲进其他激进思想的楔子，可以进行抵抗、解放想象力、连接危险的断开之物。现在让我们注意，告诉女人：在女人讲话时，男人和女人都需要集中注意力；让我们坚持允许更多的女人发言，让我们回归实际，不是探讨“女性”的典型，而是将其作为位置而谈。①

1983年，里奇作为美国代表到桑地诺领导的尼加拉瓜参加会议，她带着美国女性主义者提出的议题——在这样一个不讲求利益和消费主义的社会，艺术代表着什么？这一尼加拉瓜之旅为一些美国女性主义者带来一个全新的议程，那就是试图将白人女性主义者从她们的自我中心主义中分离出来。里奇质疑西方白人中心主义，在《血液、面包与诗歌：诗人的位置》中写道：

作为女性，承认并探索我们的文化身份和国家身份是非常必要的，正如我们应该拒绝爱国主义、侵略主义和民族主义带给我们的“美国的生活方式”一样。也许，对于北美权力——西方白人权力，最傲慢、最邪恶的错觉就是认为白人是一切的中心，白人生来就拥有审判、掠夺、同化并摧毁他人价值观的某种权力或使命。作为美国的一个白人女性主义艺术家，我不想延续那种沙文主义，但仍然要与它在文化中的普遍存在进行斗争，与它在我思想中的残余进行斗争。②

里奇强调“白人是一切的中心”是一种错觉，认为需要清楚了解这种“位置”给他人带来了怎样的后果。她不断地提到美国是世界强国的“中心”，通过将美国身份的意识形态建构与其他“位置”——如英国、南非和

① Adrienne Rich, *Arts of the Possible*, (New York: W. W. Norton, 2001), p.66.
② Adrienne Rich, *Arts of the Possible*, (New York: W. W. Norton, 2001), p.57.

尼加拉瓜等——进行比较，批判了在欧洲和美国的帝国主义中心及其压迫势力。由于美国与其他的“位置”有关联，所以其帝国主义的普适性也就变得没有边界了。里奇将自己定位在“欧洲”和“美国”之间，因此，她参与一场空间辩论，使用诸如“中心”“边界”这些空间词汇，强调“位置”的重要性——“位置”代表着一个人的特权、边缘性和身份，“认识我们的位置，了解我们来自何方，了解我们认为理所当然的处境是十分重要的。”[①] 萨沃尼克（Savonick）评论得十分中肯：“里奇的位置政治明确地借鉴了黑人女性主义关于身份政治和交叉性的观念，拒绝抽象的、普遍的、无实体的思考和理论化方法。相反，种类繁多的女性主义从个体女性具象的、活生生的经历开始，在不同的身体中展开，在特定的地理位置中展开，并将这些经历与更广泛的物质条件和权力问题联系起来。”[②]

尼加拉瓜之旅改变了里奇对自己作为美国女性主义者这一位置的认知。她意识到，正是她自己的美国公民身份使得她比尼加拉瓜的男性或女性更具影响力。同时，里奇的思想也呈现了她个人在世界中的位置焦虑。这一位置焦虑使她开始思考并且表达对有关性别、种族和性向等问题的见解，并借助诗歌和批评来重新定义个体 / 自我位置，她在《关于位置政治的札记》中写道，“我必须不是以一片大陆、一个国家或一所房子，而是以与身体中最为相近的一块地形开始。”[③] 里奇认为是“位置”将地理、历史和多重身份聚集在一起，“作为一个女人、一个犹太人、……一个女性主义者，我需要了解地图上一个地方，同样也是一个经受过历史洗礼的地方，它是如何创造了我，而我也试图为它创造更多。”[④]

从女性的“位置”来说，里奇认为，她们是被边缘化的，扮演着母亲身份和性身份，“准确的女性主义认知是最好的例子，即从历史层面或个人层面上来说，女性生活大多是未被记录的，还有个人的即政治的。”[⑤] 她进而提

---

① Adrienne Rich, *Arts of the Possible*, (New York: W. W. Norton, 2001), p.71.

② Danica Savonick, *The Poetics and Pedagogy of Toni Cade Bambara, June Jordan, Audre Lorde, and Adrienne Rich in the Era of Free College*, (Durham: Duke UP, 2024), p.130.

③ Adrienne Rich, *Arts of the Possible*, (New York: W. W. Norton, 2001), p.64.

④ Adrienne Rich, *Arts of the Possible*, (New York: W. W. Norton, 2001), p.64.

⑤ Adrienne Rich, *Arts of the Possible*, (New York: W. W. Norton, 2001), p.2.

到“位置政治”的概念，提倡女性的个人生活情境应该被广而告之，她们面临的问题应该被政治化。更为重要的是，在有关个人的问题上，女性应该获得完全的平等。里奇在诗歌和批评中书写很多个体（包括她自己）的生活，努力地在“个人”和“政治”之间建立联系，将女性所扮演的母亲身份与性别身份这些在父权异性恋主导社会中曾被隐匿、合理化的问题公开化和政治化。

因此，“位置政治”这一概念建构出了地理、女性身体以及身份之间有形和无形的关联。通过对自我经验的清醒认识和真实记录，作为中产白人女性的里奇强调：肤色和阶级优势并不能一直庇护她们，虽然她们从中也获得不少利益，但是，白人女性主义者不能止步于此，要从自我中心主义中脱离出来，与第三世界女性团结起来，共同寻求政治权力，使来自不同种族、不同阶级、不同性取向的女性拥有差异化的身份，显然，里奇的理念丰富了西方和第三世界的女性主义理论。在里奇的探究基础上，莫汉蒂（Chandra Mohanty）在《图绘斗争：第三世界妇女和女性主义政治》（“Cartographies of Struggle: Third World Women and the Politics of Feminism”）的开篇中讨论了“位置政治”的积极含义。她指出这个概念保留了“主导结构的多样性和流动性相互交叉，注重特定历史情境下的不同妇女的位置。与此同时，是应对女性个体及群体的主体建构过程中诸多陷阱而形成的一种策略。”[①] 莫汉蒂为妇女打开了地理空间，形成许多彼此分离、对立的场所，引入了一个新的女性主义概念“空间身份”。这些身份通过依附于某个特定的“位置”或场所而形成，无论是民族、文化、地理、性别或者种族等方面的差异，每一个“位置”都可以被视为局部的而非普遍性的，或者投射于一个特定空间之中，如同里奇在《地图集》中写的：

我答应给你看你说的地图
但这却是一幅壁画

---

① Chandra Talpade Mohanty, “Cartographies of Struggle: Third World Women and the Politics of Feminism,” in *Third World Women and the Politics of Feminism,*(Bloomington: Indiana UP, 1991), p.37.

这就是这些细微的差异

我们从哪个角度看才是问题。①

因此，正是在文化和边缘化经历的复杂关系背景下，位置问题具有了政治性。布雷多提（Rosi Braidotti）也针对诸如女性位置、为其他女性言说（好像她们彼此位置相同）等概括性论述中存在的危险做了恰当的总结：

然而，这种意识到女性受压迫的相同处境并非最终目标。女性可能有着共同的处境和经历，但是无论如何，她们绝非同一的。从这点来看，有关位置政治的想法非常重要。这个想法发展成一种理论，它意识到妇女中存在的诸多不同之处，强调拒绝有关所有妇女的概括性论述的重要性。而且该理论还尽可能地关注人们发声的出发点。注意情境而非论述的一般性本质是关键所在。②

在此，"情境"一词会使人联想到哈拉维（Donna J. Haraway）的"情境化知识"研究。哈拉维认为，女性主义者应该意识到世界是依据全球性、超越性以及不可知的理论视角来建构的。但是，这并不是说国际化是不可能的。她还提出，妇女处于不同位置，这些位置与错综复杂的社会模式相互关联。虽然有些位置可能在某些特定时刻占主导地位，但一系列的决定性因素依然会起作用。位置结构会发生变化而且不断重新组合，早期的位置会被重提而且用不同的方式重构。③

二、"位置政治"在《可能的艺术》中的体现

"位置政治"是里奇政治理念中的一条主线。《可能的艺术》在三个层面

① Adrienne Rich, *An Atlas of the Difficult World*, (New York: W. W. Norton, 1991), p.6.

② Rosi Braidotti, *Nomadic Subjects: Embodiment and Sexual Difference in Contemporary Feminist Theory*, (New York: Columbia UP, 1994), p.163.

③ Donna Haraway, *Simians, Cyborgs, and Women: The Reinvention of Nature*, (London: Free Association Press, 1990), p.196.

进行呈现：首先，通过解构“中心”位置到建构边缘位置政治，里奇试图以身体的特殊位置为中心，将与身体位置相关的其他元素——性别、阶级、种族和国家或民族位置的历史与边缘化现实公之于众；其次，通过探讨诗人的政治位置，里奇强调“个人的即政治的”可以被运用于诗人的定位中。无论诗人自身定位如何，都应该将个人的经历与历史意识写入诗歌，借助诗歌的想象性建构表达政治愿望；最后是艺术与位置政治间的互动。里奇反对艺术的商品化，认为诗歌不是摆设品，不应成为诗人获取名利的手段。诗人们应聆听内心的声音，关注周围的世界，创作出真正意义上的诗歌，拓展读者大众的社会和政治视野。

（一）从解构“中心”位置到建构边缘位置政治

位置问题和主体问题始终交织在《可能的艺术》之中，这种双重视角通常表现在里奇对代词的使用上，从个人主体的“我”转换到群体主体的“我们”，并且强调两者之间的关系。里奇认为，说“我”和“我们”很重要，同时也很难：

> 难以说“我”——东德小说家克里斯塔·沃尔夫提出的短语。但是一旦我们说了“我”，当我们意识到需要更进一步的必要性时，再说“我们”是件易事吗？你不能代表我说我。我不能代表我们说我们。两种想法：没有哪种解放只知道如何说“我”，没有哪种群体运动，一直能为我们每一个人发言。[①]

在此，一个普通的代词都变成了政治问题。在性别位置方面，“我”充当广大女性的代言，述说她们被压抑的愤怒、沮丧和梦想。当里奇指出“我”的普遍性时，她坚持每个女性个体经验具有绝对关联性以及价值。很多妇女不能作为主体“我”言说自我或拥有她们自己的声音，因为在西方男性主导的制度和白人中心主义主导的社会中，妇女的社会地位低下。在《当我们彻底觉醒的时候》中，里奇解释了她的作家成长之路，以及在诗歌中发

① Adrienne Rich, *Arts of the Possible*, (New York: W. W. Norton, 2001), p.75.

出个人声音所遇的困难：在20世纪50年代末及其之后，她开始书写个人，尤其是作为女性的经历。但是她依然使用代词“她”，而不是“我”，因为“我”具有一种权威性，而她在那时候还不具备这种权威性。因为那时的美国，只有主流的白人女性才具有主体性和“我”的权威性。70年代，里奇依旧对“我”感到焦虑，因为在那时候“我”已经成为上帝选中的、接受过优质教育的中产阶级白人女性的符号，而且还是一个具有象征性的女性——“男人会容忍，甚至将我们浪漫化。”[①] 像弗吉尼亚·伍尔夫一样，里奇记得这个“我”是如何将其他女性排除在外，她们不能去参加讲座或者诗歌朗诵会。可见，在特定时期的女性主义历史和位置问题上，女性主义辩论历经了一些波折，产生了一种变化：从鼓励说主体“我”，到意识到差异，最终达到一个“位置”，而在那个“位置”上任何作为“女性”的群体身份都会遭到激烈的质疑。

里奇探索了一个特殊的位置——女性身体的位置。身体并非一张白纸，它被强加了一系列的文化意义。关于这一点，她既考虑外部的社会结构、权力和政治关系，也审视女性的自我心理欲求。拿她的身体和位置之间的关系来说，作为一个个体和公众人物，她的身体位置是一个中间地带。里奇将自己的身体置于性别主义、种族主义以及反犹主义等最普遍性的政治问题以及“民族”这个使她不断从“我”转换到“我们”的最大政治结构之中，而这些政治问题带来的冲击以及道德责任使她又不断回归到“我”的身体位置——作为女性、犹太人以及女性主义者的多重身份。如她所言，这种位置“不是以一片大陆、一个国家或一所房子，而是以从地理上最为接近的——身体开始。”[②] 关于这一点，格罗兹（Elizabeth Grosz）有类似的描述，“身体不单单是私人的或公众的，自我的或他者的，物质的或文化的，本能的或习得的，基因决定的或环境决定的，而是兼具所有特性。”[③]身体是“我的”，同时也是世界的“我们”。因此，在思考如何获得女性的话语权时，里奇觉得需要从女性身体出发，而不是脱离身体，她重申这一点：“这个身体。白种

---

① Adrienne Rich, *Arts of the Possible*, (New York: W. W. Norton, 2001), p.15.
② Adrienne Rich, *Arts of the Possible*, (New York: W. W. Norton, 2001), p.64.
③ Elizabeth Grosz, *Volatile Bodies: Toward a Corporeal Feminism*, (Bloomington: Indiana UP, 1994), p.23.

人，女性，或女性，白种人。第一个位置很显然是永恒的事实。”[①]关于自己身体的言说，里奇的语气几乎是冷静而疏远的：“我看到了伤痕、缺陷、变色、损害、残损，同时我也看到了令人高兴的东西……”[②]这里没有强烈的控诉情绪，她好像身处其外，罗列自己身体的特征像是在读尸检报告一样：“由于三次怀孕，白皙的皮肤上布满痕迹和伤疤，只得选择绝育，忍受渐进性关节炎之苦，接受四次关节手术，饱受钙沉积困扰；没有强奸，没有堕胎。”[③]这里，里奇提及的身体不是“位于中心的”[④]、坚实的和具有权威性的身体，而是一个位于边缘的，已经留下时间和事件印记的身体，一个日渐衰老、受损的、脆弱不堪的身体。但是，这个身体又颠覆了有关女性身体的一些传统建构——它不是一个欲望的身体、迷人的身体或者满足男性欲望的客体，也不是拔高为宗教或美学象征的身体。里奇所观察到的身体是可感知的身体，一个在历史和文化中生成的、经验丰富的身体。她希望自己的身体带她回到历史中的个体——“重新将思想、语言与女人这个独特的人类个体连成一体。”[⑤]通过这种方式，她可以像阅读一个私密文本那样审视自己的身体。

除了探讨女性身体的位置，里奇将关于身体印记或事件的记录延展到一些更大、更深刻的问题——关于白人的身体和犹太人的身体。这些身体的意义呈现出不同的记录方式，并且与这个时代的核心政治问题有着更为直接的关联。承载里奇这种观点的正是她向世界所展示的白色皮肤，它决定了“我失去的东西，以及不能去往的地方。”[⑥]里奇出生于一个种族隔离的社会，她的身体被定位为“女性”之前，会先被定位为“白种人”：产房和停尸房一样都是被隔离的。在《根裂：关于犹太身份的论文》中，里奇写道，“*有一些白人甚至不想要黑人献的血*”，就好像黑人的某种本质会稀释或者污染白人的血液。身体承载着各种各样的文化意义。常见的“想要个女孩”或者“想要个男孩”问题是关于身份的最早的性别表达，而像白人病房和黑人病房这

① Adrienne Rich, *Arts of the Possible*, (New York: W. W. Norton, 2001), p.67.
② Adrienne Rich, *Arts of the Possible*, (New York: W. W. Norton, 2001), p.67.
③ Adrienne Rich, *Arts of the Possible*, (New York: W. W. Norton, 2001), p.67.
④ Adrienne Rich, *Arts of the Possible*, (New York: W. W. Norton, 2001), p.64.
⑤ Adrienne Rich, *Arts of the Possible*, (New York: W. W. Norton, 2001), p.65.
⑥ Adrienne Rich, *Arts of the Possible*, (New York: W. W. Norton, 2001), p.68.

种空间划分则表明了从制度上设立了一系列的文化假定，这种假定基于父母既定的种族身份。在非种族隔离但是仍然有种族歧视的社会，虽然不再将人的位置定义为“白人”或“黑人”，但是在医院、学校、监狱、博物馆这些机构中对白人和黑人身体的划分仍然带有显在和“隐在”的种族色彩：“白种人”及其身份上的“高一等”是常规的和可见的，而“黑种人”是不可见的，或者视而不见的。早期的白人女性主义者就一直沉浸在里奇所言的“唯白人论”中，她们一直忽视了黑人种族。70年代起，美国的黑人和白人女性主义者一直在努力建立一种姐妹关系，尽管建立这种关系仍然存在诸多困难。

里奇还论及国家或民族位置的问题。在一个童年游戏中，里奇将自己的地址写成一系列不断扩大的位置，有关“我”和“我们”、个人和集体、本土的和全世界的这些问题都用图形表示出来了：

艾德里安娜·里奇
边缘谷路14号
巴尔的摩，马里兰州
美国
北美大陆
西半球
地球
太阳系
宇宙[①]

因为“无地址”可能会挑战里奇的身份感，让她觉得有危险，所以在这些地址中的每一行都呈现了一个身份问题和这些身份间的不确定性问题。小孩子在面对这些更大、更占主导性的力量时可能认为自己是无足轻重的，因此对宇宙之大怀有敬畏之感。或者她自信地觉得身处于中心，一切从此扩

① Adrienne Rich, *Arts of the Possible*, (New York: W. W. Norton, 2001), p.64.

展开来。成年后，里奇不能从一个固定的身份或在处于中心的位置中获得慰藉，她必须明白一个个更大的结构，不仅仅是“边缘谷路 14 号”和“巴尔的摩”。尽管在里奇的诗歌中，她将所生活的“国家”经常描绘得十分细致，而作为政治位置的“美国”，或更宽泛的“北美大陆”和“西半球”对于里奇而言是很难描绘的。她在书写尼加拉瓜时写道，“我可以感受到位于北美的美国肩上的重担，在我身后他们的军事力量、拨出的大量资金、提供的大众传媒。我能感觉到这意味着什么，不论你是否与我持相同意见，我们作为不断上升的力量的一部分，向南美的每寸土地都投射寒冷的阴影。”[①] 这段话的语气有一种很强的自我批判意味。

在里奇的论文中，“民族”是国家政府中一个压制性的政治和经济实体，其位置是稳定的。她指出美国政府的“暴力和耀武扬威”[②]，认为民族是“跨国企业集团使用的借口，服务于他们的利益。”[③] 为了反对这一点，她书写了一些反抗力量——女性主义者、共产主义者、民权和反种族歧视者、巴勒斯坦民众抵抗委员会、和平运动和反种族隔离运动。她将身体和民族之间的特殊位置在《可能的艺术》中说得很清楚：

> 我不再相信白色的眼睛从中心向外观看——我的感情不允许我相信。然而，我经常发现自己在思考，好像仍然相信那是真的。或者更确切地说，我的想法一直保持不变。我感觉好像被囚禁了，大脑和心脏拒绝与对方交谈。我的大脑——女性的大脑因为打破对女性思维禁忌而欢腾，它在风中起飞，喊着：我是问问题的那个女人。我一直以一种更加谦逊和艰苦的方式用心学习着，了解到没有事实依据的感情是无用的、所有特权的本质上都是无知的。[④]

里奇倔强的内心使她拒绝接受规训。虽然情感也许会诱惑“白色的眼睛”重新回到中心，回到熟悉的享有特权的位置，但她终究是一个思考、言

① Adrienne Rich, *Arts of the Possible*, (New York: W. W. Norton, 2001), pp.71-72.
② Adrienne Rich, *Arts of the Possible*, (New York: W. W. Norton, 2001), p.64.
③ Adrienne Rich, *Arts of the Possible*, (New York: W. W. Norton, 2001), p.64.
④ Adrienne Rich, *Arts of the Possible*, (New York: W. W. Norton, 2001), p.77.

说的主体，即“会问问题的女人”。

（二）诗人的政治定位与诗歌的想象性建构

里奇在《血液、面包与诗歌：诗人的位置》中论述了诗人在当代美国文化中的位置。这篇论文以里奇1983年的尼加拉瓜之旅开始，在迈阿密机场一位北美妇女对里奇说：“你会喜欢上尼加拉瓜的，因为在那里每个人都是诗人。”① 尼加拉瓜是位于中美洲中部的发展中国家，在那里每个人都可以被看作一个诗人，诗人就是大众。这样的说辞使里奇质疑自己的文化：在美国文化中，虽然诗人认为自己超脱于普通大众的情感，但是诗人被随意边缘化。美国文化告诉里奇，作为一个诗人，她注定只是大学课程自助餐台上一份奢侈的、装饰性的配菜。她开始发问，“如果一个诗人从‘人人都是诗人’的国度回到一个连诗人合理的信誉都得不到认真对待的国家，那他的证词还会有什么效力呢？”②很显然，这样的自我发问引发了里奇内心强烈而又复杂的情绪，促使她思考她在美国作为诗人的位置以及其他诗人的位置。在这篇文章中，里奇讲述了她是如何从诗人成长为女性诗人和政治诗人的过程，讲述了她对诗歌不断变化的看法。里奇从小就听读诗歌，起初诗歌对她来说只是一种不断重复的、悦耳的、充满韵律的、让人感到满足的声音，只是一种有形的力量，激发了身体感官上的遐想。她引用了布莱克（William Blake）的诗集《经验之歌》中的《老虎》（“The Tyger”）：

老虎！老虎！两眼炯炯发亮
燃烧在深夜的丛莽
是怎样的神手或天眼
塑成了你这样可怕、匀称的体形？③

在这一象征性很强的革命抒情诗中，布莱克热情讴歌了老虎灿烂发光、勇猛威武的形象，尤其高度评价了老虎创造者非凡的艺术创造力。里奇一

① Adrienne Rich, *Arts of the Possible*, (New York: W. W. Norton, 2001), p.41.
② Adrienne Rich, *Arts of the Possible*, (New York: W. W. Norton, 2001), p.42.
③ Adrienne Rich, *Arts of the Possible*, (New York: W. W. Norton, 2001), p.43.

方面借助这一含蓄有力、意蕴深远的诗歌来隐射诗人的高超想象力，另一方面赞扬这首诗歌的象征性革命主题。在里奇看来，诗歌超越了音乐和意象，具有揭示讯息与教化的功能[①]。里奇引用的另一首诗是罗宾逊（Arlington Robingson）所作的《厄洛斯·特兰诺斯》（“Eros Turannas”）：

她害怕他，将永远自问
　是什么让她命中注定选择了他；
她在他迷人的面具下看到
　所有拒绝他的理由
然而她看到和害怕的一切
　都不及这沉沦的岁月，
慢慢下沉至没有泡沫的年岁之堤，
　如果她将失去他……[②]

里奇喜欢这首诗，一开始是因为其音律，后来是因为诗歌中对两性和婚姻的思考。她 20 多岁时便开始相信，在所有艺术中诗歌表达了更深层次的世界观，就像后殖民主义文学评论家萨义德一样，将诗歌称为“一种准宗教的奇迹，而不是世俗和社会术语所能阐释的人类标志”[③]。

里奇在青年时期的世界观在很大程度上由政治事实影响而创造的，“一直以来我所接受的都是特定阶级的教育……在这种特定的历史潮流中，我的意识一点一点地逐渐形成。我读过的诗歌在一定程度上塑造了我的个人世界观”[④]，尤其是由她所读过的诗歌塑形的。里奇年轻时读过的诗歌几乎全都是由白人盎格鲁 - 撒克逊男性创作的，只有少数是女性、凯尔特人还有法国人创作的。从读本科的时候里奇就开始写诗，对能将呈现现实世界与诗歌韵

① Sandra M. Gilbert, ed. *Culture, Politics, and the Art of Poetry: Essential Essays by Adrienne Rich*, (New York: W. W. Norton, 2018), p.230.

② Adrienne Rich, *Arts of the Possible*, (New York: W. W. Norton, 2001), p.44.

③ Edward W. Said, “Literature as Values, ”in *New York Times Book Review*, September 4, 1983, p.9.

④ Adrienne Rich, *Arts of the Possible*, (New York: W. W. Norton, 2001), p.45.

律节奏融合在一起的诗人充满兴趣。这类诗人中，里奇认为叶芝似乎做得最好。她从叶芝的诗歌中学会了两件看似对立的事。其中一件是：诗歌可以植根于政治。即使政治维护特权，谴责政治反叛和革命，但它可以或者不得不在保全语言强度的情况下，在政治方面为自己辩解，有意识地处于政治情境中。另一件是：政治会导致诗人心灵上的“痛苦”和“抽象”，使得诗人歇斯底里。对里奇来说，第一个想法是极其重要的：一位明显得到认可的诗人实际上是可以创作政治主题的诗歌，可以将政治活动家的名字编织到诗歌中去的。① 作为一名女性，里奇一直试图将诗歌以及创作诗歌的可能视为全人类的，一个不分性别的领域，并一直在此基础上付诸行动。在这个以男性为典范的世界，包括叶芝在内的男性诗人大多从主观的角度看待女性、性别和权力等问题，所形成的女性意象与实际日常生活中的女性经验是不协调的，从男性诗歌里走出的女人意象往往是碎片化的、不完整的。因此，里奇呼吁女性诗人通过自己的诗歌想象，抵制这种白人主流文化形塑的女性意象并试图发现“被剥夺的历史”②。

正是处于这种自我内心扭曲的痛苦和困惑之中，里奇又回到了自己早年的那种分裂状态：作为边缘群体身份的隐秘的和公开的禁忌。美国黑人作家鲍德温（James Baldwin）对里奇产生了很大的影响。鲍德温坚称，“所有文化都具有政治意义”③，并提及未曾被书写的黑人女性历史。在阅读鲍德温作品的时候，里奇越发意识到，“个人的即政治的”可以被运用到诗人的自我定位中，无论是男性诗人还是女性诗人，无论是白人诗人还是黑人诗人，都应该尝试把个人的经历与历史意识写入诗歌，把个人的位置政治写进诗歌，诗人“必须有意识地让自己处于政治情境之中”④，唯有此，诗人才能真正实现以诗言政的目标，借助诗歌的想象性建构表达政治愿望。

---

① Sandra M. Gilbert, ed. *Culture, Politics, and the Art of Poetry: Essential Essays by Adrienne Rich*, (New York: W. W. Norton, 2018), p.234.

② Adrienne Rich, *Arts of the Possible*, (New York: W. W. Norton, 2001), p.50.

③ Sandra M. Gilbert, ed. *Culture, Politics, and the Art of Poetry: Essential Essays by Adrienne Rich*, (New York: W. W. Norton, 2018), p.236.

④ Nina Baym, *The Norton Anthology of American Literature*, (New York: W. W. Norton, 2003), p.2759.

（三）艺术与位置政治间的互动

在《可能的艺术》的前言部分，里奇坦言这本书是为那些希望展开想象、需要拓宽眼界的人而著。这本书主要呈现艺术和政治间的对话，其中主要涉及艺术和位置政治间的对话。里奇对艺术有一种信仰，认为诗歌或艺术不能被看成商品、奢侈品或者可疑的行动，不能受到限制以及与社会架构分离，而应该是一种可供所有人使用的艺术资源。

在《血液、面包与诗歌——诗人的位置》的开头，里奇明确指出，"北美以白人和男性占主导地位的文化促使诗人认为自己与普通民众的情感格格不入，随意地以一种毁灭性的方式将我们边缘化。……这种北美主导的文化让我们感到困惑，它既告诉我们诗歌既没有经济效益，也没有政治效果，又说政治异议对艺术具有破坏性。这种文化告诉我，我注定沦为一种奢侈，是大学课堂、仪式场合和国家庆典自助餐桌上的装饰品。"[①]她认为，"每一个生活在主流文化命名和意象形塑之下的团体都处于精神碎片化的危险之中，他们需要一种可以抵御这种危险的艺术。"[②]她引用了古巴当代女性诗人玛格丽特·兰德尔（Margaret Randall）的诗集《打破沉默》（*Breaking the Silences*）：

你周围的一切都在转动。
就连你的国家也发生了变化。这是你自己
一手造就。
　　……
而灵魂，它会改变吗？你必须改变它。
……
只要你还是今天的你
同样也还是昨天的你
你将是明天的你……
不论生死

---

① Adrienne Rich, *Arts of the Possible*, (New York: W. W. Norton, 2001), p.41.

② Adrienne Rich, *Arts of the Possible*, (New York: W. W. Norton, 2001), p.49.

皆是如此生活？[①]

兰德尔的这本诗集批判了北美的资本主义和传统社会制度，认为诗歌是出于利益而不是一种必需，这些思想对里奇产生了巨大的影响。在《可能的艺术》一文中，里奇谈到诗歌得以存在的根本是要打破沉默：

我长期致力于对沉默的研究。构成诗人工作的基石，不仅仅包括抽象的理解事物，和具体的解决问题；还包括抓住那些即将消失殆尽之物，解读那些难以用语言和想象所表达的东西。正是通过现实中这些无形的漏洞，诗歌才开辟了道路，无疑地是为了女性和其他被边缘化的主体，以及大多数被剥夺了权力和被殖民化了的人类，但是最终，这也是为了深入探索任何一门艺术的所有人。创作的灵感来源于一条寂静幽暗令人望而生畏的隧道。每一首真正的诗都打破了现有的一种沉默，而且我们对任何一首诗可能要提的第一个问题都是，打破沉默的是怎样一种声音？被打破的又是怎样一种沉默？[②]

在同一文集中的《雷切尔·斯宾塞的访谈》（"Interview with Rachel Spence"）里，里奇解释了她文学创作的原因，"我写作完全是出于内心需求，是对自己在时间和空间中的位置的回应，并试图寻找一种与之相匹配的语言。"[③]

里奇反思了话语的多样性，以及诗人与世界、诗歌与社会转型之间的联系。她将诗歌看成一种特殊的艺术，这种艺术可以改变不同的边缘化群体的生存现状。这种艺术，像主流文化中未被推崇的其他艺术一样，可以作为与过去、与未来对话的媒介，进而改变世界。作家的创作既是外部的社会历史文化环境的使然，也是其个人经历、内心思想情感的投射。里奇几十年的诗歌创作在很大程度上都遵循这一宗旨，如前所论，20 世纪 50 年代她身处保守主义政治环境与传统社会对女性的规约两股力量的纠葛之中，未能走出男

① Adrienne Rich, *Arts of the Possible*, (New York: W. W. Norton, 2001), p.58.
② Adrienne Rich, *Arts of the Possible*, (New York: W. W. Norton, 2001), p.150.
③ Adrienne Rich, *Arts of the Possible*, (New York: W. W. Norton, 2001), p.141.

性传统诗歌艺术和新批评传统的影响焦虑，而是走因袭之路；20 世纪 60 和 70 年代往后，在各种新思潮的裹挟以及个人生活变故的共同作用下，她在参与政治的道路上越走越远，这反映在诗歌艺术上则表现为她渐行渐远的自由诗体和对语言实行的颠覆性变革[①]。里奇提出“作为修正的写作”来应对变革中的性别位置，重新审视并修正过去的写作：

如果我们不想看到旧的政治秩序在每一次新的革命中重新占据上风，那么至关重要的是要打破根深蒂固的性别身份概念。我们需要以一种前所未有的方式去了解过去的作品，不是为了延续传统，而是去打破过去传统写作对我们的控制。[②]

里奇呼吁要将诗歌创作与被湮没的女性历史文化相联系，通过写作与其他女性共享女性经验，号召女性用自己的语言来重构女性的位置政治，建构女性的社会空间。在《可能的艺术》中的《女人和荣誉：关于说谎的札记》一文中，里奇指出，20 世纪 60 年代之前，在性别和性领域充斥着谎言、秘密和沉默。在这种背景之下，她认为诗歌或艺术是出于一种需求，使含混晦涩和难以言说的东西变得公开可见。她将真理的复杂性、重构真理的艰难性与地毯艺术相提并论：

说到谎言，我们不可避免地谈及真理的主题。没有所谓的“真理”，“真理”不是一个东西，或者一个系统。它是一种不断增长的复杂性。地毯的图案只是表面而已，当我们仔细观察或者当我们成为织布工的时候，我们了解到地毯的整体图案中有许多看不见的细线，而且地毯的背面有很多线头。[③]

她认为这就是为什么真理的言说如此重要。当我们对他人说谎的时候，最终我们会对自己说谎。从某种程度上，沉默和谎言使我们所有人都变成了

---

① 关于这些观点的具体阐述详见本书的第二、三、四章。

② Barbara Charlesworth Gelpi, and Albert Gelpi, eds, *Adrienne Rich's Poetry and Prose: A Norton Critical Edition*, (New York: W. W. Norton, 1993), p.168.

③ Adrienne Rich, *Arts of the Possible*, (New York: W. W. Norton, 2001), p.32.

说谎者。但如果我们能够冒险一试，从无到有便是增加我们之间“真理”可能性的开始，而生活和艺术的可能性就在我们之间。①

同时，里奇将艺术政治化，作为追求社会公平、公正的媒介。她认为，阅读诗歌不仅是欣赏艺术客体，更重要的是经历某种体验。在《诗歌和公共领域》中，里奇致敬诗歌：诗歌具有解放性和变革性的力量，“增强我们之间关系”的力量，这一力量取决于其作为诗歌的特性——承担起了作为语言媒介的所有艰难的责任。② 里奇相信，无论是简单的还是复杂的意图和意义，语言都可以表达，甚至可以表达得更多，连同表达人类生命的物质性。在《我拒绝国家艺术奖之缘由》中，她还提出了一个广为人知的观点，那就是：

> 艺术和公平之间的关系不是一个简单的公式。但是我知道就我而言，诗歌的艺术若只是被有权势的人用来装饰餐桌，这就是禁锢，毫无意义可言……我认为艺术与全人类的尊严与希望是息息相关的，人为地将二者割裂是行不通的；就像我的忧国之情与我作为艺术家的忧虑也是密不可分的。③

艺术的存在是为受歧视者发声，言说人性，言说复杂的人类经验，揭示严重的社会危机。而在同样是1997年发表的《可能的艺术》中，里奇认为对于作家而言，热切地去关注读写能力、公共教育、公共图书馆和所有艺术领域的公共机会都是再自然不过的事情，这些都是社会公平、公正的体现。

里奇在《可能的艺术》中讨论了艺术和位置政治间的相互作用。她认为，艺术需要呈现对“位置政治”的呼吁，可以打破各种社会机制“规范”下的异化，能够解构男性、白人、异性主义、上层阶级等的“中心”位置。里奇从关注个人延伸到关注集体，由言说“我”到言说“我们”，使处于边缘位置的个人、群体重新建构对自我和世界的理解和表达，并完成自我和群体的身份重构。诗人的位置就是要去重拾那些错失的东西，那些被认为无法开口言说、无法思考的东西。通过填补现实中这些无形的漏洞，诗歌艺术无

① Adrienne Rich, *Arts of the Possible*, (New York: W. W. Norton, 2001), p.40.
② Adrienne Rich, *Arts of the Possible*, (New York: W. W. Norton, 2001), p.118.
③ Adrienne Rich, *Arts of the Possible*, (New York: W. W. Norton, 2001), p.104.

疑为各种被剥夺了权力和被殖民化了的个人与群体提供了发声渠道，最终也为深入探索诗歌和其他艺术的人开辟了道路。

第四节
《人眼》：关怀伦理与艺术责任

《人眼：论社会中的艺术》（*A Human Eye: Essays on Art in Society, 1997-2008*, 2009）[①]是里奇的最后一本批评集，一共收录了13篇文章，其中包括5篇著作的引言、4篇评论、2篇论文和2篇演讲。一个核心的内容是对诗歌的评论，不仅介绍了一批美国非主流诗人的诗歌创作，而且跨越不同的历史阶段、不同的年代与诗人对话，涉及很多社会问题。如里奇在前言中所指出的，这本集子的目的依然在于探讨诗歌与政治的交集，追寻艺术与政治变革，通过诗歌艺术唤醒人们的感知与对社会的思考，承担起对社会应有的责任和义务。《旧金山之门》（*San Francisco Gate*）的撰稿人罗斯（Michael Roth）指出，“里奇继续拒绝将艺术与政治分开，她以强有力的方式阐明了如何利用一种审美视角来推进一个真正激进的政治议程。”[②]

本节聚焦该批评集中的一个关键的政治议题——伦理关怀政治，从女性主义关怀伦理学的角度切入，分析里奇诗歌、文学批评和政治参与背后的关怀伦理观。一方面，里奇在《人眼》中挑战以男性为主导的传统社会制度伦理中的一些自由主义理念和普适主义，反对以平等和民主为名义的帝国霸权主义、种族主义以及性别歧视，从而质疑传统的公正伦理；另一方面，里奇强调人与人之间的相互联系与依赖，关注情感和他人的需要，重视共同体和责任感在人类发展中的必要作用，注重以关怀为基础的社会正义。同时，里奇也建构了关怀与政治的关系——关怀可以作为一种政治策略，她提倡以关

① 本节简称《人眼》。
② https://www.poetryfoundation.org/poets/adrienne-rich

怀为核心的政治实践，让人们关注更多的政治问题，并鼓励更多的边缘群体参与政治。最为重要的是，里奇通过对多位非主流诗人诗歌创作的评论及其本人对诗歌与政治的思考，使诗歌与政治变革以及社会实践产生紧密联系，并且将其关怀思想融入诗歌和批评之中。

一、关于女性主义关怀伦理学

肖巍指出，从伦理学上讲，我们的时代最突出的问题是社会公正问题，而性别问题就是其中之一，从性别角度入手思考公正问题，是解决当代社会不公平、不公正等现象的一条有效路径。女性主义是以消除性别歧视，结束对妇女的压迫为政治目标的社会运动，以及由此产生的思想和文化领域的革命。女性主义伦理学实际上是以女性主义视角来批判、来构建的一种旨在妇女解放的伦理学理论。它要批判的是贬低和歧视妇女的伦理理论和道德实践，要构建的是男女平等的伦理学说。与之相关的关怀伦理学，是伴随西方女性主义运动而出现于 20 世纪 70 年代，她构建在女性主义视角之上，以女性独特的伦理经验为基础的理论，强调关怀、关系和情感[①]。女性主义关怀伦理学的主要代表有吉利根（Carol Gilligan），诺丁斯（Nel Noddings）和特朗托（Joan C. Tronto）。一方面，她们批判自由主义伦理[②]，指出其缺点，例如过分强调普遍规则、人的自主和独立性，从某种意义上促使了帝国主义、种族主义和性别歧视的出现。另一方面，她们也尝试建构关怀主义伦理，强调关怀和情感，而不是关于道德判断的信条，关注人们相互依赖的关系，以关怀、责任、能力和反应作为其主要特点。[③] 吉利根、诺丁斯和特朗托强调了

---

① 肖巍：《“关怀伦理学”一席谈 —— 访萨拉·拉迪克教授》，载《哲学动态》，1995 年第 8 期，第 38—40 页。

② 经典自由主义理论是建立在约翰·洛克、让·雅克·罗素和伊曼纽尔·康德的思想之上的。自由主义的核心价值是不干涉、平等、自主和理性。然而，根据后现代的批判，如奈尔·诺丁斯（Nel Noddings）在《从家里开始：关爱与社会政策》所说，“首先，当自由主义把自己原则建立在成熟的有理性的人身上，这个一开始就是错误的；其次，在如何与不（或被认为不）完全理性的人产生联系这一点上，它强调自由产生主要的困境；再次，它强调平等，以及高度拣选的自我的定义，形成了政治政策，这些政策把平等视为千篇一律。”（参见 Nel Noddings, Starting at Home: Caring and Social Policy., p.70）

③ 肖巍：《女性主义关怀伦理学》，北京：北京出版社，1999 年，第 25 页。

女性主义关怀伦理的不同层面。吉利根认为，女性道德准则的基础是人与人之间相互依赖的关系和这种关系产生的意识，同时强调“责任感和关怀理念在女性道德领域中的核心地位”①。道德责任是对他人需要的反应，强调人的相互依赖性从而加强人与人之间的密切联系。诺丁斯的观点是，关怀伦理更加注重人的道德情感和道德感知，而不是道德判断和道德论证。一方面，她把道德行为和判断建立在感觉或情感的基础之上；另一方面，她反对抽象的道德原则，认为道德判断应该基于具体的条件和情况。特朗托则从政治理论和实践的角度来建构关怀伦理，把关怀当成一种政治理想来追求，并把关怀当成政治策略来进行政治实践，其目的都是改变社会不公正的现状。

二、对自由主义伦理的批判

尽管所有的自由主义信条都享有共同的根源，但不同时代、不同文化和不同地域的自由主义理论家和哲学家的终极目标又不尽相同，比如，有些人就把自由主义冠之以经典、平等、享有福利、有道德、有人性、讲究义务、完美主义以及民主性等特点。尽管其意思多种多样，根本上不外乎以下四点内涵：

其一，个人主义，即人类的伦理道德要求其反对社会集体主义的压迫，强调个人自由、个人尊严、个体权利；其二，平等主义，即主张个人不分性别、阶级、种族和国度的平等权利和地位；其三，普适主义，即追求适用于所有人类的普遍道德观、价值观，乃至超越个体和民族主义的文化差异；其四，社会向善论，即批判一切不合理的社会制度和政治行为。②

然而，里奇已经认识到自洛克以来便影响着美国和整个西方世界的自由主义的核心价值观，比如她在《可能的艺术》的序言里写道：

① Carol Gilligan, *In a Different Voice: Psychological Theory and Women's Development*, (Cambridge: Harvard UP, 1982, 1993), p.582.

② John Gray, *Liberalism*, (Minneapolis: U of Minnesota P, 1986, 1995), p.xii.

我在90年代所写的批评，是受到了一种希望的激励。我希望将一些被强制相互割裂或相互对抗的思想重新整合：比方文学创作和公共教育。有时，我发觉一些吸引自己的思想相互排斥。或者，我觉得自己语言的缺点与倦怠的自由主义或卑鄙的“编造”言论形成了鲜明对比。有时候这一切似乎就是一种西西弗斯式的努力，动用了那么多的人手滚石上山，结果却是徒劳无功。①

这里，里奇用了一个词“lethargic”（意为“无生气的”“倦怠的”）来形容自由主义思想。里奇常常被认为一个战士一般的作家，因为她始终坚持抵制美国和西方的帝国主义、种族主义和性别歧视：“也许北美政权和西方白人政权最傲慢和最恶毒的妄想是命运的妄想，即认为白人是中心，认为白人被赋予了某种权利或使命来评判、洗劫、同化和摧毁其他民族价值观。”②

首先，里奇对自由主义伦理的批判体现在她反对美国在国际关系中扮演的帝国主义和中心主义角色。她写道，没有哪个国家在干涉其他国家内部事务或者发动战争时会承认自己的行为是一种帝国主义行为。而事实是，他们都会认为自己是为自由而战，自由主义即所谓的正义。自由主义的基本特点是自由的正义，认为人是“有理性的、自私的、自主的，依靠理性的判断、抽象的原则和普遍的规则”③。因此，自由主义的特点就是普适主义和自主的概念。自由主义下的普适主义意味着以理性为根基的思想在运用得当的情况下能“为整个世界制定规范”④。诺丁斯进一步指出，“对普适主义的坚持，认为理性思维的力量可以让每个人受益，是自由主义传统的核心。”⑤美国为此发动越南战争、伊拉克战争，也是一些西方国家试图干涉其他国家事务的理由和借口。自由主义被定义为一种有着确定目的的政治意识形态，这种政治

---

① Adrienne Rich, *Arts of the Possible*, (New York: W. W. Norton, 2001), p.6.

② Adrienne Rich, *Arts of the Possible*, (New York: W. W. Norton, 2001), p.57.

③ Laurel A.Tweed, *Care Ethics and Cloning: A Speculative Literary Critique of Human Biotechnology*, (Ames: Iowa State UP, 2011), p.12.

④ Nel Noddings, *Caring: A Feminine Approach to Ethics and Moral Education*, (Berkeley: U of California P, 1984, 2003), p.72.

⑤ Nel Noddings, *Caring: A Feminine Approach to Ethics and Moral Education*, (Berkeley: U of California P, 1984, 2003), p.72.

意识形态对人类的生存具有重要意义，例如对宪政民主、个人自主和基本人权的维护。[①] 里奇在《今天的伊拉克之诗》（"Iraqi Poetry Today", 2003）、《犹太人的日与夜》（"Jewish Days and Nights", 2003）和《诗歌与被遗忘的未来》（"Poetry and the Forgotten Future", 2006）中谴责战争和地区冲突给无辜的民众造成极大的痛苦和灾难。表面上，里奇试图通过艺术和美学创作的视角，从不同的国家和民族背景来评价诗歌。然而，她的目的是深入探讨每一首诗歌的深层意义，与其他诗人进行精神对话。《今天的伊拉克之诗》是在西方传播的第一部伊拉克现代诗集。里奇在评论这部诗集的译本时批判了自由主义的虚伪性，谴责了伊拉克战争导致的灾难性后果。比如，里奇引用了阿尔阿札威（Fadhil al-Azzawi）[②] 的《每个清晨，战争在沉睡中打响》（"Every Morning the War Gets Up from Sleep"）中的诗行："天一亮，我们用油漆在墙上喷下我们的口号：'打倒独裁者！'……在贾瓦德·斯利姆（Jawad Selim）[③] 满是弹孔的纪念碑上。"[④] "独裁者"（Dictatorship）是伊拉克人民对美国的阐释，尽管美国声称这是一场为伊拉克人民赢得自由的战争。贾瓦德·斯利姆纪念碑是一座自由之碑，坐落于巴格达的一个广场，如今"被子弹打得千疮百孔"。自由遭到如此严重的破坏，那这场战争的目的何在？里奇愤慨回应，"作为一个美国诗人，我看到我的国家在伊拉克实行不恰当而且残酷的军事占领，其政府无论在国内还是国外都表现出了对文化惊人的麻木与冷漠。"[⑤] 这里里奇揭露了美国自由的虚伪性。美国军队强加给伊拉克人民的自由从本质上说就是自由伦理者所宣扬的普遍自由的思想。

里奇对自由主义伦理的批判，也体现在她对所谓普适主义的质疑上。诺丁斯曾经引用哈贝马斯（Jurgen Habermas）关于普适主义的描述："那么普适主义意味着什么？将个人的存在形式与其他生命形式的合法要求相对化，根据他们自己的特质和模糊性赋予外人和他人同等的权利；不固执地坚持自我

---

① Dag Einar Thorsen and Amund Lie."What is Neoliberalism?" <http://folk.uio.no/daget/>

② 法迪勒·阿尔阿札威（Fadhil al-Azzawi，1940-）伊拉克诗人、小说家，在阿拉伯世界备受尊重。他曾参加过伊拉克60年代的前卫运动。

③ 贾瓦德·斯利姆（Jawad Selim, 1919-1961）：伊拉克雕刻家，于1919年生于安卡拉（土耳其），其作品以纪念1958年革命的自由纪念碑而闻名，该碑位于巴格达的一个大广场。

④ Adrienne Rich, *A Human Eye*, (New York: W. W. Norton, 2009), pp.6-7.

⑤ Adrienne Rich, *A Human Eye*, (New York: W. W. Norton, 2009), p.7.

身份的普遍化，也不排斥脱离自我身份的行为……”[①]这种普适主义赋予所有的人平等的权利，无论个人是否具备使用这些权利的必要的能力。对于这一点，诺丁斯表示质疑，认为这种说法毫无疑问暗示着被多数人占有的中心往往会抹杀少数人的存在。这也是里奇在揭示伊拉克战争后果时所强调的——英语已经成为国际语言，属于全世界的人们，尽管他们来自不同的民族[②]。很多伊拉克诗人被流放，失去了他们的家园和读者，不得不用英语写作或者把自己的诗歌翻译成英文。里奇引用他们的一些诗行：

当我们突然被流放，
一个已将双手洗擦消毒的外科医生
用他的手术刀对我们进行治疗
摘除了我们脏腑中的梦想肿瘤，
并把我们推向了幽灵剧院的最后一幕
为的是让我们为他扮演我们的从属角色
我们是谁？[③]

这个“外科医生”就是声称把自由带给伊拉克人民的人，也是剥夺他们身体某些部分的人，即他们身体的“梦想肿瘤”被摘除了。他就是独裁者，试图改变伊拉克人民的身份，重新改造他们，让他们成为所谓的西方自由的成员。因此，他们被“外科医生”给格式化了，并且被迫去扮演他所想要的角色。自由伦理普适主义的排斥性在于西方社会大多数的批评家们对被殖民者的语言并不了解或者毫无兴趣。[④]这些所选的诗行反映了里奇清晰地看出美国政府试图施加给伊拉克人民的自由伦理的普遍性。通过评介伊拉克诗人的诗歌，里奇希望读者能够反思战争和西方自由伦理的负面影响。为了强调她对伊拉克战争的强烈抗议，里奇在《诗歌与被遗忘的未来》中直接指出：

① Nel Noddings, *Caring: A Feminine Approach to Ethics and Moral Education*, (Berkeley: U of California P, 1984, 2003), p.73.
② Adrienne Rich, *A Human Eye*, (New York: W. W. Norton, 2009), p.10.
③ Adrienne Rich, *A Human Eye*, (New York: W. W. Norton, 2009), pp.13-14.
④ Adrienne Rich, *A Human Eye*, (New York: W. W. Norton, 2009), p.11.

“我们孪生兄弟般的两党，民主党和共和党不约而同地支持国外独裁者压制人民运动，作为独裁者的代理人，两党不择手段，折磨，暗杀，提供武器和军事训练，多管齐下，以反对共产主义和‘国家利益’的名义，支持压迫性政党和政权。”[①]

在里奇看来，以自由为名义的战争结果往往是镇压民权运动，引发动荡和骚乱。正如她在《犹太人的日与夜》中所指出的那样，以色列—巴勒斯坦地区经年累月的冲突表明，所谓普适的价值观或原则在没有考虑各个民族的差异性和特殊性的情况下是不能强加给其他民族的。关于犹太人自由伦理的普遍性问题上，里奇批判了两点，认为犹太人忽略了他们本身的差异性，追求犹太身份的等同性和一致性：

在自称为主流的美裔犹太人圈子里，这种有关犹太性和犹太人的正统性一直十分盛行……也已被普遍认可为……犹太人的官方声音。它促成了诸如犹太复国主义的概念、“最后解决方案”（即纳粹对欧洲犹太人的大屠杀方案）的绝对历史独特性和欧洲犹太人经历的代表性特点的形成。[②]

“正统性”“等同性”“一致性”“官方的”“独特性”“代表性”，所有这些字眼都暗示了犹太人必须以普遍的和统一的标准作为一个民族而存在。然而事实上，历经多年，犹太人已经在中东地区、德国、东欧或者在世界的其他部分以分散的方式过着一种动态的生活。他们的生活多种多样，拥有多样的语言、食物、文化、传统、政治和人际关系。因此，要求拥有不同生活状态的犹太人在“一种部落的旗帜下前进”是不可能的。然而，源于二战大屠杀的犹太复国主义试图抹杀犹太人本身的不同点，把每个犹太人都看成复国主义的成员，排斥任何对犹太复国主义保持中立或消极的态度和行为。此外，里奇还表示以色列—巴勒斯坦地区的冲突主要是源于欧洲犹太人经验，或者“欧洲中心主义”。这种欧洲中心主义表面上以替所有犹太人赢得自由为名义，实际上是对其他犹太人和遭受迫害的异教徒的限制和漠不关心，虽然异

① Adrienne Rich, *A Human Eye*, (New York: W. W. Norton, 2009), p.131.

② Adrienne Rich, *A Human Eye*, (New York: W. W. Norton, 2009), p.23.

教徒的命运总是与犹太人的命运相连的。换言之，有一种倾向盲目地过分强调，犹太人在大屠杀中的遭遇比人类历史上任何一种遭遇都要凄惨。越来越多的犹太人忽视了他们正义和伦理的传统，转向"以色列中心沙文主义，血液和土壤的原教旨主义思想"①。尤其特别的是，里奇批判了美国犹太学生抵制其他持有不同立场的犹太人的过激行为。在这篇文章中，里奇引用了一个案例，即在过去的两年里严重暴力的恐吓力度如此之大，以致美国犹太社区对巴勒斯坦遭遇的同情将被视为背叛行为。显然，为了做出判断而追求绝对和抽象的原则将会排除其他特殊性，导致人们之间的误解。可见，里奇批判将普遍性原则或者抽象原则运用于世界各地的所有人群，这便是战争和区域冲突的真正根源所在。以自由为名义，自由伦理的普遍性并不能解决来自多种文化人群的所有问题。

里奇对自由主义伦理的批判还体现在对美国种族主义的批判，特别是对非裔美国人的歧视。她指出，自由伦理的普遍性原则排斥"白人"之外的边缘和弱势群体，白人因自由伦理的个人自主思想对非裔麻木冷漠，也导致拥有自主权的个体间相互分离。"个体自主性"是康德道德哲学传统中的核心价值，也是功利自由主义的一个基本元素。克里斯特曼（John Christman, 2003）认为，个体自主性被普遍接受的概念为："一种通常被理解能够成为自主个体、能够按照个人自己的原因和动机生活的能力，而不是任何操纵性的或扭曲的外在力量的产物。"②从表面上看，个体自主性是人类社会经过几个世纪的努力和斗争为个人的成长和发展取得的成功。但不幸的是，对于个体自主性的过分强调往往会忽略其与社会群体和其他社会成员的关系，因此拥有强烈自主性的个体常常缺乏对他人的责任感，忽视他人的需求。因此，中立冷漠的态度被普遍认为"标准的和适当的"，其"不仅是一个设想而且是一个具体的说明和指南"③。这便解释了为什么非裔美国人被这个所谓的自由民主的美国社会边缘化了，受到不公正的对待，无法得到社会其他成员足够

---

① Adrienne Rich, *A Human Eye*, (New York: W. W. Norton, 2009), p.25.

② John Christman, "Autonomy in Moral and Political Philosophy" <http://plato.stanford.edu/entries/autonomy-moral/>

③ Virginia Held, *The Ethics of Care: Personal, Political, and Global*, (New York: Oxford UP, 2005), p.83.

的关注和关心的原因。

里奇在该批评集中特别介绍了两位非裔美国人，一位是作家詹姆斯·鲍德温，另一位是诗人琼斯（LeRoi Jones）。两人都在黑人文学和民权运动中取得了伟大成就，但他们并没有因此而闻名。在《鲍德温邮票》（“The Baldwin Stamp”）一文中，里奇从鲍德温的文章中摘录了一些文字，揭示了非裔美国人在美国的真实生活状态：

事实的真相是，当黑人不再是财富的来源，也不能再像牲畜一样被买卖饲养时，这个国家就不知该如何与它的黑人群体相处了；他们尤其不知道该如何与年轻的黑人相处，因为年轻黑人不仅对年轻白人（啦啦队员）的道德品行构成了毁灭性的威胁，同样也对他们的经济构成了致命的威胁。[①]

这里，里奇选出这段文字说明了大多数的美国白人生活在他们自己编织的谎言里，他们拒绝直面真相本身，拒绝解决问题。他们要么假装满足于他们的现状，沉浸在自己的梦里，要么诉诸暴力和监狱，将黑人囚禁和束缚起来。这两种方式都不能解决种族问题，只是解决了“问题的表面症状”[②]而已，因为即使自主性允许个体接受或者拒绝某种价值观，但是我们所有人不仅根植于社会关系和文化模式中，我们也受到这些关系的限定。

在《“了解你所处的城市，你所对话的人”：勒鲁瓦·琼斯的〈已故的讲师〉》（“‘Knowing What City You're In，Who to Talk To’: LeRoi Jones's The Dead Lecturer”），里奇对另外一个黑人诗人琼斯进行了评价。在评论《已故的讲师》的时候，里奇将勒鲁瓦·琼斯定义为一个在“主要的白人先锋作家中创作的”知识分子。他试图表达非裔美国人民的心声，吸引普通大众更多地关注他们的存在和状况。“我内心深处是厌恶我自己的，”[③]这一点折射出美国社会黑人群体中普遍存在的自我憎恨心理，“美国社会常常忽视少数群体

---

① Adrienne Rich, *A Human Eye*, (New York: W. W. Norton, 2009), pp.53-54.

② Adrienne Rich, *A Human Eye*, (New York: W. W. Norton, 2009), p.54.

③ Adrienne Rich, *A Human Eye*, (New York: W. W. Norton, 2009), p.151.

表达的需求，却十分容易接受权威人群建立的隐性需求。”[①] 因此，为构建非裔美国人身份，琼斯致力于贡献非洲文化，并认为将有黑人诗人打破美国诗歌传统，呐喊出更多非裔心声。里奇节选的琼斯的诗行描述了乌托邦式的社会认同和现实之间的差异：

分离

孤立的倒错，

多年来试图走进他们的王国，

如今，他们含着泪水默默忍受

……

让道德

和无人性的结合

开始[②]

“道德”和“无人性”的双重存在揭露了黑人试图融入白人社会的真实境遇。为了让读者听到琼斯的声音，里奇引用了一些诗行：

他们扭过头去，说我正在死亡。说

我已经抛弃了

我的生命。他们

留我独自一人，在

一个没有人的地方[③]

琼斯感到没有一个同行艺术家能够真切感受到或者倾听他想说的话，因此，在诗歌中创作出“一位已故的讲师”，用他的口吻表达城市中黑人的生

① Nel Noddings, *Caring: A Feminine Approach to Ethics and Moral Education*, (Berkeley: U of California P, 1984, 2003), p.80.

② Adrienne Rich, *A Human Eye*, (New York: W. W. Norton, 2009), p.158.

③ Adrienne Rich, *A Human Eye*, (New York: W. W. Norton, 2009), p.159.

存状态："我生活在什么城市？我在跟谁对话？"[①]用这种方式，琼斯呼吁权威者反思他们对黑人的所作所为，号召他们更多地关注黑人的需求。在评论鲍德温和琼斯的作品时，里奇认为种族主义与自由伦理中的普适主义理论和"个体自主性"的观念密切相关。这一问题在于美国社会本身，其意图在于抹杀边缘人群来维持白人的中心位置，忽视与整个社会其他成员之间的关系。

美国或西方主流社会针对同性恋的偏见、抵制和排斥也是源于自由伦理中的普适主义价值观念。正如诺丁斯所言，"一个假想的'我们'致力于将他们自己的信仰和相应的权利（由谁定义？）与陌生人的相对……这无疑表明一些意欲抹杀边缘群体的实体所占据的中心位置。"[②]里奇引用了惠特曼的《草叶集》中的诗句：

> 你生命中过去的全部理论以及对你周围人的所有顺从
> 　都将不得不被抛弃。
> 因此，在进一步困扰你之前，现在就放开我吧
> 　放开你抓住我肩膀的手……[③]

在惠特曼看来，"过去的全部理论"和"所有的顺从"便是普遍的道德原则，不能适用于所有的人群，因此，它们应该被抛弃，应该允许独特性和差异性的存在，包括性向不同的人的合理合法存在，以实现自由和"包容的正义"这一根本宗旨。[④]

除了批判普适主义原则对同性恋者的压制，里奇也指出了"个体自主性"的虚伪性。根据罗尔斯（John Rawls），主导"社会和政治权力机构的运作"原则的合法前提是，受到原则支配的人们认可这些原则。因此，自由

---

① Adrienne Rich, *A Human Eye*, (New York: W. W. Norton, 2009), p.161.

② Nel Noddings, *Caring: A Feminine Approach to Ethics and Moral Education*, (Berkeley: U of California P, 1984, 2003), p.73.

③ Adrienne Rich, *A Human Eye*, (New York: W. W. Norton, 2009), p.108.

④ Adrienne Rich, *A Human Eye*, (New York: W. W. Norton, 2009), p.101.

主义需要遵从所谓的“支持约束”定律。[①]相应地，其隐含之义是，“只有当一个社会主导的价值观或原则以某种方式被那些被统治的人接受时，自主才能得到尊重。”[②]因此，自主为个体所有的前提是他或她服从由权威制定的普遍价值观或原则。一旦个体打破普适主义的规则，他或她将被剥夺个体自主性和自由。就这样，未能遵从普适主义原则的个体将会遭到社会的唾弃，受到社会其他成员的虐待。

可见，通过批判西方国家意图强加给其他国家和地区的普适主义原则，里奇反对以所谓民主和自由为名义的战争和冲突；通过揭露被自主价值观掩盖的现代人的冷漠，里奇抗议种族歧视日益恶化的局势；通过质疑异性恋的“自然”合法化原则，里奇批判这一机制的排斥性。

三、关怀伦理的建构

自由主义理论因普适主义与个体自主性价值观受到批判，女性主义关怀伦理为理论家提供了与其相对的全新概念。根据特朗托的观点，关怀是一种特殊的活动，在关怀中我们努力维持、延续和修复我们的世界，从而更好地生活在这个世界上。[③]关怀自我和他人可以维持我们在世界上存在的方式，不受伤害，不被摧毁。关怀伦理的基础是联系的价值观，即在任何社会无论种族、性别和阶层，用专注、责任感、能力和反应能力关怀他人的需求。[④]因此，关怀伦理认为人类在个人、社会和政治层面是相互依赖和关联的。它使生活建立在关系和责任感的基础上，而非在人与人之间划清界限，加深与他人的分离孤立。里奇的《人眼》中有很多方面折射出关怀伦理的一些重要的价值观。她不仅批判了自由主义伦理，而且还通过强调关系和责任感的重要性和把关怀作为一种政治策略，来探讨更多的社会政治问题、追求政治变

---

① John Rawls, *Political Liberalism*, (New York: Columbia UP, 1993), p.258.

② John Christman, “Autonomy in moral and political philosophy” <http://plato.stanford.edu/entries/autonomy-moral/ >

③ Joan C. Tronto, *Moral Boundaries: A Political Argument for an Ethic of Care*, (New York: Routledge, 1993), p.142.

④ Joan C. Tronto, “Beyond Gender Difference to a Theory of Care, ” in Mary Jeanne Larrabee, ed., *An Ethic of Care: Feminist and Interdisciplinary Perspectives*, (New York: Routledge, 1993), p.252.

革的方式，为应对帝国主义、种族和性别歧视建言献策。

（一）对关系共同体和责任感的强调

如上所述，由于过分强调普适主义原则和自主性会导致国家、民族、种族与性别之间的冲突、冷漠和相互排斥，关怀伦理通过强调人与人之间联系的重要性以及责任在人类发展中的作用，为人们提供了新的应对他人和世界的方式。在《人眼》中，里奇试图为不同的国家、民族、种族和性别找到共存的基础，倡导现代人的责任感在社会中的重要作用。

关怀伦理家对自由主义伦理最强有力的批判之一，是对其个体自主性概念的挑战。关怀伦理并不把个体看成自主和自我控制的，而是提倡一种关联自主性的概念。关联自主性是一种关系的协调，在协调中为了选择一种生活方式，人们需要理解他们与他人和社会的关系。① 因此，为了确保他们做出正确的个人选择，人们需要在人与人之间建立关怀关系，从而“在个人、政治、经济和全球环境的相互依存下培养相互关系”②。人们如何才能理解自我与他人之间的相互依赖性呢？作为个体的自我与他人之间的界限又该如何划分？如吉利根所言：“人与人之间的理想关系是——自我和他人得到同等对待，尽管在权力上有悬殊，事情也是公正的；每个人都会得到他人的回应和包容，没有人会被孤立或者受到伤害。”③ 换言之，从关怀伦理的角度看，尽管国家、民族、种族和性别不同，但每个人都享有一定的权利。即使在社会中我们因为各自的独特性与他人分离，但是我们仍然需要在相互依赖的关系中与他人共存。人类的共存是建立在某些共识之上的。一些共有的权利和自由应该得到尊重，这一点是超越国家、民族、种族和性别界限的。仅仅因为某些人群和我们具有差异性就将其驱逐和孤立是毫无道理的。因此，我们应该更多地关注我们的共性和联系，团结所有不同的人群，而不是一味地强调我们之间的差异和分歧。正如海尔德所说，公民共同体成员在共同的项目中

① Laurel A. Tweed, *Care Ethics and Cloning: A Speculative Literary Critique of Human Biotechnology*, (Ames: Iowa State UP, 2011), p.14.

② Virginia Held, *The Ethics of Care: Personal, Political and Global*, (New York: Oxford UP, 2005), p.53.

③ Carol Gilligan, *In a Different Voice: Psychological Theory and Women's Development*, (Cambridge: Harvard UP, 1982, 1993), p.63.

会形成和发展一种相互的同理心，因此他们在考虑维护共同体和成员的关系时，会和考虑自己的事务一样重视。社会关系和联系让公民共同体的所有成员团结在一起，使得整个社会和谐统一。[①] 在关怀伦理中，社会关系和联系不仅使社会中相近或距离遥远的人变得亲密，使人们把对方看成同胞朋友，而且让更多国家的人相互尊重对方的权利和自由，关怀他们共有的环境，尽可能努力改善他们的生活[②]。

在《人眼》中，通过评论其他诗人的作品，里奇展现了诸如战争、地区冲突、种族歧视和性别歧视等多种问题，分析了这些问题的根源所在。不止于此，里奇试图通过强调不同国家、民族、种族和性别共存的共同基础来解决问题。显然，这种观点与关怀伦理中关于联系的价值观相吻合。在应对国家和地区冲突时，里奇在《犹太人的日与夜》一文中指出，以色列和巴勒斯坦地区冲突的根源在于民族分离和过度强调民族身份。因此，在批判由民族分离引发的危害之后，里奇试图摒弃分离和孤立的价值观，在其他作家的思想和理论中寻找答案。例如，她十分认可多伊彻（Isaac Deutscher）[③] 在其作品《非犹太化的犹太人》（*The Non-Jewish Jew*）中的观点："只要解决方案……是在民族主义的前提下达成的，阿拉伯人和犹太人就注定会被卷入仇恨和复仇的恶性循环中……从长远来看，也许只有在中东联盟的大框架下，只有超出单一民族国家的界限，才有可能找到出路。"[④]"民族主义"才是阿拉伯人和犹太人分歧的真正根源。他们两者都忽略了两个民族共有的社会联系和关联性，过度强调他们各自的独特性和差异性。由于盲目偏向自己的民族身份，犹太人往往忽视其他民族的灾难和遭遇，甚至把这些苦难强加于他人身上。因此，"仇恨"和"复仇"使两个民族无法共存。里奇欣赏的是多伊彻有关"超出单一民族国家"的概念。在这个概念下，阿拉伯人和犹太人将有可能建立纽带和联盟，尊重对方的权利，和平共处。为了实现这个

---

① Virginia Held, *The Ethics of Care: Personal, Political and Global*, (New York: Oxford UP, 2005), pp.131-132.

② Virginia Held, *The Ethics of Care: Personal, Political and Global*, (New York: Oxford UP, 2005), p.168.

③ 艾萨克·多伊彻（1907—1967）：波兰作家、记者、政治活动家。他用"非犹太化的犹太人"来形容自己和其他犹太人文主义者。

④ Adrienne Rich, *A Human Eye*, (New York: W. W. Norton, 2009), p.28.

目标，以色列人要承认并且要为他们使巴勒斯坦陷入苦难的所作所为致歉。里奇曾指出，“人们对巴勒斯坦人的同情并不是源于美裔犹太人的批评，而是源于数百万巴勒斯坦人所遭受的长达35年之久的迫害。”[①]然而，要真正化解两个民族的冲突和矛盾，里奇认为长久之计是成为一个“没有国界的犹太人”。更具体来说，“对于倡导我们承认‘非犹太的犹太人’存在可能性的社会知识分子来说，每一天都是犹太人的一天。”[②]一个犹太人是有可能超过由教条和分裂主义形成的民族身份的，因为“我们没有人是自由的 / 如果我们之中有人受到束缚。”[③]为了长远地生存和发展，不同的民族都应该相互依存。在没有其他民族的支持和帮助下，没有一个民族可以维持它的安全和繁荣。从这一点上看，一个犹太以色列公民的身份前提是一个世界公民。因此，即使让不同的国家超越各自的差异建立一个统一的联盟不太可能，但是为了在这个共同的世界共存和发展，世界上的国家都应该搁置他们固有的差异性，更多地重视共同的利益和关系。

关怀伦理的价值观不仅应该鼓励不同的民族学会尊重各自的权利和自由，而且应该启发社会的所有成员构建关怀的关系。如今，社会成员之间的冲突和矛盾导致了很多社会问题，特别是种族歧视和性别偏见。从关怀伦理的角度，问题的根源在于“性别、阶级、种族和民族的等级性和主导性”[④]。构成社会等级的人群往往会无法包容和接受那些在肤色或者阶级身份方面明显不同的社会成员。在一个社会里，如果大多数的成员优先考虑自己的经济、政治和文化利益，而忽略与他人的互动和联系，那么这个社会就无法成为一个统一的整体。因此，为了维护社会的稳定和和谐，社会成员应该要重视关怀伦理的价值观：“社会成员必须给予彼此足够的关怀和足够的信任，把他人也看作同一社会的成员，一视同仁。对于一个旨在维护公民权利的法律体系而言，公民必须承认其他人也是同一体系下的公民。”[⑤]为了维护自己的

① Adrienne Rich, *A Human Eye*, (New York: W. W. Norton, 2009), p.31.

② Adrienne Rich, *A Human Eye*, (New York: W. W. Norton, 2009), p.32.

③ Adrienne Rich, *A Human Eye*, (New York: W. W. Norton, 2009), p.33.

④ Virginia Held. *The Ethics of Care: Personal, Political and Global*, (New York: Oxford UP, 2005), p.160.

⑤ Virginia Held. *The Ethics of Care: Personal, Political and Global*, (New York: Oxford UP, 2005), pp.135-136.

权利，个人也需要尊重他人的权利。无论是白人还是黑人，上层社会的人还是社会底层，所有人都有权利成为社会的一部分，追求自己的幸福。更多地强调统一性和联系会让人们接受更多差异性的存在。这也是里奇在《诗歌和公共领域》中所谈到的群体要探索诗歌深层意义——诗歌中呈现的人类共通性的重要意义：

我所希望阅读和创作的诗歌，它的意义若隐若现，但是能让我们这个群体明白些什么。我认为不是只有那些孤立的梦想家体会到了那冰山一角的深意；整个群体也同样需要去探索这一意义的边缘，因为事实上只有到达这个边缘，我们才会明白失去意义、与意义分离的生活究竟是怎样的。但是我也想要阅读和创作的诗歌能够提醒我“为什么它必须出现”，以及乔丹[①]所说的“人类生活的无限连通性”这一逻辑为什么需要依靠群体的平等。这一诗歌值得我们奉上最神圣也最世俗的热情，因为它表现了我们的欲望，以及在诗歌遭遇艰难处境时我们可能创作出的东西。[②]

里奇还在《人眼》中评论了乔丹的《她语言的声波纹》(“The Voiceprints of Her Language”)。在阅读乔丹诗歌的过程中，里奇关注到了她对社会分化的反思和对“人类共性、互相关注和被关注的机会”的强调[③]。为了展现对其“人类生活的无限连通性”概念的欣赏，里奇引用了乔丹早期的一首诗歌《在黑暗中我做的事》：

向你走去
无论你是谁
你准备好了吗？……

我是一个陌生人

① 朱恩·乔丹(1936—2002)：一个加勒比裔美国诗人和活动分子。她被认为是20世纪最重要多产的黑人作家。
② Adrienne Rich, *Arts of the Possible*, (New York: W. W. Norton, 2001), p.119.
③ Adrienne Rich, *A Human Eye*, (New York: W. W. Norton, 2009), p.82.

学着去尊敬我身边的
陌生人

无论你是谁
无论我可能变成谁。[①]

在这首诗里，“你”和“我”的身份是不确定的，“陌生人”是“我”和“你”的共同身份。由于“你”和“我”拥有共性，“我……学着尊敬陌生人”。在这里，“我”代表一个社会中的每一个个体，而“你”代表着相对“我”的陌生人。因此，为了维护与他人的关系，没有必要在乎他们的身份。根据里奇的解释，乔丹想要强调的就是把所有人联合在一起的关系，她提醒我们一个事实，即孤立使得我们在一个恶性循环中处于“无助”的状态并且毫无出路，激励人们为了维护关系而摒弃暴力和仇恨。总之，人类应该尽力去包容他们之间的差异，寻求人类的共性，给予他人足够的关怀，如此人与人之间的关系才能得到维持，所有人的权利才能被尊重。

除了人类联系的作用，共同体和责任感在人类发展中扮演同样重要的角色。从自由主义伦理的角度，每个人都是独立的、自主的、理性的，因此认为每个人仅仅需要关注他们自己的事务，不应该干涉他人的事务。然而，从关怀伦理的角度，每个人从社会、政治和文化方面是相互联系的，其他人的事情对我们也会产生间接的影响。塞文惠森（Selma Sevenhuijsen）就提出了关怀伦理学中相对应的一个概念即“主动的公民身份”：

人们把公共领域看作一个通过共同行动创建新事物的特殊领域。在这个地方，我们培养与他人合作的能力，尽管他们与我们在很多方面存在差异……通过这种方式，他们将形成意义共享的体系，使得共存的各种可持续形态成为可能。[②]

---

① Adrienne Rich, *A Human Eye*, (New York: W. W. Norton, 2009), p.84.

② Selma Sevenhuijsen, “The Place of Care: The Relevance of the Feminist Ethic of Care for Social Policy, ”in *Feminist Theory*, (Thousand Oaks: SAGE Publications, Inc. Vol. 4, Issue 2, 2003), p.180.

从这个“主动的公民身份”概念上看，公民在倾听其他公民的声音和关注他们的需求时应该专心、积极和富有责任感，而不应该对他人的事务视而不见、听而不闻。从关怀伦理的角度，仅仅关注权利和自由并不能作为忽略他人需求的理由。相反，公民应该被鼓励去更多地关注我们的社会以及这个社会里的所有成员，即使很多人远离我们的生活，我们与他们未曾相识。因此，关怀伦理中的相互联系和关联性使公民主动承担社会责任，为同一社会的其他成员负责。

里奇在《人眼》中就强调了诗人的责任和所有社会成员的共同责任感。在“前言”中，里奇就解释了该文集的标题“人眼”意义，即试图用艺术去恢复人的“视觉、知觉和反应能力”①。里奇继续在“前言”中追问，“然后有什么顾虑，什么责任呢”？《人眼》旨在激发人们对自我、他人和世界的责任感。比如，她收录在该文集中的诗歌评论有一个共同点，即这些诗人关心同处一个世界的所有人的命运，他们对人类社会的发展背负共同的责任感。例如，里奇称赞鲁凯瑟对美国文学做出的伟大贡献，“她触碰到了各种生活和话题，她打破了沉默，她让人们听到了原本听不到的声音，她走过了很多地方。”②里奇认为，要想成为一个能把自我与他人联系起来的诗人，他需要真正去关怀他人。鲁凯瑟为很多期刊写过文章，参与过左翼、共产主义和社会主义的辩论，曾经参观过西弗吉利亚的高利布里奇镇，那里曾发生过“美国历史上最严重的工业灾难”，去过巴塞罗那“报道反法西斯的‘人民奥运会’”，参加过越南时代的反战运动，在河内大轰炸时前往越南。③在里奇看来，鲁凯瑟一生致力于社会变革的原因在于她肩负着强烈的责任感，试图用诗歌将不同的人的生活和遭遇公之于众。

为了证明责任在人类发展中的重要性，里奇试图给像她一样的诗人一个限定责任的含义。在《可渗透的薄膜》（“Permeable Membrane”, 2005）一文中，她指出，“在北美当前文化错位、混乱的情况下，一个诗人所具备的信

① Adrienne Rich, *A Human Eye*, (New York: W. W. Norton, 2009), p.x.
② Adrienne Rich, *A Human Eye*, (New York: W. W. Norton, 2009), p.48.
③ Adrienne Rich, *A Human Eye*, (New York: W. W. Norton, 2009), pp.41-42.

仰和承诺应当不同于在其他真实和不真实的政治体制下的诗人。”[①]“文化错位、混乱的状态”是里奇对美国的描述：消费主义和功利主义对美国影响深刻，因此社会的大多数人相互疏远分离，对身边的非正义之举视而不见，更不用说那些远离他们的不义之举。因此，里奇认为，诗歌不仅是一种表达个人情感的艺术，而且也是一种解决看似无法化解的社会问题的工具。

里奇强调诗人社会责任感的重要性，指出诗歌作为一种社会艺术可能对社会产生的影响：

> 艺术与社会之间隔着一层可渗透的薄膜，存在一场持续的辩证运动。就像潮水涌入河口，河流汇入大海……艺术也不可避免地融入了社会活力的脉络之中；相互呼应，彼此感应。充满共情的想象力具备变革之力……[②]

诗人能够改变人们麻木的思想，激发他们对他人的关怀。诗人的义务在于，治疗“疾病”，使“病态的政治体制”“起死回生”。[③]里奇还在《诗歌与被遗忘的未来》中引用一些伟大诗人的话语，表明一个诗人应该具备的责任。里奇写到，当里佐斯（Yannis Ritsos）[④]被一位希腊军事执政团高级军官问及“为什么要卷入政治”时，他的回答是“一个诗人首先是其国家的公民，正因为这个原因，诗人有责任去关心他所在国家的政治”[⑤]。一个诗人应该把自己看成国家的成员，与其他公民和国家有着紧密的联系。换言之，诗人作为一个公民，要承担关怀他人的责任，促进社会的公平正义。里奇提到，里佐斯曾因申诉他的国家饱受侵略、占领和内战之害，记录了“21世纪的战争和军事占领”，却因此在1947—1953年被关进法西斯集中营”[⑥]。他在长篇诗歌《希腊人魂》（Romiosini）中打破伦理沉默，充分彰显伦理主体的关怀态度：

---

① Adrienne Rich, *A Human Eye*, (New York: W. W. Norton, 2009), pp.97-98.

② Adrienne Rich. *Arts of the Possible*, (New York: W. W. Norton, 2001), p.99.

③ Adrienne Rich. *Arts of the Possible*, (New York: W. W. Norton, 2001), p.98.

④ 扬尼斯·里佐斯（Yannis Ritsos, 1909—1990）：希腊诗人和左翼分子，也是二战期间希腊大反抗（Greek Resistance）的活跃分子。

⑤ Adrienne Rich, *A Human Eye*, (New York: W. W. Norton, 2009), p.127.

⑥ Adrienne Rich, *A Human Eye*, (New York: W. W. Norton, 2009), p.127.

磐石之下 皆是残尸
破碎的衣物 残缺的遗言……
无人落泪 无暇顾及
唯有这片寂静愈发深沉……
我们不会忘记他们的手
那些在枪机上磨出老茧的手难以去要一枝雏菊……[1]

里奇关注的另一位南非诗人布鲁特斯（Dennis Brutus）[2]也高度强调诗人的责任感，“我认为诗人——作为一个诗人——没有义务做出承诺，但是人——作为一个人——有义务做出承诺。我的意思是我认为每个人都应该做出承诺，而诗人只是许多‘每个人’中的一个。”[3]以相似的方式，布鲁特斯强调一个诗人必须把自己当作他所在群体的一部分，因此要承担关怀他人、为全人类的正义而斗争的责任。其实，在里奇看来，布鲁特斯自己就成了他心中希冀的诗人形象：他抗议“南非的种族隔离制度”，在“世界范围内维护全球经济正义的运动中”[4]创作。而他的诗歌也的确得到认可，给予人们更多的希望。

他的一首警言诗激发人们追求关怀的自主性，在情感互动与生命联结的不断生发中寻得慰藉之感：

因为激进的英雄主义
丧失了父亲
在我的诗篇中
找到了安慰。

后来我便知晓了

① Adrienne Rich, *A Human Eye*, (New York: W. W. Norton, 2009), pp.128-129.
② 丹尼斯·布鲁特斯（Dennis Brutus, 1924—2009）南非政治活动家、教育家、记者和诗人。
③ Adrienne Rich, *A Human Eye*, (New York: W. W. Norton, 2009), p.129.
④ Adrienne Rich, *A Human Eye*, (New York: W. W. Norton, 2009), pp.129-130.

我的诗歌正是为这些人而作
并且它们真的发挥了作用。①

因此，在里奇看来，诗歌作为一种表达关怀的艺术形式，呈现出对社会的敏锐感知：

诗歌有能力以它自己的方式，用它自己的办法来提醒我们一些我们虽然没有看见、但绝不能忘记的事情。被遗忘的未来：这是一个还没有被创建出来的地方，……这是一个充满希望的未来，但一直被低估，但是还是能看得见的。世界各地，人们总是不断重新发现或者开辟自由之路：通过共同的努力，通过多种形式的艺术。自由的重要前提是，对由多数人创造、但是少数人占有的世界资源进行重新分配。②

里奇欣赏对国家和人民有责任心的诗人，并与之共鸣。她希望“艺术触及我们的内心，它依然充满激情，依然毫无畏惧，依然永不熄灭”。因此，通过强调诗人身上所自觉承担的政治使命和人文关怀，里奇旨在批判人们对灾难和苦难的漠视，激起人们对他人和社会的责任感，以建立充满关怀的世界。

（二）作为一种政治策略的关怀伦理

关怀还可以是一种政治策略。自由主义理论在私人领域和公共领域之间划出了一条道德界限，特朗托尝试把关怀伦理中的关怀价值观及其实践从私人领域延伸到政治领域。在传统层面上看，关怀行为一般在家庭内部被践行，付出关怀的人往往是女性，比如母亲和护士。由于关怀伦理能使人们更好理解人与人之间的关联性和责任感在维持美好社会中的关键作用，因此有必要把关怀行为的界限从私人领域扩大到政治领域。③ 如果关怀被理解为一种政治概念，人们将能够改变关怀的现状并付诸关怀行为。关怀为人们提供

① Adrienne Rich, *A Human Eye*, (New York: W. W. Norton, 2009), p.130.
② Adrienne Rich, *A Human Eye*, (New York: W. W. Norton, 2009), p.143.
③ Joan C. Tronto, *Moral Boundaries: A Political Argument for an Ethic of Care*, (New York: Routledge, 1993), p.157.

了一个视角，去重新用政治的方式审视更多的道德问题，帮助人类构建一个更加公正和具有关怀精神的人类社会。通过把关怀当作政治策略，特朗托试图揭示社会中权力的关系和权力分配的不平等现状。最重要的是关怀伦理使我们看到美国社会财富的不平等分配导致关怀分配的不平等，“不管需要与否，那些能为更多关怀买单的人往往能得到关怀。因此，关怀分配的不平等产生了一个‘关怀需求’阶层，这种关怀分配的不平等也正是美国财富分配不平等的结果。”①

用关怀伦理的方式，把关怀作为区分社会权利分配不平等的工具，人们就会意识到社会中各种各类的不平等。用关怀伦理的方式审视社会，就不难发现社会在一定程度上剥夺了弱势群体如黑人、女性或者其他社会底层享受关怀的权利。追根溯源，特权阶层忽视弱势群体的需要，是因为他们通过社会体制享受到了其他人无法得到的特权。“通过分析社会中的关怀关系，我们能够轻易发现社会中权力和特权结构存在的地方。”②社会未能给弱势群体足够的关怀，对这一事实的关注能够让人们对现有的价值观和社会政治体制产生怀疑。

在《人眼》中，里奇从关怀伦理角度关注美国社会问题，如帝国主义、种族与性别歧视，并深入问题本质，质疑美国价值观和社会政治体制。对弱势群体的关怀让里奇怀疑美国资本主义的体系，寻求社会不平等的根源所在。在《新读者的三大经典：卡尔·马克思、罗莎·卢森堡③和切·格瓦拉④》（“Three Classics for New Readers: Karl Marx，Rosa Luxemburg，Che Guevara”）一文中，里奇介绍了三位社会主义者及他们对社会革命的贡献，认为他们发现了社会中人与人之间不平等权利关系的根源在于工人阶级“为社会的一部分人”创造了“财富和安逸，但他们自己却没有从中分得一杯

① Joan C. Tronto, *Moral Boundaries: A Political Argument for an Ethic of Care*, (New York: Routledge, 1993), p.173.

② Joan C. Tronto, *Moral Boundaries: A Political Argument for an Ethic of Care*, (New York: Routledge, 1993), p.175.

③ 罗莎·卢森堡（Rosa Luxemburg, 1871-1919）：波兰犹太裔的马克思主义理论家、哲学家、经济学家和社会活动家，也是德国共产党党员。

④ 切·格瓦拉（Che Guevara, 1928-1967）：阿根廷马克思主义革命者、医生、作家、游击队领袖、外交官和军事理论家。作为古巴革命者，他的个性化形象已经成为无所不在的反抗性文化的叛逆标志和流行文化的全球性标志。

囊——如果不是缺乏形成政治权力的教育，他们应该会具备更强的推理能力，并更理智地行动”[①]。随着工人阶级不利的生活条件以及资产阶级和工人阶级之间贫富差距的扩大，里奇认为资本主义的问题在于社会财富的不平等分配，从而导致社会权力的不均等。马克思、卢森堡和格瓦拉对弱势群体的关怀让他们对政治和社会体制产生怀疑，他们对弱势群体专注的观察和对现有资本主义体系的尖锐批判让里奇深受启发，尤其是他们注意到了私有制和大众苦难之间的紧密联系以及资本主义市场不计后果的灾难性扩张。里奇对他们的观点做出了回应：“资本主义在宣布其成就时声称已经达到了后现代理论家宣称的所谓的解放故事的终结”[②]，这种“终结”只能被看成资本主义必然失败的信条。因此，通过阅读马克思、卢森堡、格瓦拉的经典作品，里奇将关怀作为一种政治策略，把对社会边缘群体的关怀扩展到对社会体制的关注。资本主义体制驱使人们追逐高额利润，并对社会财富进行不成比例的划分，从而导致对于人们关怀需求的不均等分配。位于社会中心位置的人们稍加努力就能满足自己关怀的需求，而社会底层的人们却得不到关怀。然而，“麻木的感觉”和“先进的资本主义社会的自动化”在不断地维持关怀的不均等分配。因此，关怀伦理不仅超越了私人领域，将关怀扩大到其他社会成员，而且鼓励人们寻找关怀不均等分配的根源，质疑现存政治的权威。

关怀伦理的另一个重要理念在于通过政治实践变革社会。根据特朗托的关怀伦理的理论，关怀作为一种政治概念不仅揭示了社会的权力关系，而且“为政治变革奠定了基础，为组织提供策略”[③]。换言之，作为政治概念的关怀会把那些被传统社会驱除出政治生活的人纳入政治活动领域，这些人会受到关怀伦理的影响而积极投身社会运动和社会变革。在关怀的体系中，那些被政治排斥的人们会有一种归属感，参与政治和社会活动的意识也将有所增强。[④]对社会边缘群体的关怀会让他们相互团结，表达自己的需求和政治

① Adrienne Rich, *A Human Eye*, (New York: W. W. Norton, 2009), p.59.

② Adrienne Rich, *A Human Eye*, (New York: W. W. Norton, 2009), p.69.

③ Joan C. Tronto, *Moral Boundaries: A Political Argument for an Ethic of Care*, (New York: Routledge, 1993), p.175.

④ Joan C. Tronto, *Moral Boundaries: A Political Argument for an Ethic of Care*, (New York: Routledge, 1993), p.177.

愿望。如此一来，他们在政治生活中的愿望和权力将会在政治实践中产生不同影响，同时，权力者也将注意到社会底层的重要性，找到新的方式维持良好的社会秩序，正如塞文惠森（Selma Sevenhuijsen）所言：“政策的制定者，作为社会责任的重要承担者，应该积极地应对他们所能了解到的对他们的制度实践有重大影响的事项。”[①]因此，政治中的关怀不仅将关怀行为落实到公共领域，而且允许人们更多地参与有关如何满足需求并追求幸福生活的讨论。从关怀伦理的角度，由政策制定者构成的政府要成为一个复数名词，把更多的个体囊括进这个群体，从而“打造一个作为民主实践的关怀空间”[②]。

这也恰恰是里奇在《人眼》中提倡的观点。对于边缘群体的关注和关怀必须转变成政治行为。只有当关怀被融入政治实践中，它才能真正对所有人的美好生活产生作用。在《新读者的三大经典：卡尔·马克思、罗莎·卢森堡和切·格瓦拉》中，里奇解释了他们把对公众的关怀融入社会革命的原因和方式。他们意图把世界转变成一个完整的社会，“在这个社会里，个人既是个性化的又是富有社会责任感的”；或者变成一个联盟，“在这个联盟里，每个人的自由发展是所有人整体得到自由发展的前提。”[③]社会变革的愿景要求人们关怀每个个体的需求，把每个个体融入社会的发展进步中。对于他们三个人来说，资本主义体制存在和潜伏着危机，涵盖所有边缘群体的社会革命旨在改变不利的社会条件，将世界转变为一个统一的整体。面对社会权力的不平均分配和民主的衰落，里奇认为社会主义运动能帮助恢复正在衰落的资本主义民主。正如罗莎·卢森堡所说：“当社会主义运动变得足够强大，能够抵抗世界政治的反动影响和资产阶级对民主的遗弃时，民主将获得更大的生存机会。”[④]随着社会主义运动的广泛传播，越来越多的弱势群体积极加入政治活动中，用联合统一的方式发出自己的呼声。他们在政治中的参与将会

① Selma Sevenhuijsen, “The Place of Care: The Relevance of the Feminist Ethic of Care for Social Policy, ” in *Feminist Theory*, (Thousand Oaks: SAGE Publications, Inc. Vol. 4, issue 2, 2003), p.181.

② Selma Sevenhuijsen, “The Place of Care: The Relevance of the Feminist Ethic of Care for Social Policy, ” in *Feminist Theory*, (Thousand Oaks: SAGE Publications, Inc. Vol. 4, issue 2, 2003), p.182.

③ Adrienne Rich, *A Human Eye*, (New York: W. W. Norton, 2009), p.58.

④ Adrienne Rich, *A Human Eye*, (New York: W. W. Norton, 2009), p.63.

迫使当政者更好地使用手中的权力，或者将世界引向一个更好的状态。因此，关怀行为应该被转变成一种政治策略的概念，从而推动人们投身政治实践，为更好的生活解决他们的需求问题。

为了鼓励更多需要关怀的人们参与政治实践，里奇试图通过诗歌这个媒介将关怀与政治联系起来，希望诗歌能够唤醒人们去了解边缘群体真实的处境，提出他们的需求。比如，在《可渗透的薄膜》中，里奇强调诗人社会责任感的重要性，指出诗歌作为一种社会艺术可能对社会产生的影响："艺术也不可避免地融入了社会活力的脉络之中；相互呼应，彼此感应。充满共情的想象力具备变革之力，但我们无法精确指出变革的节点，无法追踪或衡量那些瞬间。"① 通过阅读诗歌，人们更加明白自身的处境与情感，感受到他们身上具备的力量，并采取行动来改变现状，打破束缚他们思想和行为的社会契约。诗歌还能充当一股力量，使人们对社会的感知更加敏锐，"诗歌有能力以它自己的方式，用它自己的办法来提醒我们一些我们虽然没有看见、但绝不能忘记的事情。"② 诗歌能够让人们关怀那些被社会忽略的人群，使得人与人之间加强联系，从而"对由多数人创造、但是少数人占有的世界资源进行重新分配"③。

总之，关怀作为政治策略，能启发人们意识到社会劣势，更多参与政治活动，为当政者提供有力建议。只有当关怀超越私人领域，成为政治策略时，才能真正改变当前的社会，为人们创造更美好的生活。

何为诗人？诗人应该担负什么责任？如里奇在《对抗那使人疏离的空间》一文中所言，"诗歌能打破隔离，当我们被放逐、被边缘化时，诗歌让我们能看到自己，提醒我们即使在美似乎不可能立足的地方仍有美的存在，提醒我们即使在所有人都相互分离的地方，仍有亲密关系的存在。"④ 在里奇看来，诗人的使命是缩小人与人之间的距离，在世界范围内促进人与人之间的联系从而打破隔离和异化。她在《人眼》中挖掘并评介了一些诗人和作家，他们代表了社会边缘群体的不同声音和需求，里奇希望引起更多的读者

---

① Adrienne Rich, *A Human Eye*, (New York: W. W. Norton, 2009), p.99.
② Adrienne Rich, *A Human Eye*, (New York: W. W. Norton, 2009), p.143.
③ Adrienne Rich, *A Human Eye*, (New York: W. W. Norton, 2009), p.143.
④ Adrienne Rich, *Arts of the Possible*, (New York: W. W. Norton, 2001), p.111.

对他们作品的关注，从而关注具有差异性和特殊性的社会群体。通过分析里奇在《人眼》中的思想内涵，可以推断她的诗歌和批评揭示了关怀伦理的一些重要价值观。一方面，里奇质疑了自由伦理中的普适主义、独立和自主理念，批判了西方自由伦理中普遍性和中心论的消极影响。另一方面，里奇强调人与人之间的社会联系，指出要尊重他人的自由和权利，允许社会中的弱势群体参与政治实践。在这个基础上，一个真正民主自由的社会才得以建立。女性主义关怀伦理学为我们认识世界提供了新的学科和新的视角，有助于促进性别关系的和谐，使我们充分认识到，人类的伦理思考应该具有两条基本路径：公正与关怀。

LEN SCHATZ
Gesangbuch.

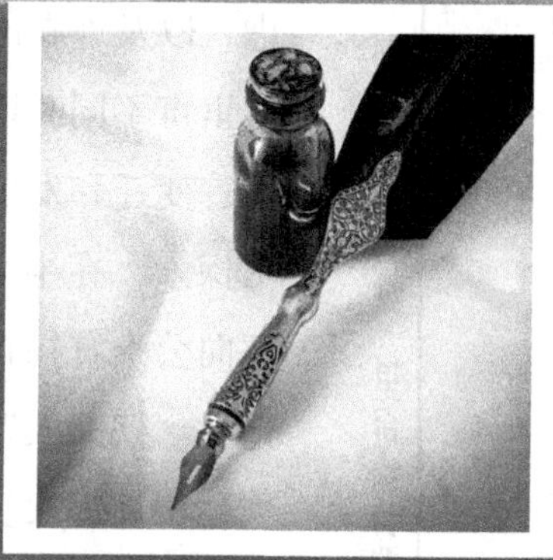

结语

里奇具有深厚的文学素养和诗歌才华，她进行诗歌和批评创作60余年，作品丰厚，内容丰富，视野开阔，呈现了美国社会、历史、政治与文化的广阔画面。这些作品在主题和风格上大体是一脉相承的，本书通过对里奇不同时期的重要作品所作的探讨，获得几点发现：

其一，关于里奇的文学创作渊源，其个人“多位一体”的身份认知与焦虑，以及外在的社会、历史、文化与理论语境，加上前辈诗人的影响，都构成里奇不同时期文学的意识形态与审美的渊源，促成其文学思想与形式的产生、变迁和发展。里奇经历了数十年艰难而复杂的社会动荡、身份追求和艺术探索，在半个多世纪的创作中逐渐走出了“影响的焦虑”，通过诗歌和批评向公众宣扬自己的政治理念、人文关怀和诗歌美学，成功扮演了当代西方诗歌“摆渡人”的角色，承继了经典“命名”的使命，又拓展了经典衔接时空的精神诉求。

其二，关于里奇作品的思想主轴，她将文学政治化，注重文学的政治意义，由20世纪五六十年代诗歌中若即若离的女性主义主题，到七八十年代诗歌中女性主义/性别政治思想的激进趋向，再到八九十年代诗歌中跨越阶级、性别、种族和语言的多元政治和多元文化主义探讨。里奇始终坚守自己的知识分子立场，她对公众意识和责任的热衷，正如许多公共知识分子所做的那样，既与自己的个人利益相关，但又远远超越了个人利益，由个人的抵达公众的、政治的。里奇具有宽阔的政治视野与强大的历史文化见证和建构力量，她关注美国乃至世界不同地区和国家的公共议题，并对这些问题背后的政治话语进行了深刻的分析与反思，建构了自己的诗学理念，其理想在于凭借文学解决现实政治问题，实现自身的政治构想。

其三，关于政治符码和美学观念的融合，里奇早期诗歌因袭男性诗歌艺术，沿袭了新批评传统；中期诗歌中，她走出“焦虑”，践行“摆渡人”的使命，冲破传统的桎梏，对诗歌语言和形式进行了大胆的变革，提出了哲学意义上的、赖以重新命名的“普通语言”概念并将其运用于诗歌实践；后期诗歌中，里奇转向后现代诗学，运用对话性、修正性和互文性等审美策略，进一步解构语言中的权力体系。她始终坚持政治内容与审美形式的互动，以诗歌美学为载体，传达她的政治理念与知识分子批评立场，重构自我、群体与社会文化身份。

最后，里奇有意抹去诗歌和批评之间的界线，诗歌与批评这两种文学形式相互交缠，其批评中建构的思想和立场均在其丰富的诗歌艺术文本中得以清晰呈现。以诗言政，以文论政，是里奇挥之不去的意识形态和知识分子批评立场使然。面对美国乃至世界的历史、政治、文化与现实中根深蒂固的各种问题，如她所言，“作为语言的诗歌与作为某种行动的诗歌之间越来越急切地互动、探索、燃烧、剥离，让诗歌与其他事物进行对话。”[①] 阅读里奇的作品，读者很难获得一种自我释放的轻松感，甚至会陷入一种比较沉重的思考。然而，我们从中所读到的乃是这样一位作家，她以文学实践为媒介参与社会公共生活，与所处时代的渊弊进行较量，并让一切可能的愿景保持活力。里奇创作的关注点始终处于变化之中，她与其所在的外部世界进行着各种各样的精神和思想的沟通，从而使其作品具有更深层次的文学意义。她的政治立场和诗歌美学共同见证了她敢于面对现实、针砭时弊的知识分子姿态和不懈的诗学追寻，如同她在《地图集》中所言：“我是一个诗人，一个作为公民的诗人，一个作为诗人的公民。”[②] 这一诗人“世界公民”的理念是值得当今世界的人们去深思、去借鉴的。

① Nina Baym, *The Norton Anthology of American Literature*, (New York: W. W. Norton, 2003), p.2760.

② Adrienne Rich, *An Atlas of the Difficult World*, (New York: W. W. Norton, 1991), p.15.

LEN SCHATZ
Gesangbuch.

主要参考文献

艾德里安娜·里奇的诗歌与批评作品：

[1] *Poems: Selected and New: 1950-1974*[M]. New York: W. W. Norton, 1975.

[2] *Snapshots of a Daughter-in-Law: Poems, 1954-1962*[M]. New York: Harper & Brothers, 1963，New York: W. W. Norton, 1967.

[3] *Leaflets: Poems, 1965-1968*[M]. New York: W. W. Norton, 1969.

[4] *Diving into the Wreck: Poems, 1971-1972*[M]. New York: W. W. Norton, 1973.

[5] *Of Woman Born: Motherhood as Experience and Institution*[M]. New York: W. W. Norton, 1976.

[6] *The Dream of A Common Language: Poems, 1974-1977*[M]. New York: W. W. Norton, 1978.

[7] *On Lies, Secrets, and Silence: Selected Prose, 1966-1978*[M]. New York: W. W. Norton, 1979.

[8] *A Wild Patience Has Taken Me This Far: Poems, 1978-1981*[M]. New York: W. W. Norton, 1981.

[9] *The Fact of A Doorframe: Poems Selected and New, 1950-1984*[M]. New York: W. W. Norton, 1985.

[10] *Your Native Land, Your Life: Poems*[M]. New York: W. W. Norton, 1986.

[11] *Blood, Bread, and Poetry: Selected Prose, 1979-1985*[M]. New York: W. W. Norton, 1986.

[12] *Time's Power: Poems, 1985-1988*[M]. New York: W. W. Norton, 1989.

[13] *An Atlas of the Difficult World: Poems, 1988-1991*[M]. New York: W. W. Norton, 1991.

[14] *What Is Found There: Notebooks on Poetry and Politics*[M]. New York: W. W. Norton, 1993.

[15] *Dark Fields of the Republic: Poems, 1991-1995*[M]. New York: W. W. Norton, 1995.

[16] *Midnight Salvage: Poems, 1995-1998*[M].New York: W. W. Norton, 1999.

[17] *Arts of the Possible: Essays and Conversations*[M]. New York: W. W. Norton, 2001.

[18] *A Human Eye: Essays on Art in Society, 1997–2008*[M]. New York: W. W. Norton, 2009.

艾德里安娜·里奇的访谈：

[1] Boyd, Blanche. "Interview with Adrienne Rich."[J]. *Christopher Street*, (Vol. 1, No. 7, Jan. 1977): 9-16.

[2] Bulkin, Elly. "Interview with Adrienne Rich."[J]. *Conditions*, (No.2, Apr. 1977): 53-66.

[3] Costa, Paulo da."Interview with Adrienne Rich,"[J]. *Samsara Quarterly*(2001). <http://www.english.illinois.edu/maps/poets/m_r/rich/onlineints.htm>

[4] Hassanzadeh-Mostafavi, Farideh. "Interview with Adrienne Rich"[J]. *Midway Journal* (Mar. 15, 2009). < http://www.midwayjournal.com/May09_Interview.html>

[5] Klein, Michael. "A Rich Life: Adrienne Rich on Poetry, Politics, and Personal Revolation"[J]. *Boston Phoenix* (June, 1999). < http://www.bostonphoenix.com/archive/ 1in10/99/06/RICH.html>.

[6] Prince, Ruth E. C. "The Possibilities of an Engaged Art: An Interview with Adrienne Rich."[J] *Radcliffe Quarterly* (Fall 1998) <http://www.english.illinois.edu/maps/poets/m_r/rich/onlineints.htm>

[7] Montenegro,David. "Adrienne Rich: An Interview with David Montenegro (1991)."[A]. in Barbara Charlesworth Gelpi and Albert Gelpi, eds., *Adrienne Rich's Poetry and Prose: A Norton Critical Edition*. New York: W. W. Norton, 1993: p.258-272.

[8] Roth, Michael. "'A Human Eye,' by Adrienne Rich"[A]. *Special to The Chronicle* (Apr. 26, 2009). <http://www.sfgate.com/books/article/A-Human-Eye-by-Adrienne-Rich-3163444.php>

[9] Rothschild, Matthew. "Interview with Adrienne Rich: 'I happen to think poetry makes a huge difference'."[J]. *The Progressive* (Jan., 1994). <http://findarticles.com/p/articles/mi_m1295/is_n1_v58/ai_14695190/.>

其他英文参考文献：

[1] Allen, Doree. "Voicing the Unspoken: A Reading of *Dark Fields of the Republic*"[J]. *Women's Studies*, Abingdon, Oxfordshire: Taylor & Francis Group, Vol. 27, Issue 27, 1998: 389-396.

[2] Atkinson, Brooks, ed. *The Selected Writings of Ralph Waldo Emerson*[M]. New York: Modern Library, 1992.

[3] Atwood, Margaret. *Second Words: Selected Critical Prose*[M]. Toronto: House of Anansi Press, 1982.

[4] Auden, W. H. *W. H. Auden: Complete Poems*[M]. Ed. Edward Mendelson. New York: Vintage

International, 1991.

[5] Auden, W. H. "Foreword to *A Change of World*."[A]. in Barbara Charlesworth Gelpi and Albert Gelpi, eds., *Adrienne Rich's Poetry and Prose: A Norton Critical Edition*. New York: W. W. Norton, 1993: p.277-279.

[6] Baker, David. "Against Mastery"[J]. *The Kenyon Review*, Gambier: Kenyon College, Vol. 14, No.3, Summer 1992: 166-173..

[7] Baym, Nina, ed. *The Norton Anthology of American Literature* (Shorter Sixth Edition)[M]. New York: W. W. Norton, 2003.

[8] Bercovitch, Sacvan and Cyrus Patell, eds. *The Cambridge History of American Literature*[M]. Vol. 8: *Poetry and Criticism, 1940–1995*. Cambridge, New York: Cambridge UP, 1996, 2007.

[9] Bere, Carol. "The Road Taken: Adrienne Rich in the 1990s"[J]. *Literary Review*, Madison, NJ: Fairleigh Dickinson UP, Vol. 43, Issue 4, 2000: 550-561.

[10] Black, M. "More about metaphor". ed. A. Ortony. *Metaphor and Thought*[M]. 2nd ed. New York: Cambridge UP, 1993.

[11] Bloom, Harold. *The Anxiety of Influence: A Theory of Poetry*[M]. New York: Oxford UP, 1973.

[12] Bourdieu, Pierre. *Language and Symbolic Power*[M]. Trans. Gino Raymond and Matthew Adamson. Cambridge, MA: Harvard UP, 1991.

[13] Bourdieu, Pierre. *Homo Academicus*[M]. Cambridge: Polity Press, 1988.

[14] Braidotti, Rosi. *Nomadic Subjects: Embodiment and Sexual Difference in Contemporary Feminist Theory*[M]. New York: Columbia UP, 1994.

[15] Brannigan, John. *New Historicism and Cultural Materialism*[M]. London: Palgrave Macmillan Press, 1998.

[16] Brooks, Cleanth and Robert Penn Warren. *Understanding Poetry*[M]. Beijing: Foreign Language Teaching and Research Press, 2004.

[17] Broumas, Olga. "Review of *The Dream of A Common Language*."[A]. Barbara Charlesworth Gelpi and Albert Gelpi, eds., *Adrienne Rich's Poetry and Prose: A Norton Critical Edition*. New York: W. W. Norton, 1993: 322-329.

[18] Bundtzen, Lynda K. "Adrienne Rich's Identity Poetics: A Partly Common Language"[J].

Women's Studies, Abingdon, Oxfordshire: Taylor & Francis Group, Vol. 27, Issue 4, 1998: 331-345.

[19] Butler, Judith. *Gender Trouble. Feminism and the Subversion of Identity*[M]. New York: Routledge, 1999.

[20] Carruth, Hayden. "Excellence in Poetry."[A]. Jane Roberta Cooper, ed., *Reading Adrienne Rich: Review and Re- Visions, 1951-81*. Ann Arbor, MI: U of Michigan P, 1984.

[21] Carruthers, Mary J. "The Re-Vision of the Muse: Adrienne Rich, Audre Lorde, Judy Grahn and Olga Broumas."[J]. *The Hudson Review*, New York: The Hudson Review, Inc., Vol. 36, Issue 2, Summer 1983: 293-309.

[22] Christman, John. "Autonomy in moral and political philosophy"[J]. *Stanford Encyclopedia of Philosophy*. 2008, Retrieved from: <http://plato.stanford.edu/entries/autonomy-moral/ >

[23] Cixous, Hélène. "The Laugh of the Medusa"[J]. Trans. Keith Cohen and Paula Cohen. *Signs*, Chicago: The U of Chicago P, Vol.1, No. 4, Summer, 1976: 875-893.

[24] Cooper, Jane Roberta, ed. *Reading Adrienne Rich: Reviews and Re-Visions: 1951-81*[M]. Ann Arbor, MI: U of Michigan P, 1984.

[25] Coser, L. A. *Men of Ideas: A Sociologist's View*[M]. New York: The Free Press, 1965.

[26] Cox, Jeffrey N and Larry J. Reynolds, ed. *New Historical Literary Study: Essays on Reproducing Texts. Representing History*[M]. Princeton. N.J.: Princeton UP, 1993.

[27] Crisp, P. "Conceptual metaphor and its expressions: Editors' preface"[J]. J. Gavins & G. Steen, eds. *Cognitive Poetics in Practice*. London: Taylor & Francis e-Library, 2003.

[28] D'Andrade, Roy G. *The Development of Cognitive Anthropology*[M]. 7th ed. Cambridge: Cambridge UP, 2003.

[29] DeShazer, Mary K. "The End of a Century: Feminist Millennial Vision in Adrienne Rich's *Dark Fields of the Republic*"[J]. *NWSA Journal*, Charles Village, Baltimore: JHUP, Vol. 8, Issue 3, 1996: 36-62.

[30] Díaz-Diocaretz, Myriam. *The Transforming Power of Language: The Poetry of Adrienne Rich*[M]. Utrecht: H.E.S Publishers, 1984.

[31] Díaz-Diocaretz, Myriam. *Translating Poetic Discourse: Questions on Feminist Strategies in Adrienne Rich*[M]. Amsterdam: John Benjamins Publishing Company, 1985.

[32] Dickie, Margaret. *Stein, Bishop and Rich: Lyrics of Love, War, and Place*[M]. Chapel Hill: U of North Carolina P, 1997.

[33] Diehl, Joanne Feit. " 'Cartographies of Silence': Rich's Common Language and the Woman Poet"[A]. Jane Roberta Cooper, ed, *Reading Adrienne Rich: Review and Re-Visions, 1951-81*. Ann Arbor: U of Michigan P, 1984: 91-110.

[34] Diehl, Joanne Feit. " 'Of Woman Born': Adrienne Rich and the Feminist Sublime."[A]. Barbara Charlesworth Gelpi and Albert Gelpi, eds., *Adrienne Rich's Poetry and Prose: A Norton Critical Edition*. New York: W. W. Norton, 1993: 402-425.

[35] Diehl, Joanne Feit. *Women Poets and the American Sublime*[M]. Bloomington, IN: Indiana UP, 1990.

[36] DuPlessis, Rachel Blau. "For the Etruscans: Sexual Difference and Artistic Production --- The Debate over a Female Aesthetic"[J]. Hester Eisenstein and Alice Jardine, eds, *The Future of Difference*, Boston: G. K. Hall, 1980.

[37] Eagleton, Mary. *Feminist Literary Theory A Reader*[M]. Cambridge: Blackwell Publishers, 1996.

[38] Eagleton, Mary. "Adrienne rich, Location and the body."[J]. *Journal of Gender Studies*. Abingdon, Oxfordshire: Routledge Journals, Taylor & Francis Ltd, Vol. 9, No. 3, 2000: 299-312.

[39] Eagleton, Terry. *The Ideology of Aesthetics*[M]. Oxford: Blackwell Publishing, 1990.

[40] Elliott, Emory. *Columbia Literary History of the United States*[M]. New York: Columbia UP, 1988.

[41] Erickson, Peter. "Singing America: From Walt Whitman to Adrienne Rich"[J]. *The Kenyon Review*, Gambier: Kenyon College, Vol. 17, Issue 1, Winter 1995: 103-119.

[42] Eyerman, Ron. *Between Culture and Politics: Intellectuals in Modern Society*[M]. Cambridge: Polity Press, 1994.

[43] Fairclough, Norman. *Language and Power*[M]. London: Longman, 1989.

[44] Faderman, Lillian. *Surpassing the Love of Men: Romantic Friendship and Love between Women from the Renaissance to the Present*[M]. New York: William Morrow, 1981.

[45] Foucault, Michel. *The History of Sexuality*[M]. New York: Vintage Books, 1976.

[46] Foucault, Michel. *Politics, Philosophy, Culture, Interviews and Other Writings, 1977-1984*[M]. Lawrence Kritzman, ed. New York: Routledge, 1988.

[47] Foucault, Michel. *Power/Knowledge: Selected Interviews and Other Writings 1972-1977*[M]. Colin Gordon, ed. New York: Panthem, 1980.

[48] Friedman, Susan Stanford. "Adrienne Rich and H.D.: An Intertextual Study." [A]. Jane Roberta Cooper, ed. *Reading Adrienne Rich: Review and Re-Visions, 1951-81*. Ann Arbor, MI: U of Michigan P. 1984: 171-206.

[49] Gavins, J. & Steen, G. *Cognitive Poetics in Practice*[M]. London: Routledge Taylor & Francis, 2003.

[50] Gelpi, Barbara Charlesworth, and Albert Gelpi, eds. *Adrienne Rich's Poetry: A Norton Critical Edition*[M]. New York: W. W. Norton, 1975.

[51] Gelpi, Barbara Charlesworth, and Albert Gelpi, eds. *Adrienne Rich's Poetry and Prose: A Norton Critical Edition*[M]. New York: W. W. Norton, 1993.

[52] Gilfillan, Rev. George, ed. *Milton's Poetical Works.* Vol II[M]. Edinburgh: James Nichol, 1853.

[53] Gilbert, Sandra M. and Susan Gubar, eds. *The Madwoman in the Attic: The Woman Writer and the Nineteenth-Century Literary Imagination*[M]. New Haven: Yale UP, 1979.

[54] Gilbert, Sandra M. and Susan Gubar, eds. *The Norton Anthology of Literature by Women: The Traditions in English*[M]. New York: W. W. Norton, 1985.

[55] Gilbert, Sandra M. *Culture, Politics & the Art of Poetry: Essential Essays by Adrienne Rich*[M]. New York and London: W. W. Norton, 2018.

[56] Gilligan, Carol. *In a Different Voice*: *Psychological Theory and Women's Development*[M]. Cambridge: Harvard UP, 1982, 1993.

[57] Glick, Nicole E. *Transformational Poetry: Ecofeminism in Jeffers, Snyder, Rich and Coleman"*[D]. Riverside: University of California, 2004.

[58] Grahn, Judy. *The Highest Apple: Sappho and the Lesbian Poetic Tradition*[M]. San Francisco, CA: Spinsters, Ink, 1985.

[59] Gramsci, Antonio. *Selections from The Prison Notebooks*[M]. New York: International Publishers, 1971,1989.

[60] Gray, John. *Liberalism*[M]. Minneapolis: U of Minnesota P, 1986, 1995.

[61] Greenblatt, Stephen. "Towards a Poetics of Culture."[J]. *Southern Review*, Adelaide: The U of Western Australia P, Vol. 20, Issue 1, 1987: 3-15.

[62] Greenblatt, Stephen, ed. *Representing the English Renaissance*[M]. Berkeley: U of California P, 1988.

[63] Greenblatt, Stephen. and Galagher, Catherine. *Practicing New Historicism*[M]. Chicago: the U of Chicago P, 2000.

[64] Greenspan, Ezra, ed. *Walt Whitman's "Song of Myself": A Sourcebook and Critical Edition*[M]. New York: Routledge, 2004.

[65] Grosholz, Emily. "Poetry Chronicle"[J]. *Hudson Review*, New York: The Hudson Review, Inc., Summer 1982: 319-333.

[66] Grosz, Elizabeth. *Volatile Bodies: Toward a Corporeal Feminism*[M]. Bloomington: Indiana UP, 1994.

[67] Gwiazda, Piotr. "Nothing Else Left to Read: Poetry and Audience in Adrienne Rich's *An Atlas of the Difficult World*"[J]. *Journal of Modern Literature*, Bloomington: Indiana UP, Vol. 28, No. 2, Winter 2005: 165-188.

[68] Hacker, Marilyn. "The Mimesis of Thought: On Adrienne Rich's Poetry"[J]. *Virginia Quarterly Review*, Charlottesyille, University of Virginia, Vol. 82, Issue 2, 2006：230-235,

[69] Hallberg, Robert. "Poetry, Politics, and Intellectuals."[A]. Sacvan Bercovitch, ed. *The Cambridge History of American Literature: Volume 8, Poetry and Criticism, 1940-1995*. Cambridge: Cambridge UP, 1996, 2007.

[70] Han, Jihee. *Democratic Bards after Walter Whitman: Langston Hughs, Adrienne Rich and Kyong-Nim Shin*[D]. Diss., Tulsa, OK ：The University of Tulsat, 2003.

[71] Haraway, Donna. *Simians, Cyborgs, and Women: The Reinvention of Nature*[M]. London: Free Association Press, 1990.

[72] Hart, George. "The Long Line in Adrienne Rich's Recent Poetry"[J]. *Women's Studies*, Abingdon, Oxfordshire: Taylor & Francis Group, Vol. 27, Issue 4, 1998: 397-411,

[73] Held, Virginia. *The Ethics of Care: Personal, Political and Global*[M]. New York: Oxford UP, 2005.

[74] Henneberg, Sylvia. *A Politics of Asking Women's Questions? Adrienne Rich's Later Career*[D]. Athens, GA: The University of Georgia, 1997.

[75] Henneberg, Sylvia. "The 'Slow Turn of Consciousness': Adrienne Rich's Family Plot."[J]. *Women's Studies*, Abingdon, Oxfordshire: Taylor & Francis Group, Vol. 27, Issue 4, 1998: 347-358.

[76] Hinton, Laura, ed. *Jayne Cortez, Adrienne Rich, and the Feminist Superhero: Voice, Vision, Politics, and Performance in U.S. Contemporary Women's Poetics*[M]. Lanham: Lexington Books, 2016.

[77] Hogue, Cynthia. "Adrienne Rich's Political, Ecstatic Subject."[J]. *Women's Studies*, Abingdon, Oxfordshire: Taylor & Francis Group, Vol. 27, Issue 4, 1998: 413-419.

[78] Holladay, Hilary. *The Power of Adrienne Rich: A Biography*[M]. New York: Nan A. Talese, 2020.

[79] Hooks, Bell. *Talking Back: Thinking Feminist Thinking Black*[M]. Boston, MA: South End Press, 1989.

[80] Jackman, Rob. *Broken English/Breaking English: A Study of Contemporary Poetries in English*[M]. Teaneck: Fairleigh Dickinson UP, 2003.

[81] Jacobs, Joshua S. "*An Atlas of the Difficult World*: Adrienne Rich's Countermonument"[J]. *Contemporary Literature*, Madison, WI: U of Wisconsin P, Vol. 42, Issue 4, 2001: 727–749.

[82] Jacoby, Russell. *The Last Intellectuals: American Culture in the Age of Acadame*[M]. New York: Basic Books. 2000.

[83] Jameson, Fredric. *The Political Unconscious*[M]. Ithaca, NY: Cornell UP, 1981.

[84] Jay, Martin. "Diving into the Wreck: Aesthetic Spectatorship at the Fin de siècle"[J]. *Critical Horizons*, Albany, NY: Maney Publishing, Vol. 1, 2000: 93-111.

[85] Joseph, Lawrence. "Real Thing"[J]. *Nation*, New York: The Nation Institute, Vol. 254, Issue 15, 1992: 531-533.

[86] Kalstone, David. *Five Temperaments: Elizabeth Bishop, Robert Lowell, James Merrill, Adrienne Rich, John Ashbery*[M]. New York: Oxford UP, 1977.

[87] Kaplan, Justin, ed. *Walt Whitman: Completed Poetry and Collected Prose*[M]. New York: Library of America, 1982.

[88] Katz, Jonathan Ned. *The Invention of Heterosexuality*[M]. Chicago: The U of Chicago P, 2007.

[89] Keyes, Claire. *The Aesthetics of Power: The Poetry of Adrienne Rich*[M]. Athens, GA: U of Georgia P, 1986, 2008.

[90] Keyes, Claire. "The Angels Chiding: Snapshots of a Daughter-in-Law"[A]. Jane Roberta Cooper, ed., *Reading Adrienne Rich: Review and Re-Visions, 1951-81*. Ann Arbor: U of Michigan P, 1984: 30-50.

[91] Kinnahan, Linda A. "Adrienne Rich's *Snapshots of a Daughter-In-Law*: The Postwar Photo and the Power of Feminist Reframing."[A]. Laura Hinton, ed., *Jayne Cortez, Adrienne Rich, and the Feminist Superhero*. Lanham: Lexington Books, 2016: 48-68.

[92] Kinney, Arthur F. and Dan S. Collins, eds. *Renaissance Historicism: Selections from English Literary Renaissance*[M]. Amherst: U of Massachusetts P, 1987.

[93] Kirby, Kathleen M. "Thinking through the Boundary: The Politics of Location, Subjects, and Space"[J]. *Boundary 2*, Durham: Duke UP, Vol. 20, Issue 2, 1993: 173-189.

[94] Knutson, Lin. *A Politics of Location: Woman, Race and Space in the U.S.1970-1995*[D]. Iowa City: The University of Iowa, 1999.

[95] Kolodny, Annette. "Dancing Through the Minefield: Some Observations on the Theory, Practice and Politics of a Feminist Literary Criticism"[J]. *Feminist Studies*, College Park, MD: Feminist Studies, Inc., Vol. 6, No. 1, Spring, 1980: 1-25.

[96] Lakoff G, & Johnson M. *Metaphors We Live By*[M]. Chicago: The U of Chicago P, 1980.

[97] Lakoff G, & Johnson M. *Women, Fire and Dangerous Things: What Categories Reveal about the Mind*[M]. Chicago: The U of Chicago P, 1987.

[98] Langdell, Cheri Colby. *Adrienne Rich: The Moment of Change*[M]. Westport, CT: Praeger Publishers, 2004.

[99] Larkin, Joan and Elly Bulkin, eds. *Amazon Poetry: An Anthology*[M]. Brooklyn, NY: Out &Out Books, 1975.

[100] Leitch, Vincent B, et al. *The Norton Anthology of Theory and Criticism*[M]. New York: W. W. Norton, 2001.

[101] Loeffelholz, Mary. "The Burning Bed: Calle Visión."[J]. *Women's Studies*, Abingdon,

Oxfordshire: Taylor & Francis Group, Vol. 27, Issue 4, 1998: 359-376.

[102] Lorde, Audre. *Sister Outsider: Speeches by Audre Lorde*[M]. Freedom, CA: The Crossing Press, 1984.

[103] Lorde, Audre. *Uses of the Erotic: The Erotic as Power*[M]. Brooklyn, NY: Out & Out Books, 1978.

[104] MacKinnon, Catharine A. "Feminism, Marxism, Method, and the State: An Agenda for Theory."[J]. *Signs: Journal of Women in Culture and Society*, Chicago: The U of Chicago P, Vol. 7, Issue 31, 1982: 515-520.

[105] Madsen, Deborah L. *Feminist Theory and Literary Practice*[M]. Beijing: Foreign Language Teaching and Research Press, 2006.

[106] Margaret, Dickie. *Stein, Bishop and Rich: Lyrics of Love War, and Place*[M]. Chapel Hill: The U of North Carolina P, 1997.

[107] Martin Jay, "Diving into the Wreck, Aesthetic Spectatorship at the Fin de siècle" [J]. *Critical Horizons*, Albany, NY: Maney Publishing, Vol. 1, 2000: 93-111.

[108] Martin, Wendy. *An American Triptych: Anne Bradstreet, Emily Dickinson, Adrienne Rich*[M]. Chapel Hill: The U of North Carolina P, 1984.

[109] Mays,J. C. C. "Early poems: from 'Prufrock' to 'Gerontion' "[A]. A. David Moody, ed., *The Cambridge Companion to T.S.Eliot.* Cambridge: Cambridge UP, 1994: 108-120.

[110] McDaniel, Judith. "Reconstituting the World: The Poetry and Vision of Adrienne Rich."[A]. Barbara Charlesworth Gelpi and Albert Gelpi, eds., *Adrienne Rich's Poetry and Prose: A Norton Critical Edition*, New York: W. W. Norton, 1993: 310-321.

[111] Melzer, Arthur M., Jerry Weinberger, and M. Richard Zinman. *The Public Intellectual: Between Philosophy and Politics*[M]. Lanham: Rowman & Littlefield Publishers, 2003.

[112] Michailidou, Artemis. "Edna Millay, Muriel Rukeyser, and Adrienne Rich: political poetry, social protest, and the place of the woman writer. "[J]. *European Journal of American Culture*, Chicago: Intellect Books, Vol. 1, Issue 22, 2003: 7-22.

[113] Mlinko, Ange. "Diagram This"[J]. *Nation*, New York: The Nation Company, Vol. 18, Issue 2, 2013: 35-37.

[114] Mohanty, Chandra Talpade. "Cartographies of Struggle: Third World Women and the

Politics of Feminism"[A]. Introduction to *Third World Women and the Politics of Feminism.* Bloomington: Indiana UP, 1991: 1-47.

[115] Moi, Toril. *Sexual/Textual Politics: Feminist Literary Theory*[M]. New York: Routledge, 2002.

[116] Montefiore, J. E. "What is found there—notebooks on politics and poetry—montefiore"[J]. *Nation*, New York: The Nation Company, Vol. 258, Issue 5, 1994:169-172.

[117] Moyers, Bill. *The Language of Life. A Festival of Poets*[M]. New York: Doubleday, 1995.

[118] Myers, D. G. "The New Historicism in Literary Studies."[J]. *Academic Questions* 2. New York: National Association of Scholars, winter 1988-89: 27-36.

[119] Nelson, Cary, ed. *Anthology of Modern American Poetry*[M]. Oxford: Oxford UP, 2000.

[120] Nelson, Cary, ed. *Our Last First Poets: Vision and History in Contemporary American Poetry*[M]. Urbana: U of Illinois P., 1981.

[121] Noddings, Nel. *Caring: A Feminine Approach to Ethics and Moral Education*[M]. Berkeley: U of California P, 1984, 2003.

[122] Noddings, Nel. *Starting at Home: Caring and Social Policy*[M]. Berkeley: U of California P, 2002.

[123] Oktenberg, Adrian. " 'Disloyal to Civilization': The Twenty-One Love Poems of Adrienne Rich." [A]. Barbara Charlesworth Gelpi and Albert Gelpi, eds., *Adrienne Rich's Poetry and Prose: A Norton Critical Edition*. New York: W. W. Norton, 1993: 329- 342.

[124] O'Reilly, Andrea. *From Motherhood to Mothering: The Legacy of Adrienne Rich's Of Woman Born*[M]. Albany: State U of New York P, 2004.

[125] Parker, Patricia and Geoffrey H., ed. *Shakespeare and the Question of Theory*[M]. Taylor & Francis e-Library, 2005.

[126] Pavlic, Ed. *Outward: Adrienne Rich's Expanding Solitudes*[M]. Minneapolis: U of Minnesota P, 2021.

[127] Parini, Jay. "Introduction." *The Columbia History of American Poetry*[M]. New York: Columbia UP,1993: vii-xxix.

[128] Preminger, Alex, et al, eds. *The New Princeton Encyclopedia of Poetry and Poetics*[M]. Princeton: Princeton UP, 1993.

[129] Ratcliffe, Krista. *Anglo-American Feminist Challenges to the Rhetorical Traditions: Virginia Woolf, Mary Daly, Adrienne Rich*[M]. Carbondale: Southern Illinois UP, 1996.

[130] Rawls, John. *Political Liberalism*[M]. New York: Columbia UP, 1993.

[131] Rich, Adrienne. "Introduction" in *The Best American Poetry*[M]. New York: Scribner, 1996: 15-24.

[132] Rich, Adrienne. "Credo of a Passionate Skeptic"[J]. *Monthly Review*, Jun.01, 2001. https://monthlyreview.org/2001/06/01/credo-of-a-passionate-skeptic/

[133] Rich, Adrienne. "The Transformation of Silence into Language and Action"[J]. *Sinister Wisdom,* Dover, FL: Sinister Wisdom, Inc., No. 6, Summer 1978: 17-25.

[134] Riley, Jeannette E. *Understanding Adrienne Rich*[M]. SC: U of South Carolina P, 2016.

[135] Rothschild, Matthew. "A Patriot Wrestling."[J]. *The Progressive*, Madison: U of Wisconsin P, Vol.56, 1992: 40-42.

[136] Rukeyser, Muriel. *A Muriel Rukeyser Reader*[M]. Jan Heller Levi, ed. New York: W. W. Norton, 1994.

[137] Said, Edward W. *Representations of the Intellectual: The 1993 Reith Lectures*[M]. New York: Vintage Books, 1994.

[138] Said, Edward W. "Literature as Values"[J]. *New York Times Book Review*, September 4, 1983: 88: 9,18.

[139] Saksena, Sanjoy. "'Diving into the Wreck': A Study of the Poetry of Adrienne Rich."[J]. *Studies in women writers in English*, Vol. 3. Ray, Mohit K. &Kundu, Rama, eds. Delhi: Nice Printing Press, 2005: 21-41.

[140] Savonick, Danica. *The Poetics and Pedagogy of Toni Cade Bambara, June Jordan, Audre Lorde, and Adrienne Rich in the Era of Free College*[M]. Durham: Duke UP, 2024.

[141] Sevenhuijsen, Selma. "The Place of Care: The Relevance of the Feminist Ethic of Care for Social Policy."[J]. *Feminist Theory*. Thousand Oaks: SAGE Publications, Inc., Vol. 2, Issue 4, 2003:179-197.

[142] Sheridan, Susan. "Adrienne Rich and The Women's Liberation Movement: A Politics of Reception"[J]. *Women's Studies*, Abingdon, Oxfordshire: Taylor & Francis Group, Vol. 35, Issue 1, 2006:17-45.

[143] Showalter, Elaine, ed. *New feminist Criticism: Essays on Women, Literature and Theory*[M]. New York: Pantheon Books, 1985.

[144] Showalter, Elaine. "Feminist Criticism in the Wilderness"[J]. *Critical Inquiry*, Chicago: The U of Chicago P, Vol. 8, No. 2, Winter, 1981: 179-205.

[145] Sickles, Amy. *Adrienne Rich*[M]. Philadelphia: Chelsea House Publishers, 2005.

[146] Smith, Kendall Marie. *A Postmodern Poetics of Witness in the Poetry of Elizabeth Bishop, Adrienne Rich, and Lorna Dee Cervantes*[D]. Riverside: The University of California, 2009.

[147] Stockwell, Peter. *Cognitive Poetics: An Introduction*[M]. London: Taylor & Francis e-Library, 2005.

[148] Spaide, Christopher. "'A Delicate, Vibrating Range of Difference': Adrienne Rich and The Postwar Lyric 'We' "[J]. *College Literature*, West Chester, PA: West Chester UP, Vol. 47, No. 1, Winter 2020: 89-124.

[149] Templeton, Alice. *The Dream and the Dialogue: Adrienne Rich's Feminist Poetics*[M]. Knoxville: The U of Tennessee P, 1994.

[150] Thorsen, Dag Einar and Amund Lie. "What is Neoliberalism?" Oslo: Oslo University, 2006. Retrieved from: <http://folk.uio.no/daget/>

[151] Tronto, Joan C. *Moral Boundaries: A Political Argument for an Ethic of Care*[M]. New York: Routledge, 1993.

[152] Tronto, Joan C. "Beyond Gender Difference to a Theory of Care" [A]. Mary Jeanne Larrabee, ed., *An Ethic of Care: Feminist and Interdisciplinary Perspectives*, New York: Routledge, 1993: 240-57.

[153] Tsur, R. "Deixis and abstractions: adventures in space and time."[A] J. Gavins & G. Steen, eds., *Cognitive Poetics in Practice*, London: Routledge Taylor & Francis e-Library, 2003: 41-54.

[154] Tweed, Laurel A. *Care Ethics and Cloning: A Speculative Literary Critique of Human Biotechnology*[M]. Ames: Iowa State UP, 2011.

[155] Vanderbosch, Jane. "Beginning Again." [A]. Jane Roberta Cooper, ed., *Reading Adrienne Rich: Review and Re- Visions, 1951-81*, Ann Arbor, MI: U of Michigan P, 1984: 111-139.

[156] Vanderbosch, Jane. *The Education of Adrienne Rich: From Re-vision to Revelation*[D]. Iowa City, IA: University of Iowa, 1980.

[157] Vendler, Helen. "Mapping the Air, "[J]. *The New York Review of Books*, Boston: Harvard UP, 21 Nov. 1991: 50-56.

[158] Vendler, Helen. *Soul Says. On Recent Poetry*[M]. Boston: Harvard UP, 1995.

[159] Veeser, Harold, ed. *The New Historicism*[M]. New York: Routledge, 1989.

[160] Wadden, Paul. *The Rhetoric of Self in Robert Bly and Adrienne Rich: Doubling and the Holotropic Urge*[M]. New York : Peter Lang, 2003.

[161] Walker, Cheryl. "Trying to Save the Skein." [A]. Jane Roberta Cooper, ed., *Reading Adrienne Rich: Review and Re- Visions, 1951-81.* Ann Arbor, MI: U of Michigan P, 1984: 226-231.

[162] Werner, Craig. *Adrienne Rich: The Poet and the Critics*[M]. Chicago: American Library Association, 1988.

[163] Whelchel, Marianne. *Re-forming the Crystal: The Evolution of Adrienne Rich as Feminist Poet.* [D]. Storrs, CT: University of Connecticut, 1977.

[164] Whitman, Walt. *Leaves of Grass*[M]. New York: Vintage Books, 1992.

[165] Witonsky, Trudi D. *A Long Conversation: The Poetry and Praxis of Adrienne Rich*[D]. Madison, WI: University of Wisconsin, 2002.

[166] Woolf, Virginia. *The Death of the Moth, and Other Essays*[M]. New York: Harcourt Brace, 1942.

[167] Yorke, Liz. *Adrienne Rich: Passion, Politics and the Body*[M]. Thousand Oaks, CA: SAGE Publishers Inc., 1997.

[168] Zimmerman, Bonnie. "What Has Never Been: An Overview of Lesbian Feminist Literary Criticism' Feminist Studies." [A]. Mary Eagleton, ed., *Feminist Literary Theory, A Reader.* Cambridge: Blackwell Publishers, 1996: 18-19.

中文参考文献：

[1] 托·斯·艾略特:《艾略特诗学文集》[M]，王恩衷，编译，北京：国际文化出版社，1989年。

[2] 托·斯·艾略特:《艾略特文学论文集》[M]，李赋宁，译，南昌：百花洲文艺出版社，1994年。

[3] 托·斯·艾略特：陆建德编，汤永宽等，译,《荒原：艾略特文集·诗歌》[M]，上海：上海译文出版社，2012年。

[4] 卞之琳 编译:《英国诗选》[M]，王佐良，译，北京：商务印书馆，1996年。

[5] 加斯东·巴什拉:《梦想的诗学》[M]，刘自强，译，北京：三联书店，1996年。

[6] 朱迪斯·巴特勒:《性别麻烦：女性主义与身份的颠覆》[M]，宋素凤，译，上海：上海三联书店，2009年。

[7] 西蒙娜·德·波伏瓦:《第二性》[M]. 郑克鲁，译，上海：上海译文出版社，2011年。

[8] 哈罗德·布鲁姆:《影响的焦虑——一种诗歌理论》[M]，徐文博，译，北京：三联书店，1989年。

[9] 哈罗德·布鲁姆:《影响的剖析——文学作为生活方式》[M]，金雯，译，南京：译林出版社，2016年。

[10] 陈晓兰:《女性主义批评的经验论》[J]，载《外国文学评论》，1995年第2期，第42—47页。

[11] 戴从容:《女性主义向何处去——从<西方女性主义文论研究>看中国女性主义的走向》[J],《妇女研究论丛》，2004年第2期，第79—80页。

[12] 傅洁琳:《格林布拉特文化诗学理论的来源与视域》[J]，载《山东社会科学》，2009年第10期，第113—116页。

[13] 米歇尔·福柯：知识考古学[M]. 谢强，马月，译，北京：三联书店，1998年。

[14] 贝蒂·弗里丹:《女性的奥秘》[M]. 程锡麟、朱徽、王晓路，译，哈尔滨：北方文艺出版社，2002年。

[15] 弗兰克·富里迪:《知识分子都到哪里去了》[M]，戴从容，译，南京：江苏人民出版社，2012年。

[16] 马丁·海德格尔:《诗·语言·思》[M]，彭富春，译，北京：文化艺术出版社，1991年。

[17] 胡作友：在史实与文学之间穿行——解读新历史主义的文学批评 [J]. 中国社会科学院研究生院学报，2008 年第 1 期，第 89—94 页。

[18] 罗伯特·冯·霍尔伯格：《诗歌、政治和知识分子》[M]，载 [美] 萨克文·伯科维奇编，杨仁敬，译《剑桥美国文学史（第八卷）：诗歌和文学批评 1940 年—1995 年》。北京：中央编译出版社，2008 年。

[19] 桑德拉·吉尔伯特，苏珊·古芭：《阁楼上的疯女人：女性作家与 19 世纪文学想象》[M]，杨莉馨，译 . 上海：上海人民出版社，2015 年。

[20] 林树明：《多维视野中的女性主义文学批评》[M]，北京：中国社会科学出版社，2004 年。

[21] 林树明：《激进女性主义批评简论》[M]，载《中国比较文学》，1995 年第 2 期，第 76—90 页。

[22] 林树明：《迈向性别诗学》[M]，北京：中国社会科学出版社，2011 年。

[23] 刘小枫：《这一代人的怕和爱》[M]，北京：华夏出版社，2007 年。

[24] 刘燕：《现代批评之始 :T. S. 艾略特诗学研究》[M]，桂林：广西师范大学出版社，2005 年。

[25] 美国国务院编：《美国文学概况》[M]，杨俊峰，王宗文，姜楠，译，沈阳：辽宁教育出版社，2003 年。

[26] 凯特·米利特：《性政治》[M]，宋文伟，译，南京：江苏人民出版社，2000 年。

[27] 钱钟书：《管锥篇》（第一册）[M]，北京：中华书局，1979 年。

[28] 爱德华·萨义德：《知识分子论》[M]，单德兴，译，北京：生活 . 读书 . 新知三联书店，2013 年。

[29] 盛宁：《新历史主义·后现代主义·历史真实》[J]，载《外国文艺研究》，1997 年第 1 期，第 48—58 页。

[30] 唐荷：《女性主义文学理论》[M]，台北：扬智文化事业股份有限公司，2003 年。

[31] 陶洁：《20 世纪美国文学选读》[M]，北京：北京大学出版社，2006 年。

[32] 童庆炳：《“文化诗学”作为文学理论的新构想》[J]，载《陕西师范大学学报》（哲学社会科学版），2006 年第 1 期，第 5—9 页。

[33] 王守仁 主撰：《新编美国文学史》（第四卷）[M]，上海：上海外语教育出版，2002 年。

[34] 王逢振：《西方文论关键词 民族—国家》[J]，载《外国文学》，2010 年第 1 期，第

112—118+159 页。

[35] 王卓：《多元文化视野中的美国族裔诗歌研究》[M]，北京：中国社会科学出版社，2015 年。

[36] 王卓：《“种族之战？文化之战？经典之战？——从丽塔·达夫与海伦·文德勒的论战说起》[J]，载《浙江工商大学学报》，2017 年第 2 期，第 5—16 页。

[37] 勒内·韦勒克 / [美] 奥斯汀·沃伦：《文学理论》[M]，刘象愚等，译，北京：三联书店，1984 年

[38] 弗吉尼亚·伍尔夫：《伍尔夫散文》[M]，刘炳善，编，北京：中国广播影视出版社，1999 年。

[39] 弗吉尼亚·伍尔夫：《一间自己的房间及其他》[M]，贾辉丰，译，北京：人民文学出版社，2003 年。

[40] 肖巍：《女性主义关怀伦理学》[M]，北京：北京出版社，1999 年。

[41] 肖巍：《“关怀伦理学”一席谈——访萨拉·拉迪克教授》[J]，载《哲学动态》，1995 年第 8 期，第 38—40 页。

[42] [法] 埃莱娜·西苏：《美杜莎的笑声》[M]，载张京媛主编《当代女性主义文学批评》，北京：北京大学出版社，1992 年。

[43] 许庆红：《走向性别诗学：艾德里安娜·里奇的文学批评与实践》[M]. 苏州：苏州大学出版社，2014 年。

[44] 许庆红：《“作为修正的写作”——里奇女性主义诗歌的政治与美学》[J]，载《外国文学》，2014 年第 1 期，第 14—22 页。

[45] 许庆红：《激进主义与乌托邦——艾德里安娜·里奇的激进女性主义思想评析》[J]，载《学术界》，2013 年第 2 期，第 157—165 页。

[46] 许庆红：《里奇早期女性主义思想的矛盾性——以诗集《儿媳妇的快照》为例》[J]，载《学术界》2014 年第 10 期，第 148—155 页。

[47] 尹倩，许庆红：《<潜入沉船的残骸>的隐喻之谜》[J]，载《世界文学评论》，2012 年第 2 辑，第 217—221 页。

[48] 殷企平：经典即“摆渡”：当代西方诗歌的精神渊源 [J]，载《外国文学研究》，2012 年第 4 期，第 10—18 页。

[49] 张京媛：《当代女性主义文学批评》[M]，北京：北京大学出版社，1992 年。

[50] 张中载，赵一凡:《西方文论关键词》[M]，北京：外语教学与教研出版社，2010 年。

[51] 张子清:《20 世纪美国诗歌史》[M]，天津：南开大学出版社，2018 年。

[52] 张龙海:《哈罗德 · 布鲁姆论“误读”》[J]，载《当代外国文学》，2010 年第 2 期，第 57—58 页。

[53] 张叶鸿:《认知诗学与跨学科文学理解研究》[J],《清华大学学报》(哲学社会科学版)，2015 年第 2 期，第 139—147 页。

[54] 周伟驰:《美国当代诗坛》[J]，载《世界文学》，2001 年第 5 期，第 305—312 页。